Veröffentlicht von
DREAMSPINNER PRESS

5032 Capital Circle SW, Suite 2, PMB# 279, Tallahassee, FL 32305-7886 USA
www.dreamspinnerpress.com

Die Wunden heilen
Urheberrecht der deutschen Ausgabe © 2022 Dreamspinner Press.
Originaltitel: Cherish the Land
Urheberrecht © 2015 Ariel Tachna
Original Erstausgabe. Juni 2015
Übersetzt von Anna Doe.

Umschlagillustration
© 2015 Anne Cain
annecain.art@gmail.com
Umschlaggestaltung
© 2022 L.C. Chase
http://www.lcchase.com
Die Illustrationen auf dem Einband bzw. Titelseite werden nur für darstellerische Zwecke genutzt. Jede abgebildete Person ist ein Model.

Deutsche ISBN. 978-1-64108-434-5
Deutsche eBook Ausgabe. 978-1-64108-433-8
Deutsche Erstausgabe. Juni 2022
v 1.0

Gedruckt in den Vereinigten Staaten von Amerika.

# ARIEL TACHNA
# DIE WUNDEN HEILEN

Für alle, die mehr über Lang Downs lesen wollten.

# Liste der im Buch vorkommenden Personen:

Caine Neiheisel – Besitzer von Lang Downs (*Dein Stern am Himmel*)

Macklin Armstrong – Mitbesitzer von Lang Downs und Caines Partner (*Dein Stern am Himmel)*

Seth Simms – Chris' Bruder und Jasons bester Freund, der in Sydney Maschinenbau studiert hat

Jason Thompson – Sohn von Patrick und Carley und Seths bester Freund, der gerade seinen Studienabschluss als Tierarzt gemacht hat

Chris Simms – Ganzjähriger von Lang Downs, Seths Bruder (*Hol dir einen Stern*)

Jesse Harris – Mechaniker von Lang Downs, Chris' Partner (*Hol dir einen Stern*)

Sam Emery – Geschäftsführer von Lang Downs (*Die Nacht überdauern*)

Jeremy Taylor – Ganzjähriger von Lang Downs, Sams Partner (*Die Nacht überdauern)*

Thorne Lachlan – Ganzjähriger von Lang Downs, ehemaliger Soldat und Ians Partner (*Die Flammen besiegen*)

Ian Duncan – Ganzjähriger von Lang Downs, Thornes Partner (*Die Flammen besiegen)*

Patrick und Carley Thompson – Ganzjährige von Lang Downs und Jasons Eltern; Patrick ist Chefmechaniker von Lang Downs

Neil Emery – Vormann von Lang Downs, Sams Bruder und Ians bester Freund; Neil ist mit Molly verheiratet und der Vater von Dani und Liam

Kami Lang – Koch von Lang Downs

Sarah Lang – Macklins Mutter und Kamis Frau

Devlin Taylor – Besitzer von Taylor Peak und Jeremys Bruder

Nick Walker – ehemaliger Soldat und Thornes bester Freund

Kyle und Linda – Ganzjährige von Lang Downs; Lindas Tochter Laura stammt aus einer früheren Ehe

Charlie White – Ganzjähriger von Taylor Peak

Michael Lang – Verstorbener Gründer von Lang Downs und Caines Großonkel

# PROLOG

SETH SIMMS betrat seine Wohnung und warf den Frühstücksbeutel auf die Kommode. Ilene würde sich darüber ärgern, aber er brauchte erst eine Dusche, um sich die ölverschmierten Hände und die Haare zu waschen. Danach konnte er sich immer noch um den Frühstücksbeutel kümmern. Außerdem kam Ilene sowieso erst in einer Stunde nach Hause.

Als er unter der Dusche stand, fragte er sich nicht zum ersten Mal, warum er immer noch in Sydney war. Er hatte seinen Abschluss hinter sich und der Job in der Autowerkstatt bezahlte zwar die Rechnungen und er konnte außerdem unter so viel Motorhauben rumkriechen, wie er sich nur wünschen konnte, aber wenn er ehrlich war, hätte er diese Arbeit schon mit sechzehn Jahren machen können. Einen Abschluss in Maschinenbau brauchte man dazu jedenfalls nicht. Er und Ilene stritten sich mindestens einmal im Monat darüber, aber Seth wollte sich nicht nach einer neuen Arbeit umsehen. Es wäre ihm vorgekommen, als würde er sich damit dazu verpflichten, in Sydney zu bleiben. Es war nicht so, dass er Sydney hasste. Jedenfalls nicht so sehr wie einige der anderen Orte, an denen er aufgewachsen war. Aber er fühlte sich hier auch nicht zuhause. Seth und sein Bruder Chris waren vor zehn Jahren nach Lang Downs gezogen, den einzigen Ort, der diesen Namen verdient hatte.

Er verließ die Dusche und trocknete sich ab. Ilene hatte darauf bestanden, Weihnachten bei ihrer Familie zu verbringen. Deshalb war es schon ein Jahr her, seit er das letzte Mal Lang Downs besucht hatte. Er und Chris tauschten zwar regelmäßig Neuigkeiten über E-Mail aus, aber es war nicht das Gleiche. Seth überlegte, ob er einen Teil seines Urlaubs dazu verwenden sollte, Lang Downs zu besuchen. Chris und sein Partner Jesse hatten bestimmt ein Zimmer für ihn und Caine, der Besitzer von Lang Downs, hätte auch nichts dagegen, ihn für einige Tage durchzufüttern. Besonders, wenn Seth ihm gelegentlich bei der Arbeit aushalf. Und das wäre kein Problem für ihn. Es gab immer genug zu tun. Patrick, der Chefmechaniker von Lang Downs, änderte nie etwas. Seth konnte in seiner Werkstatt jedes einzelne Werkzeug mit verbundenen Augen finden.

„Seth! Wie oft habe ich dir schon gesagt, dass du deinen Frühstücksbeutel nicht einfach auf die Kommode werfen sollst?" Ilenes Schreien war in der ganzen Wohnung zu hören. Seth konnte es kaum noch aushalten. Manchmal fragte er sich, warum er eigentlich mit ihr zusammen war. Es war nicht immer so gewesen, er konnte aber auch nicht genau sagen, wann es sich geändert hatte. Als sie sich vor drei Jahren kennenlernten, war sie immer fröhlich gewesen, immer glücklich. Damals hatte sie sich nicht daran gestört, dass er mit seinem Studienabschluss als

1

einfacher Mechaniker arbeitete. Sie hatte ihm gesagt, er würde schon irgendwann den passenden Job finden. Jetzt war das nicht mehr so. Und vermutlich war es nur seine Schuld, dass sie sich in eine kreischende Xanthippe verwandelt hatte.

Er zog Shorts und ein Unterhemd an und verließ das Badezimmer. „Ich hätte ihn schon noch weggeräumt. Wenn ich von oben bis unten mit Öl verschmiert gewesen wäre, hätte dich das noch mehr aufgeregt."

Sie verzog das Gesicht, sagte aber glücklicherweise nichts mehr.

„Ich habe daran gedacht, für einige Tage nach Lang Downs zu fahren, um meinen Bruder zu besuchen. Hast du Lust, mich zu begleiten?"

Ihr Gesichtsausdruck sagte ihm alles. Ilene hatte sich noch nie für Lang Downs interessiert und würde es auch niemals tun. Das war der einzige Punkt, der von Anfang an gegen sie gesprochen hatte. Er hatte immer gehofft, sie würde eines Tages erkennen, wie viel ihm Lang Downs bedeutete. Sie würde es eines Tages lieben lernen oder wenigstens um seinetwillen tolerieren. Das war nicht geschehen.

„Wann fährst du?", fragte sie so kalt und ablehnend, dass er sie am liebsten aufgefordert hätte, sofort auszuziehen. Schließlich war sie bei ihm eingezogen. Sein Name stand auf dem Mietvertrag. Sie könnte ihn nicht daran hindern, sie rauszuwerfen.

„Das habe ich noch nicht entschieden. Ich muss erst mit Chris reden und ihn fragen, wann es am besten passt. Außerdem habe ich noch keinen Urlaub eingereicht."

„Kannst du nicht einfach für ein Wochenende fahren?", quengelte Ilene. „Ich dachte, wir könnten in diesem Jahr eine Kreuzfahrt machen. Wenn du deinen Urlaub jetzt schon aufbrauchst, müssen wir ein ganzes Jahr warten."

„Ilene, ich hasse Schiffe. Das weißt du ganz genau. Wie kommst du auf die Idee, ich würde eine Kreuzfahrt machen wollen? Ich würde mich auf dem Schiff schrecklich fühlen."

„Du hasst kleine Schiffe", erwiderte Ilene. „Du warst noch nie auf einem Kreuzfahrtschiff. Und wenn du dich vom Außendeck fernhältst, ist es gar nicht so schlimm. Es ist mehr eine schwimmende Stadt als ein Schiff."

Trotzdem. Es war und blieb ein Schiff.

„Ich schicke Chris eine E-Mail. Dann warte ich seine Antwort ab und wir können anschließend über unsere Urlaubspläne für dieses Jahr reden. Aber kein Schiff."

Sie schnaubte, sagte aber nichts mehr dazu. Seth packte den Frühstücksbeutel aus und verstaute ihn unterm Spülbecken, damit sie nicht wieder zu meckern anfing. Dann ging er in das kleine Zimmer, das sie als Büro benutzten, und fuhr den Computer hoch. Er konnte sie im Wohnzimmer und der Küche hören, wo sie sich mit überflüssigen Dingen beschäftigte, um ihren Unmut kundzutun. Seth blendete sie aus. Als er den Posteingang öffnete, fand

2

er eine Nachricht von Chris vor. Er klickte sie an und erstarrte, als er die erste Zeile las.

*Jason ist zuhause.*


JASON THOMPSON stand auf der Veranda der Mannschaftsunterkunft und schaute in den Nachthimmel. Seine Eltern hatten ihm angeboten, in sein Jugendzimmer zu ziehen, aber er wollte nicht als Gast oder Kind in ihrem Haus wohnen. Er wollte als einer der Männer hier leben – ob er nun als Jackaroo arbeitete oder als Tierarzt. Nur so würden ihn alle, ob Ganzjährige oder Saisonarbeiter, als einen der ihren betrachten und behandeln.

„Du bist verdammt schweigsam, Kumpel.“

Jason hob den Kopf und versuchte, sich an den Namen des Mannes zu erinnern. Cooper Sowienoch. Der Nachname fiel ihm nicht ein. Er hatte in den letzten beiden Tagen zu viele neue Gesichter gesehen, um sich an alle Namen und Details zu erinnern.

„Es ist seltsam, nach Hause zu kommen und es so verändert vorzufinden“, erklärte Jason. „Bevor ich Lang Downs verlassen habe, um an die Uni zu gehen, ließ Mum mich nicht oft in die Unterkunft kommen. Ich brauchte immer einen bestimmten Grund, weil ich nicht zu den Jackaroos gehörte. Deshalb hatte ich ihrer Meinung nach hier nichts verloren.“

„Und jetzt ist das anders“, meinte Cooper.

„Vielleicht“, sagte Jason etwas verbittert. „Neil hat mir heute den gleichen Job gegeben wie einem der Saisonalen. Entweder hat er Angst, mir könnte etwas passieren und mein Vater würde ihm das Fell über die Ohren ziehen, oder er hat vergessen, dass ich schon genauso lange hier lebe wie er. Er sieht in mir immer noch das Kind.“

Cooper lehnte sich an einen der Holzpfeiler, die das Dach der Veranda trugen, und gab Jason damit freien Blick auf seinen schlanken Körper. Jason hatte ein schlechtes Gewissen, als er sich dabei ertappte, Cooper anzustarren. Aber Cooper starrte genauso interessiert zurück, also legte es sich schnell wieder. „Dann ist er blind. Du bist alles andere als ein Kind.“

Jason lächelte. Cooper war nicht Seth, aber Seth war weder hier noch war er interessiert oder frei – drei Dinge, die Seth nie sein würde. Jason konnte sich schlimmere Arten vorstellen, den Sommer zu verbringen. Er hob die Bierflasche an den Mund und trank sie aus. „Ich könnte noch ein Bier vertragen. In meinem Zimmer stehen noch einige Flaschen. Willst du auch eins?“

Cooper lächelte träge und musterte ihn von oben bis unten. „Kommt drauf an, was es zu dem Bier gibt.“

Jason erwiderte das Lächeln. „Ich bin sicher, uns fällt etwas ein, woran wir beide unseren Spaß haben.“

# 1

SAM EMERY, der Geschäftsführer von Lang Downs, war gerade mit der Buchhaltung des letzten Quartals beschäftigt, als ihn das Klingeln des Telefons aus seiner Konzentration riss. Er fluchte leise vor sich hin, weil er die Arbeit nicht unterbrechen und die Zahlen durcheinanderbringen wollte, aber da sonst niemand im Haus war, musste er den Anruf annehmen.

„Lang Downs, Sam Emery am Apparat."

„Ist Jeremy Taylor zu sprechen?"

„Nein, er ist auf den Weiden", erwiderte Sam. „Kann ich ihm etwas ausrichten?"

„Könnten Sie ihn bitten, so schnell wie möglich auf Taylor Peak anzurufen? Es geht um seinen Bruder."

Sam überlegte kurz, was er darauf antworten sollte. Er und Jeremy machten auf Lang Downs kein Hehl aus ihrer Beziehung, aber Jeremys Bruder war weniger tolerant. Deswegen waren sie hier und nicht auf Taylor Peak, der Schafstation, die westlich an Lang Downs angrenzte. Andererseits wollte er seine Hilfe nicht verweigern. Jedenfalls dann nicht, wenn der Mann am Telefon Devlin Taylors Vorurteile nicht teilte und bereit war, mit ihm zu sprechen.

„Ich bin Jeremys Partner. Ist Devlin etwas passiert?"

Der Mann zögerte kurz, dass Sam schon dachte, er würde nicht antworten, änderte dann aber seine Meinung. „Es hat einen Unfall gegeben. Devlin ist mit dem Rettungshubschrauber nach Canberra ins Krankenhaus gebracht worden. Ich weiß, dass Devlin und Jeremy in letzter Zeit nicht sonderlich gut miteinander ausgekommen sind, aber ich dachte, er sollte davon erfahren."

„Was für ein Unfall?" Sam zog sich die Brust zusammen, als er darüber nachdachte, was alles passiert sein könnte – gebrochene Knochen, zerquetschte Gliedmaßen oder Schlimmeres.

„Er ist vom Pferd geworfen worden", sagte der Mann. „Hat für eine Stunde oder so das Bewusstsein verloren und wir konnten ihn nicht wieder zu sich bringen. Es sieht nicht gut aus."

„Ich lasse es Jeremy ausrichten", versprach Sam. „Soll er nach Taylor Peak kommen oder sollen wir direkt nach Canberra fahren?"

„Die Crewchefs können sich einige Tage um alles kümmern. Wenn es länger dauert, brauchen wir jemanden, der die Entscheidungen trifft. Dann beginnt die Deckzeit und wir tun normalerweise nur, was Taylor uns sagt."

Sam hatte seine eigene Meinung über dumme Männer, die dumme Entscheidungen fällten. Aber die wollte er sich für Devlin aufheben, wenn dieser

Idiot wieder auf den Beinen war. Jetzt musste er Jeremy von der Weide holen und mit ihm nach Canberra. Alles andere hatte Zeit, bis sie mehr über Devlins Diagnose wussten.

„Danke für den Anruf", sagte er. „Ich weiß nicht, wer Devlin begleitet hat, aber richte ihm aus, Jeremy würde sich sofort auf den Weg machen. Wir sind so schnell wie möglich in Canberra."

„Wird gemacht", sagte der Mann und legte auf.

Sam lehnte sich in seinem Stuhl zurück und holte tief Luft. Er hatte keine Ahnung, wie Jeremy die Nachricht aufnehmen würde. Ja, Jeremy und Devlin waren schon seit Jahren zerstritten, aber sie waren immerhin Brüder. Sam wollte sich nicht vorstellen, wie er selbst auf eine solche Nachricht reagieren würde. Er wäre am Boden zerstört, wenn Neil etwas passierte. Aber mit Abwarten konnte er das Problem nicht lösen und in diesem Fall konnten Minuten ausschlaggebend sein. Er holte noch einmal Luft und griff dann zum Funkgerät.

Er stellte Jeremys heutige Frequenz ein und stellte den Kontakt auf privat. Er wollte vermeiden, dass der Rest der Teams von der Sache erfuhr. Darüber konnten sie sich Gedanken machen, wenn sie mehr über Devlins Zustand wussten.

„Jeremy? Bist du da?"

Es knisterte kurz, dann meldete sich Jeremys Stimme. „Ich bin hier. Was ist los?"

„Auf Taylor Peak hat es einen Unfall gegeben", sagte Sam.

Jeremys Antwort ging im Knistern unter, aber Sam vermutete, dass sie nicht sehr schmeichelhaft gewesen war.

„Du musst zurückkommen", sagte er. „Wir müssen nach Canberra."

„Sam, das ist kein guter Zeitpunkt", sagte Jeremy.

„Setz deinen Arsch in Bewegung, Jeremy Taylor! Dein Bruder ist ernsthaft verletzt", rief Sam. „Wo steckst du? Wir können uns auf halbem Weg treffen, um Zeit zu sparen. Einer der anderen Jackaroos kann sich um dein Pferd kümmern."

Stille.

„Wir treffen uns in einer Stunde an der Straße zum Tal", erwiderte Jeremy schließlich. „Bringst du mir frische Klamotten mit? Ich stinke nach Schaf und muss mich umziehen."

„Ich warte am dritten Tor nach dem Haus", sagte Sam. „Bis gleich."

Er legte das Funkgerät weg und lief in die Küche, wo er Kami und Sarah vermutete. Sam wollte ihnen Bescheid sagen und sie bitten, Caine und Macklin zu informieren. Zu seiner Überraschung saß Macklin an dem kleinen Tisch an der Wand.

„Was ist passiert?", fragte Macklin, als Sam die Küche betrat.

Sam überlegte nicht lange, woher Macklin wusste, dass etwas passiert sein musste. Vermutlich konnte man es seinem Gesicht ansehen. „Ich habe einen Anruf aus Taylor Peak bekommen. Devlin ist vom Pferd geworden worden. Sie mussten ihn mit dem Hubschrauber nach Canberra bringen. Jeremy ist schon auf dem Weg hierher. Ich packe jetzt, dann brechen wir auf. Ich weiß nicht, wie lange wir in Canberra bleiben müssen."

„Schon gut." Macklin stand auf. „Lass dir von Jeremy nicht einreden, er würde seine Arbeit vernachlässigen. Devlin Taylor und ich waren nie Freunde, aber er ist Jeremys Bruder. Jeremy soll so lange in Canberra bleiben, wie Devlin ihn braucht. Wir haben genug Leute, die für ihn einspringen können, bis er zurückkommt."

„Danke", sagte Sam. „Ich weiß das zu schätzen, auch wenn er es nicht sagen wird."

Macklin lächelte. „Verstanden."

„Ich bin mit den Quartalsabrechnungen erst zur Hälfte fertig."

„Geh jetzt, Sam", erwiderte Macklin. „Caine kann das übernehmen. Und melde dich, wenn wir euch irgendwie helfen können."

Sam nickte und machte sich auf den Weg zu dem Haus, in dem er und Jeremy wohnten. Er holte einen Koffer aus dem Schrank und füllte ihn mit dem Erstbesten, was ihm in die Hände fiel. Dann verstaute er ihn im Kofferraum des Autos und fuhr zu dem Tor, an dem er sich mit Jeremy verabredet hatte. Er würde vermutlich früher eintreffen, wollte aber lieber warten, als sich zu verspäten. Sobald Jeremy kam, konnten sie aufbrechen und – hoffentlich – rechtzeitig bei Devlin sein.


SETH WAR nicht sonderlich überrascht, als er auf dem Heimweg an Taylor Peak vorbeikam und niemandem begegnete. Manchmal begegnete er hier einigen Jackaroos, aber meistens sah er nur hier und da einige Schafe weiden. Er hatte allerdings nicht damit gerechnet, dass ihm ein Auto aus der Richtung von Lang Downs entgegenkam. Er fuhr an den Straßenrand, um den Wagen passieren zu lassen. Als er Sam und Jeremy erkannte, winkte er ihnen zu, aber die beiden beachteten ihn nicht. Schulterzuckend fuhr Seth weiter. Vermutlich hatten sie vergessen, dass er heute eintreffen würde. Chris musste es ihnen zwar mitgeteilt haben, aber er stand bestimmt nicht auf ihrer Prioritätenliste. Er stand noch nicht einmal mehr auf Chris' Prioritätenliste, seit er Lang Downs verlassen und zum Studium nach Sydney gezogen war. Aber wenigstens würde Chris seine Ankunft zuhause nicht vergessen haben. Auf Chris konnte Seth sich immer verlassen, selbst wenn alle anderen ihn enttäuschten.

Den Rest des Weges hatte er nur seine Musik als Gesellschaft. Wenigstens musste er sich nicht nach Ilenes Musikgeschmack richten, sondern konnte selbst auswählen, was er hören wollte.

Als er auf Lang Downs ankam, sah er Carley, Jasons Mutter, aus der Unterkunft kommen. Sie hatte den Arm voller Wäsche. Seth kurbelte lächelnd das Fenster auf und beugte sich hinaus. „Brauchst du Hilfe?"

„Was meinst du, seit wie vielen Jahren ich das schon allein mache, Boyo?", neckte ihn Carley. „Ich werde doch wohl mit dem bisschen schmutziger Bettwäsche zurechtkommen."

„Wirf sie in den Kofferraum", sagte Seth und zog an dem Hebel, der die Klappe entriegelte. „Dann kannst du mir auf dem Weg zum Haus den neuesten Klatsch erzählen."

Sie verdrehte die Augen, verstaute ihr Wäschebündel im Kofferraum und setzte sich auf den Beifahrersitz.

„Also … was gibt's Neues?", erkundigte sich Seth.

Das Lächeln verschwand aus ihrem Gesicht. „Devlin Taylor hatte einen Unfall. Jeremy und Sam sind auf dem Weg nach Canberra. Ich weiß nicht viel mehr darüber, aber Sam hat einen ziemlich erschütterten Eindruck gemacht, als sie losgefahren sind. Es muss also schlimm sein."

Seths Magen zog sich zusammen bei der Vorstellung, er würde ans Krankenbett seines schwerverletzten Bruders gerufen. Dass sie Devlin nicht in das kleinere, aber näher gelegene Krankenhaus von Yass gebracht hatten, war kein gutes Zeichen. „Das erklärt, warum sie mir nicht zugewinkt haben, als wir uns begegnet sind."

„Und jetzt verrate mir, warum dein Kofferraum so voll ist. Chris sagte, du wolltest nur für einen kurzen Besuch kommen."

„Wollte ich auch", sagte Seth. „Aber dann habe ich festgestellt, dass ich wieder nach Hause kommen will. Ich hoffe, Caine und Macklin können noch ein Paar Hände gebrauchen."

„Wenn sie nein sagen, rücke ich ihnen den Kopf zurecht", versprach ihm Carley grimmig. „Patrick ist nicht mehr der Jüngste, auch wenn er sich das nicht eingestehen will. Seine Hände schmerzen ihn mehr, als er zugibt. Er ist zu stolz, um Caine und Macklin um Hilfe zu bitten, aber wenn du in die Werkstatt kommst und ihm die schwere Arbeit abnimmst, wird er nichts dagegen sagen."

„Du hättest mich anrufen sollen", rief Seth. „Ich wäre sofort gekommen."

„Das hätte mir Patrick nie verziehen. Du hattest in Sydney dein eigenes Leben, einen Job und eine Freundin. Er hätte nicht gewollt, dass du das seinetwegen aufgibst. Er wollte immer nur, dass du glücklich wirst, wenn es sein muss, auch in Sydney."

„Das spielt jetzt alles keine Rolle mehr", meinte Seth. „Ich bin zuhause und kann bleiben, solange mich Caine und Macklin brauchen. Mir ist egal, ob ich in der Werkstatt arbeite oder auf der Weide. Ich will nur bleiben."

„Was ist mit deiner Freundin? Hieß sie nicht Irene?"

„Ilene", sagte Seth angewidert, während er den Wagen vor Carleys und Patricks Haus parkte. Und *Jasons* Haus, wie sein verräterischer Kopf ihm in Erinnerung rief. „Sie war nicht daran interessiert, mit mir hier zu leben. Und ich war nicht daran interessiert, bei ihr in Sydney zu bleiben. Sie hat meine Wohnung übernommen und ich habe gepackt, was ich im Kofferraum unterbringen konnte.

Einige andere Sachen habe ich in Sydney eingelagert, bis ich eine bessere Lösung finde. Den Rest habe ich ihr zurückgelassen. Nichts davon war es wert, sich mit ihr zu streiten."

„Oh, mein Schatz … Das tut mir leid." Carley zog ihn in die Arme.

Seth erwiderte ihre Umarmung. Seit dem Tod seiner Mutter – er war damals vierzehn gewesen – hatte Carley deren Rolle eingenommen. Er hätte sie nicht darum gebeten und war mit seinen sechsundzwanzig auch zu alt, um sich bemuttern zu lassen, aber er hatte noch zu viel von dem vernachlässigten Jungen an sich, um ihre tröstende Geste zurückzuweisen. Um Ilene tat es ihm nicht leid. Sie war kein großer Verlust, wie er leider viel zu spät bemerkt hatte. Er ärgerte sich nur über sein schlechtes Urteilsvermögen. Es war ein Fehler gewesen, sich mit ihr einzulassen und dann so lange bei ihr zu bleiben.

„Ich bin froh, wieder zuhause zu sein", sagte er nach einer Weile.

„Komm rein. Ich setze uns einen Tee auf und dann können wir uns in Ruhe unterhalten, während die Waschmaschine läuft. Chris wollte heute nicht auf der Weide arbeiten, damit er dich begrüßen kann, aber er musste Jeremys Platz einnehmen, nachdem die Nachricht über Taylor kam. Er wusste, dass du es verstehen wirst."

Und Seth verstand es. Er hätte nicht anders gehandelt, wenn er an Chris' Stelle gewesen wäre. Trotzdem vermisste er seinen Bruder und wollte nicht untätig in Chris' und Jesses Wohnzimmer sitzen, bis die Jackaroos zum Abendessen zurückkamen. „Aber nur, wenn du mich helfen lässt."

„Na gut, du kannst die Wäsche aus dem Auto holen. Wenn sie erst in der Waschmaschine ist, können wir allerdings nur noch abwarten, bis sie fertig ist."

Seth schnappte sich die Wäsche aus dem Kofferraum und folgte ihr ins Haus. Er hatte mit Chris und Jesse viel Zeit in der Küche dieses Hauses verbracht, als er noch jünger war. Er und Jason hatte fast drei Jahre lang hier ihre Schularbeiten gemacht. Manchmal hatte er so getan, als hätte er Probleme mit Mathe. Er wollte damit Jason Zeit geben, zu ihm aufzuschließen, damit sie gemeinsam ihren Abschluss machen konnten. Und dann hatte Jason alles verdorben, indem er einfach gegangen war, um Tiermedizin zu studieren.

Am Tag, nachdem der Brief kam und Jason mitteilte, er wäre an der Universität angenommen worden, hatte sich Seth für ein Studium des Maschinenbaus beworben. Und jetzt, sieben Jahre später, war er endlich wieder nach Hause gekommen.

Er trug die Wäsche in die Waschküche und packte sie in die Waschmaschine.

Carley stellte die Maschine ein und scheuchte ihn in die Küche zurück. „Setz dich", befahl sie und setzte das Teewasser auf. „Erzähl mir, was passiert ist."

Seth zuckte mit den Schultern. Er konnte ihr schlecht erzählen, dass er nach Hause gekommen war, weil Jason wieder hier war. Carley würde ihn nicht dafür verurteilen, bisexuell zu sein. Sie hatte keine Probleme mit den schwulen Paaren auf Lang Downs. Aber wenn es um ihren Sohn ging, war das vielleicht anders. Und selbst, wenn sie nichts dagegen hätte, würde Jason sich nicht gerade darüber freuen, dass seine Mutter noch vor ihm davon erfuhr. „Wir wollten einfach unterschiedliche Dinge vom Leben. Und ich habe vor einigen Wochen erkannt, dass ich sie nicht genug liebe, um ihr ständig nachzugeben, zumal sie immer auf ihrer Meinung bestanden hat. Selbst bei Kleinigkeiten wollte sie keine Kompromisse eingehen."

„Das hört sich an, als ginge es dir ohne sie besser." Carley stellte die Teebeutel und eine Tasse vor ihm auf den Tisch. „Aber hier wirst du so leicht keine neue Freundin finden. Wir haben in diesem Sommer nur drei Jillaroos. Manchmal kommt es mir vor, als würden es von Jahr zu Jahr weniger."

„Was hast du denn erwartet? Die meisten suchen nicht nur Arbeit, sondern auch einen Mann. Und sie denken, auf Lang Downs würde es von schwulen Männern nur so wimmeln. Wir sind keine guten Jagdgründe für sie."

Carley kicherte. „Seit wann sind zehn Männer ein Gewimmel? Unsere Crew ist viel größer."

Seth überlegte. Caine und Macklin, Chris und Jesse, Sam und Jeremy, Thorne und Ian... Nach Adam Riese waren das nur acht, aber Carley hatte von zehn gesprochen. „Haben wir ein neues Paar bekommen, seit ich das letzte Mal hier war?"

„Dass sie schwul sind, muss noch lange nicht heißen, dass sie in einer Beziehung sind oder bleiben wollen", meinte Carley. „Wir haben Jackaroos, die nur für eine oder zwei Saisons bleiben. Das weißt du doch."

Natürlich hatte sie recht, aber Seth zählte diese Männer nie mit, weil sie kamen und gingen. Sie hinterließen keine Spuren auf Lang Downs oder bei seinen Bewohnern. Für Seth waren die Saisonalen immer nur anonyme Gesichter gewesen. Nur, wenn sie sich für Mechanik interessierten, merkte er sich für kurze Zeit ihre Namen.

Es spielte sowieso keine Rolle. Seth war nie mit einem anderen Mann zusammen gewesen. Sein Herz hatte sich so sehr auf Jason fixiert, dass ihm zwar gelegentlich ein hübsches Gesicht oder ein knackiger Hintern auffielen, aber dabei blieb es dann auch. Und nur weil er jetzt solo war, würde er nicht gleich hinter dem nächstbesten Jackaroo her sein.

„Im Moment habe ich kein Interesse an Frauen. Nachdem ich es drei Jahre mit Ilene ausgehalten habe, brauche ich dringend eine Pause. Ich will es einfach nur genießen, wieder zuhause zu sein – ohne Druck und alles." Und noch mehr würde er genießen, Jason wiederzusehen. Aber das musste bis nach dem Abendessen warten.

„Es ist schön, dass du wieder zuhause bist", sagte Carley und goss ihm heißes Wasser ein. „Ich habe meine Jungs vermisst. Caine wird für dich genauso schnell Arbeit finden wie für Jason, aber ich erwarte trotzdem, dass du jeden Sonntag zum Essen kommst, auch wenn du den Rest der Woche in der Kantine isst."

„Ja, Mum." Es wollte sie damit eigentlich nur necken, aber als er ihr strahlendes Gesicht sah, nahm er sich vor, sie öfter so zu nennen. Seine eigene

Mutter hatte ihrem Namen nicht gerade Ehre gemacht, aber Carley hatte ihn immer unterstützt und an ihn geglaubt – fast vom ersten Moment an, als er vor zehn Jahren nach Lang Downs kam.

„An was arbeitet Caine gerade?", fragte er, um das Thema zu wechseln. „Er hat doch immer irgendein Projekt am laufen."

„Momentan sind es Solarzellen und Windmühlen", erwiderte sie. „Er will die Hütten auf den Weiden elektrifizieren. Meistens reicht dort ein Feuer aus, aber wenn es besonders kalt wird oder regnet, kann Elektrizität sehr nützlich sein. Unterkühlung ist gefährlich."

„Ich rede beim Essen mit ihm darüber", sagte Seth. „Elektrobau ist nicht mein Spezialgebiet, aber ich weiß genug, um ihm dabei zu helfen. Ich bastele zwar immer gern an Maschinen rum, aber wenn ich mein Studium zu etwas Praktischem nutzen kann, war es die Zeit und Mühe wenigstens wert."

„Ich habe nie verstanden, warum du extra studieren musstest. Du kennst dich fast so gut mit den Maschinen aus wie Patrick. Den Rest hättest du von ihm lernen können."

Seth wurde rot. „Chris wollte, dass ich mehr Wahlmöglichkeiten habe. Mir kam es damals wie eine gute Idee vor."

„Und jetzt?"

„Jetzt gibt es mir dir Chance, für Lang Downs nützlicher zu sein, als ich es ohne Studium gewesen wäre", sagte Seth. „Und deshalb war es das wert."

# 2

JASON KLOPFTE dem Pferd lobend an den Hals und pfiff Polly zurück. Sie hatten den ganzen Tag damit verbracht, die Herde auf eine andere Weide zu treiben. Jason war müde und schmutzig und wollte nur noch nach Hause. Dadurch unterschied sich dieser Tag zwar nicht von jedem beliebigen anderen Tag auch, aber heute war Seth zurückgekommen. Jason wusste noch nicht, wie lange Seth dieses Mal bleiben wollte – es war nie lang genug – und deshalb ärgerte er sich über jede Minute, die er nicht mit ihm verbringen konnte, weil er auf den Weiden zu tun hatte. Wenn er auch nur zu Besuch hier wäre, würde es ihm nicht so viel ausmachen. Dann hätte er Caine oder Macklin sagen können, dass er heute keine Lust hatte. Aber Jason war kein Kind mehr und auch kein Gast. Er war hier, um zu arbeiten. Und das hieß, dass er jede Arbeit übernahm, die Macklin oder Neil ihm zuwiesen. Heute war seine Hilfe als Tierarzt nicht gebraucht worden, also war er mit den anderen Jackaroos auf die Weide geritten. So, wie er es Caine und Macklin versprochen hatte.

„Das waren die letzten Tiere", rief Ian und schloss das Tor hinter Jason. „Zeit, dass wir nach Hause kommen. Jason, pass auf Polly auf, falls du vorausreiten willst."

„Du brauchst mich wirklich nicht?", fragte Jason. Er hatte Polly schon als Welpe bekommen und sie war es gewohnt, vor ihm über dem Sattel zu liegen. Aber er ritt heute nicht Titan und wusste nicht, wie das fremde Pferd darauf reagieren würde, wenn Polly einfach in den Sattel sprang.

„Mach schon", sagte Ian. „Du hast heute den ganzen Tag an nichts anderes gedacht. Wird Zeit, dass du mit dem Körper dorthin kommst, wo dein Kopf schon ist. Vielleicht machst du dann nicht mehr so ein betrübtes Gesicht."

Jason drehte sich zu Thorne um. „War ich wirklich so schlimm?", fragte er.

„Ja, das warst du", sagte Thorne. „Bist du sicher, dass es keine Enttäuschung wird?"

„Mein bester Freund ist zu Besuch gekommen", erwiderte Jason. „Wir könnte ich darüber enttäuscht sein?"

Thornes Gesichtsausdruck sagte ihm, dass er niemandem etwas vormachen konnte. Egal. Seth war nicht schwul. Jason hatte das schon immer gewusst, hatte es sogar akzeptiert. Es war schließlich keine Frage der freien Wahl, ob ein Mann schwul war oder nicht. Aber das hinderte Jason nicht daran, Seth zu lieben. Nichts und niemand konnte ihn daran hindern. Auch das hatte er akzeptiert. Seine Beziehung zu Riley, den er während des Studiums in Adelaide kennengelernt hatte, war in die Brüche gegangen. Jason hatte es immer darauf geschoben, dass sie unterschiedliche Dinge im Leben wollten. Jason wollte nach Hause, nach Lang

11

Downs. Riley wollte eine kleine Tierarztpraxis in der Stadt eröffnen. Jason hatte gehofft, dass seine Rückkehr nach Lang Downs alles ändern würde. Cooper war nicht Seth, aber er war ein Jackaroo, der das Leben im Outback liebte. Jason hatte mit ihm mehr gemeinsam als mit jedem anderen Mann, den er je kennengelernt hatte.

Außer mit Seth, aber der war nicht schwul. Seth hatte sogar eine Freundin in Sydney, auch wenn sie nicht sehr nett war. Ständig schrie sie Seth an. Jason hatte sie schon mehr als einmal im Hintergrund kreischen hören wie eine Xanthippe, wenn er sich mit Seth über Skype unterhielt. Und persönlich war sie noch schlimmer. Jason hoffte nur, dass sie im Bett gut war. Wenigstens das hatte Seth dafür verdient, es mit ihr auszuhalten.

Thorne kam an seine Seite geritten. „Ich will dir dein Leben nicht vorschreiben, aber wenn du Wert auf die Meinung eines Mannes legst, der schon einiges an Erfahrungen gesammelt hat, dann kann ich dir nur raten, dass du dir deine Begeisterung über seinen Besuch nicht allzu sehr anmerken lässt. Cooper könnte sonst das Interesse an dir verlieren. Er könnte sich fragen, welche Rolle er im Leben eines Geliebten spielt, der seinem besten Freund mehr Aufmerksamkeit schenkt als ihm."

„Seth bleibt nur einige Tage, höchstens eine Woche", sagte Jason. „Und er würde sich auch nicht für mich interessieren, wenn er länger bleiben würde. Ich habe nicht das passende Zubehör für ihn. Aber er ist mein bester Freund und ich werde die Chance nicht verstreichen lassen. Wenn er wieder abgereist ist, hat Cooper wieder meine ungeteilte Aufmerksamkeit."

Er ignorierte Thornes skeptischen Blick, gab seinem Pferd die Sporen und ritt los. Er wollte das Beste aus den wenigen Tagen machen, die er mit Seth hatte.

Selbst im Galopp dauerte es eine Stunde, bis er die Station erreichte. Seths Wagen stand nicht vor Chris' und Jesses Haus, aber deren Auto war auch nicht zu sehen. Vielleicht hatte Seth hinter dem Traktorschuppen geparkt, wo sie normalerweise die Autos abstellten. Er nahm dem Pferd Sattel und Zaumzeug ab, rieb es schnell ab und brachte es auf eine eingezäunte Weide, wo es grasen konnte. Dann überlegte er, ob er noch in die Unterkunft gehen und duschen sollte, aber dort herrschte jetzt wahrscheinlich Hochbetrieb. Bei seinen Eltern im Haus würde er nicht so lange warten müssen. Und danach konnte er sich gleich auf die Suche nach Seth begeben.

Seth würde es nicht auffallen, ob Jason geduscht war oder nicht, aber er selbst würde es wissen. Vielleicht war Seth weniger an ihm interessiert als umgekehrt, aber Jason wollte sich trotzdem Mühe geben. Und wenn er sich wie ein Narr aufführte, dann war dem eben so.

Er lief die Treppe zu seinem Elternhaus hinauf und zog sich auf der Veranda die Stiefel aus. Er mochte nicht mehr hier wohnen, aber das hieß noch lange nicht, dass seine Mutter deshalb weniger streng wäre.

„Hi, Mum", rief er, als er das Haus betrat. „Kann ich bei euch duschen?"

12

„Natürlich. Aber erst musst du Seth begrüßen. Er hatte mir heute Nachmittag Gesellschaft geleistet."

Jason erstarrte. Seth war nicht bei Chris und Jesse oder in der Kantine, sondern saß in der Küche seiner Mutter. Damit hatte Jason nicht gerechnet. Darauf war er nicht vorbereitet. Er holte tief Luft und erinnerte sich daran, dass Seth sein bester Freund war. Nur das zählte.

Er machte einen Abstecher zur Küche, lächelte sogar, aber seine Nerven ließen ihn wieder im Stich, als er vor Seth stand. Seth war so wunderschön wie immer. Seine blonden Haare waren zerzaust, als wäre er mit offenem Fenster gefahren (oder jemand wäre ihm mit den Fingern durch die Haare gefahren; aber daran durfte Jason jetzt nicht denken, auch wenn es Seths eigene Finger gewesen sein mochten) und seine grünen Augen funkelten vergnügt. Jason hatte diese Augen immer geliebt und wenn sie so lebendig blickten wie jetzt, schlugen sie ihn magisch in ihren Bann.

„Willkommen zuhause", sagte er, ging auf Seth zu und umarmte ihn. „Wie lange bleibst du dieses Mal?"

Seth stand auf und erwiderte seine Umarmung. Sie berührten sich am ganzen Körper und Jason konnte nur beten, dass sein Schwanz nicht die Beherrschung verlor.

„Dieses Mal bleibe ich", sagte Seth und ließ ihn los. „Ich bin Sydney leid geworden."

Jason suchte in seinem Gesicht nach Anzeichen von Zweifel oder Unsicherheit, fand aber keine. Was immer Seth auch dazu bewogen haben mochte, wieder nach Hause zu kommen, er stand hinter seiner Entscheidung.

„Dann freue ich mich erst recht." Jason schluckte schwer. „Ich bin wirklich froh, dass du wieder hier bist."

„Ja. Deine Mum hat mit schon erzählt, dass die Arthritis deines Dads schlimmer geworden ist. Ich kann ihm so viel Arbeit abnehmen, wie er erlaubt. Und vielleicht kann ich Caine bei seinen Projekten helfen."

Das war zwar nicht der Grund, warum Jason sich so über Seths Rückkehr freute, aber er ließ ihn in dem Glauben. „Aber erwähne Dads kranke Hände nie, wenn er dich hören kann. Er will sich immer noch nicht eingestehen, wie schlimm es ist."

„Mache ich", sagte Seth. „Caine und Macklin wissen noch nicht, dass ich dieses Mal nicht nur zu einem kurzen Besuch hier bin. Nachdem jetzt alle von der Weide zurück sind, sollte ich mit ihnen reden. Sehen wir uns beim Abendessen?"

„Na klar", sagte Jason. „Wenn man jahrelang in der Cafeteria der Uni gegessen hat, schmeckt es bei Kami noch besser als früher. Du konntest wenigstens zuhause essen."

„Na ja, das ist relativ. Ilenes Kocherei war nicht viel besser als meine."

„Da du sie erwähnst …" Jason sprach seine Frage nicht aus.

13

„Sie hat sich entschieden, in Sydney zu bleiben", sagte Seth. „Ich will nicht wiederholen, was genau sie gesagt hat, aber sie war nicht daran interessiert, auf einer Schafstation zu leben. Und das hat sie unmissverständlich zum Ausdruck gebracht."

Jason war erleichtert. Er hätte sie irgendwie ertragen, wenn Seth sie mitgebracht hätte. Hauptsache, Seth war wieder zuhause. Aber so war es noch besser. Sie war endlich aus Seths Leben verschwunden.

„Das tut mir leid." Es war zwar gelogen, aber was hätte er auch sagen sollen?

„Mir nicht", gestand Seth. „Wir haben nicht zusammengepasst. Ich habe nur viel zu lange gebraucht, um das zu erkennen."

Er drückte Jason noch einmal kurz an sich und umarmte Carley. „Wir sehen uns dann beim Abendessen."

Als er gegangen war, ließ Jason sich auf den Stuhl fallen, auf dem eben noch Seth gesessen hatte. „Ich bin sowas von im Arsch."

„Nicht fluchen, junger Mann", sagte seine Mutter tadelnd. Er zuckte zusammen. Das hatte er nicht laut sagen wollen.

„Sorry, Mum. Ich bin die Sprache aus der Unterkunft gewöhnt."

„Das ist keine Entschuldigung. Warum hast du das eigentlich gesagt? Du hast dich doch so auf seinen Besuch gefreut."

Jason überlegte, was er seine Mutter antworten sollte. Er hatte sie noch nie gut belügen können. Andererseits würde sie sich einmischen, wenn sie die Wahrheit wusste. Er liebte seine Mutter, aber sie mischte sich ständig in seine Angelegenheiten ein. Jason stand auf und ging zur Tür. Er konnte jetzt nicht mit ihr darüber reden. „Nicht wichtig. Ich gehe jetzt unter die Dusche. Wir können später darüber reden."

Carley fasste ihn am Arm, als er an ihr vorbeiging. „Ich will dich nicht aushorchen, aber wenn du mich brauchst, bin ich für dich da."

„Danke, Mum."


JEREMY STAND auf dem Flur vor der Intensivstation des Krankenhauses in Canberra. Die Ärzte hatte sich alle Mühe gegeben, Devlin zu stabilisieren, aber die Pflegerin hatte sich nach der Prognose nicht sehr optimistisch angehört. Sie hatte Jeremy versprochen, so bald wie möglich einen der Ärzte zu ihm zu schicken, der ihm mehr sagen konnte.

„Mr. Taylor?"

„Ja, der bin ich", sagte Jeremy und drehte sich zu dem Arzt um. Das müde Gesicht des Mannes war kein sehr ermutigender Anblick. „Wie geht es meinem Bruder?"

„Nicht gut", sagte der Arzt. „Ich will nicht lügen. Der Sturz hat eine Hirnblutung ausgelöst. Wir haben versucht, den Druck zu reduzieren, um Hirnschäden zu vermeiden, aber zwischen dem Unfall und dem Beginn der

Behandlung ist sehr viel Zeit vergangen. Folgeschäden sind also unvermeidbar. Wir werden ihn heute Nacht hierbehalten und versuchen, ihn weiter zu stabilisieren, sodass er morgen transportfähig ist. Dann sollte er nach Sydney in eine Spezialklinik überführt werden. Dort gibt es mehr Möglichkeiten, ihm zu helfen. Er muss lernen, sich mit der neuen Situation abzufinden und damit umzugehen."

Jeremy schüttelte den Kopf. Er wollte nicht glauben, was der Arzt ihm gesagt hatte. „Er leitet eine Schafstation im Outback. Seine Männer sind auf ihn angewiesen."

„Es tut mir leid, Mr. Taylor, aber das ändert leider nichts an den medizinischen Fakten. Wir tun für ihn, was in unserer Macht steht, aber es wird sehr lange dauern, bis er wieder in der Lage ist, eine Schafstation zu leiten. Falls er überlebt."

„Vielen Dank für Ihre Zeit", sagte Jeremy abwesend. Ihm war, als wäre seine ganze Welt zusammengebrochen. Er und Devlin hatten sich in den letzten Jahren nicht gut verstanden, aber Devlin war immer noch sein Bruder. Ein Teil seines Lebens. Er konnte nicht ... Ein Leben ohne Devlin wäre ... Wenn er starb, gab es keine Chance mehr, sich mit ihm zu versöhnen.

„Jeremy?"

Jeremy drehte sich nach Sams Stimme um. Sam nahm ihn an der Hand und führte ihn von dem Fenster weg. Er fand ein ruhiges Wartezimmer für sie, wo sie sich setzten. Die Plastikstühle waren zwar nicht sehr bequem, aber immer noch besser, als länger zu stehen.

„Hast du mit dem Arzt gesprochen?"

„Es sieht nicht ..." Ihm brach die Stimme. Er schluckte und versuchte, die Tränen zurückzuhalten, die ihm in die Augen stiegen. Devlin würde nicht weinen, wenn ihre Rollen vertauscht wären. Er wäre vermutlich sogar froh, dass es eine Schwuchtel weniger gab auf der Welt. „Es sieht nicht gut aus. Er lebt, aber der Arzt war noch nicht sicher, ob er es schafft. Und selbst wenn, wird er sehr lange nicht arbeiten können. Ich habe keine Ahnung, wer auf Taylor Peak an seiner Stelle die Entscheidungen fällt. Ich weiß nicht, was dort los ist."

„Dann rufen wir einfach im Haus an und warten ab, wer ans Telefon geht", schlug Sam vor. „Wenn sich niemand meldet, rufen wir in Lang Downs an und fragen Caine, ob er jemanden hinschicken kann, um unsere Nachricht zu überbringen. Wir finden schon einen Weg. Ein Schritt nach dem anderen, ja?"

Jeremy nickte dankbar. Er war froh, dass Sam bei ihm war. Mit Sam an seiner Seite konnte er alles durchstehen. Das durfte er nicht vergessen.

„Soll ich für dich anrufen?"

Jeremy zuckte mit den Schultern. Er war nicht in der Lage, Entscheidungen zu treffen. Seine ganze Energie war auf dieses Zimmer gerichtet, in dem Devlin um sein Leben kämpfte. Oh Gott ...

„Ganz ruhig", sagte Sam und rieb ihm über den Rücken. „Tief durchatmen. Ich kümmere mich um den Rest. Du konzentrierst dich jetzt nur darauf, ein- und auszuatmen. Ein und aus, ein und aus ..."

Jeremy atmete im Rhythmus von Sams Hand, die ihm über den Rücken fuhr. Er atmete mit jeder Bewegung nach rechts ein, mit jeder Bewegung nach links aus. Sams Hand war stark und tröstlich. Seine andere Hand lag auf Jeremys Knie. Jeremy fasste danach und klammerte sich daran fest wie an einen Rettungsanker. Nach einer Weile ließ die Panik wieder etwas nach, die ihn erfasst hatte. Er richtete sich auf, ließ Sams Hand aber nicht los. Er wollte nicht riskieren, wieder die Fassung zu verlieren.

Sam drückte ihm die Hand. „Atme immer weiter, ganz ruhig und regelmäßig. Ich rufe jetzt in Taylor Peak an."

Jeremy hörte nicht zu, was Sam am Telefon sagte. Er wartete ab, bis er sich wieder sicher auf den Beinen fühlte, stand auf und ging zu Devlins Zimmer zurück. Er durfte es nicht betreten, aber er konnte durch das Fenster zusehen, wie Devlins Brust sich hob und senkte. Es war ein beruhigendes Gefühl. Hauptsache, Devlin war noch am Leben. Für den Rest würden sie schon eine Lösung finden.

Einige Minuten später kam Sam aus dem Wartezimmer zu ihm. Jeremy fragte ihn nicht, ob er jemanden erreicht hatte. Sam war immer effektiv und zuverlässig. Wenn er in Taylor Peak niemanden erreicht hatte, war jetzt bestimmt schon jemand aus Lang Downs auf dem Weg dorthin.

„Er schafft es schon", sagte Sam. „Er ist viel zu stur, um einfach zu sterben."

„Ich hoffe nur, dass du recht hast", meinte Jeremy. Wenn Devlin starb, würde er Taylor Peak erben. Das war das Letzte, was er sich wünschte. Früher mochte das anders gewesen sein, aber jetzt hatte er auf Lang Downs ein neues Zuhause gefunden.


SAM HIELT mit Jeremy Wache, um ihm Halt zu geben. Er wünschte, sie könnten mehr tun, als nur abzuwarten, bis Devlin wieder aufwachte. Bis die Ärzte mehr Tests durchgeführt hatten. Bis sie wussten, wie Devlins langfristige Prognose aussah. Sam litt mit Jeremy. Er wollte sich nicht vorstellen, wie er sich fühlen würde, wenn es Neil wäre, der bewusstlos dort in dem Zimmer lag. Allein bei dem Gedanken wurde ihm angst und bange.

Das Klingeln seines Handys hallte durch den Flur. Sam schaute auf den Bildschirm. „Das ist Taylor Peak. Willst du selbst mit ihnen reden?" Jeremy schüttelte den Kopf. Sam hatte keine andere Antwort erwartet, ihn aber trotzdem fragen wollen. „Soll ich den Anruf woanders annehmen?"

„Nein, bleib hier. Vielleicht muss ich …" Er wedelte hilflos mit der Hand.

Sam griff nach seiner Hand und hielt sie fest, als er den Anruf annahm. Viel mehr konnte er nicht tun, aber so wusste Jeremy wenigstens, dass er nicht allein war.

„Hallo?"

„Spreche ich mit Sam Emery?"

„Ja."

„Hier ist Tim Perkins von Taylor Peak. Ich habe die Nachricht bekommen, dass ich dich wegen unserem Boss anrufen soll."

„Danke für den Rückruf, Tim. Mr. Taylor ist noch nicht wieder zu Bewusstsein gekommen. Die Ärzte sagen, er hat Hirnblutungen. Sie wissen noch nicht, wann und ob er sich wieder erholt. Bist du der Vormann?"

„Taylor Peak hat keinen Vormann. Nicht mehr, seit sich Williams vor einigen Jahren zur Ruhe gesetzt hat. Taylor macht alles selbst."

Sam runzelte die Stirn. Er wusste, wie viel Arbeit es machte, eine Station wie Taylor Peak zu leiten. Caine, Macklin und Neil teilten sich sogar die Arbeit auf den Weiden mit den Crewchefs und Sam arbeitete ganztags an der Buchhaltung. Wenn Devlin versucht hatte, das alles allein zu machen, war es kein Wunder, dass er einen Unfall gehabt hatte. „Wer ist der oberste Crewchef? Taylor ist momentan nicht in der Lage, Befehle zu geben. Bis es so weit ist, muss jemand die Entscheidungen treffen und alles am Laufen halten."

„So funktioniert Taylor Peak nicht, Kumpel. Der Boss hat alles im Kopf. Der Rest von uns macht nur, was ihm gesagt wird."

Sam wäre am liebsten mit dem Kopf gegen die Wand gerannt, aber das hätte weder Jeremy noch Taylor Peak geholfen. Er wusste nicht, wie viel Jeremy an der Station lag, aber für den Moment musste er sein Bestes versuchen. „Wer ist schon am längsten dabei? Ich weiß, dass er im Frühjahr nicht alle von euch neu angeheuert hat."

„Charlie White vermutlich. Ich weiß nicht, wie lange er hier ist, aber er war jedenfalls schon da, als ich gekommen bin."

„Dann will ich mit ihm reden", verlangte Sam. Irgendjemand musste doch genug Grips haben, die Sache für einige Tage am Laufen zu halten, bis sie mehr über Devlins Zustand wussten oder Devlin wieder Anweisungen geben konnte. Er warf einen Blick auf Jeremy. Jeremy schien sich nicht für das Gespräch zu interessieren. Er klammerte sich immer noch an Sams Hand fest, aber seine ganze Aufmerksamkeit galt dem Fenster, hinter dem Devlin lag.

Sam hörte durchs Handy leises Grummeln, dann machte sich Perkins auf den Weg, um den anderen Jackaroo zu suchen.

„Hallo?", sagte kurz darauf eine neue Stimme.

Sam kam direkt auf den Punkt. „Hast du genug Erfahrung mit Taylor Peak und Taylor, um für einige Tage die Verantwortung zu übernehmen, bis wir mehr über seinen Zustand wissen?", fragte er.

„Für einige Tage", sagte White. „Ich werde die Herden nicht auf neue Weiden bringen lassen oder ähnliche Entscheidungen treffen. Aber ich kann dafür sorgen, dass die Arbeit erledigt und für die Tiere gesorgt wird."

„Das reicht", sagte Sam. „Kümmere dich darum, bis du wieder von uns hörst. Wenn schwerwiegende Entscheidungen anfallen, melde dich bei mir und ich rede mit Taylors Bruder darüber. Aber ich will nichts über die täglichen Routinearbeiten hören. Nur, wenn es wirklich wichtig ist."

„Für einige Tage", wiederholte White. „Aber höchstens für eine Woche. Dann weiß ich nicht mehr, was zu tun ist."

Sam rollte mit den Augen und dankte allen Göttern, dass er auf Lang Downs gelandet war, wo Caine und Macklin ihre Mitarbeiter respektierten und ihnen Verantwortung übertrugen. „Bis dahin geht es Taylor hoffentlich besser und er kann wieder selbst entscheiden. Nötigenfalls aus dem Krankenbett."

White legte auf. Sam musste sich zusammenreißen, um das Handy nicht an die Wand zu werfen. Es hätte an der Lage auf Taylor Peak zwar nichts geändert, aber er hätte sich danach besser gefühlt. Dummerweise hätte es aber auch Jeremy nicht geholfen, also hielt er sich zurück und schob es wieder in die Tasche an seinem Gürtel.

„Wie schlimm ist es?", fragte Jeremy nach einer Weile.

„Dein Bruder erlaubt seinen Leuten offensichtlich keinerlei Eigenverantwortung, auch nicht bei kleinen Dingen", antwortete Sam so diplomatisch wie möglich. „Der erste Mann, mit dem ich gesprochen habe, hat sofort blockiert, als ich ihn fragte, ob er für einige Tage die Sache in die Hand nehmen könnte. Der zweite war bereit, sich um die alltäglichen Routinen zu kümmern, aber keinesfalls eigene Entscheidungen zu fällen. Du würdest nicht lange nachdenken, wenn auf Lang Downs die Herden auf neue Weiden getrieben werden müssten, oder?"

„Ich würde erst mit Macklin darüber reden", meinte Jeremy. „Aber wenn er – aus welchen Gründen auch immer – nicht erreichbar wäre, würde ich alles Nötige veranlassen. Devlin wollte schon immer alles unter seiner Kontrolle haben. Auf Williams hat er nur gehört, weil der schon auf Taylor Peak gearbeitet hat, seit wir noch Kinder waren. Aber Williams war der einzige, auf den er gehört hat. Es hat mich nicht gewundert, dass er keinen neuen Vormann mehr gesucht hat, nachdem Williams sich zur Ruhe gesetzt hat."

Sam konnte sich noch vage an Williams erinnern. Er hatte den Mann kurz erlebt, als vor vier Jahren der große Buschbrand ausgebrochen war, der Thorne nach Lang Downs gebracht hatte. Williams war damals schon ein alter Mann gewesen, mit Falten im Gesicht und schlohweißen Haaren. Sam war nicht sicher, ob er ihn heute noch erkennen würde. „Lebt Williams noch auf Taylor Peak? Oder irgendwo in der Nähe? Könnten wir ihn zurückholen, damit er einspringt, bis es Devlin wieder bessergeht und er entweder einen neuen Vormann einstellen oder selbst die Verantwortung übernehmen kann?"

„Ich habe keine Ahnung, wo Williams jetzt lebt", sagte Jeremy. „Wir könnten versuchen, es herauszufinden. Ich weiß aber nicht, ob er zurückkommen würde."

„Dann will ich es versuchen", entschied Sam. „Es reicht schon, wenn er uns einige Wochen aushilft. Das wäre immer noch besser, als die Station von hier zu führen und gleichzeitig ein Auge auf Devlin zu haben."

„Danke", krächzte Jeremy und Sam gab seine Zurückhaltung auf. Jeremy brauchte ihn jetzt. Sam zog ihn in die Arme und drückte ihn an sich, ließ seinen Körper sagen, was er nicht in Worte fassen konnte. Was immer auch geschehen mochte – ob mit Devlin oder mit Taylor Peak –, Sam würde ihn mit seinen Problemen nicht alleinlassen.

# 3

SETH SETZTE sich aus alter Gewohnheit zu Chris und Jesse an den Tisch. Er kannte die Saisonalen noch nicht und hatte es bisher nicht geschafft, mit Caine und Macklin über einen Job zu reden, also wollte er auch nicht die übliche Runde drehen und sich vorstellen. Außerdem waren ihm sein Bruder und seine Freunde wichtiger. Mit ihnen wollte er zuerst reden.

Als Patrick die Kantine betrat, kam er sofort zu ihnen an den Tisch und setzte sich. „Willkommen zuhause, mein Sohn. Carley hat gesagt, dass du dieses Mal bleiben willst."

„Ich hoffe, du lässt mich wieder in die Werkstatt", erwiderte Seth grinsend. „Ich weiß jetzt etwas mehr als vor zehn Jahren."

„Du warst damals schon gut genug, um erfahrene Männer zu blamieren", gab Patrick zurück. „Du bist in der Werkstatt jederzeit willkommen."

„Sag das Caine und Macklin", meinte Seth. „Ich will bleiben und habe noch nicht mit ihnen gesprochen."

„Du weißt doch, dass sie dich nicht wegschicken würden. Sie haben schon vollkommen Fremde hier aufgenommen und du gehörst zur Familie. Du hast hier immer einen Platz."

Seth wurde warm ums Herz, als er das hörte. Außer Chris hatte er nicht viele Konstanten in seinem Leben, aber Lang Downs war seine Heimat geworden. Hierher konnte er immer kommen, wenn er Trost brauchte, seine Wunden lecken oder sich einfach nur zuhause fühlen wollte. „Ich weiß."

Neil kletterte über die Bank zu Seth. Er sah besorgt aus.

„Nichts Neues von Sam?", fragte Patrick.

Neil schüttelte den Kopf. „Nein. Und je länger es dauert, bis wir mehr erfahren, umso schlimmer wird es sein. Sie sollten jetzt in Canberra angekommen sein, also wird Taylor entweder operiert oder sie haben ihn nach Sydney überführt."

„Wenn wir irgendwie helfen können ..."

„Oder ich", fügte Seth hinzu, als Patrick verstummte.

„Wir können nichts tun, solange wir nicht mehr wissen", sagte Neil. „Jeremy kann uns ohne Taylors Zustimmung nicht um Hilfe bitten. Vorausgesetzt, er will ihm überhaupt helfen, diesem ..."

„Sprich es nicht aus, Neil Emery." Molly, Neils Frau, setzte sich ihm gegenüber auf die Bank. „Dani ist hier und ich will nicht, dass sie deine schlechten Angewohnheiten aufschnappt."

Seth hätte beinahe gelacht. Neil hatte keine Chance gegen Molly, besonders, wenn es um ihre Tochter ging und das, was Molly als Neils *schlechte Angewohnheiten* bezeichnete. Offensichtlich hatte sich auf Lang Downs während seiner Abwesenheit nichts geändert. Es war ein beruhigendes Gefühl.

„Willkommen zuhause, Seth", fuhr Molly fort. „Ich bin noch nicht dazu gekommen, dich zu begrüßen. Wie lange bleibst du dieses Mal?"

„So lange, wie Caine und Macklin mich hier haben wollen", antwortete Seth. „Ich habe den Mietvertrag für meine Wohnung in Sydney an Ilene übertragen. Es wurde Zeit, dass ich wieder nach Hause komme."

„Dann freue ich mich noch mehr darüber, dich zu sehen. Wir können immer ein Paar zusätzlicher Hände brauchen."

„Nur meine Hände?", fragte Seth grinsend.

„Natürlich nicht!", rief Molly lachend. „Aber sie werden für Caines viele Projekte besonders hilfreich sein. Ich glaube, er hat nur auf dich gewartet. Jetzt kann er endlich richtig damit loslegen."

„Ich rede nach dem Essen oder morgen früh mit ihm. Ich freue mich schon darauf, ihm dabei zu helfen. Was immer er auch geplant hat."

„Dann solltest du nachher in die Unterkunft kommen, damit du die Jackaroos kennenlernst", meinte Neil. „Mit Caine kannst du morgen noch reden. Ich weiß nicht, was er mit dir vorhat, aber es ist immer gut, wenn du die Männer schon kennst, mit denen du arbeiten wirst."

„Er wird mich doch wohl nicht als Crewchef einteilen?", fragte Seth. „Ich war erst neunzehn, als ich gegangen bin. Ich habe nicht genug Erfahrung, um dafür die Verantwortung zu übernehmen."

„Davon haben wir mehr als genug", versicherte ihm Neil. „Ich dachte eher an die Solaranlagen, die Windmühlen oder die Stromversorgung allgemein. Dafür wirst du auch Hilfe brauchen. Molly hatte recht, als sie von seinen vielen Projekten gesprochen hat. Er will die Hütten mit Generatoren ausstatten und hat davon gesprochen, das Hauptgebäude von externer Energie unabhängig zu machen. Und das ist erst der Anfang."

„Dann gibt es für mich ja genug zu tun." Er hatte sich keine Sorgen darüber gemacht, dass Caine ihn nicht brauchen könnte. Er wusste, dass es in der Werkstatt immer Arbeit gab und wäre vollauf damit zufrieden gewesen, sich um die Maschinen zu kümmern. Aber was Neil gerade angesprochen hatte, hörte sich wesentlich besser an.

Die Tür öffnete sich und eine Gruppe Jackaroos kam lachend in die Kantine. Seth und die anderen am Tisch rollten mit den Augen. „Man merkt, dass heute Freitag ist", sagte Seth.

„Dann hätten sie heute Abend in die Stadt fahren sollen", meinte Neil. „So haben wir es auch immer gemacht."

„Aber nur ein- oder zweimal pro Saison", korrigierte ihn Patrick. „An den meisten Wochenenden haben wir in der Unterkunft gefeiert, so wie diese Jungs es auch tun werden."

„Solange sie morgen noch einsatzfähig sind, wenn sie zum Wochenenddienst eingeteilt sind", grummelte Neil.

„Ein paar von ihnen werden sich morgen auf dem Pferderücken vielleicht nicht allzu gut fühlen, aber das ist auch alles. Sie haben nicht genug Alkohol in der Unterkunft, um sich so zu betrinken, dass sie nicht mehr arbeitsfähig sind", sagte Jesse.

Chris lachte, Patrick verdrehte die Augen und Neil hielt sich die Ohren zu. Seth grinste entspannt. Es war alles so vertraut. Neil unterstützte Caine und Macklin in jeder Beziehung und tolerierte keine Form der Homophobie bei den Männern unter seinem Kommando. Aber allein der Gedanke, dass einer von ihnen auch Sex haben könnte, ließ ihn die Flucht ergreifen. Und doch hatte er fest zu Chris gehalten, als es zählte. Allein dafür stand er ganz oben auf der Liste von Seths Lieblingsmenschen.

Er hörte irgendwo hinter sich Jasons Lachen, drehte sich um und sah ihn bei den Jackaroos sitzen, die gerade in die Kantine gekommen waren. Es versetzte ihm einen Stich, aber er verdrängte es. Sie waren Jasons Freunde. Jason musste nicht alles stehen und liegen lassen, um ihn zuhause zu begrüßen. Einer der Jackaroos legte Jason den Arm um die Schultern. Die Geste machte einen sehr vertrauten Eindruck.

„Wer sitzt da bei Jason?", fragte er Jesse spontan.

„Cooper Samuels, einer der Saisonalen", sagte Jesse. „Er arbeitet meistens in Kyles Team. Scheint sehr zuverlässig zu sein. Er und Jason haben sich angefreundet."

In Seths Augen sah es nach mehr als Freundschaft aus, besonders als Cooper aufstand und Jason mit der Hand über den Nacken strich, bevor er ging. Das Abendessen stieß ihm sauer auf. „Ich gehe dann schlafen. Die Reise war anstrengend."

„Seth!"

Er ignorierte Chris und marschierte aus der Kantine.

Seth wusste nicht, wohin er ging. Es war ihm auch egal, solange er nur aus der Kantine rauskam und nicht mehr sehen musste, wie ein fremder Mann Jason so selbstverständlich anfasste. Die Unterkunft schied auch aus, weil die Jackaroos dort nach dem Essen das Wochenende feiern würden. Seth hatte keinen Anspruch auf Jasons Zuneigung. Sie waren Freunde, beste Freunde sogar. Aber Jason hatte nie auch nur die geringste Andeutung gemacht, dass er an mehr interessiert sein könnte.

Seth hatte immer gewusst, dass seine Gefühle für Jason hoffnungslos waren. Das hatte er schon herausgefunden, als Jason Lang Downs verlassen hatte, um mit dem Studium zu beginnen. Er war einfach verschwunden, ohne auch nur einen Gedanken an Seth zu verschwenden oder mit ihm darüber zu reden. Natürlich waren sie beide damals noch sehr jung gewesen und Seth hatte sich eingeredet, seine Gefühle wären nicht mehr als jugendliche Schwärmerei. Es hatte dazu geführt, dass er sich in den letzten sieben Jahren immer wieder mit Menschen eingelassen hatte, die er nicht liebte, zuletzt mit Ilene. Es war traurig, aber wahr. Als er von Jasons Rückkehr nach Lang Downs erfahren hatte, war die Hoffnung in ihm wieder erwacht, aber er hätte es besser wissen müssen. Die guten Dinge im Leben waren nicht für ihn bestimmt. Sie waren Menschen wie Caine und Macklin vorbehalten. Seth musste sich mit den Resten begnügen, die sonst niemand wollte.

Er hatte gedacht, mit Jason wäre es anders, aber das war offensichtlich nicht der Fall. Seth kam zu dem Schuppen, in dem die Werkstatt untergebracht war. Er schlug mit der Faust an die Wand. Die Bretter konnten es aushalten und vielleicht beruhigte es ja seine Nerven und er konnte sich bis morgen zusammenreißen. Der Schmerz schoss ihm in den Arm. Seth begrüßte ihn. Es geschah ihm nur recht. Warum musste er sich auch wünschen, was nicht für ihn bestimmt war? Seine Mutter war nie sehr streng gewesen, aber er hatte seine Lektion gelernt. Und zwar von seinem Stiefvater. Wenn er Dinge für sich beansprucht hatte, die seinen Stiefgeschwistern gehörten, war er dafür unweigerlich bestraft worden. Mit der Zeit hatte Seth auch gelernt, sich dafür zu revanchieren, ohne damit in Verbindung gebracht werden zu können. Doch das half ihm jetzt auch nicht weiter. Selbst, wenn er es Samuels irgendwie heimzahlen könnte, ihm Jason ausgespannt zu haben – Jason würde es ihm niemals verzeihen.

Er schlug wieder mit der Faust an die Wand. Ihm drehte sich der Magen um, als er das Knirschen hörte. Galle stieg in ihm auf. Seth schluckte. Er musste aufhören, sonst konnte er die Verletzungen an seiner Hand nicht mehr verbergen. Er musste morgen arbeiten. Das hatte ihm Neil vorhin gesagt. Seth drückte sich die Hand an die Brust und lehnte sich an die Wand. Sein Atem ging keuchend. Er schluckte wieder und schaute in den Nachthimmel. Er musste den Schmerz in seiner Hand und das Chaos in seinen Gedanken unter Kontrolle bringen. Wenn er sich auf den Schmerz konzentrierte, verloren die Gedanken an Bedeutung.

Nach einer Weile schaute er auf seine blutende Hand. Er ballte die Faust, bis der Schmerz etwas nachließ. Solange er noch alle Finger bewegen konnte, hatte er sich hoffentlich nichts gebrochen. Er musste die Hand verbinden und morgen so früh wie möglich in die Werkstatt gehen. Dann konnte er die Verletzung auf seine Arbeit schieben. Darüber würde sich niemand wundern, weil das ständig passierte. Niemand würde von seinem Nervenzusammenbruch erfahren. Er musste nur auf den wunden Fleck an seiner Hand drücken und der Schmerz würde ihn wieder beruhigen. Seth wusste noch nicht, was er tun sollte, wenn die Hand wieder geheilt war. Aber darüber konnte er nachdenken, wenn es so weit war. Für den Moment reichte es aus.

Es ging nicht anders.


JASON HOB den Kopf, als er Chris nach seinem Bruder rufen hörte. Er sah gerade noch, wie Seth aus der Kantine stürmte und in der Dämmerung verschwand. Jason wartete eine Sekunde ab und als Chris ihm nicht folgte, stand er sofort auf und entschuldigte sich. Kami würde ihm die Leviten lesen, wenn das Essen kalt wurde, aber das war ihm egal. Er wusste nicht, was mit Seth los war, aber er musste mit ihm reden und alles wieder in Ordnung bringen.

Als Jason auf die Veranda kam, sah er sich suchend um, konnte Seth aber nirgends entdecken. Er runzelte die Stirn und dachte nach.

„Suchst du mich?"

Jason drehte sich nach der Stimme um. Es war Cooper, der an einem der Pfosten lehnte, eine unangezündete Zigarette zwischen den Lippen.

„Ich habe nach Seth gesucht", antwortete Jason wahrheitsgemäß. Die Enttäuschung in Coopers Gesicht ließ ihn daran denken, was Thorne ihm vor einigen Stunden gesagt hatte. Er drängte seine Sorge um Seth beiseite. Seth hatte Chris und Jesse, die für ihn da waren, wenn etwas nicht stimmte. „Aber dich zu finden ist noch besser."

Coopers Miene hellte sich auf. Er nahm die Zigarette aus dem Mund. „Und was hast du mit mir vor, nachdem du mich jetzt gefunden hast?"

„Kommt ganz darauf an, was du mir zu bieten hast", erwiderte Jason flirtend und entspannte sich. Er hatte sich für morgen extra freigenommen, um mehr Zeit für Seth zu haben. Cooper musste arbeiten. Jason konnte also diesen Abend mit seinem Geliebten und den nächsten Tag mit seinem besten Freund verbringen. Dagegen konnte niemand etwas einwenden, auch Seth nicht.


*Es sieht nicht gut aus. Hirnblutungen. Vermutlich dauerhafter Hirnschaden. Selbst wenn er überlebt, wird er vielleicht nie wieder arbeiten können.*

Neil starrte auf Sams Nachricht. Verdammte Scheiße. Auf diese Art von Nachrichten konnte er verzichten, selbst wenn es um diesen Bastard von Devlin Taylor ging. Er entschuldigte sich und stand vom Tisch auf, um Caine und Macklin zu informieren.

„Hast du kurz Zeit, Boss?", fragte er Caine, als er an den Tisch der beiden kam.

„Natürlich", sagte Caine. „Was ist los?"

„Sam hat mir gerade einen Text geschickt." Er reichte den beiden das Handy, damit sie die Nachricht selbst lesen konnten. „Ich habe noch nicht mit ihm gesprochen und weiß nicht, was Jeremy jetzt vorhat. Falls er das selbst schon weiß. Aber das ändert natürlich alles."

„So ist es", gab Caine ihm recht. „Wir können vielleicht einen der Jackaroos zum Crewchef machen, der schon mehr als eine Saison hier war. Ich kann Sams Arbeit im Büro übernehmen, bis wir einen Ersatz für ihn gefunden haben."

„Willst du Sam etwa feuern?", fragte Neil scharf.

„Du weißt doch, dass ich das niemals tun würde." Neil zuckte etwas zusammen, als er den leichten Tadel in Caines Stimme hörte. Er hasste es, Caine zu enttäuschen.

„Sorry. Die Geschichte hat mich aus der Bahn geworfen."

„Ich weiß. Ich habe zwar keinen Bruder, aber es beunruhigt uns alle. Wenn Jeremy nach Taylor Peak geht, um seinem Bruder auszuhelfen oder – im Falle seines Todes – die Station zu übernehmen, wird Sam mit ihm gehen. Es wäre nicht richtig von uns, etwas anderes zu erwarten. Sam könnte natürlich für einige Tage in der Woche nach Lang Downs kommen und sich um die Buchhaltung kümmern, aber Jeremy wird seine Hilfe ebenfalls brauchen. Nicht nur im Büro, sondern auch für die Tiere. Sam hat dieses Geschäft gelernt. Es wäre nicht fair, ihn ständig von hier nach da zu schicken. Ich arbeite zur Zeit zwar meistens auf den Weiden, aber ich habe auch einen Abschluss in Management. Ich kann die Büroarbeit übernehmen, bis wir einen neuen Geschäftsführer finden."

„Und wenn Taylor nicht will, dass sie ihm aushelfen?", hakte Neil nach.

„Dann machen wir weiter wie bisher", sagte Macklin. „Was mit Taylor Peak passiert, interessiert uns nur im Hinblick auf Jeremy. Oder wenn es wieder Ärger geben sollte. Aber Taylor hat sich in den letzten Jahren zurückgehalten und wir werden auch nicht diejenigen sein, die wieder mit dem Streit anfangen wollen."

„Was soll ich Sam also ausrichten?", erkundigte sich Neil.

„Sag ihm, dass wir an sie denken und er sich melden soll, wenn er unsere Hilfe braucht", erwiderte Caine. „Und sag ihm, er und Jeremy hätten offiziell Urlaub, solange sie brauchen. Sie haben genug um die Ohren und sollen sich nicht auch noch um ihre Arbeit hier Sorgen machen. Wir schaffen es ohne sie, bis alles geregelt ist und sie wieder nach Hause kommen."

„Danke, Boss. Ich richte es ihnen aus."

Neil schrieb eine Nachricht an Sam, während er die Kantine verließ. Er hatte sie kaum abgeschickt, da klingelte das Handy wieder.

*Sei vorsichtig, dass dir nicht auch sowas passiert.*

*Klar*, schrieb Neil zurück, obwohl er es nicht versprechen konnte. Selbst die besten Reiter konnten vom Pferd geworfen werden. Er überlegte. *Melde dich, wenn ich helfen kann. Auch wenn ich dazu nett zu Taylor sein muss*, fügte er schließlich hinzu.

*Danke.*

Neil hatte erwartet, dass Sam ihm vielleicht noch einen spitzen Kommentar schicken würde – *Werde endlich erwachsen* oder *Lerne, dein Temperament zu zügeln*. Irgendwas in der Art eben. Sam und Molly neckten ihn ständig damit. Sams Zurückhaltung beunruhigte ihn, auch wenn jetzt nicht der Zeitpunkt für Scherze war. Neil nahm sich vor, einige Stunden abzuwarten und ihn dann anzurufen. Er wollte sofort Bescheid wissen, falls sich die Lage verschlechtern sollte. Taylor war ihm zwar scheißegal, aber er sorgte sich um Jeremy.


JASON LAG in Coopers Armen, entspannt und befriedigt. Aber er konnte nicht zu denken aufhören, sah ständig vor sich, wie Seth aus der Kantine stürmte. „Ich sollte in mein eigenes Zimmer gehen. Du musst morgen arbeiten und ich will dich nicht stören."

„Du störst mich nicht." Cooper kuschelte sich an ihn. Jason musste sich zusammenreißen, um ihn nicht wegzuschieben. Er wollte sich nicht mit Cooper streiten, aber er würde heute Nacht in seinem eigenen Bett schlafen.

„Dann sollte ich gehen, damit du mich morgen früh nicht weckst." Er küsste ihn, um die Enttäuschung abzumildern. Cooper wollte den Kuss vertiefen, aber Jason setzte sich auf. Sein Hemd und die Jeans lagen bei der Tür auf dem Boden. Jason musste sie erst aufheben, um sich anziehen zu können. Mehr als diese kleine Show war für Cooper heute nicht mehr drin.

Cooper grummelte leise, hörte sich allerdings nicht sehr verärgert an. Jason zwinkerte ihm zu, bevor er sich bückte. Cooper grinste und verzog gespielt lüstern das Gesicht. Jason war über seine Reaktion erleichtert. Nein, er wollte sich wirklich nicht streiten. Er wollte nur in sein Bett und in Ruhe darüber nachdenken, was Seths Heimkehr für ihn bedeutete. Wenn er das herausgefunden hatte, konnte er den Samstag mit Seth verbringen, konnte versuchen, sein inneres Gleichgewicht wiederzufinden und seine Beziehung mit Cooper zu genießen. Bis morgen Abend wäre wieder alles in Ordnung. Er brauchte nur etwas Zeit und Abstand.

Als er sich anzog, drehte er sich zu Cooper um. „Sei vorsichtig morgen. Ich weiß zwar nicht genau, was auf Taylor Peak passiert ist, aber jeder kann vom Pferd fallen. Ich will dich nicht ins Krankenhaus bringen müssen."

„Ich bin immer vorsichtig", sagte Cooper selbstbewusst. Jason, der ihn noch nie anders als vorsichtig erlebt hatte, akzeptierte es. Cooper stand auf und ging nackt durch Zimmer. Jason gönnte sich einige Sekunden, den Anblick zu genießen. Cooper legte ihm die Arme um die Taille und streichelte ihm über den Hintern. Jason revanchierte sich dafür und küsste ihn zärtlich. Cooper erwiderte den Kuss. „Kann ich dich wirklich nicht überreden, noch zu bleiben?"

„Heute nicht." Jason gab ihm einen leichten Klaps auf den Hintern. „Leg dich jetzt ins Bett und schlaf. Ich habe es ernst gemeint. Ich will nicht, dass du morgen im Sattel einschläfst."

„Na gut. Aber morgen kommst du mit dieser Ausrede nicht mehr durch."

Jason sagte dazu nichts. Er mochte Cooper und war gerne mit ihm zusammen – vom Sex gar nicht zu reden –, aber wenn er zu oft bei ihm übernachtete, würden sie innerhalb kürzester Zeit zum Paar erklärt und bekämen ein eigenes Haus. Und das konnte sich Jason nicht vorstellen. Eines Tages vielleicht, aber jetzt noch nicht.

*Und nicht mit Cooper*, flüsterte sein verräterisches Herz. Mit Seth konnte er es sich nur allzu gut vorstellen. Wenn da nicht dieses kleine Problem wäre…

„Wir sehen uns morgen", sagte er, gab Cooper noch einen Kuss und ging. Auf dem Flur sah er sich kurz um und schlich dann zu seinem Zimmer. Er hatte aus seiner Beziehung zu Cooper kein Geheimnis gemacht, aber er wollte auch nicht ständig dafür aufgezogen werden, wenn ihn jemand dabei erwischte, Coopers Zimmer zu verlassen.

In der Sicherheit seines Zimmers zog er sich bis auf die Unterhose aus. Er hätte eine Dusche nehmen sollen, um den Geruch nach Schweiß und Gleitgel loszuwerden, aber wenn er jetzt in die Gemeinschaftsdusche ging, würde er vielleicht Cooper begegnen. Sie hatten schon oft zusammen geduscht, sowohl vor als auch nach Beginn ihrer Beziehung. Aber im Moment hatte Jason keine Lust dazu. Lieber wartete er mit der Dusche bis morgen früh, wenn die anderen Jackaroos auf den Weiden waren. Bis dahin musste er den Geruch eben aushalten.

Er kroch ins Bett und versuchte, Schlaf zu finden. Normalerweise fiel ihm das nach einer Runde Sex nicht schwer, aber heute wollte sich der Schlaf nicht einstellen. Jason sah immer wieder Seth vor sich. Er rollte auf die Seite und schaute auf den Wecker. Kurz nach zehn. Zu spät, um noch zu Chris und Jesse zu gehen und mit ihnen über Seth zu reden. Chris hatte auf seinen freien Tag verzichtet, um morgen für Jeremy einzuspringen. Jason hätte ihm vielleicht anbieten sollen, diesen Job zu übernehmen, aber er war kein Crewchef, auch wenn er Lang Downs besser kannte als die meisten anderen.

Er bedauerte es nicht, den Tag mit Seth verbringen zu können. E-Mails und Skype waren besser als nichts, aber kein Vergleich dazu, sich persönlich zu sehen. Jason nahm sich vor, am Sonntag für Jeremy einzuspringen, damit Chris auch etwas Zeit mit seinem Bruder verbringen konnte.

# 4

„WIE GEHT es ihm heute?", erkundigte sich Jeremy, als sie am nächsten Morgen wieder ins Krankenhaus kamen. Die offizielle Besuchszeit begann zwar erst in zwei Stunden, aber er hatte es nicht mehr aushalten können, im Hotelzimmer zu sitzen und an die Wände zu starren. Lieber lief er im Wartezimmer auf und ab. Hier war er wenigstens in der Nähe, sollte etwas passieren – ob gut oder schlecht. Er klammerte sich an die Hoffnung, dass es gut sein würde, aber er war hier und nur das zählte.

„Keine wesentlichen Veränderungen", sagte die Krankenschwester. „Die Ärzte machen gerade ihre Runde und wenn sie hier waren, haben sie vielleicht Neuigkeiten." Sie hörte sich müde an, das musste nicht heißen, dass es eine schlechte Nachricht war. Es konnte auch daran liegen, dass sie gerade eine Nachtschicht hinter sich hatte. Sam rieb ihm beruhigend den Rücken, erreichte damit aber eher das Gegenteil. Wenn Sam glaubte, ihn beruhigen zu müssen, hielt er die Antwort der Krankenschwester vielleicht auch für entmutigend.

„Danke", sagte Jeremy zu der Frau. „Dann rede ich später mit dem Arzt."

Sie lächelte gezwungen und machte sich wieder an die Arbeit.

Jeremy drehte sich zu Sam um und sah ihn an. „Keine Veränderung ist besser als eine schlechte", sagte er stur.

„Das stimmt. Aber eine gute Nachricht ist es auch nicht. Ich will nicht, dass du dir falsche Hoffnungen machst."

„Was soll ich denn tun?", fragte Jeremy verzweifelt. „Ihn einfach aufgeben?"

„Natürlich nicht", erwiderte Sam und führte ihn zu den Stühlen, die am Fenster standen. „Aber je länger er bewusstlos bleibt, umso länger dauert es, bis er sich wieder erholt hat, wenn er wieder aufwacht."

Jeremy hasste den unausgesprochenen Gedanken am Ende des Satzes. „*Falls* er wieder aufwacht. Du kannst es ruhig aussprechen. Es kann passieren, auch wenn du es nicht laut sagst."

„Ich versuche nur, positiv zu denken."

„Ich auch, aber es fällt mir schwer. Selbst wenn er jetzt gleich aufwacht, wird er nicht fit genug sein, um sofort wieder zu arbeiten", sagte Jeremy. „Und das heißt, ich muss mich um Taylor Peak kümmern. Und *das* heißt, ich muss mich wegen jeder Entscheidung mit ihm rumstreiten. Gar nicht davon zu reden, dass ich mir ständig anhören muss, das wäre alles kein Problem, wenn er nur einen richtigen Bruder hätte, der ihm aushelfen könnte. Er wird mir unmissverständlich klar machen, alles wäre kein Problem, wenn er nicht mit einer Schwuchtel geschlagen wäre, die lieber auf Lang Downs rumfickt, als dem Familiennamen Ehre zu machen."

28

„Das ist nicht deine Schuld", erwiderte Sam so aufgebracht, dass Jeremy ihm beinahe geglaubt hätte. „Er hat dir das Leben schon zur Hölle gemacht, als du noch versucht hast, der Mann zu sein, der du seiner Meinung nach sein solltest. Niemand kann von dir erwarten, dass du dich mit dieser Behandlung abfindest. Und du hast ihm nicht gesagt, er bräuchte keinen neuen Vormann einzustellen, nachdem Williams sich zur Ruhe setzte. Er hätte jemanden finden können, auch ohne dich. Es war ein Unfall – nicht mehr und nicht weniger."

„Vielleicht", sagte Jeremy. „Aber du weißt auch, dass er es nicht so sehen wird."

„Dann ist das allein *sein* Problem, nicht deines. Du hast damit nichts zu tun", erwiderte Sam stur.

Wenn das nur wahr wäre. Seit Jeremy alt genug war, um Devlins Vorurteile zu erkennen, hatte sich ihr Verhältnis immer mehr verschlechtert. Aber als Kind hatte er seinen großen Bruder bewundert und deshalb schmerzte es ihn immer noch, wie Devlin ihn behandelte. Er lächelte gezwungen, als Sam nach seiner Hand griff. „Sei dankbar für einen Bruder wie Neil, auch wenn ihr manchmal nicht einer Meinung seid."

„Neil sieht dich als seinen Schwager an", meinte Sam. „Was immer auch mit Devlin passiert, du hast immer noch eine Familie, die für dich da ist."

Jeremy blinzelte sich die Tränen aus den Augen. Er durfte hier nicht weinen, während Devlin um sein Leben kämpfte. Er musste stark sein. „Und du weißt, dass mir das sehr viel bedeutet."

„Ja", sagte Sam. „Ich dachte, ich würde Neil verlieren, wenn er erfährt, dass ich schwul bin. Seine Akzeptanz hat mir gezeigt, wie glücklich ich mich schätzen kann. Ich hatte nichts, als ich nach Lang Downs kam, aber ich habe hier alles gefunden – eine neue Familie, ein neues Zuhause, eine neue Beziehung zu meinem Bruder und … dich. Devlin lehnt dich ab, weil du mit mir zusammen bist. Ich weiß, wie sehr dich das trifft. Wenn ich könnte, würde ich seine Meinung ändern."

„Es liegt nicht an dir", widersprach ihm Jeremy. „Jedenfalls nicht nur. Er hat mich auch schon abgelehnt, als ich noch single war. Dass ich dich habe, macht es wenigstens erträglich."

Sam zog ihn in die Arme und drückte ihn. Jeremy klammerte sich an ihn. Ohne Sams Unterstützung… Er wollte gar nicht darüber nachdenken. Er hatte Sam und was immer auch mit Devlin und Taylor Peak passieren mochte, Sam würde ihn nie im Stich lassen. Sam war zwar nicht hier aufgewachsen, aber er war Jeremys Fels in der Brandung – so stark und vertraut wie das Land, auf dem sie lebten.

Sam wartete geduldig ab, bis Jeremy sich wieder gefangen hatte. Nach einer Weile knurrte ihm der Magen und sie mussten lachen.

„Wir sollten uns besser Frühstück besorgen, während wir auf den Arzt warten", meinte Jeremy.

„Ich mache mich auf die Suche. Du kannst hier warten", schlug Sam ihm vor.

Jeremy hätte ihm beinahe zugestimmt, aber es würde nichts ändern, wenn er hier wartete. Dadurch würde der Arzt nicht schneller kommen und hätte ihn auch nichts anderes mitzuteilen. Im Gegenteil. Wenn er sich mit Sam auf die Suche nach einem Frühstück machte, würde die Zeit viel schneller vergehen.

„MACKLIN, HAST du eine Minute Zeit?", fragte Seth seinen Chef nach dem Frühstück.

„Eine Minute." Vor zehn Jahren hätte Seth die Flucht ergriffen, als er Macklins Gesicht sah. Mittlerweile durchschaute er die stoische Miene und wusste, wann Macklin wirklich keine Zeit hatte.

„Unter vier Augen?"

Macklin sah ihn überrascht an und führte ihn aus der Kantine ins Haus. „Worum geht es?"

„Ich, äh... ich möchte wieder nach Hause kommen", platzte Seth heraus. „Nicht nur zu Besuch. Ich möchte bleiben." Macklin zog abwartend eine Augenbraue hoch und Seth holte tief Luft. „Ich hasse Sydney. Ich meine... ich hasse die Stadt nicht, aber sie ist so groß und laut und die Menschen haben Erwartungen und ... Sydney ist nicht mein Zuhause."

„Hier haben die Menschen auch Erwartungen", sagte Macklin. „Das gehört dazu, wenn man erwachsen ist."

„Ja, ich weiß. Aber hier wird erwartet, dass ich anpacke und meine Arbeit mache. Dass ich zugebe, wenn ich Mist gebaut habe und helfe, es wieder in Ordnung zu bringen", erklärte Seth. „Damit kann ich gut leben. Alles andere hasse ich."

Macklin nickte. Sein Gesicht zeigte Seth, dass er ihn verstand. Soweit Seth wusste, hatte Macklin seit seiner Kindheit immer nur auf Lang Downs gelebt. Seth hatte aber auch davon gehört, dass Macklin sich vor aller Augen verborgen hatte. Erst als Caine kam und sie sich ineinander verliebten, war das anders geworden. Macklin hatte sich geoutet und Lang Downs ein neues Gesicht bekommen.

„Carley meint, die Schmerzen in Patricks Händen würden immer schlimmer. Ich könnte ihm einen Teil der Arbeit abnehmen und ansonsten überall einspringen, wo du mich brauchst. Und wenn ich mich mit etwas noch nicht auskenne, kann ich es lernen", sagte Seth. „Bitte? Ich ... ich *brauche* mein Zuhause."

„Warum?", fragte Macklin. „Ich sage nicht Nein, aber ich will es verstehen. Ich kann dir nicht helfen, wenn ich es nicht verstehe."

„Bleibt es unter uns?"

„Hast du mich jemals beim Tratschen erwischt?", fragte Macklin zurück.

Nein, das hatte Seth nicht. Er hatte als Kind hier viel Tratsch und Klatsch erlebt, obwohl die Jackaroos immer versucht hatten, seine *unschuldigen Ohren* zu schützen. Macklin hatte daran niemals teilgenommen.

„Ich habe mich von Ilene getrennt", fing er an. „Es hat nicht funktioniert. Es gibt... da jemanden. Hat es schon immer gegeben, aber... er wird mich nie wollen. Ich weiß, dass es hoffnungslos ist. Er ist in einer Beziehung. Aber ich bin wenigstens hier und … Verdammter Mist. Ich mache mich zum Narren."

„Das kann passieren, wenn man verliebt ist", stimmte Macklin ihm zu. „Ich mache dir einen Vorschlag. Du kannst bleiben. Du bist hier genauso zuhause wie er." Seth zog eine Grimasse. Er hatte nicht so offensichtlich sein wollen. „Aber es darf sich nicht auf deine Arbeit auswirken. Oder auf seine. Wenn du nicht im selben Team arbeiten willst, ist das in Ordnung. Ich kann euch verschiedenen Crewchefs zuweisen. Wenn du nicht am selben Tag freihaben willst, kann ich das auch berücksichtigen. Aber wenn es sich nicht vermeiden lässt, dass ihr euch trefft, musst du damit umgehen können. In der Kantine, in der Unterkunft oder wo auch immer. Oder willst du bei Chris und Jesse einziehen?" Seth hatte darüber nachgedacht, aber dann wäre er sich vorgekommen, als würde er seine Niederlage eingestehen. Das wollte er nicht. Er schüttelte den Kopf. „Dann suchen wir dir ein Zimmer in der Unterkunft. Du weißt, dass dort viel getratscht wird. Damit musst du leben können. Neil lässt nicht zu, dass über Caine und mich geredet wird. Er fährt auch jedem über den Mund, der sich über Jeremy und Sam den Mund zerreißt. Und über Thorne und Ian redet sowieso niemand, weil sie alle Angst haben vor Thorne. Damit bleiben nur Chris und Jesse – die aber viel zu häuslich sind, um Gesprächsstoff zu bieten – und alle, die sich zufällig zusammenfinden."

Darauf war Seth vorbereitet. Er hatte erlebt, wie über Chris und Jesse getratscht wurde, als sich die beiden kennenlernten. Er musste sich nur zu einem Lächeln zwingen und so tun, als würde es ihn nicht jedes Mal um den Verstand bringen, wenn über Jason und Cooper geredet wurde. Und wenn es sich nicht vermeiden ließ, musste er sich den anderen Jackaroos anschließen und Jason damit aufziehen. Seth hatte gelernt, seine Gefühle hinter einer Maske zu verbergen, als er und Chris noch bei seinem Stiefvater lebten. Er konnte so tun, als würde das alles an ihm abprallen, auch wenn es nicht stimmte. Und das musste er sogar, denn er wollte nicht riskieren, dass sein bester Freund Verdacht schöpfte.

Seth ballte die Faust. Der Schmerz an seinen geschundenen Knöcheln beruhigte ihn sofort wieder. Ja, er konnte damit leben. „Hauptsache, ich bin wieder zuhause."

„Du könntest mit ihm darüber reden", meinte Macklin. „Vielleicht überrascht er dich."

„Er hat einen anderen Mann", sagte Seth. „Ich dränge mich nicht in eine Beziehung. Wenn aus den beiden nichts wird, denke ich vielleicht darüber nach, aber vorher nicht."

„Wie du willst", sagte Macklin. „Und nachdem das geregelt ist, sollten wir jetzt über deine Pflichten reden. Ich nehme an, du willst nicht unbedingt auf den Weiden arbeiten."

„Carley meinte, Caine würde über einige neue Projekte nachdenken. Vielleicht kann ich ihm dabei helfen. Dann hat sich meine Ausbildung wenigstens gelohnt."

JEREMY SCHAUTE auf die Uhr. Schon zehn Uhr. Wie lange dauerte das noch, bis die Ärzte endlich ihre Runde gemacht hatten? Er hatte schon vor einer Stunde damit gerechnet, dass jemand mit ihnen reden würde.

„Wenn du alle zwei Minuten auf die Uhr schaust, vergeht die Zeit auch nicht schneller", meinte Sam.

„Ich weiß. Aber wir warten schon seit Stunden."

„Nur, weil wir viel zu früh gekommen sind. Zehn Uhr ist nur für Leute früh, die im Outback arbeiten."

Jeremy seufzte und schaute wieder auf die Uhr. Zwei Minuten nach zehn. „Wenn ich noch länger den Unsinn hören muss, der im Fernseher läuft, bekomme ich einen Schreikrampf."

„Lass das. Meine Ohren würden es nicht überleben", sagte eine unerwartete Stimme hinter ihm.

Jeremy drehte sich auf dem Absatz um.

„Neil! Was machst *du* denn hier?"

Neil zuckte mit den Schultern. Das machte er immer, wenn er besonders nett gewesen war und so tun wollte, als wäre es selbstverständlich. „Ich habe heute morgen nichts von euch gehört und dachte mir, ich sollte vielleicht nachsehen, wie es euch geht."

„Und deshalb bist du in aller Herrgottsfrühe aufgestanden und losgefahren?", fragte Sam ungläubig. „So früh, wie du aufgebrochen sein musst, hätten wir uns gar nicht melden können."

„Meine Brüder brauchen mich", erklärte Neil so selbstverständlich, dass Jeremy schon wieder gegen die Tränen kämpfen musste.

„Wir sind froh, dass du hier bist." Jeremy wurde rot, weil ihm die Stimme brach, aber er wollte Neil sagen, wie viel ihm sein Kommen bedeutete. *„Ich* bin froh, dass du hier bist."

„Was hat Caine denn dazu gesagt?", wollte Sam wissen.

„Dass es meine Angelegenheit wäre, wenn ich den ganzen Tag im Auto sitzen will", sagte Neil. „Wenn ich nach dem Abendessen gleich wieder aufbreche, komme ich nachts noch zurück. Es wird ein langer Tag werden, aber das ist es mir wert."

„Heute ist nicht dein freier Tag", meinte Jeremy und runzelte die Stirn. Er war im Moment zwar nicht ganz bei der Sache, konnte sich aber genau erinnern, dass Neil normalerweise am Sonntag frei hatte. Und heute war erst Samstag.

„Das scheint Caine gestern Abend glatt vergessen zu haben", meinte Neil schulterzuckend. Was immer mit Devlin auch passieren mochte, Jeremy wusste, dass er auf Lang Downs eine bessere Familie hatte, als sein Bruder es jemals gewesen war. Eine Welle der Dankbarkeit machte sich in ihm breit.

„Mr. Taylor?"

Jeremy holte tief Luft und drehte sich zu dem Arzt um.

„Ja, das bin ich."

„Wir haben bei Ihrem Bruder heute früh eine Computertomographie durchgeführt. Deshalb hat es so lange gedauert, bis ich zu Ihnen kommen konnte." Der Arzt hörte sich verdächtig beruhigend an.

„Dann haben Sie schlechte Nachrichten, nicht wahr?", sagte Jeremy und schüttelte sich, obwohl es im Wartezimmer warm war. Sam und Neil traten sofort an seine Seite. Er war nicht allein.

„Es ist keine gute Nachricht", gab der Arzt ihm recht. „Wir haben das Blut entfernt, das Druck auf das Gehirn Ihres Bruders ausgeübt hat. Wir hofften, dadurch einem Hirnschaden vorbeugen zu können, aber die Blutung ist trotz der Medikamente, die wir ihm verabreichen, nicht zum Stillstand gekommen. Der Druck baut sich erneut auf und wir müssen wieder operieren. Je länger sich das fortsetzt, umso länger wird es dauern, bis er sich wieder erholt."

„Wird er sich denn wieder erholen?", fragte Jeremy. „Ich will mir keine falschen Hoffnungen machen, also sagen Sie mir bitte die Wahrheit. Hat er eine Chance, sich wieder zu erholen, wenn Sie ihn erneut operieren?"

„Das kann ich Ihnen nicht beantworten", sagte der Arzt. „Das Gehirn ist ein sehr empfindliches Organ und es gibt viele Faktoren, die in dieser Situation eine Rolle spielen. Faktoren, die wir derzeit nicht bestimmen und deren Einfluss wir nicht voraussagen können. Wenn die Blutung aufhört und wir nur noch einmal operieren müssen, sind seine Chancen besser, als wenn wir ihn operieren und die Blutung dauert an. Wir sind nicht für kompliziertere Eingriffe ausgerüstet. Er muss nach Sydney gebracht werden. Normalerweise würden wir einen Patienten in seinem Zustand nicht transportieren wollen, aber wir befürchten, dass er nicht überlebt, wenn wir ihn hierbehalten."

„Was muss ich tun, um eine Überführung zu veranlassen?", erkundigte sich Jeremy mit krächzender Stimme. „Ich übernehme die volle Verantwortung für alles, wenn es ihm das Leben rettet."

„Ich werde veranlassen, dass die nötigen Papiere vorbereitet werden", versprach der Arzt. „Dann warten wir ab, wie die zweite Operation verläuft. Es kann sein, dass die Blutung aufhört und sein Zustand sich stabilisiert. In diesem Fall können wir ihn problemlos nach Sydney transportieren. Es dauert noch einige Minuten, bis wir mit der Operation beginnen. Wollen Sie ihn vorher noch kurz sehen?"

Jeremy hätte beinahe abgelehnt. Er hatte nur wenige gute Erinnerungen an seinen Bruder und wollte ihn nicht schon wieder bewusstlos im Krankenhausbett liegen sehen. Aber wenn Devlin die Operation nicht überlebte, würde er sich nie verzeihen, ihn vorher nicht mehr gesehen zu haben. Jeremy wollte zu ihm ans Bett gehen und ihm sagen, er sollte wieder gesund werden. Dann wollte er das Zimmer wieder verlassen. „Wenn es Sie nicht aufhält."

„Wir müssen den Raum noch vorbereiten. Ich zeige Ihnen den Weg."

Jeremy nickte und folgte ihm. Sam und Neil wichen nicht von seiner Seite. Sie würden Devlins Zimmer vermutlich nicht betreten dürfen – Jeremy wusste nicht, wie streng sich das Krankenhaus an die Regeln hielt –, aber sie würden vor der Tür auf ihn warten. Er war nicht allein, auch wenn er als einziger an Devlins Bett stand.

Der Arzt brachte sie zu dem Zimmer, das sie schon von ihrem gestrigen Besuch kannten. Er trat zur Seite und ließ sie eintreten. Neil zögerte kurz, aber Jeremy packte ihn am Arm und zog ihn hinter sich her. Wenn der Arzt nichts dagegen hatte, wollte er auf seine Familie nicht verzichten. Sam fasste ihn an der anderen Hand. Zwischen ihm und Neil fühlte sich Jeremy sicher und gut aufgehoben.

Devlin wirkte im hellen Licht des Krankenzimmers leichenblass. Von der üblichen Bräune in seinem Gesicht war nicht viel übrig. Seit dem Unfall war erst ein Tag vergangen, aber seine Wangen waren eingefallen und seine Augen von dunklen Ringen umgeben. Seine Brust hob und senkte sich im Rhythmus des Beatmungsgeräts und eine Maschine piepte bei jedem Herzschlag. Es war ein unregelmäßiger Rhythmus, aber das war nicht anders zu erwarten gewesen. Jeremys eigener Puls schlug auch nicht viel gleichmäßiger.

„Sprich mit ihm", sagte Sam. „Er kann dir nicht antworten, aber vielleicht hört er dich trotzdem. Wir können draußen warten, wenn du nicht willst, dass wir zuhören."

Jeremy schüttelte den Kopf. Sam und Neil wussten, wie es um seine Beziehung zu seinem Bruder stand. Er hatte keine Geheimnisse vor ihnen. Wenn er nur wüsste, was er zu Devlin sagen sollte …

„Verdammt, Devlin", murmelte er schließlich. „War das wirklich nötig gewesen? Hättest du nicht einen neuen Vormann einstellen können, der dir bei der Arbeit hilft? Wie soll ich mich um Taylor Peak kümmern, wenn ich auf Lang Downs lebe? Und sag jetzt nicht, du würdest es nicht von mir erwarten. Ich kann Taylor Peak schlecht vor die Hunde gehen lassen, während du hier im Bett rumliegst und wieder gesund wirst. Ich würde mir das nie verzeihen, selbst wenn *du* mir verzeihen würdest. Natürlich wirst du mich dafür hassen, wenn ich meine eigenen Entscheidungen treffe und du bist nicht da, um mich daran zu hindern." Er verschluckte ein Schluchzen. „Ich werde sogar versuchen, in deinem Sinn zu entscheiden. Aber du musst mir versprechen, dass du wieder gesund wirst und zurückkommst. Ich halte mich auch zurück und versuche nicht, deine Meinung über Sam und mich und über Lang Downs und alles andere zu ändern. Ich verschwinde vollkommen aus deinem Leben. Nur … du darfst nicht sterben."

Sam zog ihn an seine Seite und Neil legte ihm die Hand auf die Schulter. In diesem Moment war es mit Jeremys Selbstbeherrschung vorbei. Er warf sich in Sams Arme, drückte sich mit dem Gesicht an seinen Hals und fing an zu weinen.

# 5

ALS JASON am Samstag in die Kantine kam, war das Frühstück schon vorüber, aber Kami und Sarah hielten an den Wochenenden immer etwas warm für die Jackaroos, die frei hatten und ausschlafen wollten. Jason wollte sich nach dem Frühstück auf die Suche nach Seth machen. Er hatte gehofft, ihn hier zu treffen, aber das war nicht der Fall. Egal. Er hatte Zeit. Seth würde nicht wieder abreisen, also mussten sie nicht jede gemeinsame Stunde genießen wie einen Schatz, der sich jederzeit in Luft auflösen konnte. Sie hatten alle Zeit der Welt, wenn nicht jetzt, dann später.

Warum also kam er sich vor, als wäre Seth ihm durch die Finger gerutscht?

Jason fuhr sich durch die Haare. Sie wurden zu lang. Er musste seine Mutter am Sonntag bitten, sie ihm zu schneiden. Jason füllte einen Teller mit Rührei und Toast und setzte sich an einen der Tische. Er verzog das Gesicht, als sein Hintern mit der harten Bank in Berührung kam. Normalerweise hätte er darüber gelächelt, aber heute störte ihn diese Erinnerung an die vergangene Nacht. Er konnte schon hören, wie Seth ihn deswegen aufziehen würde.

„Was hat mein Rührei dir getan, dass du es so böse musterst?"

„Guten Morgen, Sarah", sagte er und lächelte Macklins Mutter an. „Es hat mir nichts getan. Ich bin nur nachdenklich."

„Willst du mit mir darüber reden?", fragte sie und setzte sich ihm gegenüber.

„Eigentlich nicht", sagte Jason. Er wusste, sie störte sich nicht daran, dass er schwul war. Sie liebte Macklin deswegen nicht weniger. Aber es wäre ihm unangenehm, mit ihr über seine Gefühle zu reden. Es war sowieso nur ein eingebildetes Problem, weil Seth nicht schwul und an Jason nur als Freund interessiert war. Es würde also nicht viel helfen, mit ihr darüber zu reden.

„Hast du dich mit deinem jungen Mann gestritten?"

„So ähnlich", sagte er. Offensichtlich konnte er dem Gespräch doch nicht entgehen. „Ich mag ihn, aber ich weiß nicht, ob ich in ihn verliebt bin. Dazu ist es noch zu früh. Er scheint damit kein Problem zu haben."

„Dann will ich dir zwei Dinge ans Herz legen", sagte Sarah. „Und es wird sich anhören, als würde ich mir widersprechen, aber hör mir erst bis zum Ende zu. Erstens verläuft die Zeit auf einer Schafstation im Outback anders als in der Welt dort draußen. Du verbringst hier viel mehr Zeit mit den Menschen. Es gibt hier nicht so viele Menschen und du hast immer dieselben Kontakte, ob es sich um deine Arbeit, dein Sozialleben oder deine Freizeit handelt. Man lernt sich also sehr schnell und gut kennen. Zweitens solltest du dich nicht überstürzt in eine Beziehung drängen lassen, zu der du noch nicht bereit bist. Ich weiß aus Erfahrung, wie es ist, wenn man das Gefühl hat, in einer Falle zu stecken. Ich würde es meinem schlimmsten Feind nicht wünschen und einem so lieben Kerl wie dir schon gar nicht. Was ist damit sagen will, ist … Wenn du das Gefühl hast, dass alles stimmt, spielt Zeit keine Rolle. Aber wenn es nicht stimmt, dann wird sich das auch nicht ändern, wenn du noch länger abwartest. Und wenn du dir unsicher bist, solltest du nichts versprechen, was du nicht halten kannst."

„Danke, Sarah", sagte Jason. „Ich will den Tag heute eigentlich nur mit Seth verbringen. Danach geht es mir immer besser und ich kann wieder klar denken."

„Dann solltest du dich beeilen, damit du ihn noch erwischst", meinte Sarah. „Er wollte in die Werkstatt gehen und sich dort um einige Kleinigkeiten kümmern. Und danach will er einige der Hütten inspizieren. Macklin hat ihn sofort eingespannt."

Jason schnappte sich eine Scheibe Toast und lief zur Tür. „Nochmal danke, Sarah. Wir sehen uns zum Abendessen."

Sie schüttelte den Kopf und winkte ihm nach. Jason stopfte sich das Brot in den Mund und machte sich auf den Weg zur Werkstatt. Seths Auto stand immer noch vor dem Haus von Chris und Jesse. Wahrscheinlich würde er einen der Jeeps nehmen, um zu den Hütten zu fahren.

„Seth?", rief er, als er sich dem Schuppen näherte. „Bist du da?"

Keine Antwort. Jason hörte leises Fluchen und das Scheppern von Metall. Da sein Dad normalerweise nicht fluchte, musste es entweder ein besonders tückisches Problem sein oder Seth war noch in der Werkstatt.

„Chris hat es nie geschafft, dir das abzugewöhnen, nicht wahr?", fragte er, als er den Schuppen betrat.

Seth drehte sich erschrocken zu ihm um. Er hielt einen Schraubenschlüssel in der Hand. Als er Jason sah, ließ er sich an den Reifen des Traktors fallen. „Verdammt, Jason. Du hast mich höllisch erschreckt."

„Sorry, ich wollte mich nicht anschleichen", entschuldigte sich Jason. „Ist was kaputt?"

„Nein, nur die übliche Inspektion." Seth hörte sich merkwürdig an. „Ich wollte mich wieder mit den Maschinen vertraut machen, bevor ich an ihnen arbeite."

„Oh." Jason wollte sich seine Enttäuschung nicht anmerken lassen. „Ich hatte gehofft, wir könnten den Tag zusammen verbringen, weil wir uns so lange nicht gesehen haben. E-Mails sind einfach kein Ersatz."

„Schön wär's", sagte Seth. „Aber ich habe erst nächste Woche wieder einen freien Tag. Außer, du willst mir Gesellschaft leisten, bis ich hier fertig bin? Danach fahre ich raus, um mir die Hütten anzusehen."

Der hoffnungsvolle Ton in seiner Stimme gab den Ausschlag. „Sicher. Ich bin dir zwar keine große Hilfe, aber Gesellschaft leisten kann ich dir. Und ich kann dir die Werkzeuge reichen, wie ich es als Kind immer für Dad gemacht habe."

„Ich dachte immer, er findet hier jedes Werkzeug mit verbundenen Augen“, meinte Seth grinsend. Jasons Bauch reagierte auf den Scherz sofort mit einem leichten Kribbeln, obwohl es um seinen Vater ging. Wenn es um Seth ging, war er hilflos.

„Das stimmt auch. Aber er hat mir trotzdem immer das Gefühl gegeben, als wäre meine Hilfe unverzichtbar, weil sonst alles zusammenbrechen würde. Erst, als ich ungefähr zehn Jahre als war, habe ich mich gefragt, was er wohl macht, wenn ich nicht hier bin.“ Jason setzte sich auf einen der Heuballen, wie er es früher immer bei Patrick getan hatte.

„Du bist ein Glückspilz. Nicht jeder hat einen Dad wie deinen.“

„Und das weiß ich auch“, erwiderte Jason. „Ich kenne die Geschichten, die andere Jackaroos über ihre Familien erzählt haben. Manchmal kommt es mir vor, als wären Caine und ich die einzigen hier, die eine normale Kindheit hatten. Und selbst Caine musste mit dem Stottern leben. Alle anderen hatten irgendwelche Probleme zuhause.“

„Wir hatten nicht alle die Chance, hier aufzuwachsen“, sagte Seth. „Aber wer vernünftig war, ist so schnell wie möglich hierhergekommen.“

Jason lächelte, wie es Seths Absicht gewesen war. Aber er erinnerte sich noch gut an den abweisenden, grimmig dreinblickenden Teenager, der vor Jahren mit seinem Bruder nach Lang Downs gekommen war. Das Einzige, wofür Seth sich damals interessierte, waren sein Bruder und die Maschinen. Jason hoffte, auch dazu beigetragen zu haben, dass Seth hier glücklicher gewesen war als dort, wo er die ersten Jahre seines Lebens verbracht hatte. Wenn er sich dabei nur nicht in ihn verliebt hätte …

„An was arbeitest du eigentlich?“, fragte er Seth. „Ich kann zwar nicht mit dir und deinem Wissen mithalten, aber das eine oder andere habe ich von meinem Vater trotzdem gelernt.“

„MR. TAYLOR?“

Jeremy schaute auf. In der Tür zum Wartezimmer stand ein anderer Arzt.

„Ja?“

„Kommen Sie bitte mit.“

Sam drückte ihm die Hand. „Soll ich auch mitkommen?“

„Ihr beide“, sagte Jeremy und sah Neil an. „Wenn es gute Nachrichten sind, will ich mich mit euch freuen. Wenn nicht, brauche ich eure Hilfe.“

Sie folgten dem Arzt zu Devlins Zimmer. Das Bett war leer und die Maschinen abgeschaltet. „Ist er noch nicht aus der Narkose erwacht?“

„Es tut mir leid, Mr. Taylor. Er hat während der Operation einen Herzstillstand erlitten. Wir konnten sein Herz nicht wieder zum Schlagen bringen. Die Blutungen haben auf das Stammhirn gedrückt.“

Jeremy sah den Arzt wie betäubt an. Er konnte einfach keine Worte finden, konnte noch nicht einmal richtig denken. Sam und Neil waren sofort an seiner Seite und legten die Arme um ihn. Seine Knie zitterten und sein Verstand weigerte sich, die Nachricht des Arztes zu verarbeiten. Nein, das konnte nicht wahr sein. Devlin konnte nicht tot sein. Er war immer da gewesen, selbst wenn Jeremy sich manchmal gewünscht hätte, dass er es nicht wäre. Alles in seinem Leben hatte sich geändert – ob zum Besseren oder zum Schlechteren –, aber Devlin war immer gleichgeblieben. Und jetzt war er tot.

Er krümmte sich vor Schmerz zusammen. Nur Sam und Neil verhinderten, dass er zu Boden fiel. „Ich ... ich kann nicht ...", keuchte er. „Er kann nicht tot sein."

„Es tut mir leid", wiederholte der Arzt.

Jeremy richtete sich mühsam wieder auf. „Kann ich ihn sehen?"

„In einigen Minuten", sagte der Arzt. „Er wird noch gewaschen. Sie können hier warten. Es kommt jemand vorbei und holt Sie ab, wenn alles bereit ist."

Jeremy nickte und der Arzt verließ das Zimmer.

„Es tut mir so leid", flüsterte Sam und zog ihn in die Arme.

Jeremy schüttelte sich, versuchte, die Tränen zurückzuhalten. Er hatte heute schon einmal geweint und hörte jetzt im Kopf Devlins Stimme, die ihn dafür zurechtwies: *Richtige Männer weinen nicht.* Einmal war schon schlimm genug gewesen, aber zweimal an einem Tag? Undenkbar.

„Lass das", sagte Sam. „Er ist dein Bruder. Du darfst um ihn weinen."

„Er würde mich dafür zum Teufel jagen", sagte Jeremy schluchzend.

„Und ich jage dich zum Teufel, wenn du es *nicht* tust", grummelte Neil.

Jeremy musste lachen. Er konnte es nicht aufhalten. Tränen liefen ihm über die Wangen und er lachte und weinte gleichzeitig. „Verdammt ...", sagte er zwischen zwei Schluchzern. „Lass den Mist. Wie kannst du das sagen? Du bist der einzige Bruder, den ich noch habe."

„Ich bin sicher, es gibt auf Lang Downs noch mehr Männer, die sich um diese Ehre streiten würden. Aber ich war zuerst da", erwiderte Neil trocken.

Jeremys Lachen verstummte und die Trauer nahm wieder überhand. Er setzte sich weinend auf das leere Bett. Sam setzte sich an seine Seite und legte tröstend den Arm um ihn.

„Hat Devlin ein Testament gemacht?", fragte er Jeremy. „Oder irgendwelche Anweisungen hinterlassen, damit wir wissen, was er sich gewünscht hätte?"

„Es gibt einen kleinen Familienfriedhof auf Taylor Peak", sagte Jeremy. „Dort werden wir ihn beerdigen. Alle aus der Familie sind dort beerdigt worden, schon seit hundertfünfzig Jahren."

Und er und Devlin würden die letzten sein.

„Damit wäre das geklärt", meinte Sam. „Aber wir müssen noch herausfinden, wie es um sein Testament und seine Versicherungen aussieht. Falls er welche hatte."

„Wenn, dann liegt das alles in dem Safe in seinem Büro. Ich kenne die Kombination. Ich hoffe nur, Devlin hat sie nicht geändert."

„Kannst du mir sagen, wo der Safe ist?", wollte Neil wissen. „Dann bitte ich Molly, nach Taylor Peak zu fahren und sich darum zu kümmern. Sie gehört ja in gewisser Weise auch zur Familie."

„Natürlich gehört sie zur Familie", sagte Jeremy mit fester Stimme.

„Nicht offiziell", erinnerte ihn Neil. „Aber die Jackaroos werden gegen sie weniger einzuwenden haben, als wenn wir einen der Männer schicken würden. Außerdem ist sie schneller dort, als wenn du von hier aus hinfährst, zumal du dann gleich wieder zurückkommen müsstest, weil du dich hier noch um andere Sachen kümmern musst."

„Die Station ... sie hat keinen Vormann."

„Dann setze einen ein", sagte Sam. „Perkins oder White oder wen auch immer. Es sind ja nur ein paar Tage, bis wir hier alles erledigt haben. Danach fahren wir sofort selbst nach Taylor Peak und sehen, was zu tun ist."

„Darüber könnt ihr euch morgen noch Gedanken machen", unterbrach sie Neil. „Jetzt sag mir, wonach Molly suchen muss. Alles andere hat noch einen oder zwei Tage Zeit."

Jeremy schloss die Augen und versuchte, sich Devlins Büro vorzustellen. Er war dort nicht mehr gewesen, seit er vor fast zehn Jahren nach Lang Downs umgezogen war. Selbst bei seinen gelegentlichen Besuchen auf Taylor Peak war er höchstens bis ins Wohnzimmer gekommen. Oft hatte er das Haus gar nicht betreten, weil Devlin ihn schon abgefangen und weggeschickt hatte, bevor er die Veranda erreichte. Seine Versöhnungsversuche waren immer nur auf Ablehnung gestoßen.

„Das Büro ist hinten im Haus, links vom Wohnzimmer", sagte er. „Wenn Devlin nichts verändert hat, befindet sich der Safe noch im Schrank. Falls Molly ihn dort nicht findet, kann er allerdings überall im Haus sein. Dads alte Kombination war 12-29-3."

„Ich richte es Molly aus", sagte Neil. „Brauchst du etwas von zuhause? Sie kann es für dich packen, bevor sie nach Taylor Peak aufbricht."

War das nicht der Hammer? Er war jetzt auf Lang Downs zuhause – in dem kleinen Haus, das er und Sam zu bauen geholfen hatten und in dem sie seit Jahren lebten. Aber Taylor Peak war sein Familienerbe und wenn Devlin ihn nicht aus dem Testament gestrichen hatte – es gab einen entfernten Cousin, dem er es aus Trotz hinterlassen haben könnte –, gehörte die Station jetzt ihm und er musste die Verantwortung dafür übernehmen.

Ihm wurde übel.

„Jeremy?"

„Nein, ich brauche nichts", sagte er und kämpfte gegen die Galle an, die in ihm aufstieg. „Richte Molly aus, dass es mir leid tut, ihr so viel Mühe zu machen."

„Sei kein Idiot. Unter diesen Umständen hilft sie dir gerne", sagte Neil. „Ich rufe sie jetzt an. 12-29-3?"

Jeremy nickte und Neil verließ das Zimmer.

„Ich kann das nicht", sagte Jeremy zu Sam, als sie allein waren.

„Was kannst du nicht?" Sam kam zu ihm.

„Das Leben aufgeben, das wir uns gemeinsam aufgebaut haben. Taylor Peak und Devlins Rolle übernehmen. Nichts davon. Selbst wenn ich es wollte, ich wüsste gar nicht, wo ich anfangen soll."

„Am Anfang", sagte Sam. „Nach Taylor Peak zu gehen, heißt nicht, unser gemeinsames Leben aufzugeben. Ich kann auch von dort arbeiten und gelegentlich nach Lang Downs fahren. Caine wird einen Weg finden. Das weißt du."

„Das setzt aber voraus, dass ich es will", meinte Jeremy. „Was, wenn ich den ganzen Mist nur loswerden und wieder nach Hause fahren will?"

„Dann werden wir das tun", sagte Sam. „Aber dann musst du trotzdem entscheiden, was aus Taylor Peak werden soll. Devlin hat die Männer für die nächste Saison schon eingestellt und die Tiere kannst du auch nicht im Stich lassen. Du kannst diese Saison noch hinter dich bringen, dann die Tiere verkaufen, die Männer nach Hause schicken und das Land brach liegen lassen. Aber dann musst du trotzdem jedes Jahr Steuern bezahlen und das Geld dafür aufbringen, ohne Einnahmen zu erzielen."

„Ich könnte die Station verkaufen", sagte Jeremy. „Oder verschenken. Oder vielleicht habe ich Glück und Devlin hat sie jemand anderem hinterlassen. Dann kann mir das alles egal sein."

„Darüber machen wir uns Gedanken, wenn Molly hier ist und wir mehr wissen", sagte Sam. „Wie immer du dich auch entscheidest – wir schaffen das. Gemeinsam. Und das wird sich niemals ändern."


CAINE HOB den Kopf und sah Molly ernst an, als sie zu ihm ins Büro kam. Ihr Gesicht sagte ihm alles. „Es ist schlimm, nicht wahr?"

Molly nickte. „Taylor ist heute früh gestorben. Neil hat mich gebeten, nach Taylor Peak zu fahren. Ich soll nachsehen, ob ich das Testament finden und nach Canberra bringen kann. Linda passt heute auf die Kinder auf. Es kann aber sein, dass ich erst morgen zurückkomme."

„Macklin und ich können uns um sie kümmern, falls Linda heute Abend keine Zeit hat", sagte Caine. Kyles Frau Linda und Molly passten oft gegenseitig auf ihre Kinder auf. Mittlerweile war es allerdings meistens Lindas älteste Tochter, die für ihre Mutter einsprang und auf Mollys jüngste Kinder aufpasste. „Richte Jeremy unser Beileid aus und lass mich wissen, ob ich ihnen irgendwie helfen kann. Ob in Canberra oder hier."

„Mache ich", sagte Molly. „Ich rufe an, sobald ich in Canberra eingetroffen bin oder vorher von ihnen höre."

Sie verließ das Büro und Caine lehnte sich seufzend zurück. Er hatte Devlin Taylor kaum gekannt, hatte ihn auch nie sehr gemocht, aber der Tod des Mannes erschütterte ihn trotzdem. Taylor war ein Teil ihrer Gemeinschaft gewesen – ob zum Guten oder zum Schlechten.

Taylor war ein erfahrener Viehzüchter gewesen und ein guter Reiter. Und doch war er abgeworfen und so schwer verletzt worden, dass es ihn das Leben kostete. Caine schüttelte sich. Den Männern auf Lang Downs konnte jederzeit das Gleiche passieren.

Den Jackaroos. Oder Macklin.

Natürlich wusste er, dass mit Macklin alles in Ordnung war. Er verbrachte den Tag auf der Station, reparierte Zaumzeug, kontrollierte die Zäune und erledigte andere Routinearbeiten, wie sie immer anfielen. Macklin hatte diese Aufgaben extra übernommen, um jederzeit greifbar zu sein, wenn Neuigkeiten von Jeremy eintrafen. Trotzdem stieg Panik in Caine auf. Er schnappte sich seinen Hut und lief nach draußen. Er musste sich persönlich davon überzeugen, dass Macklin nichts passiert war.

Einige Minuten später fand er Macklin vor einem der Schuppen, einen Hammer in der Hand und Nägel zwischen den Zähnen. Erleichterung durchflutete ihn.

Macklin schlug den Nagel ein, legte den Hammer ab und zog sich die anderen Nägel aus dem Mund. „Caine? Was ist denn los?"

„Molly ist auf dem Weg nach Taylor Peak. Devlin ist heute früh gestorben. Und ich … ich bin unter Umständen etwas panisch geworden, als ich mir vorgestellt habe, wie leicht dir – oder einem der anderen Männer – etwas passieren könnte."

Macklin zog ihn in die Arme und drückte ihn an sich. Er wusste immer, was Caine gerade brauchte. „Wir passen schon auf. Wir reiten nie allein aus. Wir bringen den Pferden bei, nicht zu scheuen, wenn sie unerwartete Geräusche hören oder eine plötzliche Bewegung sehen. Wir tun alles, was wir können, um am Abend wieder heil nach Hause zu kommen. Aber manchmal passiert trotzdem ein Unfall." Er legte Caine einen Finger unters Kinn und sah ihn an. „Das kann überall passieren. Ein Auto kann in einen Unfall verwickelt werden oder ein Haus abbrennen. Egal, wie vorsichtig man ist – Unfälle passieren. Wie geht es Jeremy?"

Caine schluckte. „Ich habe nicht mit ihm gesprochen. Molly auch nicht. Ich habe ihr gesagt, sie soll sich melden, wenn wir irgendwie helfen können. Mehr weiß ich noch nicht."

„Vielleicht reicht es, einige Männer nach Taylor Peak zu schicken, die alles am Laufen halten, bis Jeremy wieder Boden unter den Füßen hat", meinte Macklin. „Devlin hat nie um Hilfe gebeten, aber ich kann mich daran erinnern, dass Michael Männer geschickt hat, als der alte Taylor noch am Leben war und Taylor Peak von einem Tornado verwüstet wurde."

„Ich schicke Sam eine Nachricht und biete es ihm an", sagte Caine. „Ich weiß nicht, ob die Jackaroos auf Taylor Peak schon über Devlins Tod informiert sind."

„Ich weiß, dass du helfen willst. Aber übertreibe nicht", riet Macklin. „Jeremy muss mit den Jackaroos seinen eigenen Weg finden. So wie du, als du hier angekommen bist. Wir dürfen seine Position nicht unterminieren, indem wir uns zu schnell oder zu oft einmischen."

„Wenigstens weiß er, was ihn erwartet", meinte Caine. „Ich hatte von Tuten und Blasen keine Ahnung, als ich nach Onkel Michaels Tod Lang Downs übernommen habe."

„Stimmt. Aber Jeremy muss gegen das gleiche Misstrauen ankämpfen wie du. Und er hat sogar den Nachteil, dass alle von Anfang an wissen, dass er schwul ist. Es würde mich nicht überraschen, wenn einige der Männer im Verlauf des Sommers kündigen. Es wird nicht leicht, aber wenn er durchhält, ist es machbar."

„Und trotzdem rätst du mir, mich nicht einzumischen?", fragte Caine ungläubig. „Du kannst doch nicht erwarten, dass ich einfach untätig bleibe und zusehe."

„Nein. Aber ich erwarte von dir, dass du Jeremy die Entscheidung darüber überlässt, wann er unsere Hilfe braucht und wann nicht", sagte Macklin. „Beides ist riskant – zu viel zu helfen oder zu wenig."

Caine war nicht sehr überzeugt von diesem Argument, aber er wusste, dass es sinnlos war, mit Macklin darüber zu diskutieren. Außerdem konnte er sowieso nichts unternehmen, bevor Jeremy zurück war und sich einen Überblick über die Lage auf Taylor Peak verschafft hatte. Vielleicht machten sie sich ja vollkommen umsonst Sorgen um ihn.

# 6

S ETH LACHTE über Jasons Scherz und strich sich die Haare aus der Stirn. Mit seiner verletzten Hand.

„Was hast du da nur angestellt?", fragte Jason und griff nach seinem Handgelenk, um es sich anzusehen.

„Nichts", sagte Seth und sein Herz pochte heftig. Er hatte Angst, dass Jason herausfinden könnte, was er getan hatte. Jason würde es nicht verstehen. Niemand konnte es verstehen. Der Schmerz beruhigte seine Nerven, aber das konnte niemand verstehen. Nur Seth. „Ich habe mir die Knöchel angestoßen. Heute früh. An dem Schraubbolzen. Ich bin abgerutscht."

Es war eine sehr fadenscheinige Ausrede, aber eine bessere fiel ihm nicht ein. In der Schule – bevor er nach Lang Downs kam – hatte er es immer mit einer Prügelei begründet, die er zuvor selbst provoziert hatte. Es war auf sein jugendliches Temperament zurückgeführt worden und niemand hatte nachgebohrt. Diese Entschuldigung konnte er jetzt nicht mehr anführen. Er war erwachsen und musste Verantwortung übernehmen. Er konnte sich keine Prügeleien mehr leisten. Also musste er sich andere Möglichkeiten überlegen, das Chaos in seinem Kopf unter Kontrolle zu bringen.

„Hast du es jemandem gezeigt?", fragte Jason. „Es wäre nicht gut, wenn es sich entzündet."

„Ich habe die Wunde sofort desinfiziert", sagte Seth. Er hatte schon so oft kleinere Verletzungen verstecken müssen, dass er sich mit Wundbehandlung auskannte und wusste, wie wichtig Sauberkeit war. Er hatte seine Hand nicht verbunden, weil es ihn bei der Arbeit stören würde, wollte das aber vorm Abendessen nachholen. Ein Verband fiel zwar mehr auf als einige harmlose Kratzer, aber dafür konnte niemand die Wunde sehen und seine Geschichte hinterfragen.

„Das muss ein ziemlich schwerer Bolzen gewesen sein", meinte Jason. „Was steht heute noch auf deinem Plan?"

„Ich will mir einige der Hütten ansehen. Ich habe gehört, dass über Solarzellen und Windmühlen geredet wird. Es ist zwar nicht mein Spezialgebiet, aber ich habe auf der Uni einige Seminare über umweltfreundliche Energiegewinnung belegt und kann ungefähr beurteilen, was geht und was nicht. Aber jede Hütte ist anders und ich muss mir erst einen Überblick verschaffen. Du musst nicht mitfahren, wenn du keine Lust dazu hast. Es ist nicht sonderlich spannend."

„Darum geht es mir nicht", sagte Jason. „Ich möchte gern den Tag mit dir verbringen. Es ist verdammt lange her, seit wir dazu die Gelegenheit hatten.

Hauptsache, wir sind zusammen. Wenn du willst, kann ich für dich Notizen machen. Dann bin ich wenigstens zu etwas gut."

*Warum konntest du dich nicht abschrecken lassen?*, dachte Seth unglücklich. Er sehnte sich danach, den Tag mit Jason zu verbringen, aber es wäre Salz auf der Wunde in seinem Herzen, mit Jason unterwegs zu sein und doch zu wissen, dass er unerreichbar war. Mit den körperlichen Schmerzen konnte er zurechtkommen, aber die Wunde in seinem Herzen war so unerträglich, dass er schon wieder zum nächsten Messer laufen wollte. „Klar. Hast du einen Notizblock und einen Stift dabei?"

„Nein, aber wenn du fünf Minuten wartest, kann ich mir alles von Mum besorgen. Danach können wir sofort aufbrechen."

Seth nickte und Jason verließ den Schuppen. Sobald er außer Sicht war, ließ Seth sich an den Traktor fallen. Mist. Warum war er nur nach Hause gekommen? Er musste eine masochistische Ader haben.

Aber in Sydney wäre er auch unglücklich gewesen. Vielleicht nicht so unglücklich, um sich nach dem Messer zu sehnen, aber unglücklich genug, um sich innerlich wie tot zu fühlen. Und das war die Art von Unglück, die selbst das Messer nicht heilen konnte. Es war nicht leicht, Jason jeden Tag zu sehen und zu wissen, dass er die Nacht mit Cooper verbringen würde. Aber wenigstens war Seth wieder zuhause.

Natürlich hatte Jason nicht darüber gesprochen. Dazu war er zu diskret. Aber Seth war nicht entgangen, wie vorsichtig er sich auf den Heuballen gesetzt und ab und zu die Sitzposition gewechselt hatte. Seth mochte zwar keine persönliche Erfahrung haben, aber er erkannte die Nachwirkungen eines guten Ficks, wenn er sie sah. Er wünschte nur, dass er es gewesen wäre, der sie bei Jason verursacht hatte.

Viel zu schnell kam Jason wieder zurück. „Ich habe ein Notizbuch und einen Stift. Wenn du so weit bist, können wir aufbrechen."

„Dann lass uns gehen."

Sie gingen zu dem Parkplatz, auf dem die Jeeps standen, wenn sie nicht gebraucht wurden. Seth stieg in einen der Wagen ein. Der Schlüssel steckte. „Alles klar?", fragte er Jason.

„Immer", erwiderte Jason.

Die vertraute Antwort ließ Seth lächeln. Wie oft hatte er sie schon gehört, wenn sie vor dem Computer saßen, weil sie eine Schulprüfung machen mussten? Es war so einfach, mit Jason in die alten Gewohnheiten zurückzufallen. Aber sie waren keine Teenager mehr und Seth hatte in den vergangenen Jahren viel über sich erfahren. Wäre es anders gekommen, wenn er seine Gefühle für Jason schon damals erkannt hätte? Er war Jasons bester Freund, der Kumpel, mit dem Jason scherzte, lernte und Streiche ausheckte, aber er war nicht der Mann in Jasons Bett. Dieses Glück hatte ein anderer. Seth wollte sich für Jason freuen. Wirklich, das wollte er. Aber Jasons Glück kam für ihn zu einem hohen Preis.

44

*Er ist es wert*, dachte Seth. *Und Geliebte kommen und gehen. Beste Freunde sind für immer.*

Das durfte er nicht vergessen. Er musste sich immer wieder daran erinnern. So lange, bis er es vielleicht irgendwann selbst glauben konnte. Er hatte in Sydney mehr als eine Beziehung gehabt und Jason während seines Studiums auch. Es hatte ihre Freundschaft nicht erschüttern können. Selbst als Jason ihn vor Jahren verließ, um an die Uni zu gehen, hatte das ihrer Freundschaft nicht geschadet. Das durfte Seth nicht vergessen. Daran musste er sich klammern und den Rest ignorieren. Wenn er endlich aufhören könnte, sich ständig nur nach Jason zu sehen, würde er vielleicht irgendwann seinen eigenen Jackaroo finden.

Ihm drehte sich der Magen um, wenn er nur daran dachte. Er konnte sich gut vorstellen, Jasons Geliebter zu sein. Wenn er aber Jasons Gesicht mit dem eines anderen Mannes ersetzte, wurde ihm regelrecht übel. Er könnte einem anderen Mann nie so vertrauen, wie er Jason vertraute.

„Du bist so schweigsam", sagte Jason und riss ihn aus seinen Gedanken.

„Sorry. Ich habe überlegt, was ich noch über Solarzellen weiß. Es ist schon eine Weile her, seit ich etwas darüber gelernt habe."

„So geht es mir mit den Kleintieren auch immer. Ich habe im ersten Studienjahr zwar das Wichtigste darüber gelernt, aber das ist lange her", meinte Jason. „Und ich habe immer nur genug gelernt, um die Prüfungen zu bestehen. Ich wusste damals schon, dass ich das in meinem zukünftigen Leben nicht brauchen würde, also habe ich mir nicht viel Mühe gegeben."

„Und du brauchst es hier wirklich nicht. Bei mir ist das jetzt anders", sagte Seth.

Jason zuckte mit den Schultern. „Dafür gibt es das Internet. Du kannst Mums Computer benutzen, bis du einen eigenen hast. Dann kannst du alles nachsehen, was du vergessen oder nicht gelernt hast. Das mache ich auch immer so, wenn ich etwas nicht weiß."

„Ich habe ein Laptop", sagte Seth. „Und ich überprüfe alles, bevor ich es installiere. Das würde ich auch tun, wenn es mein Spezialgebiet wäre und nicht etwas, was ich nur aus einer Laune heraus für ein Semester studiert habe."

„Jetzt kannst du froh sein, dass du deiner Laune nachgegeben hast."

„Jeder ist froh, Caine helfen zu können. Er hat eine spezielle Begabung, Menschen froh zu machen."

Jason lachte. „Wie wahr! Also ... worauf müssen wir achten, wenn wir zu den Hütten kommen?"

Seth erklärte ihm alles über Speicherkapazitäten, Einfallswinkel der Sonnenstrahlen und Rentabilität der Investitionskosten. Jason machte zwar ein Gesicht, als würde er nur Bahnhof verstehen, stellte aber gelegentlich Fragen, die Seth zum Nachdenken zwangen. Sie beleuchteten das Problem von verschiedenen Seiten und als sie bei der ersten Hütte ankamen, fühlte Seth sich schon viel besser.

Die alte Kameradschaft war wieder da, locker und entspannt. Vielleicht würde es ja doch kein so quälender Tag werden.

ALS SIE zum Abendessen ins Tal zurückkamen, hatte Seth die meisten seiner Probleme vergessen. Es war ein schöner Tag gewesen. Sie hatten nur zwei der über einem Dutzend Hütten besucht, aber Seth hatte jetzt eine viel bessere Vorstellung davon, worauf er achten musste, um Caines Traum Realität werden zu lassen. Sie brauchten nicht viel Elektrizität. Es musste nur reichen für einen Kühlschrank, eine Lampe und eine kleine Heizung. Der Kühlschrank war das einzige Gerät, das ständig laufen mussten. Die Heizung wurde nur im Winter benötigt und die Lampe nachts, wenn jemand in der Hütte übernachtete. Sie brauchten also nicht viel Speicherkapazität. Die beiden Hütten, die sie sich heute angesehen hatten, waren so ausgerichtet, dass sie den ganzen Tag Sonne hatten. Einige Solarzellen auf dem Dach und eine Batterie mit ausreichend Speicherkapazität für den Kühlschrank würden also ausreichen. Nur für die Hütten, die unter Bäumen standen, war eine andere Lösung erforderlich. Aber darüber wollte er sich später Gedanken machen. Seth war zufrieden mit dem, was er an seinem ersten Arbeitstag erreicht hatte.

„Neils Wagen ist noch nicht zurück", sagte Jason, als sie den Jeep parkten. „Ich hoffen, es gibt keine schlechten Nachrichten."

„Ja, das hoffe ich auch", stimmte ihm Seth zu. Er kannte Devlin Taylor nur vom Sehen, aber der Mann hatte mit seiner Meinung über Lang Downs nie hinter dem Berg gehalten. Seth konnte mit ihm also nicht viel anfangen. Er wusste aber, dass Devlins Schicksal Jeremy nicht ungerührt ließ. Er mochte Jeremy und wollte sich nicht vorstellen, wie er sich fühlen würde, wenn Chris ein Unfall passiert wäre. Chris war der einzige Mensch, der ihm Halt gegeben hatte, bevor sie nach Lang Downs kamen. Chris hatte ihn nie im Stich gelassen und dafür liebte Seth ihn mehr als alles andere auf der Welt.

„Ich will mich vor dem Essen noch waschen", sagte Jason. „Außerdem habe ich Cooper vernachlässigt und will ihn fragen, was er heute Abend noch vorhat."

So viel zu den vergessenen Problemen.

„Dann sehen wir uns vielleicht in der Kantine", sagte Seth. „Oder auch nicht, wenn du den Abend lieber mit Cooper verbringen willst."

„Du könntest uns in der Unterkunft Gesellschaft leisten", schlug Jason vor. „Wir haben in diesem Sommer einige sehr nette Aushilfen. Es macht bestimmt Spaß."

„Ich denke darüber nach", erwiderte Seth. Er hatte Macklin gesagt, dass er eines der freien Zimmer in der Unterkunft nehmen würde, aber je länger er darüber nachdachte, umso unbehaglicher fühlte er sich darüber. Vielleicht war es doch besser, vorübergehend bei Chris und Jesse zu wohnen und sich später Gedanken über eine dauerhafte Lösung zu machen. „Ich muss morgen wieder arbeiten und will nicht zu lange aufbleiben." Und Jason nicht mit einem anderen Mann schmusen sehen.

„Ich muss auch arbeiten", erinnerte ihn Jason. „Du kannst dich jederzeit schlafen legen, aber es ist immer noch besser, als allein in deinem Zimmer zu sitzen."

„Ich bin nicht allein. Ich habe Chris und Jesse."

„Das stimmt", gab Jason ihm recht. „Bei seinem Bruder zu wohnen ist anders, als wieder bei seinen Eltern einzuziehen. Ich bin nach meiner Rückkehr so schnell wie möglich in die Unterkunft umgezogen."

*Weil du nicht schnell genug in Coopers Bett kommen konntest*, dachte Seth zynisch. „Es wäre auch nicht leicht gewesen, Cooper mit ins Zimmer zu nehmen, wenn du noch bei deinen Eltern wohnen würdest."

„Mum und Dad interessieren sich nicht dafür, ob ich Cooper sehe oder nicht", meinte Jason. „Aber die anderen Jackaroos sehen mich manchmal immer noch als Kind. Es hätte die Sache nur noch schlimmer gemacht, wenn ich bei meinen Eltern geblieben wäre."

„Vermutlich", sagte Seth. „Aber du hast mehr Erfahrung als sie alle zusammen. Warum sollte es also eine Rolle spielen, was sie über dich denken?"

Jason zuckte mit den Schultern. „Es ist schön, Freunde im eigenen Alter zu haben. Und als ich in die Unterkunft gezogen bin, wusste ich noch nicht, dass du auch nach Hause kommst."

Hätte Seth das vielleicht alles vermeiden können, wenn er Jason früher in seine Pläne eingeweiht hätte, anstatt ihn überraschen zu wollen? Bei dem Gedanken wurde ihm regelrecht übel.

„Dann sehen wir uns beim Essen", sagte er. Er musste weg von Jason, bevor er etwas sagen konnte, was er anschließend bereuen würde. Das durfte er nicht tun. Nicht, solange Jason mit Cooper glücklich war. Er wollte Jason nicht mit seinen Gefühlen belästigen und dadurch vielleicht auch noch seine Freundschaft verlieren. Das wäre sein Ende.

Seth sprang aus dem Jeep und lief los, ließ Jason, ihre Notizen und alles andere zurück. Er konnte nach dem Essen zurückkommen und sich darum kümmern. Jetzt wollte – *musste* – er allein sein. Er hörte noch, wie Jason ihm etwas nachrief, drehte sich aber nicht mehr um. Er hätte es nicht ertragen können, noch länger bei ihm zu sein.

Als Seth ins Haus kam, saß Chris im Wohnzimmer. „Hallo. Wie war dein Tag?"

„Gut", sagte Seth und biss die Zähne zusammen. „Ich muss jetzt unter die Dusche. Wir können später darüber reden, ja?"

„Sicher." Chris sah ihn überrascht an, aber Seth konnte ihm jetzt nicht erklären, was mit ihm los war. Es war zwar einfacher, mit seinem Bruder zu reden als mit Jason, aber groß war der Unterschied nicht. Er musste sich erst wieder fangen, damit er so tun konnte, als wäre alles in Ordnung.

Seth holte sich frische Kleidung aus dem Schlafzimmer und überlegte kurz, ob er sein Rasiermesser mitnehmen sollte. Er mochte das Gefühl der scharfen Klinge auf der Haut, wenn er sich rasierte. Außerdem erregte es kein Misstrauen, wenn er ein Rasiermesser im Bad liegen ließ. Er drückte auf seine Knöchel, aber der scharfe Schmerz hatte nachgelassen. Es war schon zu lange her und er hatte den ganzen Tag gearbeitet. „Mist."

Schnell schnappte er sich das Rasiermesser, schob es zwischen die Kleidung und lief mit seinem Bündel ins Badezimmer. Er musste sich sowieso rasieren. Vielleicht half ihm die Dusche ja, sich wieder zu beruhigen. Dann brauchte er das Messer wirklich nur für die Rasur.

Er zog sich aus und legte das Rasiermesser aufs Waschbecken. Wenn er es mit in die Dusche nahm, war die Versuchung zu groß, danach zu greifen. Das warme Wasser musste reichen, um die Anspannung abzuspülen, zusammen mit dem Schmutz und dem Schweiß. Er konnte es schaffen. Er brauchte die Klinge nicht, um sein inneres Gleichgewicht wieder herzustellen.

Seth wusch sich die Haare. Er fluchte leise, als sich einzelne Strähnen an seinen Fingernägeln verfingen. Eines davon musste er schneiden – die Haare oder die Fingernägel. Er hatte nicht damit gerechnet, dass die Arbeit hier seinen Fingernägeln mehr zusetzen würde als die Arbeit in der Autowerkstatt in Sydney. Mit diesen Gedanken lenkte er sich von Jason ab, der jetzt in der Unterkunft bei Cooper war. Sie würden nicht zusammen duschen. Dafür war die Gemeinschaftsdusche nicht intim genug.

Seth schrubbte sich noch härter den Kopf. Er wollte sich die Haare waschen, nicht darüber nachdenken, was Jason jetzt mit einem anderen Mann trieb. Außer, Cooper würde Jason verletzen. Dann ging es Seth sehr wohl etwas an. Schließlich war er Jasons bester Freund. Aber Jason machte keinen unglücklichen Eindruck und solange er mit Cooper glücklich war, konnte Seth sich nicht einmischen. Weil es Jason nicht gefallen würde und ... wenn Jason sich über Seth ärgerte, würden sie noch weniger Zeit zusammen verbringen.

Seth stützte sich mit beiden Händen an der Wand ab. Er musste endlich damit aufhören. Er durfte nicht zulassen, dass seine Gedanken immer mehr außer Kontrolle gerieten. Es war nicht gesund und es war nicht hilfreich. Er spülte sich die Haare aus, griff nach der Seife und wusch sich von oben bis unten. Der grobe Stoff des Waschhandschuhs fühlte sich gut an auf der Haut und die Seife brannte in den noch nicht verheilten Wunden an seinen Knöcheln. Es war wie ein frischer Luftzug in der Dunkelheit, die in seinem Kopf herrschte. Er holte tief Luft, konzentrierte sich auf das Brennen und schrubbte noch härter.

Es war gut so. Er musste keine drastischen Maßnahmen ergreifen, um die Anspannung loszuwerden. Jason war glücklich und Seth konnte sich für ihn freuen. Er konnte Jasons bester Freund bleiben, wie er es immer gewesen war. Sie konnten zusammen über schlechte Witze lachen, konnten gemeinsam auf dem Sofa sitzen und sich die alten Serien ansehen, die im Fernsehen wiederholt wurden.

Nachdem er sich wieder einigermaßen unter Kontrolle hatte, drehte er das Wasser ab, trocknete sich ab und verließ die Duschkabine. Er wollte sich noch rasieren, um sich morgen früh nicht darum kümmern zu müssen. Dann würde er sich anziehen, zum Abendessen gehen und vielleicht Jasons Einladung annehmen, noch einige Zeit mit in die Unterkunft der Jackaroos zu kommen. Es konnte ja sein, dass er Cooper sogar mochte, wenn es ihm irgendwie gelang, seine Eifersucht zu vergessen.

Das Schaben der Klinge über die Haut fühlte sich beruhigend normal an. Es war sicher. Er hatte jede Bewegung unter Kontrolle und die Klinge bewirkte nicht mehr, als ihm die Bartstoppel abzuschneiden. Keine Verletzungen. Nur glatte, frisch rasierte Haut. Nichts, worum er sich Sorgen machen müsste. Nichts, was er verstecken müsste.

Als er sich rasiert hatte, zog er sich an, warf die schmutzige Kleidung in den Wäschekorb und ging ins Wohnzimmer zurück. „Sorry, dass ich es vorhin so eilig hatte, aber es war ein heißer und staubiger Tag."

„Ich dachte, du wolltest heute nur in der Werkstatt arbeiten", sagte Chris.

„Heute früh, ja. Aber heute Nachmittag war ich mit Jason unterwegs, um mir die Hütten anzusehen. Ich wollte mir einen Überblick verschaffen, damit ich einschätzen kann, wie Caines Projekt sich am besten realisieren lässt."

Chris lachte. „Wir können es nicht lassen, nicht wahr? Was immer Caine auch vorhat, wir wollen ihm helfen."

Seth lächelte. „Caine und Macklin haben dir das Leben gerettet. Und mir wahrscheinlich auch. Ich weiß nicht, wie dieser Tag ohne sie ausgegangen wäre. Das habe ich nicht vergessen."

„Wir hätten schon einen Weg gefunden", meinte Chris. „Aber ich bin ihnen trotzdem dankbar. Wir haben ein neues Zuhause gefunden. Allein dafür haben sie meine Loyalität verdient. Und ich bin froh, dass du auch wieder nach Hause gekommen bist. Ich glaube, dass habe ich dir noch nicht gesagt."

„Ich glaube, es war damals richtig von mir, Lang Downs zu verlassen", sagte Seth. „Ich musste selbst erleben, wie das Leben dort draußen ist. Jetzt weiß ich, dass es nicht mit Lang Downs vergleichbar ist. Und deshalb bin ich zurückgekommen und will dieses Mal bleiben. Solange Caine und Macklin mich hier wollen."

„Mach deine Arbeit, steh zu deinen Fehlern und suche keinen Streit. Dann werden sie damit kein Problem haben", meinte Chris. „Du gehörst zur Familie."

„Ich habe keinen Streit mehr angezettelt, seit ich vor zehn Jahren hierhergekommen bin", sagte Seth. „Diese Phase habe ich hinter mir gelassen."

„Hier gab es auch niemanden, mit dem du dich streiten musstest", sagte Chris.

Das war richtig. Er hatte hier nie einen Grund gehabt, eine Prügelei anzufangen, um das Chaos in seinem Leben mit Schmerz zu betäuben. Das Leben auf Lang Downs hatte ihm nie so zugesetzt, hatte ihn nie so gequält wie das Leben, das er davor geführt hatte.

„Mag sein. Aber ich bin auch kein Vierzehnjähriger mehr, der sofort die Beherrschung verliert", erwiderte Seth. „Seitdem sind einige Jahre vergangen und ich habe gelernt, mein Temperament zu zügeln." Er rieb sich über die Knöchel. Das leichte Brennen beruhigte ihn wieder. „Ich gehen jetzt in die Kantine. Kommst du mit oder willst du noch auf Jesse warten?"

„Jesse kommt heute Nacht nicht zurück", sagte Chris. „Er übernachtet auf der südlichen Weide und ist erst morgen zum Mittagessen wieder zurück. Wir können zusammen in die Kantine gehen."

Sie gingen auf die Veranda. Seth blieb stehen und holte tief Luft. Ja, es war selbst im Tal sehr heiß und er konnte den Staub riechen, aber er roch auch den Jasmin aus Carleys Garten. Er war wieder zuhause.

„Wir sollten auch einige Blumen pflanzen", sagte er. „Wir sind das einzige Haus, das keine Blumen vor der Veranda hat."

„Ich halte dich nicht zurück", sagte Chris. „Jesse und ich haben es versucht, aber wir haben einfach keinen grünen Daumen. Sie sind alle wieder eingegangen."

„Dann versuche ich es", meinte Seth. „Es tut gut, wenn man sich um etwas kümmern kann. Und Pflanzen sind anspruchsloser als ein Haustier."

„Wie du meinst." Chris stieß ihn mit der Schulter an und machte sich wieder auf den Weg. „Komm jetzt, ich habe Hunger."

Seth lief ihm lachend nach. Seine gute Laune hielt an, bis sie die Kantine betraten. Es herrschte Totenstille. Seth sah sich um. Alle saßen auf ihren angestammten Plätzen. Nur Dani und Liam, Neils Kinder, saßen heute bei Linda und Kyle. Ihre Eltern waren nicht zu sehen. „Ich weiß, dass Neil in Canberra ist, aber wo steckt Molly?", wunderte er sich.

„Keine Ahnung", erwiderte Chris. „Was immer auch geschehen ist, es kann nichts Gutes gewesen sein." Er ging zu dem Tisch, an dem Thorne und Ian saßen. Seth folgte ihm. Er konnte jetzt keine schlechten Nachrichten brauchen, aber so zu tun, als wäre alles in Ordnung, würde die Sache auch nicht ändern.

„Was ist passiert?", fragte Chris, als sie sich setzten.

„Taylor hat es nicht geschafft", sagte Thorne. „Ich weiß keine Details, aber ich war lange genug beim Militär, um mich mit solchen Unfällen auszukennen. Vermutlich war es eine Hirnblutung. Hirnblutungen müssen zwar nicht tödlich verlaufen, aber sie sind oft unberechenbar."

Seth schüttelte sich. Er hatte schon oft Jackaroos von der Weide zurückkommen sehen, die einen Sturz vom Pferd hinter sich hatten. Es passierte nicht wöchentlich, auch nicht monatlich, aber oft genug, um jederzeit möglich zu sein. Und ein solcher Sturz hatte jetzt einen Mann das Leben gekostet.

„Was passiert jetzt mit Taylor Peak? Hat Caine schon etwas dazu gesagt?", erkundigte sich Chris.

Thorne schüttelte den Kopf. „Sie stehen alle noch unter Schock. Es wird bis Montag dauern, bevor die Leiche freigegeben wird. Vor Dienstag oder Mittwoch können sie ihn nicht beerdigen. Und danach hängt vieles von Jeremy ab. Es ist nicht leicht, den einzigen Bruder zu verlieren und Jeremy hatte außer ihm keine Familie mehr."

„Nein, das ist es nicht", stimmte Chris ihm zu.

„Als meine Familie ums Leben kam, hat es Wochen gedauert, bis ich wieder einigermaßen klar denken konnte", sagte Thorne. „Man könnte natürlich behaupten, dass ich immer noch nicht klar gedacht habe, weil ich sonst nicht zur Armee gegangen wäre. Aber ich hielt es damals für eine sehr vernünftige Entscheidung."

Seth stand abrupt auf. Er durfte nicht länger zuhören, sonst würden ihm die Nerven versagen. „Ich hole mir was zu essen. Bin gleich zurück."

Er schnappte sich einen Teller und nickte Kami, dem Koch von Lang Downs und Sarahs neuem Ehemann, zu. Der alte Mann war nicht sehr geschwätzig und sein Schweigen war genau das, was Seth jetzt brauchen konnte. Er hätte Kami beinahe gefragt, ob er in der Küche essen dürfte, aber damit hätte er vielleicht Verdacht erregt. Also wahrte er mühsam die Fassung und füllte sich den Teller. Als Chris damals zusammengeschlagen wurde, war er panisch losgerannt, um Hilfe zu finden. So war er im Yass Hotel gelandet, wo er auf Caine und Macklin traf. Die beiden hatten ihn davor bewahrt, das Einzige zu verlieren, was ihm noch geblieben war. Aber Seth hatte schon genug verloren, um zu wissen, wie es war, wenn einem der Boden unter den Füßen weggezogen wurde. Er hatte seine Mutter verloren und nur wenige Tage später, am Abend nach der Beerdigung, waren er und Chris von ihrem Stiefvater vor die Tür gesetzt worden und hatten auch noch ihr Zuhause verloren. Ohne Chris … er wollte nicht darüber nachdenken, was ohne seinen Bruder aus ihm geworden wäre.

Jedenfalls musste Jeremy nicht befürchten, auch noch das Dach überm Kopf zu verlieren.

Seth verdrängte seine trübsinnigen Gedanken und ging zum Tisch zurück. Er wollte so schnell wie möglich essen, damit er von hier verschwinden konnte, wo sich das Gespräch nur um Taylors Tod drehte. Es musste doch irgendwo noch Leute geben, die etwas anderes im Kopf hatten.

# 7

SETH HIELT es in der Unterkunft eine halbe Stunde lang aus, dann wurde es ihm zu viel. Er hatte gehofft, keiner der Jackaroos würde Taylor gut genug kennen, um sich mit seinem Tod aufzuhalten, aber er hatte Pech. Es war auch hier das einzige Thema, über das gesprochen wurde. Manche spekulierten über die Todesursache, andere überlegten, ob es ihm das Leben gerettet hätte, wenn er früher ins Krankenhaus gebracht worden wäre. Seth wusste auf beide Fragen keine Antwort, aber er wurde immer unruhiger. Was, wenn es Chris oder Caine getroffen hätte? Oder einen der anderen Männer, die Seth hier kennengelernt hatte? Taylor hatte sein ganzes Leben auf der Station verbracht und Erfahrungen mit Pferden gesammelt. Es hatte den Unfall nicht verhindern können. Caine und Chris waren, verglichen mit Taylor, fast noch Anfänger.

„Ich bin platt", sagte er zu dem Jackaroo, der neben ihm saß und an dessen Namen er sich nicht erinnern konnte. „Ich gehe schlafen."

„Nacht", sagte der Mann, ohne ihn auch nur anzusehen.

Das sagte Seth alles darüber, wie wichtig er den Männern hier war. Selbst Jason schaute nicht auf, als Seth aufstand und zur Tür ging. Wenn das nicht das Sahnehäubchen auf einem beschissenen Tag war ...

Die Sonne war untergegangen und es war spürbar abgekühlt. Seth konnte die frische Luft nicht genießen. Er war zu sehr damit beschäftigt, die Fassung zu wahren und wollte nur noch allein sein, um sich endlich gehenlassen zu können, ohne dass von allen Seiten neugierige Blicke auf ihn gerichtet waren. Er hatte sich heute früh nichts anmerken lassen und niemand schöpfte Verdacht, aber jetzt musste er es irgendwie in sein Schlafzimmer schaffen, ohne Chris in die Hände zu laufen. Normalerweise konnte er sich darauf verlassen, dass Jesse ihn ablenkte, aber Jesse war nicht zuhause und nach der Nachricht über Taylors Tod würde Chris nicht allein sein wollen.

Seth überlegte, ob er durchs Fenster steigen sollte, wusste aber nicht, ob es offen war. Außerdem war er keine vierzehn mehr und versuchte, seinem Stiefvater aus dem Weg zu gehen. Er konnte Chris einfach sagen, er wäre müde und wollte sich heute Abend nicht mehr mit ihm unterhalten. Chris würde das nicht als Widerspruch ansehen und ihn dafür bestrafen. Chris würde es akzeptieren, ihn umarmen und ihm eine gute Nacht wünschen.

Seth hätte eine von Tonys Ohrfeigen beinahe vorgezogen. Der Schmerz hätte ihn aus dem Sumpf seiner Gedanken gerissen. Chris' Freundlichkeit und Verständnis würden ihn nur daran erinnern, was er zu verlieren hatte.

Guter Gott. Er war krank im Kopf. Leider änderte diese Erkenntnis nicht viel. Seth hatte in Sydney gelernt, damit zu leben, aber er war nicht darauf vorbereitet gewesen, dass es hier noch schlimmer werden würde.

„Seth? Was machst du da draußen vor der Tür?"

Chris' Stimme riss ihn aus den Gedanken. „Nichts. Ich bewundere nur den Nachthimmel."

„Schade, dass Jesse nicht hier ist. Er könnte dir die Sternbilder erklären. Ich erkenne nichts, außer dem Kreuz des Südens."

„Das erkennt jeder!", lästerte Seth. „Hast du in zehn Jahren wirklich nicht mehr von ihm gelernt? Was für ein Freund bist du eigentlich?"

Chris lachte. „Das sage ich Jesse! Früher hättest du die Antwort auf diese Frage nicht hören wollen."

Früher war Seth jung und ahnungslos gewesen. Er hatte nicht gewusst, was Bisexualität ist, hatte auch nicht darüber nachdenken wollen. Er hatte andere Dinge im Kopf gehabt – die Schule und ob Chris und er ein Dach überm Kopf hatten. Über Sex hatte er damals nicht nachdenken, geschweige denn reden wollen. Schon gar nicht über das Sexualleben seines Bruders. In den letzten zehn Jahren hatte sich das zwar geändert, aber sein Bruder war davon immer noch ausgenommen.

„Erwarte nicht, dass ich sie mir jetzt anhören will."

„Komm rein. Es ist spät und wir müssen morgen arbeiten. Ich weiß nicht, wann Jeremy und Sam zurückkommen, aber morgen müssen wir bestimmt noch für sie einspringen."

„Sag mir Bescheid, wenn ich irgendwie helfen kann", sagte Seth, als sie ins Haus gingen. „Ich habe heute früh alle Routinearbeiten in der Werkstatt erledigt und wenn nichts kaputt geht, kann ich überall einspringen. Caines neue Projekte sind nicht dringend und können noch ein paar Tage warten."

„Das entscheidet Macklin, solange Neil noch bei Jeremy in Canberra ist. Er wird dein Angebot zu schätzen wissen, auch wenn er es wahrscheinlich nicht annimmt."

„Ihr müsst mir nur Bescheid sagen, wenn ihr mich braucht", erwiderte Seth. „Ich habe einiges gelernt, bevor ich nach Sydney gegangen bin. Das reicht, um einige Tage auszuhelfen."

„Ich richte es ihm aus", versprach Chris. „Schlaf gut. Fühlst du dich in deinem alten Zimmer wohl?"

„Alles bestens." Das war gelogen, aber das Problem war nicht sein Zimmer und Chris hätte ihm sowieso nicht helfen können. Das Problem steckte in seinem Kopf und nichts und niemand konnte daran etwas ändern.

„Melde dich, wenn du etwas brauchst. Gute Nacht."

Seth winkte ihm zu und floh in sein Zimmer. Er musste vorsichtig sein, bis Chris eingeschlafen war, auch wenn Chris niemals unaufgefordert sein Zimmer betreten würde. Und wenn er anklopfte, konnte Seth ihm immer noch sagen, dass er allein sein wollte. Chris würde es respektieren.

Seth schloss hinter sich die Tür und lehnte sich mit dem Rücken an das dicke Holz. Er konnte den Schlüssel umdrehen und die Welt ausschließen, aber davon würde er die Albträume nicht loswerden, die er mit sich herumtrug. Auf der Kommode funkelte einladend die Rasierklinge. Seth sah sich im Zimmer um, suchte nach etwas, das seine Aufmerksamkeit ablenken konnte. Er hatte sich gestern schon die Knöchel aufgeschlagen. Er musste sich heute nicht schon wieder eine Verletzung zufügen. Es war erst vierundzwanzig Stunden her und so schnell war es noch nie passiert. Er war ein erwachsener Mann, kein Kind mehr, das mit seinem Leben nicht zurechtkam.

Die Klinge funkelte ihm immer noch zu. Seth wusste nicht, wie er ihrem Sirenengesang widerstehen sollte. Er konnte die Klinge nehmen und sich einen oder zwei kleine Schnitte zufügen, wo sie nicht zu sehen waren. Dann könnte er heute Nacht wenigstens schlafen und wäre morgen einigermaßen fit, falls Caine und Macklin ihn brauchten. Oder er konnte einfach die nächsten acht Stunden hier stehenbleiben und so tun, als wäre alles in Ordnung. Dann wäre er morgen so müde, dass ihm vielleicht ein Unfall passieren würde.

Aber das konnte er Chris nicht antun. Er musste sich zusammenreißen, damit nichts passierte. Was immer dazu auch nötig war, er musste es tun. Einige kleine Schnitte waren kein großer Preis, wenn es um seinen Bruder ging.

Bevor er es sich wieder anders überlegen konnte, nahm er das Rasiermesser von der Kommode und holte sich ein Handtuch und den Verbandskasten. Glücklicherweise war das Handtuch schwarz. Chris hatte es vor Jahren gekauft, weil man darauf den Schmutz nicht so sehr sah. Und Blut würde man darauf auch nicht sehen, falls Seth versehentlich etwas zu tief schnitt. Aber das war ihm seit Jahren nicht mehr passiert und er wollte auch jetzt nicht damit anfangen.

Er breitete das Handtuch auf dem Bett aus, legte das Rasiermesser und den Verbandskasten dazu und zog sich bis auf die Unterhose aus. Wo sollte er sich schneiden? Es war zu warm für lange Ärmel – damit kam nur Ian durch –, also fielen die Arme aus. Und er konnte sich auch nicht an der Innenseite der Schenkel schneiden, weil es sein konnte, dass Macklin ihn morgen brauchte und er reiten musste. Er musste sich außen am Bein schneiden, die Wunde gut verbinden und hoffen, dass der Verband nicht durchblutete. Das wäre zwar unangenehm, aber wenigstens konnte es niemand sehen.

Er fuhr mit dem Daumen über die Klinge, um die Schärfe zu testen, obwohl er sich erst vor wenigen Stunden damit rasiert hatte. Aber da hatte er sich noch nicht schneiden wollen. Zufrieden mit dem Ergebnis, wischte er die Klinge und sein Bein mit Desinfektionsmittel ab. Er hatte sich vor Jahren mit einer schmutzigen Klinge eine Infektion zugezogen, die behandelt werden musste. Wenn ihm nicht rechtzeitig eine Ausrede eingefallen wäre, hätte die Krankenschwester herausgefunden, wie er sich die Wunde zugezogen hatte. Das wollte Seth nicht wieder riskieren, weil Chris sich mit einer billigen Ausrede nicht zufriedengeben würde.

Der vertraute Rhythmus seiner Vorbereitungen beruhigte ihn und er hätte das Rasiermesser beinahe wieder weggelegt, aber jetzt war seine einzige Chance. Er konnte sich nicht leisten, morgen vor aller Augen einen Nervenzusammenbruch zu erleiden. Taylors Tod wäre keine glaubwürdige Entschuldigung, weil er den Mann kaum gekannt hatte. Er könnte sich zwar mit der Sorge um seinen Bruder aus der Sache rausreden, aber das würde nicht reichen, um die anderen lange genug hinters Licht zu führen.

Seth holte tief Luft und fuhr mit der Klinge über die Haut. Der Schnitt war dünn wie Papier, einige Millimeter tief. Er zischte leise, als seine Nerven auf den vertrauten Schmerz reagierten. Er hatte es unter Kontrolle. Nur er entschied, wann es schmerzen und wann es wieder aufhören sollte. Niemand sonst. Und er entschied auch, wo und wie tief er schnitt. Wie oft er schnitt. Die Anspannung in ihm löste sich mit jedem Blutstropfen auf, der aus der kleinen Wunde quoll und ihm über die weiße Haut lief. Sein Gesicht, seine Hände und seine Arme waren von der Arbeit im Freien gebräunt, aber seine Beine sahen nie die Sonne. Sie steckten immer in Dungarees, den robusten Baumwollhosen, die seine Beine im Schuppen vor scharfen Werkzeugen und auf den Weiden vor den Dornen schützten. Der Kontrast gefiel ihm irgendwie. Er fuhr mit dem Finger über den Schnitt und verschmierte das Blut auf der Haut. Es brannte und er verzog das Gesicht, hörte aber nicht auf. Stattdessen drückte er etwas härter zu, um das Desinfektionsmittel an seinem Finger zu spüren. Wenn er fertig war, musste er die Wunde damit reinigen. Das würde ihm für einige Zeit helfen, wieder klar denken zu können. Jetzt war es dazu noch zu früh. Und wenn der eine Schnitt nicht ausreichte, konnte er sich einen zweiten zufügen und das Gefühl zweimal genießen. Ja, das war besser, als sofort zweimal zu schneiden. Mit etwas Glück würde der eine Schnitt ja auch ausreichen. Das wäre dann noch besser.

Er wischte das Blut mi einer sterilen Kompresse ab und griff nach der Flasche mit dem Desinfektionsmittel. Es drang in die Wunde ein und brannte so stark, dass er die Zähne zusammenbeißen musste, um nicht aufzuschreien.

Dann wartete er so lange wie möglich, bis es den Weg in sein Blut gefunden hatte. Als er sich das erste Mal geschnitten hatte, war das Brennen kaum auszuhalten gewesen, aber mittlerweile hatte er sich daran gewöhnt und genoss es. Es brachte das Rauschen in seinem Kopf zum Verstummen, bis er wieder atmen konnte. Erst jetzt tupfte er mit der Kompresse den Rest des Desinfektionsmittels ab und klebte ein Pflaster auf die Wunde, damit sie morgen vor Schmutz geschützt war und die Haut wieder zusammenwachsen konnte. Er war vorsichtig gewesen, hatte nicht zu tief geschnitten, damit sie nicht zu lange blutete. Bis morgen war der Schnitt vermutlich schon verschorft, aber Seth wollte kein Risiko eingehen.

Nachdem er die Wunde versorgt hatte, reinigte er das Rasiermesser und packte alles wieder weg. Wenn er den Müll selbst entsorgte, konnte Chris nichts finden, was ihn verriet. Seth konnte sich zwar nicht vorstellen, dass Chris den Müll durchsuchen würde, aber wenn er ihn selbst entsorgte, musste er sich keine Sorgen machen. Papiertücher hatte jeder im Müll, das war nichts Besonderes. Chris würde sich dabei nichts denken. Blutige Kompressen waren eine andere Sache.

Seth legte sich aufs Bett. Der pochende Schmerz in seinem Bein lullte ihn ein und bald darauf schlief er.

JEREMY LAG in dem Hotelzimmer auf dem Bett und starrte an die Decke. Das Licht, das durch die Vorhänge ins Zimmer fiel, wurde langsam heller. Sam lag an seiner Seite und schlief noch. Jeremy war nach dem emotional erschöpfenden Tag gestern schnell eingeschlafen, erleichtert, dass Devlin ihn noch als Bruder akzeptiert und nicht aus dem Testament gestrichen hatte. Jetzt gehörte Taylor Peak wohl oder übel ihm.

Der Wecker von Sams Handy klingelte. Er rollte sich auf die Seite und schaltete ihn ab. „Wie geht es dir heute früh?", fragte er und drehte sich wieder zu Jeremy um.

„Müde", gab Jeremy zu. „Ich bin schon seit einiger Zeit wach."

„Das tut mir leid." Sam stützte sich auf den Arm und schaute ihm von oben ins Gesicht. „Willst du darüber reden?"

Jeremy zuckte mit den Schultern. „Da gibt es nichts zu sagen. Devlin ist tot und Taylor Peak gehört mir. Neil und Molly wollen bestimmt mit uns frühstücken. Wir sollten uns anziehen."

„So zu tun, als wäre nichts passiert, macht die Sache nicht leichter." Sam streichelte ihm übers Gesicht.

Jeremy setzte sich auf. „Ich tue nicht, als wäre nichts passiert." Es hörte sich barscher an, als er beabsichtigt hatte. Sam konnte ihn manchmal zum Wahnsinn treiben. „Mein Bruder ist tot. Ich habe Taylor Peak geerbt, obwohl ich das nie wollte. Vor allem nicht unter diesen Umständen. Nichts kann daran etwas ändern. Und ich muss jetzt das Einzige tun, was mir zu tun bleibt – herausfinden, wie ich mit der Verantwortung zurechtkomme, die er mir hinterlassen hat. Ich gehe jetzt duschen."

Sam rief ihn nicht zurück. Jeremy hoffte, er hätte die Botschaft verstanden. Er ging ins Badezimmer und drehte das heiße Wasser auf. Dann zog er sich an und stieg in die Wanne. Das Wasser brannte auf seiner Haut, aber er brauchte etwas, das den Nebel durchdrang, der sich in seinem Kopf ausgebreitet hatte. Und wenn ihm das heiße Wasser dabei half, wollte er es so lange wie möglich aushalten. Der kühle Luftzug verriet ihm, dass die Tür geöffnet worden war. Jeremy lehnte sich mit dem Kopf an die Wand und betete um Geduld. Er wollte Sam nicht anschreien. Sie waren seit der Nachricht von Devlins Unfall keine Minute wirklich allein gewesen.

Es raschelte und Sam kam zu ihm unter die Dusche. Jeremy bereitete sich innerlich auf ein weiteres Verhör vor, aber Sam sagte kein Wort, legte nur die Arme um ihn und drückte ihn an sich. Jeremy entspannte sich und ließ sich von ihm halten. Nach einer Weile griff Sam nach dem Shampoo. Jeremy neigte den Kopf und ließ sich von ihm die Haare waschen. Sam massierte ihm sanft die Kopfhaut, bis das Shampoo richtig schäumte. Es war nur praktisch, und doch war es so unglaublich zärtlich, dass Jeremy sich ihm ganz überließ und die Welt dort draußen vergaß. Sam war für ihn da. Sam war bei ihm unter der Dusche und war für ihn da, obwohl er ihn vorhin so barsch angeraunzt hatte. Alles andere war egal. Alles andere konnte zur Hölle fahren.

„Abspülen", murmelte Sam. Jeremy stellte sich unter den Wasserstrahl und ließ das heiße Wasser den Schaum – und mit ihm seine Anspannung – in den Abfluss spülen. Als das Wasser klar wurde, drehte er sich um und wollte sich bei Sam revanchieren, aber der schüttelte nur den Kopf. „Nein. Ich bin noch nicht fertig mit dir."

Jeremy gab nach und ließ Sam weitermachen. Sam fuhr ihm mit dem eingeseiften Waschhandschuh über Brust und Schultern, Hüften, Beine und Füße. „Umdrehen."

Jeremy folgte Sams Anweisung, konnte sich aber nicht verkneifen, ihn über die Schulter anzugrinsen. „Du hast da was vergessen."

„Ich bin ja auch noch nicht fertig", erwiderte Sam, ebenfalls grinsend.

Wenn Devlin schon beerdigt wäre, würde er sich vermutlich im Grabe herumdrehen. Jeremy war es egal. Devlin war tot und er war noch hier … mit Sam. Und Sams Liebe war das einzige, was ihm Halt gab. Wenn er für sein Flirten in der Hölle landen würde, nahm er das gerne in Kauf.

Sam arbeitete sich langsam nach oben vor – von den Beinen über den Rücken zu Jeremys Schultern und Hals. Dann stellte er sich direkt hinter Jeremy. Sie passten perfekt zusammen. Jeremy genoss die Nähe, schloss die Augen und lehnte sich an ihn. Er hörte, wie der Waschhandschuh zu Boden fiel, dann spürte er Sams Hände, die nach seinem Schwanz griffen. Jeremy stöhnte leise. Sie hatten keine Zeit für Sex unter der Dusche, aber … Verdammt, es fühlte sich so gut an. Vielleicht reichte die Zeit ja wenigstens für einen Handjob, bevor sie Neil und Molly trafen …

„Hör endlich mit dem Grübeln auf und entspann dich." Sams Atem kitzelte ihn im Ohr. Ihm lief ein Schauer über den Rücken. Er blockierte alle Gedanken und konzentrierte sich ganz auf Sams Hände. Die Wärme, die sich in ihm ausbreitete, hatte nicht mit dem warmen Wasser zu tun oder dem Verlangen, das Sams Hände normalerweise in ihm weckte. Nein, es war ein ganz anderes Gefühl – zärtlich, mitfühlend und voller Vertrauen. Es war die Bestätigung einer Liebe, die weit über Sex hinausging. Jeremys Schwanz war noch nicht einmal richtig hart, aber das musste er auch nicht sein. Es reichte, von Sam berührt – geliebt! – zu werden. Sam gab ihm Halt. Solange er Sam hatte, konnte er es mit jedem Problem aufnehmen.

Er lehnte sich mit seinem ganzen Gewicht an Sam. Sam würde ihn nicht fallenlassen.

„So ist es schon besser", flüsterte Sam. „Meinst du, du schaffst es jetzt?"

Jeremy nickte. „Wie sieht es mit dir aus?"

„Mein Bruder ist hier und wir sehen uns gleich zum Frühstück. Ich bin nicht derjenige, um den wir uns sorgen müssen." Sam küsste ihn am Hals. „Wenn du dich jetzt besser fühlst und mitkommen kannst, dann habe ich alles, was ich brauche."

Es versetzte ihm einen Stich, wieder an Devlins Tod erinnert zu werden. Nicht, dass er es vergessen hätte. Aber er war nicht allein. Neil und Molly waren hier. Sie waren ein Teil seiner Familie – soweit die Gesetze es zuließen – und bedeuteten ihm viel. Es gab auf Lang Downs niemanden, der ihm nicht helfen würde. Er musste nur darum bitten, wenn er sie brauchte. Was immer auch geschah, er war nicht allein.

„Ich schaffe es. Wir können gehen."

Sam drehte ihn um, damit sie sich richtig küssen konnten. Dann drehte er das Wasser ab und warf Jeremy ein Handtuch über den Kopf. „Abtrocknen. Ich bin nicht dein Diener."

Jeremy kicherte. „Wer hätte das gedacht? Eben hat es sich noch ganz anders angefühlt."

„Das heißt nicht, dass ich dir *alles* durchgehen lasse", sagte Sam grinsend.

Jeremy trocknete sich lächelnd ab und zog sich an. „Lass uns jetzt frühstücken und herausfinden, wie es weitergeht."

Sam griff nach seiner Hand und sie verließen das Zimmer, um sich auf die Suche nach Neil und Molly zu machen.

Sie fanden die beiden im Restaurant des Hotels, wo sie schon am Tisch saßen und die Speisekarte studierten.

„Das wurde auch langsam Zeit", sagte Neil und verzog das Gesicht, als Molly ihm ans Schienbein trat. Jeremy musste grinsen.

„Ich habe noch eine lange Dusche genommen", sagte er. „Nach zwei Tagen im Krankenhaus war das dringend nötig."

„Und das darfst du auch", sagte Molly und warf Neil einen missbilligenden Blick zu. „Und wenn du dich dazu entscheidest, nach dem Frühstück wieder nach oben zu gehen und den Rest des Tages im Bett zu verbringen, dann darfst du das auch."

Jeremy schüttelte den Kopf. „Es ist viel zu erledigen. Ich muss Devlins Überführung veranlassen. Ich muss die Beerdigung organisieren. Ich glaube, er ging noch in Boorowa in die Kirche. Ich werde den Pfarrer dort fragen, ob er einige Worte zu Devlins Beerdigung sprechen kann. Und dann muss ich herausfinden, wie man eine so große Station wie Taylor Peak leitet, obwohl man es nie gelernt hat. Schlafen kann ich später noch."

„Mit der Überführung oder der Beerdigung kann ich dir nicht viel helfen", meinte Neil. „Aber wenn du einen Sarg brauchst, kann Ian das übernehmen. Er hat schon den Sarg für Michaels Beerdigung gemacht. Es war kein sehr prunkvoller Sarg, aber er war persönlicher als ein gekaufter. Und was Taylor Peak angeht, kann ich in zwei Stunden da sein und dir helfen. Du musst dich nur melden. Ich bin sicher, Macklin hilft dir auch, bis du dir einen Überblick verschafft hast und weißt, was zu tun ist. Es gibt wohl niemanden, der sich damit besser auskennt als Macklin. Auf seine Ratschläge kannst du dich verlassen."

„Ich weiß", sagte Jeremy. „Und ich bin euch dafür dankbar. Aber Devlin hatte immer seine eigenen Vorstellungen darüber, was für Taylor Peak richtig ist. Ich konnte es ihm zwar nie recht machen, aber ich will wenigstens versuchen, Taylor Peak in seinem Sinn zu weiterzuführen."

Sam runzelte die Stirn. „Du hast dich immer darüber beschwert, dass er so vieles falsch macht. Bist du sicher, dass du daran nichts ändern willst?"

„Ich will keine Fehler machen, aber ich muss erst herausfinden, warum er was wie gemacht hat. Danach kann ich immer noch darüber nachdenken, ob und was ich ändern muss. Devlin hat Taylor Peak sehr lange geführt und alles von unserem Vater gelernt, der es wiederrum von seinem Vater – unserem Großvater – gelernt hat. Es muss Gründe geben, warum sie die Station so geführt haben, auch wenn ich sie noch nicht kenne und von hier nicht beurteilen kann. Taylor Peak ist alles, was mir von ihnen geblieben ist. Ich muss es wenigstens versuchen."

„Was immer du brauchst", wiederholte Neil. „Selbst wenn du es allein versuchen willst. Wir wollen dir nicht das Leben schwer machen, sondern nur helfen."

# 8

JASON HOB den Kopf, als Caine in der Kantine aufstand und laut pfiff, um die Aufmerksamkeit der Männer auf ihn zu lenken.

„Ich habe heute früh mit Jeremy telefoniert", sagte er. „Die Beerdigung wird am Dienstag auf Taylor Peak stattfinden. Devlins Sarg wird unmittelbar danach auf dem Familienfriedhof beigesetzt. Ich habe die Dienstpläne so umgestellt, dass alle, die Devlin nahestanden, daran teilnehmen können. Ich weiß, dass einige von euch dadurch auf ihren freien Tag verzichten müssen, aber ihr werdet für die Überstunden bezahlt, soweit ihr davon betroffen seid. Ich möchte mich bei allen bedanken, die uns in diesen schwierigen Tagen geholfen haben, alles am Laufen zu halten."

Er hängte den neuen Dienstplan an die Wand und setzte sich wieder. Einige der Saisonalen standen auf und schauten nach, was sich geändert hatte. Die anderen machten sich nicht die Mühe. Sie verließen sich darauf, dass Caine ihnen genug Zeit beschafft hatte, um Jeremy beizustehen. Jason wollte nach dem Essen einen Blick auf den Plan werfen, weil er nicht sicher war, ob Caine ihn berücksichtigt hatte. Er war oft genug mit Sam und Jeremy zusammen, um an der Beerdigung teilnehmen zu wollen, könnte aber auch verstehen, wenn das nicht möglich war. Und im Gegensatz zu den anderen war er noch keine sieben Jahre hier. Wenn Caine ihn also brauchte, würde er am Dienstag auf Lang Downs bleiben und an einem der nächsten Tage nach Taylor Peak fahren, um mit Jeremy und Sam zu reden.

„Dann fange ich besser heute Abend noch an", sagte Ian und riss Jason damit aus seinen Gedanken.

„Anfangen? Mit was?"

„Mit dem Sarg", sagte Ian. „Sam hat mich gebeten, einen Sarg zu zimmern. Er wusste allerdings noch nicht, wann die Beerdigung stattfindet. Nach allem, was Jeremy für uns getan hat, ist es das Mindeste, was ich tun kann. Ich wünschte nur, es wäre nicht dazu gekommen."

„Das geht uns allen so", sagte Chris. „Ich wünschte, ich könnte auch etwas für Jeremy tun. Aber mir bleibt wohl nur, ihnen beim Umzug zu helfen – was immer sie auch mitnehmen wollen."

„Wollen sie wirklich nach Taylor Peak ziehen?", fragte Seth.

Jason konnte die Frage gut verstehen. Sicher, er hatte Lang Downs für sein Studium verlassen müssen. Aber das war schließlich nicht für immer gewesen.

„Dazu haben sie noch nichts gesagt", erwiderte Chris. „Aber wie sonst soll Jeremy die Station leiten? Es dauert mindestens anderthalb Stunden, um von hier nach Taylor Peak zu kommen. Bei schlechtem Wetter sind die Straßen unbenutzbar. Ich kann mir nicht vorstellen, wie er hier leben und dort arbeiten soll. Es ist einfach nicht machbar."

„Ich kann mir Lang Downs nicht ohne sie vorstellen", meinte Jesse. „Wer soll denn Neil hänseln, wenn Chris nicht mehr hier ist?"

„Ich bin sicher, wir können für ihn einspringen", meinte Ian. „Aber du hast recht. Sie gehören genauso hierher, wie wir alle. Verdammt. Warum musste uns Taylor das antun? Es war schon schlimm genug, als Michael gestorben ist. Aber Michael war schon alt und hatte ein erfülltes Leben hinter sich. Jetzt verlieren wir zwei Männer, weil Taylor nicht besser aufpassen konnte."

„Wir verlieren sie nicht", widersprach ihm Linda, Kyles Frau. „Sie sind nicht mehr jeden Tag hier, aber sie bleiben unsere Freunde, auch wenn sie nicht mehr hier leben. Wir haben genug freie Tage, auch wenn wir sie oft nicht nehmen. Du kannst an deinen freien Tagen nach Taylor Peak fahren und sie besuchen. Wenn sie dich brauchen, kannst du ihnen sogar aushelfen. Vielleicht nicht jede Woche, aber oft genug, um sie regelmäßig zu sehen. Wir wissen alle, dass Taylor sehr merkwürdige Ansichten hatte, wenn es um die Führung von Taylor Peak ging. Es kann sein, dass Jeremy alles auf den Kopf stellen muss, wenn er dort ankommt. Dann wird er jede Hilfe brauchen, die er bekommen kann. Und wer könnte ihm die besser geben als die Männer, die ihn schon so lange kennen? Wenn jemand eine Station leiten kann, dann seid das ihr. Wenn ihr euch die Wochen einteilt und jeder einen bestimmten Tag übernimmt, hat er ein zusätzliches Paar Hände, denen er vertrauen kann. Er hat einen Mann mehr, der so denkt wie er. Das macht einen großen Unterschied und wird ihm eine noch größere Hilfe sein."

„Dann sollten wir so bald wie möglich mit Caine und Macklin darüber reden", meinte Jesse. „Er versucht bei seiner Planung immer, Paare zu berücksichtigen. Das deckt allerdings nur fünf Tage ab. Sechs, wenn sie auch aushelfen wollen."

„Ich kann auch einen Tag übernehmen", bot Jason an. „Er kann bestimmt einen Tierarzt gebrauchen, der regelmäßig nach den Tieren schaut und dafür sorgt, dass sie gesund sind. Ich wollte Taylor auch schon meine Hilfe anbieten, aber dazu ist es nicht mehr gekommen."

„Ich helfe auch", sagte Seth. „Ich weiß nicht, ob sie einen Mechaniker haben und falls doch, kann ich mit den anderen auf den Weiden arbeiten."

„Und damit hätten wir auch das Wochenende geregelt", meinte Linda. „Seht ihr? War doch ganz einfach."

Jason lächelte. Kyle hatte wirklich eine gute Wahl getroffen, als er Linda und ihre Tochter nach Lang Downs brachte. Er wusste nicht, was Laura nach ihrem Schulabschluss vorhatte, aber sie gehörte auch schon hierher und der Rest würde sich finden. „Dann müssen wir nur noch Sam und Jeremy davon überzeugen, unsere Hilfe anzunehmen."

„Das ist doch ganz einfach", meinte Thorne. „Wir fragen sie erst gar nicht. Wir tauchen einfach auf und packen mit an. Dann können sie sich nicht mehr dagegen wehren."


JEREMY SAH mit versteinerter Miene zu, wie Devlins Sarg im Boden versenkt wurde. Er kannte die vier Männer nicht, welche die Seile hielten. Sam hatte sich um alles gekümmert und um Freiwillige gebeten, ohne Jeremy nach seiner Meinung zu fragen. So war das schon seit Devlins Tod – niemand fragte ihn nach seiner Meinung. Vielleicht war es nur gut so, denn er fühlte sich im Moment nicht in der Lage, eine vernünftige Entscheidung zu fällen. Das Leben um ihn herum ging weiter, aber er nahm es kaum wahr.

Der Prediger hatte eine kurze Rede im Gedenken an Devlins Leben gehalten, um den Anwesenden Trost zu spenden, aber er hatte die dicke Eisschicht nicht durchdringen können, die sich um Jeremys Herz gelegt hatte, seit sie am Sonntagabend nach Taylor Peak zurückgekehrt waren. Neil hatte die Aufsicht über die Jackaroos übernommen und dafür gesorgt, dass die normale Arbeit weiterging. Sam hatte sich um die Vorbereitungen für die Beerdigung gekümmert.

„Jeremy."

Er blinzelte, als er seinen Namen hörte. Sam stand mit einer kleinen Schaufel in der Hand neben ihm. Jeremy riss sich zusammen, nahm ihm die Schaufel ab und trat an das gähnende Loch im Boden, in dem sich Devlins sterbliche Überreste befanden. Er schluckte, schaufelte etwas Erde auf und ließ sie – wie von ihm erwartet wurde – ins Grab auf den Sarg fallen, den Ian in kürzester Zeit gezimmert hatte. Ein Schauer lief ihm über den Rücken, als die Erde auf dem Sarg aufschlug.

Rund ums Grab standen Frauen und Männer, die Köpfe gesenkt, und hielten Hüte respektvoll vor der Brust. Molly hatte Tränen in den Augen. Linda auch.

Linda war hier? Er konnte sich nicht an ihre Ankunft erinnern. Jeremy sah sich unter den Trauernden um und entdeckte noch mehr bekannte Gesichter aus Lang Downs, die sich unter die Jackaroos von Taylor Peak gemischt hatten. Ian und Thorne standen neben Neil und Molly. Caine und Macklin standen mit Seth und Jason weiter hinten. Ihm fiel wieder ein, dass Jason nach Lang Downs zurückgekehrt war, aber er hatte gedacht, Seth wäre nur zu Besuch gekommen. Kyle stand bei Linda und Laura, den Arm um Lauras Schultern gelegt. Auch Chris und Jesse waren gekommen. Alle seine Freunde aus Lang Downs waren hier. Es hätte ihn nicht überraschen sollen. Wenn es umgekehrt gewesen wäre, Jeremy wäre auch an ihre Seite geeilt, um ihnen beizustehen. Aber die Tage in Canberra hatten eine Kluft aufgerissen und Jeremy wusste nicht, wie er sie wieder überbrücken sollte. Er gehörte jetzt nicht mehr nach Lang Downs. Er gehörte jetzt nach Taylor Peak und jeder wusste, dass es für alle Seiten besser war, wenn sich die Crews der beiden Stationen nicht ins Gehege kamen.

Der Prediger beendete sein Gebet und die Trauergemeinde löste sich auf. Einige der Jackaroos verschwanden sofort. Jeremy konnte ihnen keinen Vorwurf machen. Er würde am liebsten auch von hier verschwinden, aber hundertfünfzig Jahre Familiengeschichte banden ihn an Taylor Peak und ließen sich nicht so einfach abschütteln.

Molly kam als Erste und umarmte ihn. Er legte den Kopf auf ihre Schulter. Der Kontakt gab ihm Halt. Molly würde nicht mehr von ihm verlangen, als er zu geben in der Lage war. Alle anderen brauchten etwas von ihm, selbst Sam und Neil. Molly war nur seinetwegen hier.

Sie hatte Devlins Kleiderschrank und die Kommoden ausgeräumt und alles in Kisten verpackt, hatte die Küche aufgeräumt und den Wochenvorrat bestellt, der aus Boorowa geliefert wurde. Dann hatte sie das ganze Haus von oben bis unten geputzt, damit Sam und Jeremy einen guten Start hatten. Jeremy hatte nicht darüber entscheiden müssen, was aufgehoben werden sollte und was nicht oder wohin eine Pfanne oder ein Foto gehörten. Und wenn die Last seiner neuen Verantwortung ihn in die Knie zu zwingen drohte, hatte sie alles stehen und liegen gelassen und ihn in die Arme genommen, bis er wieder genug Kraft hatte, um sich der Welt zu stellen.

„Es tut mir so leid", flüsterte sie. „Ich weiß, ich habe das schon oft gesagt. Aber es ist immer noch wahr."

Jeremy nickte wortlos. Er wollte ihr für alles danken, aber wenn er jetzt den Mund aufmachte, würde er in Tränen ausbrechen. Es machte ihm nichts aus, vor Molly zu weinen, aber vor den Augen der Jackaroos von Taylor Peak konnte er sich das nicht leisten. Sie würden jeden Respekt vor ihm verlieren – und sie hatten wenig genug davon. Neil hatte ihm nicht gesagt, warum die drei Jackaroos gekündigt hatten, die vor zwei Tagen von der Station verschwunden waren. Es war auch nicht nötig gewesen. Sie hatten Jeremy und Sam nur angesehen und sich umgedreht. Jeremy wunderte sich nur, dass es bei den dreien geblieben war. Wenn er Taylor Peak übernehmen wollte, musste er härter sein als jeder andere, sonst würden die Männer nicht auf ihn hören.

Neil kam zu ihnen, legte Jeremy eine Hand auf die Schulter und zog Molly mit der anderen an sich. „Ich habe vor der Beerdigung mit Caine gesprochen. Wir bleiben noch mindestens eine Woche hier, bis du wieder Boden unter den Füßen hast. Caine meinte, Macklin würde es bestimmt genießen, auf Lang Downs eine Weile für mich einspringen zu müssen und wieder als Vormann zu arbeiten. Vermutlich macht es ihm Spaß, die Kerle in Angst und Schrecken zu versetzen, die ein Pferd nicht vom anderen unterscheiden können."

Er musste lachen, auch wenn es unangemessen war. „Das möchte ich sehen", sagte er. „Meinen Dad und Williams mit den Neulingen zu erleben war immer der beste Start in die Saison. Du lässt dir zwar auch nichts gefallen, aber mit Macklin und Dad bist du nicht zu vergleichen."

„Weil es nicht nötig ist", sagte Neil. „Selbst die Anfänger auf Lang Downs wissen, wenn jemand mehr weiß als sie. Bei den Idioten, die dein Bruder angeheuert hat allerdings … Ich werde dem einen oder anderen gehörigen in den Arsch treten müssen, bevor ich sie deinem zukünftigen Vormann übergebe – wer immer das auch sein mag."

„Meinst du, einer von ihnen wäre geeignet?", erkundigte sich Jeremy. „Ich habe bisher nicht den Eindruck, dass Köpfchen oder Tatkraft zu ihren hervorragenden Eigenschaften gehören."

„Wenn das so ist, musst du dir so schnell wie möglich einen passenden Mann suchen", riet ihm Neil. „Du kannst das nicht alles allein schaffen. Du bist ein verdammt guter Crewchef und wirst Taylor Peak gut leiten, aber beides zusammen ist zu viel. Es hat Devlin das Leben gekostet und du darfst seinen Fehler nicht wiederholen."

„Das werde ich auch nicht", erwiderte Jeremy. „Meldest du dich bei mir, falls du hörst, dass jemand nach Arbeit sucht und geeignet ist? Ich glaube, es gibt vermutlich noch mehr Männer, die wegen Sam und mir demnächst kündigen werden. Ich kann also jedes Paar Hände gebrauchen, das ich bekommen kann."

„Darum werde ich mich auch kümmern", versprach Neil. „Sie werden lernen müssen, auf ihre Worte zu achten, wenn sie nicht gefeuert werden wollen. Die meisten von ihnen sind nicht so dumm, dem Chef persönlich zu widersprechen, aber es gibt einige, bei denen bin ich mir nicht so sicher."

„Danke", sagte Jeremy. „Ich glaube, Sam hat etwas von Essen gesagt. Du solltest gehen und dir etwas besorgen."

„Sarah und Kami haben eurem Koch ausgeholfen und die drei haben sich selbst übertroffen", meinte Molly. „Aber das hat Zeit, bis du mitkommst."

„Ich komme gleich nach", sagte Jeremy. „Ich muss erst noch kurz mit den anderen sprechen."

„Das kannst du auch beim Essen tun", sagte Sam. „Das ist sogar besser, als hier in der Hitze zu stehen."

Jeremy ließ sich von Sam und Molly zum Haus begleiten. Er wollte nicht in die Kantine zu den Jackaroos gehen, sah aber, dass unter den Bäumen hinterm Haus Tische aufgestellt waren. Auf der Veranda hatten Sarah und Kami ein Büfett angerichtet.

Jeremy sah sich nach Neil um, aber der unterhielt sich gerade mit Thorne und Ian. Auf Mollys Drängen hin füllte er sich einen Teller mit Essen und setzte sich an einen der Tische. Er hatte noch keine drei Bissen gegessen, als Thorne an den Tisch kam und sich zu ihm setzte.

„Mein Beileid", sagte Thorne. „Ich kenne das Gefühl, ein Familienmitglied zu verlieren und weiß, dass Worte nicht viel helfen. Wenn ich dir auf eine andere Weise helfen kannst, musst du dich nur melden."

„Ich nehme nicht an, dass du einen ehemaligen Vormann kennst, der Arbeit sucht", meinte Jeremy. „Neil kann nicht lange bleiben und ich brauche jemanden, der die Jackaroos in Form bringt."

„Ich glaube doch", sagte Thorne. „Erinnerst du dich noch an meinen Freund Nick Walker, der mich vor einiger Zeit besucht hat?"

Jeremy nickte. Walker hatte eine Woche auf Lang Downs verbracht und Jeremy hatte sich gefragt, wie lange es wohl dauern würde, bis der Mann dazugehören würde.

„Er hat vor ungefähr einem Monat seinen Abschied genommen. Er wollte nicht gleich auf Jobsuche gehen, weil er sich erst eine Auszeit gönnen und reisen wollte, bevor er sich endgültig entscheidet. Aber jetzt ist er wieder in Wagga Wagga und sucht Arbeit. Er ist auf einer Station im Westen aufgewachsen und obwohl er nie als Vormann gearbeitet hat, kennt er sich mit allem aus, was dazugehört. Nick hat beim Militär ein Einsatzkommando geführt und sollte auch mit einer Handvoll aufsässiger Jackaroos zurechtkommen. Soll ich ihn fragen, ob er Interesse hat?"

„Ja. Das hört sich perfekt an", sagte Jeremy. Walker war fast so groß wie Thorne – über einen Meter achtzig – und gebaut wie ein Schrank. Er hatte jetzt schon Mitleid mit den Jackaroos, die meinten, sich mit ihm anlegen zu können.

„Ich rufe ihn heute Abend noch an", versprach Thorne. „Wenn er interessiert ist, komme ich morgen vorbei und gebe dir seine Telefonnummer."

„Du musst deswegen nicht extra vorbeikommen", protestierte Jeremy.

„Es ist nicht nur das. Ich habe morgen frei und dachte mir, ich könnte dir hier aushelfen. Ich habe zwar nicht Walkers Erfahrung, aber ich habe auf Lang Downs genug gelernt, um für einen Tag ein Team zu übernehmen und dir meine Meinung über die Männer zu sagen. Ian sagte, er würde auch aushelfen und Neil hat uns schon zwei Teams zugewiesen."

„Ich … das wäre nicht nötig gewesen", stammelte Jeremy. „Danke."

„Schon gut", sagte Thorne. „Wenn es umgekehrt wäre, würdest du uns auch aushelfen. Und jetzt iss, bevor es kalt wird."

Jeremy lächelte schwach. Er hatte keinen richtigen Hunger – schon seit Tagen nicht –, aber wenn er nicht aufaß, würde Sarah ihn mit einem Blick ansehen, der Mollys Bemutterung in den Schatten stellte. Normalerweise liebte er sie dafür, aber nicht heute. Also schob er sich etwas Kartoffelsalat in den Mund und tat so, als würde für ihn nicht alles nach Pappe schmecken.

„Hey, Jeremy."

Jeremy schluckte und drehte sich zu Seth um. „Hi, Seth. Ich habe nicht erwartet, dich noch hier zu sehen. Ich dachte, du wärst schon längst wieder zurück in Sydney."

„Nein, dieses Mal bleibe ich hier", sagte Seth. „Zuhause ist es immer am schönsten oder so. Ich helfe Patrick in der Werkstatt aus und kümmere mich um eines von Caines Projekten. Die Hütten auf den Weiden sollen mit Strom versorgt werden. Aber ich habe trotzdem einen Tag in der Woche frei. Hat Taylor Peak einen Mechaniker?"

„Es gibt niemanden, der speziell dafür eingestellt worden ist", sagte Sam. „Devlin hat nie viel von Spezialisten gehalten. Ich habe schon mit einigen der Jackaroos gesprochen, aber bisher niemanden gefunden, der sich damit auskennt oder an der Arbeit interessiert ist."

„Dann kümmere ich mich am Freitag darum", versprach ihm Seth. „Ich weiß nicht, ob ich alles an einem Tag schaffe, aber ich werde sehen, was ich tun kann. Auf der Weide wäre ich dir keine so große Hilfe."

„Halt …", rief Jeremy, als Seth wieder aufstehen wollte. „Warum kommst du am Freitag?"

„Weil es mein freier Tag ist", erklärte ihm Seth, als wäre es das Selbstverständlichste auf der Welt. Unter normalen Umständen wäre das wohl auch so gewesen. „Hier kann ich wenigstens etwas Vernünftiges mit meiner Zeit anfangen. Ich freue mich schon darauf, an euren Maschinen rumzuschrauben."

„Du freust dich", wiederholte Jeremy. „So kann man es wohl auch nennen."

Seth grinste. „Vergiss nicht, dass ich nichts anderes konnte, als ich nach Lang Downs kam. Und selbst jetzt bin ich immer noch am glücklichsten, wenn ich von oben bis unten mit Maschinenöl verschmiert bin."

„Dann wird es Zeit, dass wir eine Frau für dich finden, Kumpel", sagte Jeremy kopfschüttelnd.

„Ich hatte schon eine", erwiderte Seth. „Und ich habe sie in Sydney gelassen, wo sie hingehört. So sind wir beide glücklicher."

„Wenn du meinst", sagte Jeremy. „Ich weiß aber nicht, ob ich dich bezahlen kann. Wir haben uns noch keinen Überblick über die finanzielle Lage …"

„Wer spricht denn hier von Bezahlung?", unterbrach ihn Seth. „Wir sind eine Familie. Wir helfen uns aus. Du lebst zwar jetzt hier, aber du gehörst immer noch zu uns."

Jeremy holte tief Luft. „Danke. Du ahnst ja nicht, was mir das bedeutet."

„Bis Freitag also", sagte Seth und stand endgültig auf. „Das mit deinem Bruder tut mir leid. Ich kann mir nicht vorstellen, was ich ohne Chris machen würde. Ich kann Devlin zwar nicht zurückbringen, aber ich helfe dir gern, wo immer ich kann."

Jeremy nickte nur.

„Wie fühlst du dich?", fragte Sam besorgt.

Jeremy zuckte mit den Schultern. „Noch halte ich mich auf den Beinen."

„Ich weiß nicht, ob das gut ist oder schlecht", erwiderte Sam. „Wenigstens haben wir jetzt Hilfe, wenn wir sie brauchen. Walker als Vormann einzustellen ist eine gute Idee. Ich hoffe nur, dass er an dem Job interessiert ist."

„Können wir uns einen Vormann leisten?", erkundigte sich Jeremy.

„In den letzten beiden Tagen haben drei Männer gekündigt", erinnerte ihn Sam. „Dadurch sparen wir genug ein, um Walker zu bezahlen."

# 9

Seth stand am Rand der Gruppe. Er hatte mit Jeremy gesprochen und ihm seine Hilfe angeboten. Jetzt wartete er nur darauf, bis die anderen, mit denen er gekommen war, aufbruchsbereit waren und er wieder nach Hause kam. Er hatte genug von Taylor Peak. In Jeremys – oder Neils – Gegenwart war kein böses Wort gefallen, aber Seth hatte einige Kommentare der Jackaroos aufgeschnappt.

*Schwuchtel* war noch die netteste Bezeichnung, die sie ihrem neuen Boss und seinem Partner verpassten. Die meisten hatten Jeremy und Sam ganz unverblümt *Kissenbeißer* oder *Schwanzlutscher* genannt. Auf Lang Downs hätte ihnen das erst eine Verwarnung eingebracht und dann wären sie gefeuert worden. Nach elf Jahren kam es dazu nur noch sehr selten. Caine und Macklin wurden für ihre gute Arbeit und ihre Fairness geschätzt und respektiert. Und wenn einer der Saisonalen mit ihnen ein Problem hatte, machten ihm die anderen klar, dass er jederzeit gehen könnte. Es gab genug gute Leute, die ihre Arbeit übernehmen konnten. Seth befürchtete, dass Jeremy mit dem Jackaroos auf Taylor Peak nicht so viel Glück haben würde. Wenn er sie behielt, musste er sich wahrscheinlich noch monatelang ihre Beleidigungen anhören. Wenn er sie feuerte, würden ihm innerhalb kürzester Zeit zu viele Leute fehlen, um die anstehende Arbeit zu erledigen. Die Helfer aus Lang Downs konnten das nicht ausgleichen, da immer nur zwei von ihnen pro Tag nach Taylor Peak kommen konnten.

„Seth? Alles in Ordnung, Kumpel?"

Seth schaute auf, als Jason zu ihm geschlendert kam. „Ja. Ich mache mir nur Sorgen um Jeremy und Sam."

„Es wird nicht leicht für sie, aber sie schaffen das schon. Sie wissen, wie man eine Station führen muss."

„Das wird ihnen alles nichts helfen, wenn sie nicht genug Leute haben, um die Arbeit zu machen."

„Was meinst du damit?"

„Ich habe den Jackaroos zugehört und das, was ich gehört habe, würde auf Lang Downs ausreichen, um sie fristlos zu feuern", sagte Seth. „Es macht mich nervös. Ich habe Angst um Jeremy."

„Verdammte Scheiße", fluchte Jason. „Wie in dem Jahr, in dem du nach Lang Downs gekommen bist. Es war der schlimmste Sommer, an den ich mich erinnern kann."

„Hey! Ich dachte, es wäre ein guter Sommer gewesen", protestierte Seth.

„Für mich schon. Aber nur, weil du nach Lang Downs gekommen bist. Es ist dir vielleicht nicht aufgefallen, weil du neu warst und nicht wusstest, wie es vorher war. Die meisten Saisonalen kannten sich noch nicht gut aus, weder auf Lang Downs noch mit der Arbeit. Wir hatten nicht genug Leute mit Erfahrung. Ich habe Neil und Macklin noch nie so erschöpft und abgewirtschaftet erlebt wie in diesem Sommer. Alle Crewchefs mussten zusätzliche Schichten einschieben, um die vielen Anfänger anzulernen und gleichzeitig die Station am Laufen zu halten. Sie haben es irgendwie geschafft, aber es stand auf der Kippe."

„Ich befürchte, hier wird es noch schlimmer werden", meinte Seth. „Es wäre nicht das erste Mal, dass eine Mobmentalität überhandnimmt und jemand verletzt wird. Chris wurde in der Stadt am helllichten Tag angegriffen und fast umgebracht. Wer sollte sie daran hindern, Sam und Jeremy anzugreifen? Oder selbst Neil und Molly, wenn sie dort aushelfen?"

„Glaubst du wirklich, es könnte dazu kommen?"

„Das hoffe ich nicht. Aber ich will mich nicht darauf verlassen. In Yass habe ich auch nicht damit gerechnet und es ist trotzdem passiert."

„Dann sollten wir mit Thorne darüber reden. Er hat die meiste Erfahrung und die passende Ausbildung für solche Situationen."

„Ich habe keine direkten Drohungen gehört", sagte Seth. „Nur Murren. Ich hoffe, dass sie einfach kündigen und von hier verschwinden. Wenn es sein muss, arbeite ich doppelt, um Jeremy und Sam durch die Saison zu bringen. Das ist immer noch besser, als ihre Gesundheit oder ihr Leben zu riskieren."

„Ja. Aber wir sollten auch keine Probleme sehen, wo vielleicht gar keine sind. Murren und Unzufriedenheit sind etwas anderes, als zu kündigen oder Jeremy und Sam gegenüber respektlos zu sein. Vielleicht müssen sie nur Dampf ablassen und gehen danach wieder an ihre Arbeit zurück. Jeremy ist schließlich ein Taylor und weiß, was er zu tun hat. Wenn sie ihn erst einige Tage erlebt haben, werden sie erkennen, dass sie gut mit ihm arbeiten können."

„Es wird vieles davon abhängen, wie stark Devlins Fehde mit Lang Downs auf die Jackaroos abgefärbt hat. Caine und Neil haben nie zugelassen, dass wir schlecht über Taylor Peak sprechen, aber wenn ich Sam und Jeremy richtig verstehe, hatte Devlin damit keine Probleme. Er hat ständig schlecht über uns gesprochen. Weißt du eigentlich, warum er Lang Downs so sehr gehasst hat?"

„Nein", sagte Jason. „Sein Dad ist sehr jung gestorben und Michael – Caines Onkel – hat versucht, ihm zu helfen. Devlin wollte seine Hilfe allerdings nicht annehmen. Vielleicht, weil er den Verdacht hatte, Michael wäre schwul. Vielleicht hat er ihn dafür gehasst. Oder es lag daran, dass Michael erfolgreich war, während Taylor Peak immer zu kämpfen hatte. Ich weiß, dass er Lang Downs kaufen wollte, als Caines Mutter die Station geerbt hat. Er dachte, sie wüsste nicht, was Lang Downs wert wäre und würde billig verkaufen. Stattdessen ist Caine hier aufgetaucht und er musste seine Hoffnungen begraben. Als dann auch noch Jeremy nach Lang Downs desertiert ist, haben sich alle Hoffnungen auf Versöhnung endgültig zerschlagen."

„Werden wir die Atmosphäre noch mehr vergiften, wenn wir Jeremy aushelfen?"

„Das muss Jeremy selbst entscheiden. Wenn er zu diesem Schluss kommt und mit uns darüber reden will, werden wir ihm zuhören. Ich mache mich jetzt auf die Suche nach Thorne. Willst du mitkommen?"

„Ja. Schließlich bin ich derjenige, der die Kommentare gehört und dich auf das Problem angesprochen hat."

Thorne saß an einem der Tische, aber Ian war nicht zu sehen. Vielleicht war er zum Büfett gegangen, um etwas zu trinken oder zu essen zu holen. „Seid ihr bereit aufzubrechen, Jungs?", fragte Thorne, als sie auf ihn zukamen.

„Das war ich schon vor einer Stunde", sagte Seth. „Aber wir dachten, du solltest vorher noch erfahren, worüber hier geredet wird."

„Hat es etwa damit zu tun, dass sie jetzt für die Kissenbeißer arbeiten müssen und Lang Downs das Kommando übernimmt?"

„Dann hast du es auch schon gehört?"

„Es war kaum zu überhören", erwiderte Thorne. „Ich rede mit Walker, sobald wir wieder zuhause sind. Du hast ihn nicht kennengelernt, weil du in Sydney warst, als er mich besucht hat. Er ist ein alter Kumpel aus meiner Militärzeit, der jetzt einen Job sucht. Selbst wenn er nur für einen Sommer kommt, verschafft er Jeremy damit genug Zeit, sich einen Vormann zu suchen. Und er kann die Jackaroos im Zaum halten."

„Wenn sie es mit Walker zu tun haben, denken sie bestimmt zweimal darüber nach, bevor sie Sam und Jeremy angreifen", meinte Jason.

Thorne richtete sich auf. „Habt ihr Drohungen gehört?"

„Nein", gab Seth zu. „Aber die Kerle, von denen Chris zusammengeschlagen wurde, haben vorher auch keine Drohungen ausgestoßen. Sie haben ihn einfach angegriffen. Mitten in der Stadt und mitten am Tag. Wie viel leichter kann so etwas auf einer abgelegenen Station im Outback passieren?"

„Ich rufe Walker sofort an, wenn wir wieder zuhause sind", wiederholte Thorne. „Und ich lasse Neil eine Warnung zukommen. Sam mag keine Kämpfernatur sein, aber ich kenne die Geschichten aus Neils Jugendzeit. Mit ihm legen sie sich besser nicht an."

„Danke, Thorne", sagte Seth. „Ich fühle mich besser, wenn jemand auf Sam und Jeremy aufpasst. Normalerweise würde ich mir um Jeremy keine Sorgen machen. Er kann auf sich aufpassen. Aber er trauert noch um seinen Bruder und hört nicht, was um ihn herum vor sich geht."

„Wir passen auf ihn auf, bis es ihm wieder bessergeht", versprach Thorne. „Niemand will, dass den beiden hier etwas passiert. Wenn ihr wollt, könnt ihr schon zum Auto gehen und dort warten. Ich suche Ian und rede noch kurz mit Neil, dann können wir aufbrechen."


„NEIL, KANN ich dich kurz sprechen?"

Neil schaute auf, als Thorne ihn ansprach. „Ja. Was ist denn los?"

Thorne nickte in Jeremys Richtung, drehte sich um und ging davon. Neil folgte ihm stirnrunzelnd, bis sie außerhalb von Sams und Jeremys Hörweite waren. „Was ist los?", fragte er wieder.

„Ich weiß nicht, ob du schon davon gehört hast, dass nicht alle Jackaroos hier sehr glücklich darüber sind, dass Jeremy die Station geerbt hat und Sam hier ist", fing Thorne an.

Neil schnaubte. „Drei Männer haben schon gekündigt und nach der Beerdigung sind wir wahrscheinlich noch ein Dutzend Saisonale weniger. Ich hoffe, dass uns bis zum Ende der Woche wenigstens ein Rumpfteam bleibt, weil die anderen bleiben. Sie haben eine gewisse Loyalität zu Taylor Peak und der Familie und wenn sie bleiben, werden sie erkennen, dass Jeremy trotz seiner angeblichen Fehler ein guter Mann ist. Aber es wird ein harter Sommer."

„Ich habe Jeremy versprochen, mit Walker zu reden und ihn zu fragen, ob er an einem Job interessiert ist. Seth macht sich allerdings Sorgen, dass es bei einigen der Jackaroos nicht nur bei Worten bleibt, sondern wir vielleicht mit Gewalt rechnen müssen. Ich glaube zwar, dass Seth überreagiert, weil er erlebt hat, wie Chris zusammengeschlagen wurde, aber sicher ist sicher. Ich habe ihm gesagt, ich würde mit dir über seine Befürchtungen reden. Und Walker warne ich sicherheitshalber auch vor."

„Ich behalte die Lage im Auge", versprach Neil. „Ich habe noch keine Drohungen oder Beschwerden gehört, aber die Männer kennen mich und wissen, wo ich stehe. Wenn ich in der Nähe bin, halten sie sicher den Mund. Molly will noch einige Tage bleiben, aber ich schicke sie heute vorsichtshalber nach Hause. Ich sage ihr, dass die Kinder sie brauchen. Dann schöpft sie keinen Verdacht."

„Mach nur keine Dummheiten", sagte Thorne. „Ich habe da Geschichten über dich gehört …"

Neil grinste und für einen kurzen Augenblick kam der alte Heißsporn in ihm wieder zum Vorschein. „Es würde Sam und Jeremy nicht helfen, wenn ich einen Streit anfange. Aber wenn die anderen damit anfangen, bringe ich es zu Ende."


„HEY, LACHLAN. Ich habe nicht damit gerechnet, heute von dir zu hören. Wolltest du nicht auf eine Beerdigung?" Walkers Stimme war Balsam auf Thornes Nerven. Nur Ian konnte ihn noch schneller wieder beruhigen als Walker, aber den wollte Thorne von der Sache fernhalten. Er wollte nicht, dass Ian verletzt wurde.

„Das ist der Grund für meinen Anruf", sagte er. „Kannst du dich noch an Sam und Jeremy erinnern? Du hast sie bei deinem Besuch kennengelernt."

„Ja. Ein großer Blonder mit blauäugigem Hund und ein Buchhalter mit einer Katze, die ihm auf Schritt und Tritt folgt."

„Ja, genau. Jeremys Bruder gehörte Taylor Peak, die Station, die direkt an Lang Downs angrenzt und …"

„Gehörte?", unterbrach ihn Walker.

„Es war seine Beerdigung. Er hatte einen Unfall und hat nicht überlebt. Jeremys Bruder war nicht gerade für seine Toleranz berühmt, deshalb hat Jeremy schon einige Männer verloren. Außerdem war sein Bruder ein Kontrollfreak und hatte keinen Vormann, aber Jeremy braucht jetzt einen. Er hat dermaßen viel um die Ohren, dass er sich nicht selbst um alles kümmern kann. Suchst du immer noch nach einem Job?"

„Weiß er, dass du mit mir sprichst?", fragte Walker zurück.

„Ich habe es ihm vorgeschlagen", erwiderte Thorne. „Er war dankbar dafür. Die Lage ist im Moment etwas angespannt und es könnte nicht schaden, wenn jemand ein Auge auf ihn und Sam hält. Aber das muss unter uns bleiben."

„Ist das nur so ein Gefühl von dir oder weißt du mehr darüber?", fragte Walker.

Bei jedem anderen wäre Thorne über diese Frage beleidigt gewesen, aber Walker kannte ihn besser als jeder andere. „Von beidem etwas. Wir haben einige Bemerkungen aufgeschnappt und einer unserer Jungs befürchtet, dass mehr daraus werden könnte. Meine erste Reaktion war, es nicht ernst zu nehmen. Sein Bruder ist schwer verprügelt worden, bevor sie nach Lang Downs kamen, deshalb ist es ein sensibles Thema für ihn. Aber dann habe ich darüber nachgedacht und mir ist klar geworden, dass seine Befürchtungen nicht allzu weit hergeholt sind. Momentan ist das Hauptproblem, nicht zu viele Männer zu verlieren und über den Sommer zu kommen. Sie könnten zwar eine Anzeige aufgeben und neue Leute einstellen, aber wir sind mitten in der Saison. Es gibt nicht mehr viele erfahrene Jackaroos, die noch Arbeit suchen."

„Und bei denen, die noch keinen Job haben, gibt es triftige Gründe dafür", stimmte ihm Walker zu. „Habt ihr ein Haus für mich? Was soll ich mitbringen?"

„Keine Ahnung. Wir sind noch nicht dazu gekommen, darüber zu reden", sagte Thorne. „Ich rufe Sam an und gebe dir seine Nummer. Er hat sich bisher auf Lang Downs ums Büro gekümmert und kennt sich besser aus als ich. Und ... Walker?"

„Ja?"

„Danke."

„Ich kann an den Fingern einer Hand abzählen, wie oft du mich in den letzten Jahren um einen Gefallen gebeten hast, der nichts mit unserem Job zu tun hatte", sagte Walker. „Du hast mir das Leben gerettet. Ich habe also das bessere Geschäft gemacht."

„Unsinn. So funktioniert Freundschaft nicht."

„Oh doch. Ich rufe dich an, sobald ich auf Taylor Peak angekommen bin. Dann kannst du mich besuchen und wir zeigen diesen Besserwissern von Jackaroos, wo der Hammer hängt. Es wird fast wieder so, wie die ersten Tage Grundausbildung mit einer Horde Grünschnäbel. Kannst du dich noch erinnern? Und bring Ian mit, damit sie gleich wissen, dass du auch schwul bist und sie besser die Klappe halten und sich daran gewöhnen, bevor sie sich mit dir anlegen. Ich freue mich schon darauf."

Thorne lachte. Ja, er würde Ian mitbringen. Er freute sich auch schon auf die Gesichter der Jackaroos, wenn sie erkannten, mit wem sie es bei Walker zu tun hatten. „Abgemacht."


JEREMY STOCHERTE im Essen rum. Die Beerdigung war vorbei und alle wieder gegangen. Der Alltag ging weiter, aber Jeremy wusste immer noch nicht, wo er mit der Arbeit anfangen sollte. Sicher, theoretisch wusste er alles Nötige, um eine Station zu leiten. Er kannte sich mit allen Arbeiten aus, die auf Taylor Peak anfielen – die Werkstatt vielleicht ausgenommen. Er konnte keine Motoren reparieren. Aber er war noch nie in der Situation gewesen, alles koordinieren zu müssen. Entscheiden zu müssen, wer wann welche Arbeit zu erledigen hatte und einen funktionierenden Dienstplan aufzustellen. Allein bei dem Gedanken daran brummte ihm der Schädel. Er war ein durchaus akzeptabler Crewchef. Wahrscheinlich sogar ein ziemlich guter. Aber er war noch nie der Boss gewesen. Wo zum Teufel sollte er nur anfangen?

Glücklicherweise hatte er Neil. Ohne Neils Hilfe hätte er schon mehr als einmal aufgegeben.

Er starrte immer noch düster auf den Teller, als ihn ein Räuspern aus den Gedanken riss. Einer der Jackaroos – Jeremy musste dringend ihre Namen lernen – stand vor ihm, den Hut in der Hand. „Ja?"

„Ich will nicht respektlos sein, Taylor, aber ich habe bei Devlin Taylor unterschrieben, nicht bei seinem Bruder. Und ich habe schon gar nicht bei Lang Downs unterschrieben." Er warf einen grimmigen Blick in Neils Richtung. Jeremy war schockiert über den Hass in diesem Blick. Er wusste, Devlin hatte die Männer von Lang Downs aus tiefstem Herzen gehasst, aber er hatte gehofft, dieser Hass hätte sich nicht auf die Jackaroos übertragen. Offensichtlich war seine Hoffnung vergeblich gewesen. „Ich packe jetzt meine Sachen und breche morgen früh auf."

Jeremy nickte nur. Was hätte er auch tun sollen? Er zeigte auf Sam. „Wenn du Sam deine Adresse gibst, kann er dir deinen letzten Scheck nachschicken. Wir geben ihn am Freitag mit den anderen Schecks auf."

„Ich will euer Geld nicht", sagte der Mann. „Es ist genauso schmutzig wie alles, was ihr Kissenbeißer berührt habt."

Bevor Jeremy auch nur blinzeln konnte, war Neil aufgesprungen und hatte sich vor dem Mann aufgebaut. „Sei froh, dass du schon gekündigt hast, Kumpel." Neils bissiger Ton riss Jeremy aus seiner Benommenheit. Eine Schlägerei wäre jetzt nicht gut. „Weil das genau die Art von Kommentar war, für die man hier gefeuert wird. Und du wirst nicht morgen früh aufbrechen. Du wirst sofort packen und dich zum Teufel scheren. Wenn du in einer halben Stunde nicht verschwunden bist, schmeiße ich dich persönlich raus."

„Meinst du wirklich, Emery?", fauchte der Mann ihn an.

72

Jeremy stand auf und wollte sich zwischen die beiden schieben, aber Sam kam ihm zuvor. „Ich würde dir ungern den Schadenersatz vom Lohn abziehen müssen, wenn du hier eine Prügelei anfängst", sagte er kalt. „Deshalb schlage ich vor, dass du auf Neil hörst."

Der Jackaroo warf ihnen einen wütenden Blick zu und stürmte davon.

Jeremy drehte sich zu den anderen Männern um. „Sind unter euch noch mehr, die so denken? Dann wäre jetzt der passende Zeitpunkt, Taylor Peak zu verlassen. Wir wollen doch nicht, dass es Ärger gibt, oder? Ich gebe eure Schecks mit dem ausstehenden Lohn am Freitag in die Post. Wenn ihr bleibt und ich muss euch feuern, bekommt ihr gar nichts."

Ein halbes Dutzend der Männer stand auf und folgte dem anderen Jackaroo aus der Kantine.

„Und tschüss", rief Charlie White ihnen nach. Jeremy konnte sich noch gut an Charlie erinnern, der schon seit Jahren auf Taylor Peak war. „Das waren sowieso alles faule Säcke", sagte Charlie zu Jeremy. „Sei froh, dass du sie los bist. Du bist ein Taylor, mein Junge. Der Rest ist für die meisten von uns egal."

„Danke, Charlie", sagte Jeremy. Er sah sich im Raum um, schaute jedem der Männer persönlich in die Augen. „Um das von Anfang an klarzustellen … Ja, ich bin schwul. Ja, Sam bleibt hier und hilft mir, die Station zu führen. Nein, ich erwarte nicht, dass euch das gefällt. Aber ich erwarte, dass ihr es respektiert." Er wartete einen Moment ab, bis sich das Murren gelegt hatte. Noch war niemand gegangen. Jeremy sah das als gutes Zeichen. „Ja, Neil ist der Vormann von Lang Downs. Er ist auch mein Schwager und das heißt, ihr werdet ihn noch oft sehen. Devlin hatte ein Problem mit Lang Downs, vor allem meinetwegen. Ich habe ihm nie etwas Schlechtes gewünscht, aber jetzt ist er tot und ich übernehme die Station. Und ich habe – im Gegensatz zu meinem Bruder – kein Problem mit Lang Downs. Wenn euch das nicht gefällt, wisst ihr, wo die Tür ist."

Mehr Gemurre. Es waren interessanterweise nicht dieselben Männer, die ein Problem damit hatten, dass Jeremy schwul war. Gab es noch einen weiteren Grund für die Feindseligkeiten, von dem er bisher noch nichts wusste? Er nahm sich vor, Charlie danach zu fragen. „Und Neil wird nicht der einzige sein, den ihr oft zu sehen bekommt. Der nächste Tierarzt lebt auf Lang Downs. Der beste Mechaniker, den ich kenne, lebt ebenfalls dort. Sie haben mir beide ihre Hilfe angeboten, wenn ich sie brauche. Ich habe vor, diese Hilfe anzunehmen. Ein letzter Punkt noch: Mein Bruder und ich hatten sehr unterschiedliche Vorstellungen davon, wie man eine Station leitet. Es wird also einige Änderungen geben. Ich bin gerne bereit, mit euch darüber zu reden, falls ihr Bedenken oder Fragen habt. Aber ich erwarte, dass meine Entscheidungen respektiert und befolgt werden. Wem das nicht passt, der sollte jetzt gehen."

Niemand rührte sich vom Platz, was allerdings auch daran liegen konnte, dass Jeremy sie beobachtete. Er nickte noch einmal und nahm seinen Hut vom Tisch. Ihm war der Appetit vergangen.

„Sam, Neil … lasst uns gehen, damit die Männer essen können."

Neil sah aus, als wollte er widersprechen, aber Sam schob ihn zur Tür. Während sie zu Devlins Haus gingen, fragte sich Jeremy, wie viele der Männer morgen noch hier sein würden.

# 10

JASON SPRANG sofort aus dem Jeep, als sie auf Taylor Peak ankamen. Er schnappte sich seinen Koffer und lief in die große Scheune. Jeremy hatte sich am Telefon angespannt, fast verzweifelt angehört. Sie brauchten einen Tierarzt und sich brauchten ihn gleich. Jason war sofort losgefahren. Er war seit zwei Wochen – seit Devlins Beerdigung – nicht mehr auf Taylor Peak gewesen und so hatte er sich seine erste Rückkehr nicht vorgestellt.

„Was ist passiert?", rief er, als er Jeremy sah.

„Wer bist du?", fragte einer der Jackaroos.

„Der Tierarzt", sagte Jason.

„Du bist nicht Dr. Nelson."

„Nein", erwiderte Jeremy. „Aber er ist ein Tierarzt und konnte schneller hier sein als Dr. Nelson, der aus Boorowa kommen muss. Hier hinten, Jason. Wir treiben gerade die Herde auf eine frische Weide und mein Pferd hat sich im Stacheldraht verfangen. Wir haben ihn vorsichtig befreit und zurückgebracht, aber es sieht schlimm aus. Er ... verdammt. Er war mein Pferd, bevor ich nach Lang Downs gekommen bin. Danach hat Devlin ihn meistens geritten. Ich will ihn nicht verlieren. Er blutet überall."

Jason zog sich der Magen zusammen. Es war schon schlimm genug, seinen ersten Notfall ausgerechnet hier auf Taylor Peak zu erleben, wo ihm die Jackaroos mit Misstrauen begegneten, weil er aus Lang Downs kam. Dass es sich bei dem Pferd dann auch noch um Jeremys einzige Verbindung zu seinem verstorbenen Bruder handelte, machte die Sache nicht besser. Wäre es ein Schaf gewesen, hätte er sich das Tier nur ansehen müssen und ihnen dann vermutlich empfohlen, es zu töten. Bei dem Pferd konnte er das nur tun, wenn er wirklich keine andere Wahl hatte. Glücklicherweise schien der Zustand des Pferdes nicht allzu ernst zu sein, aber Pferde waren sehr unvorhersehbar. Er hatte schon oft erlebt, dass ein Tierarzt sich alle Mühe gegeben hatte und das Tier war trotzdem gestorben. Andererseits konnte es durchaus vorkommen, dass ein Pferd überlebte, obwohl wirklich alles dagegensprach und niemand damit gerechnet hätte.

Vorsichtig ging er auf das nervöse Tier zu. Es war angebunden, aber es wehrte sich nicht dagegen. Nur seine Muskeln zuckten vor Schmerz. „Ganz ruhig, Jeremy. Kein Grund zur Panik. Pferde bluten oft stark, aber das muss nichts Schlimmes bedeuten. Ich schaue ihn mir jetzt genau an, danach wissen wir mehr. Wie heißt er?"

„Misfit", sagte Jeremy.

*Guter Gott*, dachte Jason. Der Name passte wie die Faust aufs Auge zu Jeremys früherem Leben auf Taylor Peak.

„Okay, Misfit", sagte er beruhigend zu dem Tier. „Dann wollen wir mal sehen, was mit dir los ist. Du hast dich ziemlich zugerichtet, wie?"

Er hielt Misfit die Hände vor die Nüstern, damit er an ihm schnüffeln konnte. Er hatte extra mit der Desinfektion gewartet, um Misfit nicht mit dem chemischen Geruch zu irritieren. Misfit schnüffelte, als würde er auf eine Belohnung warten.

„Tut mir leid, ich habe noch nichts für dich, Kumpel. Wenn ich mich um dich gekümmert habe und es dir wieder besser geht, kannst du meinen Apfel haben", versprach Jason und streichelte Misfit über den Hals. Dann trat er zur Seite, um sich seine Verletzungen anzusehen. Jemand hatte den Stacheldraht entfernt, aber Misfit war von vielen kleinen Wunden bedeckt, die das Metall in seiner Haut hinterlassen hatte. Besonders die Hinterbeine waren davon betroffen. An Bauch und Brust konnte Jason auf den ersten Blick keine Verletzungen erkennen, aber Misfit war ein dunkler Fuchs und kleine Mengen Blut in seinem Fell fielen kaum auf. Er schaute genauer hin. Misfit konnte noch stehen, also hatte er höchstwahrscheinlich keine kritischen Verletzungen davongetragen. *Wunden vernähen, Antibiotika und ein Schmerzmittel.* Das sollte hoffentlich ausreichen.

„Gut. Ich gebe ihm jetzt ein Beruhigungsmittel, damit ich ihn behandeln kann." Jason wühlte in seiner Tasche nach einer Spritze und dem Beruhigungsmittel. Es würde einige Minuten dauern, bis es wirkte. In der Zwischenzeit konnte er sich umziehen und herausfinden, was genau passiert war. Misfit zitterte am ganzen Leib, als Jason ihm die Spritze gab. Jeremy streichelte ihn beruhigend.

„Kann ich mich hier irgendwo waschen? Ich will seine Wunden nicht mit schmutzigen Händen anfassen und eine Infektion riskieren."

„Dort ist ein Waschbecken", sagte Jeremy und zeigte an eine Wand.

Jason wusch sich gründlich Hände und Arme. „Woher kam der Stacheldraht denn?", erkundigte er sich, während sie auf die Wirkung der Spritze warteten.

„Der hat in einem Gestrüpp gelegen", knurrte Jeremy. „Je mehr ich über Devlins Arbeit herausfinde, um so weniger gefällt mir, was hier in den letzten Jahren passiert ist. Überall auf den Weiden liegen Reste von Zäunen rum. Ich lasse den Müll wegräumen, aber wir haben nur wenige Männer und viel Arbeit."

Einer der Jackaroos kam zu ihnen.

„Wer ist der Junge?", fragte er Jeremy.

„Jason Thompson von Lang Downs", antwortete Jeremy. „Er hat Tiermedizin studiert und ist wieder nach Hause gekommen, um auf der Station zu arbeiten. Jason, das ist Tim Perkins, einer meiner Crewchefs."

Perkins brummte unverbindlich, ging zu Misfit und streichelte ihm über den Kopf.

Als die Spritze wirkte und Misfit den Kopf hängen ließ, griff Jason zum Schergerät. „Ich gebe mir die größte Mühe, vorsichtig zu sein. Aber er darf sich nicht plötzlich bewegen. Haltet ihn ruhig, damit ich ihn nicht noch zusätzlich verletze."

Jeremy ging zu Perkins und gemeinsam hielten sie Misfits Kopf fest. Sie beobachteten Jason genau und es fiel ihm schwer, Perkins' abschätzenden Blick zu ertragen. Er konnte die ganze Last der Vorurteile auf den Schultern spüren, die ihm von den Jackaroos entgegenschlugen. Auf einer Station verbreiteten sich Neuigkeiten schnell und mittlerweile musste jeder wissen, dass ein neuer Tierarzt – ein unerfahrener Grünschnabel – hier war und nicht Dr. Nelson, den sie seit Jahren kannten. Jeder einzelne von ihnen würde ihn danach beurteilen, wie gut oder schlecht er sich um Misfit kümmerte.

Aber das musste er vergessen. Er musste sich auf Misfit konzentrieren, damit ihm kein Fehler unterlief. Damit würde er alles nur noch schlimmer machen.

Er schaltete das Gerät ein und wartete ab, wie Misfit auf das Geräusch reagierte. Misfit zuckte leicht mit den Ohren, blieb aber ansonsten ruhig. Jason hielt ihm das Gerät an die Schulter, um zu sehen, ob die Vibration ihm Schmerzen bereitete. Wieder blieb Misfit vollkommen ruhig. Jason atmete erleichtert aus und ging zu Misfits Beinen, wo der Stacheldraht den größten Schaden angerichtet hatte. Er rasierte vorsichtig das Fell rund um die Wunden des ersten Beines. Die Stacheln schienen zwar in die Haut eingedrungen, sie aber nicht aufgerissen zu haben. Das war gut. Jason konnte die Wunden reinigen, musste sie aber nicht vernähen. Risse erforderten mehr Arbeit.

Jasons Glück hielt nicht lange an. Als er zu dem zweiten Bein kam, verzog er das Gesicht. Der Stacheldraht war tief in den Muskel eingedrungen und hatte die Beugesehne bloßgelegt. Wenn sie verletzt worden war, konnte er Misfit vielleicht nicht retten. „Kannst du mir meine Tasche bringen?", sagte er zu Jeremy.

Jeremy brachte ihm die Tasche, sah die Wunde an Misfits Hinterhand und zischte laut. „Das sieht übel aus."

„Keine voreilige Panik", sagte Jason und versuchte, sich an seinen eigenen Rat zu halten. „Die Sehne liegt zwar bloß, aber das heißt noch nicht, dass sie auch verletzt sein muss." Er füllte eine Spritze mit einem lokalen Betäubungsmittel und injizierte es direkt über der Wunde. „Ich warte jetzt einige Minuten, damit ich ihm das Fell rund um die Wunde rasieren und sie reinigen kann, ohne dass er ausschlägt und mir in den Hintern tritt. Hoffentlich. Danach sehen wir, wie schlimm es wirklich ist und was ich tun kann."

„Perkins, halte ihn gut fest", befahl Jeremy.

„Und behalte ihn gut im Auge", fügte Jason hinzu. „Er hat ein Beruhigungsmittel bekommen und sein Bein ist betäubt, aber das heißt nicht, dass er nicht reagieren wird, wenn ich mit der Arbeit anfange. Warne mich sofort, wenn er auch nur die geringsten Anzeichen von Nervosität zeigt."

Perkins' verächtlicher Blick sagte ihm genau, was der Jackaroo davon hielt, sich von einem *Jungen* wie Jason sagen zu lassen, was er zu tun hatte. Jason war es egal. Er hatte keine Lust, sich von Misfit an den Kopf treten zu lassen, wenn er ihn behandelte.

Während er darauf wartete, dass das Lidocain Wirkung zeigte, wischte er vorsichtig die anderen Wunden, die er schon vorbereitet hatte, mit einem Desinfektionsmittel ab. Ohne das Blut sahen sie schon nicht mehr so schlimm aus, wie er befürchtet hatte. Das war ein gutes Zeichen. Trotzdem – die freigelegte Sehne bereitete ihm Sorgen. Er wollte nicht bei seinem ersten Einsatz hier schon ein Tier einschläfern müssen, schon gar nicht Jeremys Pferd. Misfit war nicht irgendein Pferd, es war Jeremys Pferd. Jason konnte sich gut vorstellen, wie es ihm ginge, wenn seine Hündin Polly eingeschläfert werden müsste. Diese Worte wollte er zu Jeremy nicht sagen müssen. Er fand noch einige größere Wunden, die genäht werden mussten, aber keine war so schlimm wie die an der Sehne. Jason betäubte sie ebenfalls mit Lidocain und als einige Minuten vergangen waren, drehte er sich zu Jeremy um, der immer noch auf den Riss in Misfits Hinterhand starrte.

„Geh wieder nach vorne, wo er dich sehen kann", sagte Jason. „Niemand beruhigt ihn so gut wie du." Und außerdem würde er dann nicht mehr Jeremys Blicke im Rücken spüren, während er an der Arbeit war. Jason wollte nicht, dass jemand seine zitternden Hände sah, wenn er die Wunde reinigte und behandelte. Nachdem er das Blut abgewischt hatte, schaute er sich die Sehne genauer an. Er konnte keine sichtbare Verletzung erkennen, was ihn erleichterte. Wenigstens war nichts gerissen. Kleinere Schäden heilten mit der Zeit wieder ab. Er hätte daran denken sollen, Misfit vorher zu bewegen. Dann wäre ihm das schon früher aufgefallen. Wenn Misfit nicht hinkte, konnte die Sehne nicht gerissen sein. Sein Gang hätte ihm mehr über das Ausmaß der Verletzung verraten. Aber dazu war es jetzt zu spät. Jason fluchte innerlich. Er musste die Wunde nähen und auf das Beste hoffen.

Also machte er sich an die Arbeit, nähte den Riss und sprühte ihn ein, damit er keine Fliegen anzog. Die anderen Verletzungen waren vergleichsweise einfach zu behandeln. Sie waren schwer genug, um gereinigt und genäht werden zu müssen, aber solange sie sich nicht entzündeten, würden sie wieder gut verheilen.

Als er wieder nach vorne ging, sah Jeremy ihn besorgt an. „Die Sehne sieht nicht aus, als wäre sie verletzt worden", sagte Jason. „Er wird wund sein und steif, weil es lange dauert, bis die Wunde wieder verheilt ist. Aber er sollte sich erholen. Ich gebe ihm noch ein Antibiotikum und eine Tetanusspritze und lasse dir Medikamente da, die du ihm ins Futter mischen kannst. Solange es nicht wieder schlimmer wird, braucht er nur Zeit und darf sich nicht viel bewegen. Haltet die Wunden sauber und ruft mich sofort an, wenn euch etwas Ungewöhnliches auffällt."

Perkins ließ sie wortlos allein. Jason sah ihm nach und runzelte die Stirn. Macklin hätte dem Mann deutlich die Meinung gesagt, weil er einfach seinen Posten verlassen hatte. Aber Macklin war nicht hier und Jason hatte nicht die Autorität dazu, sich einzumischen. Der Notfall war behoben.

„Danke", sagte Jeremy. „Was schulde ich dir?"

Jason zuckte mit den Schultern. „Ich kaufe die Medikamente und den Rest der Sachen nach, dann schicke ich dir die Rechnung dafür."

„Nein", protestierte Jeremy. „Du hast als Tierarzt für mich gearbeitet und verdienst, als Tierarzt bezahlt zu werden."

Jason lächelte. „Das entscheide ich immer noch selbst und außerdem war ich in meiner Freizeit hier. Ich schicke Sam die Rechnung. Du passt gut auf den alten Jungen hier auf und lässt eure Weiden aufräumen, damit so ein Unfall nicht wieder passieren kann."

„Ich tue mein Bestes", sagte Jeremy. „Aber es ist nicht leicht, obwohl Walker mich so gut wie möglich unterstützt."

„Hast du schon mit Neil gesprochen? Vielleicht kann er dir für einen Tag eine Crew ausleihen. Du könntest die Männer auf die Weiden schicken, damit sie sich um den Müll kümmern. Dann könnten sich die Tiere nicht mehr unerwartet verletzen."

Jeremy schüttelte den Kopf. „Neil würde mir die Männer sofort schicken, aber die Atmosphäre hier ist schon angespannt genug. Ich will es nicht noch dadurch verschlimmern, dass ich ständig Lang Downs um Hilfe bitte. Ich bin mir ziemlich sicher, dass Charlie White der einzige hier ist, der mir zutraut, es zu schaffen."

„Sam glaubt auch daran."

„Sam liebt mich. Er muss es glauben."

„Ich glaube es auch", sagte Jason. „Und ich bin nicht in dich verliebt, obwohl wir Freunde sind und ich dich bewundere. So ist das."

„Aber du lebst nicht hier", erwiderte Jeremy. „Das ist nicht vergleichbar."

„Es tut mir leid. Ich wünschte, ich könnte mehr für dich tun."

„Das hast du doch schon", sagte Jeremy. „Du hast meinen Misfit wieder zusammengeflickt. Der Rest regelt sich mit der Zeit. Hoffe ich. Richte den anderen auf Lang Downs meine besten Grüße aus."

„Wird gemacht", versprach ihm Jason. „Und ruf mich sofort an, wenn ich dir irgendwie helfen kann. Ob als Tierarzt oder Jackaroo. Du bist nicht allein, auch wenn es sich vielleicht manchmal so anfühlt."

„Danke", sagte Jeremy. „Ich sehe jetzt nach Misfit und melde mich, falls sich sein Zustand verschlimmert."

Jason wusste, wann er entlassen war. Er packte seine Tasche und ging zurück zum Jeep. Es war niemand in der Nähe, als er den Stall verließ, aber er wusste genau, dass er beobachtet wurde. Sorgfältig verstaute er seine Tasche, stieg ein und machte sich auf den Weg nach Hause. Hoffentlich schaffte er es, bevor er endgültig zusammenbrach. Sein Puls raste immer noch von der Aufregung. Es war zu spät, um noch auf den Weiden zu helfen, wie er sich eigentlich vorgenommen hatte. Aber ihm blieb vor dem Abendessen noch eine Stunde Zeit, die er sich irgendwie vertreiben musste. Er wollte das machen, was er in solchen Momenten immer tat – in die Werkstatt gehen. Als Kind hatte er dort immer seinen Vater angetroffen und als Teenager wusste er, dass er dort Seth vorfinden würde. Jason hatte Seth nicht gefragt, wo er heute arbeiten würde, aber wenn er nicht bei den Hütten unterwegs war, wäre er bestimmt in der Werkstatt. Der Geruch nach Maschinenöl und Benzin übte immer eine beruhigende Wirkung auf ihn aus.

„Seth?"

Jasons Stimme riss Seth aus den Gedanken. Er saß gerade über den Plänen für die Windmühle, die an einer der Hütten gebaut werden sollte. Es gab hier zu viele Bäume, um sich auf Sonnenkollektoren zu verlassen, aber der kleine Hügel hinter der Hütte war optimal für eine Windmühle.

„Hey, Jase. Du bist schon zurück? Ist auf Taylor Peak alles in Ordnung? Ich habe gesehen, wie du mit quietschenden Reifen aufgebrochen bist." Er legte seinen Stift auf den Tisch und ging nach hinten in den Schuppen, wo Jason auf einem der Heuballen saß, hinter denen sie sich als Teenager oft versteckt hatten.

„Ich bin mir nicht sicher, ob ich es so nennen würde, aber ich habe mein Bestes gegeben", sagte Jason. „Jeremys Pferd hat sich in Stacheldraht verfangen, den irgendein Idiot auf der Weide zurückgelassen hat. Du weißt ja, wie das ist."

Ja, das wusste Seth. Caine und Macklin waren sehr vorsichtig, damit das auf Lang Downs nicht passierte, aber er hatte schon erlebt, was Stacheldraht mit einem Tier anrichten konnte. Sie hatten nach einem Unwetter einige Schafe schlachten müssen, die aus Angst panisch geworden und in den Zaun gelaufen waren. „Das Pferd hatte keine Chance. Wird es durchkommen?"

„Als ich aufgebrochen bin, hat es noch auf seinen eigenen vier Beinen gestanden und die Blutungen hatten aufgehört. Es hat sich einige Stichwunden und Risse zugezogen, aber nur eine der Verletzungen war ernst – direkt an der Beugesehne der Hinterhand. Glücklicherweise hat der Draht die Sehne selbst nicht verletzt, sonst hätte ich das Tier einschläfern müssen."

„Hat er aber nicht und du musstest es nicht tun", sagte Seth. Er war nicht so besessen von Pferden oder Hunden wie einige der Jackaroos, aber er hasste es, wenn ein Tier von seinen Schmerzen erlöst werden musste. Bei den Schafen machte es ihm nichts aus, wenn sie geschlachtet wurden. Dafür waren sie schließlich da. Aber wenn eines der Arbeitstiere starb, war das für alle auf der Station ein trauriger Tag. Und Taylor Peak hatte davon zur Zeit wahrlich genug. Sie brauchten zu ihrem Unglück nicht auch noch ein totes Pferd, schon gar nicht Jeremys Pferd.

„Nein, die Sehne sah noch intakt aus und wenn sich die anderen Wunden nicht infizieren, wird er in ein paar Wochen wieder fit sein. Aber das war nicht das Problem."

„Was war es denn dann?"

„Warum sollte ein vernünftiger Mensch mir zutrauen, dass ich ein verletztes Tier behandeln kann?", fragte Jason.

Das war wirklich die dümmste Frage, die Seth jemals gehört hatte. Solange Seth ihn kannte, hatte Jason sich um die Streuner gekümmert. Nur einmal nicht,

80

und da war Sam ihm zuvorgekommen. Jason hatte den Tierarzt, wenn er nach Lang Downs kam, auf Schritt und Tritt verfolgt und immer gehofft, dass er ihm helfen könnte. Später hatte er sich um kleinere Verletzungen selbst gekümmert, sodass sie den Tierarzt nicht mehr rufen mussten. Jeremys Pferd mochte vielleicht sein bisher schwierigster Fall gewesen sein, aber seine Kompetenz hatte er schon mehr als einmal unter Beweis gestellt. „Vielleicht, weil du ein Tierarzt bist? Wie kommst du denn dazu, mir diese Frage zu stellen? Ist etwas schiefgegangen?"

„Ich habe nur ein Abschlusszeugnis, das ich mir an die Wand hängen kann", korrigierte ihn Jason. „Aber das ist noch lange nicht dasselbe."

Es war mehr als dieses verdammte Abschlusszeugnis, aber Seth hatte schon zu oft an sich selbst gezweifelt, um nicht zu erkennen, was in Jason vor sich ging. „Das finde ich schon."

„Ich hatte ständig Angst, ich könnte einen Fehler machen", gestand Jason.

„Und? Hast du einen Fehler gemacht?" Seth hatte schon immer an sich selbst gezweifelt, aber bei Jason war ihm das noch nie aufgefallen. War etwa während Jasons Studium etwas vorgefallen, das sein Selbstvertrauen erschüttert hatte?

„Ja, einen. Ich hatte das Pferd schon betäubt, als mir die tiefe Wunde in seiner Hinterhand auffiel. Deshalb konnte ich Misfit nicht mehr bewegen, um zu sehen, ob er hinkt oder nicht. Das hätte ich tun sollen."

„Aber konntest du ihn deswegen nicht mehr behandeln oder gefährdet es seine Heilung?", hakte Seth nach. Er konnte Jasons betrübtes Gesicht nicht mehr ertragen, freute sich aber auch, dass Jason mit seinen Sorgen zu ihm gekommen war, anstatt zu Cooper zu gehen. Cooper mochte der Mann sein, mit dem Jason schlief – Seth verdrängte den Gedanken schnell wieder –, aber Seth war der Mann, zu dem er kam, wenn er Trost brauchte. Seth kannte sich mit Beziehungen nicht sehr gut aus, aber er wusste, dass körperliche Anziehung flüchtiger war als wahre Freundschaft.

„Das sollte eigentlich nicht passieren, aber bei Pferden weiß man nie. Ich mag Schafe. Schafe sind so unkompliziert. Pferde machen immer Probleme."

„Pferde gehören zu unserem Leben hier", meinte Seth schulterzuckend. Selbst er hatte reiten gelernt, obwohl er nur ein Mechaniker war. Er ritt zwar nur, wenn ihm keine andere Wahl blieb, aber im Outback war es wichtig, reiten zu können. Es konnte Leben retten. Seth hatte davon gehört, wie Caine Neil das Leben gerettet hatte. Deshalb hatte Seth sich nicht geweigert, reiten zu lernen. Er war nie ein richtiger Jackaroo geworden, aber er konnte sich auf einem verdammten Gaul halten. „Das wusstest du, bevor du nach Lang Downs zurückgekehrt bist. Du hättest eine Praxis in der Stadt eröffnen können, wenn du keine Pferde behandeln willst. Aber du hast es nicht getan."

„Lang Downs ist mein Zuhause", sagte Jason. „Ich wollte immer nur hier arbeiten. Ich muss nur herausfinden, wie mir das am besten gelingt."

*Lang Downs ist mein Zuhause.* Wie oft hatte Seth, als er noch in Sydney lebte, genau dasselbe gedacht. Sie waren beide nur zufällig hier gelandet, aber sie

81

hatten ihre Lektion gelernt und waren wieder nach Hause zurückgekehrt. Der Rest würde sich finden.

„Eines nach dem anderen", erwiderte er. „Machen wir es nicht immer so?" Jason lachte. „Ja, stimmt. Und jetzt habe ich genug gejammert. Wie war dein Tag?"

„Hör auf, das Thema zu wechseln", sagte Seth. Jason hatte ihm zwar gesagt, was passiert war, hatte ihm aber nicht erklärt, warum er – immer noch – so aufgeregt war. Seth kannte sich mit aufgestauten Gefühlen aus. Sie konnten verletzen. „Was du mir erzählt hast, erklärt nicht, warum du so verstört bist. Ich will wissen, was wirklich passiert ist."

Jason seufzte. „Es war nur … Ich bin mir beim Arbeiten wie ein Hochstapler vorgekommen. Verstehst du, was ich meine? Dieses Zeugnis ist das Papier nicht wert, auf dem es gedruckt ist. Und dann waren da noch die Jackaroos … Perkins hat zwar nichts gesagt, aber es kam mir vor, als würde mich die ganze Station beobachten und über mich richten. Sie kennen mich nicht, aber ich bin noch jung und ich bin nicht Dr. Nelson. Und zu allem Überfluss komme ich auch noch aus Lang Downs. Ich hätte dort Wunder bewirken können und sie hätten es gegen mich ausgelegt."

„Was kümmert dich, wie sie über dich denken?", fragte Seth. „Jeremy vertraut dir und hat dich angerufen. Und nach allem, was du mir erzählt hast, hast du sein Vertrauen in dich nicht enttäuscht. Caine vertraut dir seine Tiere an. Er verlässt sich sogar darauf, dass du dich um die nötigen Vorschriften und Formalitäten kümmerst, damit Lang Downs als organisch wirtschaftende Station anerkannt bleibt."

„Ich wette, dass ich darüber viel besser Bescheid weiß als Dr. Nelson", gab Jason zu.

„Siehst du?", sagte Seth. „Kein Grund zur Sorge. Wen interessiert da noch, was die Jackaroos von Taylor Peak über dich denken?"

„Es ist nicht so einfach, auch wenn du recht hast", sagte Jason. „Sicher, Jeremy hat mich angerufen. Aber ich hatte die ganze Zeit das Gefühl, als würde ein riesiges Schwert über mir schweben, das jeden Moment runterfallen könnte. Ich muss das erst verdauen."

„Dagegen kenne ich ein gutes Mittel", sagte Seth.

„Und das wäre?"

„Ein Bier. Chris hat noch *Tooheys* im Haus, aber wenn dir das nicht schmeckt, finden wir bestimmt irgendwo was besseres."

„*Tooheys* ist okay", sagte Jason. „Ja, ein Bier wäre jetzt wirklich gut. Vielleicht geht es mir danach wieder besser."

„Bist du so ein Leichtgewicht?", neckte ihn Seth. „Komm jetzt. Wir setzen uns auf die Veranda und trinken ein Bier oder zwei. Das hilft bestimmt."

Jason lächelte. „Deshalb bin ich gleich zu dir gekommen. Du hilfst mir immer, mich wieder besser zu fühlen."

Seths Herz schlug vor Glück einen kleinen Purzelbaum. Das musste ihm dieser Cooper erstmal nachmachen. Seth war immer noch Jasons Zuflucht, wenn es ihm schlecht ging und er einen Freund brauchte. Und das würde ihm auch kein anderer Mann wegnehmen. Weil Seth es niemals zulassen würde.

# 11

JASON KRÜMMTE sich vor Lachen über einen von Seths Scherzen, als sie in die Kantine kamen. Es war ihm ein Rätsel, wie Seth es immer wieder schaffte, ihn aus seinen trübsinnigen Gedanken zu reißen. Er hatte seinen ersten ernsten Einsatz als Tierarzt hinter sich gebracht. Und er hatte seine Arbeit gut gemacht. Misfit würde sich wieder erholen.

„Wo willst du heute sitzen?", fragte er Seth. „Du kannst an unseren Tisch kommen."

„Oder du an unseren", sagte Seth. „Du schläfst zwar bei den anderen Saisonalen in der Unterkunft, aber du gehörst zu uns."

„Ja, aber ich habe Cooper heute noch nicht gesehen. Ich sollte mich zu ihm setzen. Das heißt aber noch lange nicht, dass du dich nicht auch zu uns setzen kannst."

„Wenn du den ganzen Abend nur flirten willst, bleibe ich lieber an unserem alten Tisch", meinte Seth. „Das ist weniger peinlich als deine hoffnungslosen Versuche, es dir nicht anmerken zu lassen."

Jason stieß ihm den Ellbogen in die Seite. „Wenigstens habe ich jemanden zum Flirten. Du wirst hier draußen nie jemanden kennenlernen. Laura ist zu jung für dich und die anderen Mädels sind alle verheiratet oder jemand wartet auf sie."

„Ich brauche niemanden", erwiderte Seth. „Ich bin meine Fesseln gerade erst losgeworden. Warum sollte ich da schon wieder Ausschau nach einem Ersatz halten?"

„Ich meinte flirten, nicht heiraten", sagte Jason. „Das ist ein großer Unterschied."

Seth zuckte mit den Schultern. „Geh zu deinem Jackaroo. Ich habe dich den ganzen Nachmittag gehabt. Ich gebe dich zum Essen frei, damit er auch etwas von dir hat."

Was sollte das denn heißen? Es war nicht der erste dieser rätselhaften Kommentare, die Seth seit seiner Rückkehr von sich gegeben hatte. Jason versuchte immer noch vergeblich, einen Sinn darin zu erkennen. Er wusste einfach nicht, was Seths Problem war. Also beschloss er, sich später darüber Gedanken zu machen, holte sich einen Teller und setzte sich zu Cooper an den Tisch.

„Hi. Wie war dein Tag?", fragte Cooper.

„Hart", gestand Jason. „Aber ich habe nach meiner Rückkehr Seth im Traktorschuppen besucht und er hat mir geholfen, wieder klar zu denken. Alles wieder normal."

„Normal?", fragte Cooper. „Muss ich mir Gedanken machen?"

Jason verdrehte die Augen. „So war das nicht gemeint. Er hat mir geholfen, aus der Maus keinen Elefanten zu machen. Er schafft es immer irgendwie, mich wieder zu beruhigen."

„Du hättest auch zu mir kommen können", sagte Cooper. „Ich habe heute im Tal gearbeitet. Das hatte ich dir heute früh doch gesagt."

Es war durchaus möglich, dass Cooper ihm das gesagt hatte, aber Jason hatte es vergessen. Er hatte nur noch einen Gedanken gehabt – Seth zu finden. „Manchmal braucht ein Mann seinen besten Kumpel. Heute war einer dieser Tage."

„Mir scheint, das ist momentan jeden Tag der Fall", grummelte Cooper.

Jason fuhr sich mit den Fingern durch die Haare. Er hatte jetzt wirklich keine Lust auf einen Streit. Der Tag war auch so schon beschissen gewesen und nur die paar Stunden mit Seth hatten ihn einigermaßen erträglich gemacht. „Pass auf, Cooper … Er ist mein bester Freund, seit ich fünfzehn war. Dich kenne ich erst seit ein paar Wochen. Ich mag dich. Ich verbringe gern meine Zeit mit dir. Aber heute habe ich Seth gebraucht. Vielleicht kenne ich dich eines Tages genauso gut wie ihn. Aber wenn du ein Problem damit hast, dass Seth und ich befreundet sind, wird dieser Tag nie kommen."

Cooper verzog das Gesicht. „Ich verstehe. Einige der Jackaroos hier haben mich schon gewarnt. Ich hätte auf sie hören sollen."

„Gewarnt? Wovor?", fragte Jason. Er hatte genug von diesem Gespräch, aber Coopers Bemerkung weckte seine Neugier.

„Dass du viel zu verliebt in Simms wärst, um einen anderen Mann auch nur anzusehen. Aber Simms war nicht hier und du schienst interessiert, also dachte ich mir, ich versuche es. Jetzt sehe ich, dass sie recht hatten. Mir reicht's."

Jason wurde rot. War es so offensichtlich? War Seth der einzige, der es ihm nicht ansah? „Wenn du es nicht ertragen kannst, dass ich außer dir noch andere Freunde habe, dann hast du recht. Dann reicht's." Er nahm seinen unberührten Teller vom Tisch und stellte ihn in den Korb mit dem schmutzigen Geschirr. Er musste hier raus. Er wusste nicht, ob Seth ihren Streit mitbekommen hatte, aber es gab genug andere, die jedes Wort gehört hatten. Seth würde früher oder später davon hören. Dann würde er nach Jason suchen und Jason nahm sich vor, ihm die Wahrheit zu sagen. Er hoffte nur, seine Ehrlichkeit würde ihn nicht Seths Freundschaft kosten. Er konnte es ertragen, Cooper zu verlieren. Cooper war ein guter Mann und der Sex hatte Spaß gemacht, aber Jason war nie in ihn verliebt gewesen. Er konnte auch ertragen, dass Seth seine Liebe nicht erwiderte. Jason hatte schließlich immer gewusst, dass es hoffnungslos war. Aber wenn Seth nicht mehr sein Freund wäre? Nein, darüber wollte er nicht nachdenken. Das könnte er niemals ertragen.

Jason sah sich um. Seine Füße hatten ihn – wie automatisch – in den Werkstattschuppen gebracht. Es sagte ihm alles, was er über sich und seine Gefühle wissen musste. Selbst wenn er vor Seth davonrannte, suchte er noch nach ihm, um sich von ihm trösten zu lassen.

85

Er ging in den Schuppen und ließ die Tür einladend offenstehen. Seth war ihm wahrscheinlich nicht gefolgt, aber falls er noch kam, wüsste er, wo Jason sich aufhielt und dass er willkommen war.

Jason schnaubte. Die Werkstatt war Seths Domäne, nicht seine. Wenn sich hier jemand darüber Gedanken machen musste, ob er willkommen war, dann war das nicht Seth, sondern er selbst. Guter Gott. Er war wirklich ein bemitleidenswerter Narr.

SETH STARRTE Jason wortlos nach, der aus der Kantine stürmte. Er schaute erst auf seinen Teller, dann wieder zur Tür. Was war da los? Unterm Tisch trat ihm jemand ans Bein. Er hob den Kopf und sah Thorne an, der ihm gegenübersaß.

„Ich kenne dich zwar noch nicht so lange wie die anderen hier, aber ich bin alt genug, um dein Vater zu sein. Und ich habe einen Rat für dich. Ich weiß nicht, worauf ihr beiden noch wartet, aber er hat dir gerade die perfekte Chance gegeben. Eine bessere bekommst du nicht mehr."

„Er hat nicht gesagt, dass er mich liebt", erwiderte Seth automatisch.

„Er hat es aber auch nicht geleugnet", sagte Thorne. „Du bist der Einzige hier, der es noch nicht herausgefunden hat. Und wenn es dir genauso geht wie ihm – wovon ich fest überzeugt bin –, dann bist du es euch beiden schuldig, endlich den Mund aufzumachen."

Wenn Thorne recht hatte, dann … Seth wurde regelrecht übel, wenn er daran dachte, wie viel Zeit Jason und er dann vergeudet hatten. Natürlich war das nicht Jasons Schuld. Die Schuld lag einzig und allein bei ihm selbst. Jason wusste noch nicht einmal, dass Seth bisexuell war. Jason hatte viel zu viel Angst, dass ihre Freundschaft in die Brüche gehen könnte, wenn er mit Seth darüber sprach. Das war ihm klar. Nein, er musste jetzt selbst aktiv werden und konnte nur hoffen, dass Jason ihm sein jahrelanges Schweigen verzeihen würde.

Es dämmerte schon, als er die Kantine verließ. Er sah sich rechts und links nach Jason um, aber Jason war verschwunden, während Seth sich mit Thorne unterhalten hatte. Allzu weit konnte er allerdings in der kurzen Zeit nicht gekommen sein und es gab eigentlich nur drei Orte, die er aufgesucht haben konnte – sein Zimmer in der Unterkunft der Jackaroos, die Veranda seines Elternhauses oder die Werkstatt im Traktorschuppen. In der Unterkunft konnte Jason zwar die Tür hinter sich schließen, aber nicht verhindern, dass Leute anklopften. Auf der Veranda von Patrick und Carley würden die Saisonalen vermutlich nicht nach ihm suchen – falls überhaupt jemand nach ihm suchte –, aber dafür würden irgendwann seine Eltern nach Hause kommen und mit ihm reden wollen. Wenn Jason wirklich ungestört sein wollte, war der Schuppen die beste Option. Andererseits musste er wissen, dass Seth ihn dort zuerst suchen würde und wenn Jason ihm ausweichen wollte, würde er den Schuppen meiden.

„Verdammter Mist. Warum kenne ich dich nur so gut?", fluchte Seth und ging trotzdem zum Schuppen. Vielleicht wollte Jason ihm ja gar nicht ausweichen. Vielleicht war er in den Schuppen gegangen, weil sie sich dort ungestört unterhalten konnten. Vielleicht hoffte er ja sogar, dass Seth ihm folgen würde, damit sie dieses Geheimnis endlich lüften konnten, das zwischen ihnen stand. Seth war ein Narr, auch nur darauf zu hoffen, aber nach dem Gespräch mit Thorne konnte er den Gedanken nicht mehr loswerden.

Im Schuppen brannte zwar kein Licht, aber die Tür stand offen, obwohl Seth sich genau daran erinnern konnte, sie geschlossen zu haben. Er stieß sie weiter auf, um besser sehen zu können. Viel half es nicht. „Jason?"

„Ja?"

„Alles in Ordnung, Kumpel?" Jason hatte sich nicht angehört, als ob alles in Ordnung wäre, aber Seth fiel nichts Besseres ein. Er wollte sich nicht aufdrängen, falls Jason doch lieber allein sein wollte. Aber ... hätte er dann die Tür offengelassen?

„Keine Ahnung", sagte Jason. „Ich habe gerade öffentlich mit dem Mann Schluss gemacht, mit dem ich wochenlang zusammen war. Er hat vor den anderen einige Dinge gesagt, die niemanden etwas angehen. Wie soll ich mich da wohl fühlen?"

Gut, dass Seth sich hier auskannte. Er brauchte kein Licht, um den Weg zu Jason zu finden. Sie mussten miteinander reden und wenn er Jason schon sein Herz ausschüttete, war ihm die Dunkelheit vielleicht sogar eine Hilfe. Er setzte sich mit dem Rücken an die Heuballen, direkt neben Jason, aber nicht nahe genug, um ihn zu berühren.

„Ich weiß nicht. Ilene und ich haben wenigstens unter vier Augen Schluss gemacht, obwohl sie das nicht davon abgehalten hat, mir ähnliche Vorhaltungen zu machen", fing er an.

„Du konntest ihr wenigstens sagen, dass sie unrecht hatte", meinte Jason.

Seth schüttelte den Kopf. „Sie hatte aber nicht unrecht", sagte er dann, als ihm einfiel, dass Jason ihn nicht sehen konnte.

„Was soll das, Seth?", rief Jason. „Du bist nicht schwul. Du warst bisher immer nur mit Frauen zusammen."

„Ich bin nicht schwul", gab Seth ihm recht. „Ich mag Frauen. Es ist nur so, dass ich auch Männer mag. Jedenfalls einen ganz bestimmten Mann. Aber der hat einen kaputten Kerl wie mich nicht verdient. Und dann ist er an die Uni gegangen und ich auch, und als ich wieder zurückkam ..."

„Hör auf", unterbrach ihn Jason. „Hör auf, verdammt. Sag es oder lass es bleiben, aber tanze nicht ums Thema herum."

Seth schloss die Augen und riss seinen ganzen Mut zusammen. Das war es. Jetzt würde Jason ihn entweder akzeptieren oder Seth würde ihn verlieren. „Ich war schon in dich verliebt, als ich noch gar nicht wusste, was das Wort Liebe eigentlich bedeutet. Aber dann hast du Lang Downs verlassen, um zu studieren. Also bin ich auch gegangen. Und wenn ich zu Besuch kam, warst du mit einem anderen Mann zusammen, also dachte ich mir, dass du nicht an mir interessiert bist. Und als ich endlich wieder zurückkam – übrigens nur, weil du auch zurückgekommen bist –, warst du schon mit Cooper liiert. Und du hattest jedes Recht dazu. Ich war in dich verliebt und habe nie einen anderen Mann angesehen. Aber das heißt noch lange nicht, dass du meine Gefühle erwidern musst. Aber jetzt hast du mit Cooper Schluss gemacht und es scheint, als würde es dir genauso gehen wie mir. Jedenfalls denken das die anderen. Also bin ich dir gefolgt und habe gehofft, sie hätten recht."

Jason bewegte sich an seiner Seite. Das leise Geräusch war die einzige Warnung, die Seth bekam. Eine Sekunde später hockte Jason über seinen Beinen und drückte ihn mit dem Rücken ans Heu. „Meinst du das ernst?"

„Ich …" Mist. Schluss damit. Er hatte A gesagt, jetzt musste er auch B sagen. „Ja", flüsterte er. „Ich meine es ernst."

„Gott sei Dank."

Seth wusste kaum, wie ihm geschah, als Jason ihn auch schon küsste. Er hatte sich diesen ersten Kuss schon oft vorgestellt – entweder süß und schüchtern oder erfahren und charmant, manchmal sogar heiß und leidenschaftlich –, aber er hätte nie damit gerechnet, dass seine Fantasie jemals Wirklichkeit werden könnte. Und vor allem hätte er nie damit gerechnet, diesen ersten Kuss hier im Schuppen zu erleben, mit dem Rücken am Heuballen und Jason auf seinem Schoß. Oh Mann. Jason küsste ihn!

Sein Verstand schaltete auf Autopilot um und dann gab es irgendwo in seinem Kopf einen Kurzschluss, als ihm bewusst wurde, dass es Jasons Gewicht war, das er auf seinen Beinen spürte. Dass es Jasons Lippen waren, die er auf seinem Mund fühlte. Blind tastete er nach Jason, legte die Arme um ihn und drückte ihn an sich, als hinge sein Leben davon ab. Jasons Bartstoppel kratzten ihn am Gesicht und erinnerten ihn daran, dass er sich heute auch nicht rasiert hatte. Würde Jason sich daran stören? Ilene hatte es gehasst, wenn er sich nicht rasierte. Jason schien es egal zu sein, aber …

„Hör endlich auf zu denken und küss mich", sagte Jason und Seth konnte seinen Atem an den Lippen spüren, so nahe waren sie sich. „Sonst komme ich noch auf die Idee, dass du mich doch nicht willst."

„Oh nein, ich will dich", versicherte Seth ihm hastig, legte ihm die Hand in den Nacken und zog ihn zurück. Er hatte nicht sehr gut gezielt – es war schließlich ziemlich dunkel hier –, aber sie fanden sich auch so. Dieses Mal legte Seth alles in den Kuss, was er zu geben hatte. All die Jahre des Träumens, Hoffens und Wartens. All die Eifersucht, die in ihm aufgekeimt war, wenn Jason von einem anderen Mann erzählte oder wenn Seth ihn mit Cooper sah, der ihn überall dort berühren durfte, wo Seth sich nicht traute, ihn zu berühren. Vor allem aber all die Freude, Jason endlich – *endlich* – für sich zu haben.

JASON WÄREN fast die Tränen gekommen, als Seth seinen Kuss endlich erwiderte. Er war sich so sicher gewesen, diesen Moment niemals zu erleben.

Und dass Seth ihm gesagt hatte, dass er ihn liebte. Aber er hatte Jasons Kuss nicht erwidert und ...

Jason musste endlich aufhören zu denken. Seth hatte vermutlich dasselbe Problem und sie hatten schon so verdammt viel Zeit damit vergeudet.

Schluss damit. Seth liebte ihn. Jason musste sich nicht mehr damit zufriedengeben, von Seth zu träumen. Er konnte einfach die Hand ausstrecken und ihn berühren. Er hob den Kopf und schnappte nach Luft, als ihm beinahe schwindelig geworden wäre, so lange küssten sie sich schon. Dann lehnte er sich mit der Stirn an Seths Kopf, damit Seth nicht dachte, er wollte aufhören.

Seths ließ die Hand von Jasons Schulter an seine Hüfte gleiten. Jason lächelte ihn an und rutschte auf Seths Beinen nach vorne. „Ist es das, was du wolltest?"

Ihre Hüften berührten sich und sie stöhnten.

„Ich will alles, was dich näher zu mir bringt", sagte Seth.

Jason grinste. Es war so gut, Seth endlich in den Armen zu halten. „Wir können uns noch näher sein. Du musst es nur sagen."

„Ja", sagte Seth. „Aber ..."

„Was?"

„Ich hatte noch nie Sex mit einem Mann. Ich weiß nicht, was ich tun soll."

Jason konnte es kaum fassen. Wenn das nicht geil war. „Soweit ich es sehe, machst du das recht gut", meinte er. „Ich kann mir nicht vorstellen, dass der Unterschied allzu groß ist. Mach einfach, worauf du Lust hast. Wir haben dieselbe Ausstattung und was dir gefällt, gefällt wahrscheinlich auch mir. Und wenn nicht, dann finden wir es schon heraus."

„Bei einer Frau ist immer klar, wer ..."

„Wirft und fängt?", fragte Jason grinsend.

„Ja, das."

Jason lächelte. „Dann ist es ja nur gut, dass ich beides mag. Wir finden es schon heraus. Das Hauptproblem haben wir jetzt geklärt."

„Und was war das Hauptproblem?", fragte Seth und stieß ihn mit den Hüften an. „Weil ich jetzt ein anderes großes Problem habe."

„Dass du mich liebst", sagte Jason. „Ich dachte, es wäre hoffnungslos. Deshalb habe ich nichts gesagt. Hat mir auch nicht geholfen. Jetzt sind wir hier zusammen und der Rest findet sich." Er fuhr Seth mit den Händen über die Brust und wartete auf eine Reaktion. Es war mittlerweile stockdunkel und sie konnten nichts mehr sehen, nur noch fühlen und hören. Seth bog den Rücken durch und drückte sich an ihn, also machte Jason weiter. Sie hatten als Teenager oft zusammen übernachtet und er hatte noch eine ungefähre Vorstellung von Seths Körper. Aber das lag Jahre zurück. Nachdem sie beide mit ihrem Studium begannen, war es dazu nicht mehr gekommen. Der Körper, den Jason jetzt unter den Händen spürte, war der Körper eines Mannes. Seth war muskulöser geworden, war nicht mehr der schlaksige Teenager von früher. Jason sehnte sich danach, ihn auch sehen zu können, aber das musste warten. Er wollte nicht aufhören, um Licht zu machen oder an einen bequemeren Ort zu gehen. Oder um Kondome und Gleitgel zu besorgen. Es musste auch ohne gehen.

Jason bebte am ganzen Leib bei dem Gedanken, von Seth gefickt zu werden. Es war so erregend, dass er vermutlich bei der kleinsten Berührung kommen würde. Und umgekehrt … nein, darüber wollte er erst gar nicht nachdenken. Das hatte Zeit, bis Seth seine Unsicherheit abgelegt hatte und sich wohler fühlte. Und wenn das nie passieren würde, konnte Jason auch damit leben. Solange Seth ihn nur liebte.

Er spürte plötzlich Seths Hände an der Brust, zuckte kurz zusammen und drückte sich dann an ihn. Seths Bewegungen waren so zögernd, als wäre er sich nicht ganz sicher, was er jetzt, nachdem er Jason endlich für sich hatte, mit ihm anfangen sollte. Jason lehnte sich etwas zurück und zog sich das Hemd aus. So. Jetzt konnte Seth auf Entdeckungsreise gehen.

„Jase", stöhnte Seth.

Jason grinste und küsste ihn wieder. Er konnte von Seths Lippen nicht genug bekommen und hoffte insgeheim, dass Seth auch noch andere Einsatzmöglichkeiten für seinen Mund finden würde.

Dieses Mal erwiderte Seth seinen Kuss aggressiver, als hätte er den ersten Schock überwunden. Jason öffnete einladend den Mund und Seth ließ sich nicht zweimal bitten. Er legte die Hände um Jasons Kopf und ergriff mit der Zunge Besitz von seinem Mund. Verdammt, der Mann konnte wirklich küssen.

Jason küsste ihn mit der gleichen Leidenschaft zurück. Er vibrierte am ganzen Leib vor Erregung, so sehr sehnte er sich nach Seth. Seth legte ihm die Hand in den Nacken und hielt ihn fest und streichelte ihm mit der anderen über den nackten Oberkörper. Jede Berührung seiner Hände fuhr Jason direkt in den Schwanz. Er stöhnte laut. Wenn das so weiterging, würde es nicht mehr lange dauern und er würde sich blamieren.

In diesem Moment waren von draußen Stimmen zu hören. Seth erstarrte. Jason beendete ihren Kuss. Er hob den Kopf und hockte sich auf die Fersen. „Vielleicht ist hier doch nicht der richtige Platz dafür."

Seth lachte leise. „Als ob es hier irgendeinen Platz gäbe, an dem wir ungestört sind." Seine Stimme hörte sich heiser an. „Hier weiß jeder über jeden Bescheid. Ich frage mich wirklich, wie Macklin es geschafft hat, nicht schon früher als schwul erkannt zu werden."

„Indem er sich mit keinem der Männer hier eingelassen hat", sagte Jason und tastete nach seinem Hemd. Hoffentlich hatte er es in seiner Eile nicht allzu weit geworfen. Er spürte den Stoff unter den Fingern, nahm es und zog es wieder an, nachdem er vorher sicherheitshalber überprüft hatte, wo vorne und hinten war. Dann stand er auf und zog Seth hoch. Sein Magen knurrte unglücklich.

„Du hast nichts gegessen", bemerkte Seth.

„Nein, dazu bin ich nicht gekommen", sagte Jason. „Obwohl mir deine Küsse lieber waren als das Abendessen."

„Du kannst beides haben", meinte Seth. „Es ist keine Entweder-oder-Entscheidung. Lass uns nachsehen, ob Kami noch etwas für uns zurückgestellt hat. Danach suchen wir uns ein ruhiges Plätzchen und machen weiter, wo wir aufgehört haben."

„Ja, das ist eine gute Idee."

Sie verließen den Schuppen und Seth schloss hinter ihnen die Tür. Jason wollte nach seiner Hand greifen, als sie sich auf den Weg zur Kantine machten, aber er war sich nicht sicher, ob Seth zu dieser Geste schon bereit war. Seth beantwortete ihm die unausgesprochene Frage, indem er selbst die Hand ausstreckte und seine Finger mit Jasons verschränkte.

„Ist das okay?"

„Absolut okay", sagte Jason.

Er hätte damit rechnen sollen, dass ihre Freunde die Kantine noch nicht verlassen hatten. Er und Seth hatten ein solches Aufsehen erregt, dass jeder wissen wollte, wie es ausgegangen war. Trotzdem wurde Jason rot, als sie die Kantine betraten, wo sie mit Applaus und lautem Jubel begrüßt wurden. Seth schien es genauso zu gehen. Er lief feuerrot an, ließ Jasons Hand aber nicht los. Und das machte alles wett.

„Wurde auch langsam Zeit", sagte Chris, als der Lärm sich wieder gelegt hatte. „Ich dachte schon, ihr würdet das nie auf die Reihe bekommen."

Jason zuckte erschrocken zusammen, als Macklin ihnen auf die Schultern klopfte. „Die Regeln sind für alle gleich, ob Saisonale oder nicht. Mir ist es egal, was ihr in eurer Freizeit macht, aber während der Arbeitszeit wird gearbeitet." Er drückte leicht zu. „Und ich erwarte von euch, dass ihr euch gegenseitig glücklich macht."

„Wir erledigen unsere Arbeit, wie wir es immer getan haben", versprach Seth.

„Vielleicht sogar besser, weil wir jetzt nicht mehr so abgelenkt sind", sagte Jason lachend.

Caine warf Macklin einen erschöpften Blick zu und kam ebenfalls zu ihnen. „Ich rede im Laufe der Woche mit Sam und Jeremy. Wenn sie immer noch auf Taylor Peak bleiben wollen, wird ein Haus für euch frei, wenn ihr es wollt und dazu bereit seid."

Jason spürte, wie Seth sich nervös anspannte. „Gib uns einige Tage Zeit, damit wir uns an den Gedanken gewöhnen können, ja?"

„Wenn ihr dazu bereit seid", wiederholte Caine.

Jason wäre am liebsten sofort eingezogen, wollte Seth aber nicht drängen, solange er dazu noch nicht bereit war. Sie hatten Zeit. Es würde sich schon regeln.

# 12

JEREMY STARRTE ungläubig auf die Zahlen, die Sam ihm vorlegte. Auf jeder Station gab es gute und schlechte Jahre. Das Wetter spielte nicht mit, es wurden zu wenig Lämmer geboren, die Futterpreise stiegen, ein Sturm setzte den Herden zu oder beschädigte Gebäude … Das alles gehörte bei der Schafzucht im Outback dazu. Jeremy war damit aufgewachsen. Seine Eltern hatten in den guten Jahren immer Ersparnisse angelegt, um die schlechten überbrücken zu können. Aber Devlin hatte nicht nur ein schlechtes Jahr gehabt. Er hatte auch keine zwei schlechten Jahre gehabt. Er hatte keine Ersparnisse angelegt. Das war das Problem. Wenn Sams Berechnungen stimmten – und daran zweifelte Jeremy nicht, weil Sam immer alles zwei- oder dreimal nachrechnete –, dann steckte Taylor Peak bis zum Hals in Schulden. Wenn sie bis zum Jahresende nicht wenigstens einen Teil des Kredits zurückzahlen konnten, würden sie wahrscheinlich alles an die Bank verlieren.

„Wir müssen fast die gesamte Herde verkaufen, um das Geld aufzutreiben", sagte er und sah Sam an.

„Und wenn wir das tun, haben wir nicht mehr genug Tiere für die nächste Saison", beendete Sam den Gedanken für ihn. „Ich weiß nicht, wie Devlin das Problem lösen wollte, aber er hat dir ein ziemliches Schlamassel hinterlassen."

„Was schlägst du vor?", fragte Jeremy.

„Du könntest natürlich mit der Bank reden", meinte Sam. „Wir könnten einen Finanzierungsplan für den Kredit erarbeiten, um ihn im Laufe einiger Jahre abzuzahlen. Aber es gibt keine Garantie dafür, dass die Bank einen solchen Plan akzeptiert. Außerdem wird er uns trotzdem nicht viel helfen, weil wir so oder so einen Teil der Herde verkaufen müssen, um das Geld zu erwirtschaften. Natürlich können wir die Herde anschließend wieder aufstocken, aber das dauert lange und wird nicht einfach sein."

„Kann ich nicht einfach alles verkaufen und nach Lang Downs zurückkehren, wo ich hingehöre?", fragte Jeremy. Er hasste es hier. Er hasste die Blicke der Jackaroos, hasste, wie sie ihn mit Devlin verglichen und er immer den Kürzeren zog. Es gab nur drei Menschen hier, die an ihn glaubten: Sam, Walker und Charlie. Und manchmal hatte Jeremy sogar bei Walker seine Zweifel. „Ich bin ein einfacher Crewchef, Sam. Mehr wollte ich nie sein. Ich wollte nie eine Station übernehmen. Dazu bin ich nicht geschaffen."

„Könntest du wirklich alles verkaufen?", fragte ihn Sam. „Wenn jetzt jemand durch die Tür käme und dir alles abkaufen würde – könntest du Taylor Peak dann wirklich so einfach den Rücken zuwenden?"

„Ja."

„Wirklich?" Sam ließ nicht locker. „Deinem Elternhaus? Dem Ort, an dem du aufgewachsen bist und an dem deine Eltern und Großeltern begraben liegen? Hundertfünfzig Jahre Familiengeschichte?"

Jeremy verzog das Gesicht. Er hasste es, wenn Sam es mit schmutzigen Tricks versuchte. „Was bleibt mir den anderes übrig? Wenn die Bank zustimmt, dauert es trotzdem Jahre, um Taylor Peak zu retten. Und wozu? Wir haben keine Kinder. Ich bin der letzte Taylor, von einigen Cousins abgesehen, die mit ihrem Leben in der Stadt mehr als glücklich sind. Weder sie noch ihre Kinder werden die Station übernehmen wollen. Sie wird also – so oder so – in fremde Hände gelangen. Warum sollte ich also jetzt mein ganzes Leben auf den Kopf stellen und versuchen, sie zu retten? Wenn ich sie selbst verkaufe, bekomme ich wenigstens noch das Geld. Wenn die Bank uns pfändet, verliere ich alles."

„Das sind durchaus gewichtige Argumente", gab Sam ihm recht. „Aber wer würde Taylor Peak denn kaufen wollen? Die Station liegt so abseits, dass selbst die großen Agrarkonzerne sich nicht dafür interessieren. Du müsstest also einen Züchter finden, der expandieren will. Kennst du einen?"

„Wir könnten eine Anzeige aufgeben", meinte Jeremy. „In einer der Fachzeitschriften oder so."

„Bevor du das versuchst, habe ich einen anderen Vorschlag", sagte Sam. „Willst du ihn hören? Wenn du dann immer noch aufgeben und verkaufen willst, halte ich dich nicht zurück."

Jeremy wollte nicht aufgeben. Das war das letzte, was er wollte. Er konnte sich nur nicht vorstellen, wie es sich noch verhindern ließ. „Ich höre."

„Wir brauchen einen Investor", erklärte Sam. „Jemanden, der uns Kapital zuschießt und dafür einen gewissen Prozentsatz der zukünftigen Gewinne erhält. Ich habe mir angesehen, wie die Zahlen für dieses Jahr aussehen. Wenn man die Bankschulden nicht berücksichtigt, sieht es recht gut aus. Ohne sie erwirtschaften wir auch in den nächsten Jahren Gewinne. Es müsste schon ein sehr schlechtes Jahr kommen, um nicht wenigstens ein ausgeglichenes Ergebnis zu erzielen. Der einzige Grund für unsere Probleme sind die Schulden bei der Bank. Wir haben beide viel von Caine und Macklin gelernt und ich bin davon überzeugt, dass wir Taylor Peak profitabel führen können – die Schulden nicht berücksichtigt. Wenn wir also einen Investor finden, der für uns einspringt und die Schulden übernimmt, können wir ihm einen guten Anteil an den Gewinnen garantieren. Er wird seine Investition zwar nicht gleich im ersten Jahr zurückbekommen, aber auf Dauer wird sie für ihn rentabel sein."

„Dieser Investor würde uns also jetzt Geld geben und dafür später einen Teil der Gewinne bekommen", überlegte Jeremy. „Und wenn wir eine schlechte Saison haben und keinen Gewinn erwirtschaften? Das kann passieren. Devlin ist es drei Jahre hintereinander passiert. Lang Downs hatte damit in letzter Zeit keine Probleme, aber ich weiß, dass es auch dort gelegentlich schlechte Jahre gab. Es ist keine Hexerei, eine Station zu führen, aber oft unkalkulierbar. Mutter Natur kann jederzeit zuschlagen."

„Wir bräuchten einen Inverstor, der sich damit auskennt und es versteht", meinte Sam. „Jemand, der an einer langfristigen Investition interessiert ist."

„Und wer sollte das sein?", wollte Jeremy wissen. „Die Idee ist wirklich prima, aber wo wollen wir einen solchen Investor finden?"

„Da habe ich auch schon so einige Ideen", sagte Sam. „Walker hat darüber gesprochen, einen Teil seiner Pension anlegen zu wollen. Er weiß, wie eine Schafstation funktioniert und arbeitet sogar hier. Als Teilhaber hätte er noch mehr Interesse daran, dass wir erfolgreich sind."

„Ich weiß ja nicht, wie hoch seine Pension ist, aber ich kann mir nicht vorstellen, dass die Armee ihm genug bezahlt hat, um unsere Schulden zu tilgen", meinte Jeremy.

„Wahrscheinlich nicht", gab Sam ihm recht. „Aber es könnte ausreichen, um uns bei der Bank mehr Zeit zu kaufen, auch wenn wir die Schulden damit nicht komplett abbezahlen können. Walker war allerdings nur einer der potenziellen Investoren, die mir eingefallen sind."

„Und an wen hast du noch gedacht?"

„Wir sollten mit Caine und Macklin darüber reden", sagte Sam. „Ich habe lange genug ihre Bücher geführt, um zu wissen, dass sie es sich leisten können. Vor allem, wenn Walker auch mitmacht. Ich weiß auch, dass Lang Downs mehr Land braucht, um weiter wachsen zu können. Caine und Macklin haben überlegt, in einigen Jahren die Herde zu vergrößern, aber dazu müssten sie die organische Wirtschaftsweise aufgeben, weil ihr Land nicht ausreicht. Das wollen sie nicht. Wir bräuchten drei Jahre, um Taylor Peak umzustellen und auch als organisch wirtschaftender Betrieb anerkannt zu werden. Dann könnten wir die beiden Stationen zusammenlegen und gemeinsam bewirtschaften. Das würde Investitionskosten sparen und beide Stationen könnten wachsen und mehr Profit abwerfen."

Jeremy dachte über Sams Vorschlag nach. Ideal war er nicht, aber nachdem Devlin ihm diesen riesigen Schuldenberg vererbt hatte, gab es keine ideale Lösung mehr, um Taylor Peak zu retten. Mit den richtigen Investoren konnte er die Station seiner Familie retten und sich die Verantwortung für wichtige Entscheidungen teilen. Er wäre zwar immer noch der Besitzer, aber Caine und Macklin würden ihm jederzeit mit Rat und Tat zur Seite stehen. Walker würde ihm bei der täglichen Arbeit helfen – nicht nur vorübergehend, sondern auf Dauer. Die enge Zusammenarbeit mit Lang Downs würde ihm die Unterstützung seiner Freunde – seine Familie – sichern, wenn er sie brauchte. Sie mussten nicht mehr ihre Freizeit opfern, wenn sie ihm aushelfen wollten. Jeremy kam zu dem Schluss, dass Sams Idee besser war, als er zu hoffen gewagt hatte. Devlin würde sich vermutlich im Grabe herumdrehen, aber das war Jeremy egal. Devlin hatte nichts mehr zu sagen.

„Was müssen wir tun?"

„Gib mir einige Tage Zeit, um einen genauen Finanzplan auszuarbeiten", sagte Sam. „Dann können wir Walker, Caine und Macklin zum Abendessen einladen und mit ihnen darüber reden."

„Und wenn sie deinen Vorschlag ablehnen?", fragte Jeremy.

„Dann müssen wir mit der Bank reden und auf das Beste hoffen", erwiderte Sam schulterzuckend. „Aber sie werden nicht ablehnen."


NACHDEM JASON endlich gegessen hatte, waren die anderen gegangen. Seth und Jason waren in der Kantine allein. „Ich will nicht in mein Zimmer in der Unterkunft zurück", gestand Jason, als er seinen schmutzigen Teller wegbrachte.

„Dann lass es", sagte Seth.

„Irgendwann muss ich dorthin zurück", meinte Jason. „Ich muss morgen arbeiten und das heißt, dass ich vorher schlafen muss."

„Ich auch. Aber du musst nicht in der Unterkunft schlafen. Du kannst bei mir übernachten. Das hast du doch auch früher schon gemacht", schlug Seth ihm vor.

Jason sah ihn an.

„Nur zum Schlafen", erklärte Seth. „Dann musst du nicht in die Unterkunft zurück."

„Das wäre schön", sagte Jason. „Aber ich will nicht, dass du dich bedrängt fühlst."

Das konnte Seth ihm zwar nicht garantieren, aber er wollte es trotzdem versuchen. Er war es ihnen beiden schuldig. Sie gingen schweigend zu Chris' und Jesses Haus, Schulter an Schulter, aber ohne sich zu berühren. Seth führte Jason in sein Schlafzimmer, wie er es schon Hunderte Mal zuvor getan hatte. Jason trat sich die Sandalen von den Füßen, die er sich nach der Arbeit angezogen hatte. Dann setzte er sich zu Seth aufs Bett ... wie schon Hunderte Male zuvor. Jasons Nähe war ein vertrautes Gefühl für Seth. Wie viele Nächte hatten sie schon Seite an Seite in diesem Bett gelegen, an die Decke gestarrt und sich über ihre Träume für die Zukunft oder einfach nur den vergangenen Tag unterhalten? Über drei Jahre lang hatten sie fast immer im selben Zimmer geschlafen und danach, als sie beide studierten, hatten sie es auch noch oft getan, wenn sie gemeinsam zu Besuch auf Lang Downs waren.

Jason streckte die Hand aus und zog Seth in die Arme.

Das war neu. Es mochte – wie ihre Freunde ihnen unmissverständlich klargemacht hatten – schon lange überfällig gewesen sein, aber neu war es trotzdem.

Seth schlang die Arme um Jason und legte den Kopf unter sein Kinn. Jetzt durfte er ihn endlich so anfassen und wollte sich die Gelegenheit nicht entgehen lassen.

„Jeder, der uns zusammen gesehen hat, wird jetzt denken, wir hätten Sex", flüsterte Jason.

Seth legte den Kopf in den Nacken und sah ihn an. „Mit meinem Bruder im Nachbarzimmer?" Er schüttelte sich. „Ich glaube nicht, dass ich dazu in der Lage wäre. Chris und Jesse würden durch die Wand jeden Ton hören, den wir von uns geben."

„Hast du nie ein Mädchen in dein Zimmer geschmuggelt, bevor du mit Chris nach Lang Downs gekommen bist?", neckte ihn Jason.

Seth schüttelte den Kopf. „Als wir noch bei Tony lebten, habe ich nie jemanden mit nach Hause gebracht. Ich wollte dieses Höllenloch am liebsten selbst nicht betreten. Warum hätte ich es also anderen zumuten sollen? Und nachdem wir von Tony rausgeschmissen wurden, hatte ich kein eigenes Zimmer mehr. Wir konnten froh sein, wenn wir ein Bett hatten. Ich habe erst hier wieder ein eigenes Zimmer bekommen."

Jason drückte ihn an sich. „Du sprichst nie über dein früheres Leben. Ich vergesse manchmal, dass du ganz anders aufgewachsen bist als ich."

*Na toll, Simms*, dachte Seth. *Jetzt hast du auch noch die Stimmung vermasselt.*

„Ich will das alles nur vergessen", sagte Seth. „Aber ich habe keine Mädchen ins Zimmer geschmuggelt. Auch keine Jungs. Ich habe einige Male bei Freunden übernachtet, aber nicht oft, weil ich mich nie revanchieren konnte."

Jason küsste ihn auf den Kopf. Seth wusste nicht recht, wie er sich fühlen sollte. Er schwankte zwischen getröstet und bevormundet. Die zweite Reaktion verdrängte er schnell wieder. Jason würde ihn niemals bevormunden. Trotzdem wollte Seth das Thema wechseln, weil er es hasste, wenn Jason Mitleid mit ihm hatte. „Wir haben schon über Misfit gesprochen, aber wie geht es eigentlich Jeremy?"

„Er hat einen sehr erschöpften Eindruck gemacht."

„Es muss schwer für ihn sein", meinte Seth. „Ich kann mir nicht vorstellen, wie ich mich fühlen würde, wenn Chris etwas passiert wäre. Er war lange der einzige Mensch, den ich hatte."

Jason zog ihn fester an sich. „Chris wird nichts passieren und selbst wenn, du wärst hier nicht allein. Das verspreche ich dir."

Seth hätte ihm nur zu gerne geglaubt, aber er wusste, was ein Versprechen wert war. Seine Mutter hatte ihm vor ihrer Hochzeit mit Tony auch Versprechungen gemacht. Sie hatte versprochen, Tony würde sich nach ihrem Tod um ihn und Chris kümmern. Weil Tony, dieses Arschloch, es ihr versprochen hatte. Und dann hatte Tony sie einfach vor die Tür gesetzt. Chris war der einzige Mensch, der nie ein Versprechen gebrochen und ihn nie verlassen hatte. Seth wollte Jason also glauben, aber er konnte es nicht. Er hatte verlernt, anderen Menschen zu vertrauen.

„Ich muss nach Taylor Peak fahren und mir Jeremys Fuhrpark und die Maschinen ansehen", wich er dem Thema aus. „Es ist nicht viel, aber wenn er sich keine Sorgen mehr darüber machen muss, kann er sich auf andere Dinge konzentrieren."

„Dafür ist er dir bestimmt dankbar." Jason rutschte auf dem Bett nach unten, legte ihm einen Arm über die Brust und streichelte ihn träge. Es war mehr beruhigend als erregend, was sich aber jederzeit ändern konnte. Seth schnurrte wie ein Kätzchen. Es war lange her, seit er es so sehr genossen hatte, mit einem anderen Menschen im Bett zu liegen. Ilenes Gegenwart war nicht sehr entspannend gewesen. Sie hatte immer erwartet, dass Seth sich um sie kümmerte, nie umgekehrt. Die Selbstverständlichkeit, mit der Jason ihm in diesem Moment seine Zuneigung zeigte, wirkte auf eine Weise beruhigend auf seine angespannten Nerven, die für ihn ungewohnt war.

Seth hoffte zutiefst, dass Jason ihn auch liebte. Obwohl Jasons Reaktion im Schuppen ihm sagte, dass Jason ihn liebte, wollte er die Worte aus seinem Mund hören. Aber er wollte Jason nicht danach fragen. Er wollte nicht zugeben, wie sehr er sich danach sehnte. Er wollte nicht verletzbar erscheinen, auch Jason gegenüber nicht. Jason würde ihn zwar niemals absichtlich verletzen, aber Seth hatte auf die harte Art gelernt, sich seine Verletzbarkeit nicht anmerken zu lassen, weil sie ausgenutzt wurde. Sie hatten Zeit. Seth konnte warten. Er hatte Geduld. Und wenn Jason es dann endlich sagte, war alles in Ordnung.

Und wenn Jason es oft genug sagte, würde Seth vielleicht sogar irgendwann daran glauben.

Jason rollte sich auf die Seite und küsste ihn. Seth erwiderte den Kuss sofort. Sein Körper reagierte auf die Leidenschaft und Chris geriet für einen Moment in Vergessenheit.

„Meinst du, wir könnten eine Ausrede finden, um Chris und Jesse für einige Stunden loszuwerden?", fragte Jason. „Weil ich jetzt wirklich mit dir nackt sein möchte."

Seth lief ein Schauer über den Rücken. Er begehrte Jason so sehr, dass es ihm fast Angst machte. Um seine Nerven zu beruhigen, neigte er den Kopf und küsste Jason. „Wenn wir das versuchen, werden sie uns sofort durchschauen."

„Spielt das eine Rolle?", fragte Jason. „Wir sind beide erwachsen. Es gibt keinen Grund, warum wir keinen Sex haben dürften. Sie machen das schließlich auch und haben garantiert nicht damit aufgehört, seit du wieder bei ihnen wohnst."

Das war ein Bild, das Seth sich jetzt nicht vorstellen wollte. „Stimmungstöter", grummelte er. „Ich nehme an, dein Zimmer ist auch keine Alternative, oder?"

„Die Wände in der Unterkunft sind noch dünner als hier. Und ... ich will es Cooper nicht unbedingt unter die Nase reiben. Das wäre beschissen von mir. Schließlich wären wir ohne ihn nicht zusammen, auch wenn das nicht seine Absicht war."

Seth hätte nichts dagegen gehabt, es ihm unter die Nase zu reiben. Aber das wäre gemein gewesen. Jason hatte recht. Seth konnte sich erlauben, großzügig zu sein. Schließlich hatte er sich den Großen Preis geschnappt. „Eine der Hütten vielleicht?"

Jason lachte. „Warum schlagen wir Jesse nicht vor, dass er Chris in der Stadt ausführt, wenn sie wieder einen freien Tag haben? Ja, dann wissen sie auch, was wir vorhaben. Aber das ist es mir wert. Ich will dich für mich haben."

„Dann rede du mit ihm", sagte Seth. „Ich sage dazu kein Wort zu ihnen. Ich will nie wieder mit meinem Bruder über Sex reden. Einmal hat mir gereicht für ein ganzes Leben."

„Worauf du dich verlassen kannst", erwiderte Jason. „Aber nicht jetzt gleich."

Seth kuschelte sich in Jasons Arme. Ja, sie konnten warten. Er hatte jetzt sowieso Wichtigeres zu tun. Er musste Jason festhalten, bis sie beide eingeschlafen waren. Ganz wie in alten Zeiten. Nur viel, viel besser.

# 13

„UND ES ist dir wirklich recht?", erkundigte sich Sam, als er und Jeremy sich zum Essen umzogen. Es war eine Woche her, seit er Jeremy den Vorschlag gemacht hatte, sich Investoren zu suchen und mit ihren Freunden darüber zu reden. Caine und Macklin hatten ihr Kommen zugesagt und Walker hatte nur mit den Schultern gezuckt und gemeint, er würde überall essen und die Hauptsache wäre, dass es schmeckt. „Wir können es auch vergessen und einfach nur ein gutes Essen mit unseren Freunden und unserem Vormann genießen. Wir können Caine und Macklin um einige Tipps bitten und Walkers Anwesenheit damit erklären, dass er uns hilft, ihre Ratschläge umzusetzen und deshalb auch informiert sein muss."

„Nein." Jeremy gab nur ungern zu, dass ihm die Sache über den Kopf wuchs, aber ihnen blieb keine andere Wahl. Die Bank um Aufschub zu bitten, würde alles nur noch verschlimmern. „Es fällt mir nicht leicht, aber es ist unsere beste Chance. Wenn sie nicht interessiert sind, können wir immer noch über eine andere Lösung nachdenken. Aber wir müssen es wenigstens versuchen." Devlin würde das natürlich anderes sehen, aber wenn Jeremy ihr Familienerbe retten wollte, brauchte er Hilfe. „Lass uns nach unten gehen. Sie kommen bestimmt bald."

„Ich komme gleich nach", sagte Sam. „Ich will noch einen kurzen Blick auf meine Zahlen werfen, damit ich mir sicher bin, nichts übersehen zu haben."

Sam hatte nichts übersehen, das wusste Jeremy genau. Es lag nur an seiner Nervosität, dass er sich plötzlich unsicher wurde. Sam wollte das genauso wenig wie Jeremy selbst, aber es war die einzige Chance, die ihnen noch blieb. Er drückte Sam einen zärtlichen Kuss auf den Mund und machte sich auf den Weg in die Küche. Philippa, die Köchin, war lange nicht so kreativ wie Kami, aber sie war um Längen besser als der Koch, den Taylor Peak vor seiner Rückkehr hatte. Sie hatte das Abendessen vorbereitet und zum Warmhalten in den Herd gestellt, sodass Jeremy es nur noch servieren musste. Es war eine sättigende Mahlzeit. Jeremy überlegte, womit er Caine bestechen musste, damit Kami ihr Nachhilfe gab. Vielleicht konnte er auch Sarah für eine Woche ausleihen. Sarah kannte Kamis Rezepte und könnte sie Philippa beibringen. Die Jackaroos auf Lang Downs konnten mittlerweile nicht mehr unterscheiden, wer der beiden ihnen ihr Abendessen gekocht hatte.

„Keine Verzögerungstaktik mehr", schimpfte er mit sich selbst, während er den Tisch deckte. „Sie sind deine Freunde, egal, ob sie Ja oder Nein sagen. Genieße einfach den Abend."

Draußen schlug eine Autotür zu, dann waren Stiefel auf der Veranda zu hören. „Sie sind da, Sam", rief er nach oben und ging zur Tür, um ihre Freunde einzulassen. „Hi, Caine, Macklin. Schön, dass ihr gekommen seid."

„Wir freuen uns auch", sagte Caine. „Ist alles in Ordnung bei euch? Du hast gesagt, du würdest gerne etwas mit uns besprechen."

„Erst das Essen, dann die Geschäfte", sagte Sam, als er zu ihnen kam. „Wir wollen uns nicht vorher den Appetit verderben. Walker müsste auch bald kommen."

„Wie macht er sich als Vormann?", fragte Macklin.

„Besser als erhofft", antwortete Jeremy. Walker war erst vor einem Monat nach Taylor Peak gekommen, aber Jeremy konnte sich auf ihn genauso verlassen wie auf Sam, auch wenn die beiden Männer unterschiedliche Aufgaben übernommen hatten. „Er kennt sich nicht immer mit den neuesten Trends aus, aber er ist sehr clever und lernt schnell dazu. Vor allem aber hält er die Jackaroos im Zaum. Einige von ihnen versuchen immer noch, sich mit Sam oder mir anzulegen, aber sobald Walker auftaucht, halten sie den Mund und gehen wieder an die Arbeit. Wenn Walker sie anbrüllt, spielt es plötzlich keine Rolle mehr, dass die Befehle eigentlich von mir stammen."

„Niemand ist besser für die Disziplin als ein erfahrener Kommisskopp", sagte Walker, der in diesem Moment ins Zimmer kam. „Ich hatte nur die besten Lehrer."

„Walker. Schön, dich zu sehen", begrüßte ihn Macklin und reichte ihm die Hand. „Wie hast du dich eingewöhnt?"

„Ich bin hier ganz in meinem Element", sagte Walker. „Einige Dinge vergisst man nicht. Und meine Chefs wissen, was sie tun. Vernünftige Befehle lassen sich immer leichter ausführen und vermitteln als undurchdachte."

„Wenn du jemals das Gefühl hast, wir hätten eine falsche Entscheidung gefällt, musst du uns darauf ansprechen", sagte Jeremy sofort. „Wir sind hier nicht in einer Diktatur."

„Dann wäre ich auch nicht hier", erwiderte Walker. „Einige der Jackaroos sind zwar noch nicht auf den Trichter gekommen, aber es kann nicht mehr lange dauern."

„Mein Bruder …"

„Ist nicht mehr hier", unterbrach ihn Walker. „Ich will nicht schlecht über einen Toten reden, also lassen wir das jetzt besser. Du hast gesagt, du wolltest mit mir reden?"

Caine lachte. „Er hat uns gerade gesagt, die Geschäfte hätten Zeit bis nach dem Essen."

„Ich will euch nicht den Appetit verderben", sagte Sam. „Unsere Köchin kann zwar mit Kami nicht mithalten, aber der ist sowieso unübertroffen."

„Dann wollen wir uns setzen", sagte Walker. „Ich bin am Verhungern und Phil kocht vielleicht nicht so gut wie Kami, aber ihr Essen ist immer noch um Klassen besser als das, was ich aus der Armee gewöhnt bin."

„Phil?", fragte Caine.

„Philippa. Und wage nicht, sie Pippa zu nennen. Dann geht sie nämlich an die Decke", sagte Walker und brachte Caine damit zum Grinsen. Jeremy lachte. Er wusste sofort, was dieses Grinsen zu bedeuten hatte. Caine wollte wieder den Matchmaker spielen.

„Was ist denn los?", erkundigte sich Walker ahnungslos. „Es zahlt sich immer aus, sich nicht mit dem Koch – oder der Köchin – anzulegen. Du kannst jederzeit Lachlan fragen, wenn du mir nicht glauben willst."


NACH DEM Essen war Jeremy wieder entspannter. Ob es an der netten Gesellschaft oder am Bier lag, konnte er nicht sagen. Er hob sein Glas und prostete den anderen zu. „Prost, Kumpels. Sam und ich sind froh, so gute Freunde zu haben."

Als wäre ihnen seine gute Stimmung aufgefallen, hoben Caine, Macklin und Walker ebenfalls die Gläser, warteten aber ab, was Jeremy ihnen noch zu sagen hatte.

„Sam und ich sind Devlins Finanzen durchgegangen", fuhr Jeremy fort. „Es sieht nicht gut aus. Er hatte einige schlechte Jahre – und damit meine ich vier oder fünf – und musste heftig Kredite aufnehmen, um den Verlust zu decken. Die Kredite werden nach dieser Saison fällig und wir haben nicht die Mittel, um sie zu tilgen. Wir könnten die Schulden nur zurückbezahlen, wenn wir den größten Teil der Herde verkaufen, aber dann kämen wir nicht mehr durchs nächste Jahr, ohne einen neuen Kredit aufzunehmen. Und so kann man eine Station nicht führen."

„Das Problem ist, dass die Banken sich nicht darum scheren, wie eine Station langfristig rentabel bleibt", nahm Sam den Faden auf. „Ihnen geht es vor allem darum, dass der Kredit pünktlich zurückgezahlt wird. Das ist alles, was sie interessiert. Wir könnten vielleicht verhandeln und eine Verlängerung bekommen, weil Jeremy Taylor Peak erst jetzt übernommen hat und es einige Zeit dauert, bis er Boden unter den Füßen hat. Aber das würde an den Fakten nichts ändern. Wir bräuchten trotzdem vier oder fünf außerordentlich gute Jahre, um die Schulden zurückzuzahlen, ohne die Station langfristig zu gefährden."

„Und w-was habt ihr jetzt vor?", wollte Caine wissen.

Jeremy zuckte zusammen, als er Caine stottern hörte. Caine stotterte nur noch, wenn er aufgeregt war. Wenn er sich wegen ihrer beschissenen Lage aufregte, war das in Ordnung. Wenn er sich aber aufregte, weil sie das Problem angesprochen hatten und ihn mit in die Sache reinzogen, waren sie am Ende.

„Ihr müsst einen P-Plan haben, sonst hättet ihr uns nicht eingeladen", fuhr Caine fort. „Sonst hättet ihr uns nur gesagt, dass ihr die Station verkauft und euch erkundigt, ob euer Haus noch frei ist."

„Wir suchen Investoren", sagte Sam. „Ein Kapitalzuschuss im Ausgleich für einen Anteil am zukünftigen Profit."

„Und ein Mitspracherecht bei zukünftigen Entscheidungen", ergänzte Jeremy. „Wir verlangen kein blindes Vertrauen."

„Es wäre allerdings keine unbedeutende Investition", erklärte Sam. „Ich kenne die Kosten, die in Lang Downs regelmäßig anfallen, und habe mir Devlins Abrechnungen angesehen. Es gibt viele Überschneidungen und wir könnten uns doppelte Ausgaben sparen oder bessere Preise bekommen, wenn wir die Stationen gemeinsam bewirtschaften – ohne dabei eure Anerkennung als organisch wirtschaftenden Station zu gefährden."

„Und um welche Kostenfaktoren geht es dabei?", erkundigte sich Macklin.

„Zum Beispiel die Futterkosten", sagte Sam. „Wir bezahlen beide Lieferkosten. Wenn wir für Lang Downs und Taylor Peak gemeinsam bestellen, fallen diese Kosten nur noch einmal an. Außerdem würden wir einen besseren Preis aushandeln können, weil die Lieferung größer wäre. Wir müssten das Futter natürlich verteilen, aber diese Arbeit fällt sowieso an. Wir könnten auch beim Maschinenpark sparen. Warum sollten wir alles doppelt anschaffen, wenn wir uns die Ausrüstung auch teilen können? Das würde auch die Instandhaltungskosten senken. Wir könnten vielleicht sogar einen Teil der doppelt vorhandenen Maschinen verkaufen."

„Und wenn wir es schaffen, die Herden zusammenzulegen, könnten wir auch Personalkosten einsparen, weil wir nicht mehr so viele saisonale Jackaroos brauchen. Damit müssen wir allerdings warten, bis Taylor Peak als organisch wirtschaftende Station anerkannt ist. Das dauert noch einige Jahre, aber mehr als drei sollten es nicht sein."

„Oder ihr könntet eure Herde vergrößern, anstatt weniger Jackaroos einzustellen", warf Walker ein. „Gewinne durch Expansion erzielen, nicht durch Kostenreduktion."

„Das wäre auch eine Option", stimmte ihm Jeremy zu. „Der Punkt ist, dass wir Investoren brauchen. Entweder euch drei oder andere. Wenn wir keine finden, müssen wir verkaufen oder die Bank pfändet die Station. Wir haben keine andere Wahl mehr. Uns läuft die Zeit davon."

„I-Ich nehme an, ihr habe alles durchgerechnet", sagte Caine.

Sam reichte ihm die Unterlagen, die er vorbereitet hatte. Caine las sie schweigend durch.

„Nun, ich bin dabei", sagte Walker. „Ich weiß nicht, ob ich genug Geld habe, um euch aus dem Schlamassel zu ziehen, aber seit Lachlan nach Lang Downs gekommen ist, spiele ich mit dem Gedanken an eine eigene Station. Das ist wahrscheinlich die beste Chance, die ich jemals bekomme. Und als euer Teilhaber ist das Risiko für mich wesentlich geringer, als wenn ich allein ganz von vorne anfangen müsste."

„Ich verstehe nicht, w-warum Devlin so viele sch-schlechte Jahre hintereinander hatte und das bei uns n-nicht so war", sagte Caine schließlich.

„Er hatte nach dem Sturm vor zwei Jahren sehr hohe Reparaturkosten", erklärte Sam. „Die Tornados sind größtenteils an uns vorbeigezogen oder haben nur einige Zäune zerstört, aber er hatte große Schäden an Maschinen und Gebäuden. Außerdem hat er einen Teil der Herde verloren. In einem anderen Jahr hat ihn die Dürre erwischt und er musste sehr viel Futter zukaufen, als die Preise im Himmel waren. Wir haben die Dürre besser überstanden, weil ihr resistentes Gras und Getreide anbaut, als ihr organisch produziert. Wir mussten zwar auch Futter kaufen, aber lange nicht so viel wie Devlin."

„Das sind die typischen Probleme, die eine Station in den Ruin treiben können", sagte Macklin. „Wir waren auch an diesem Punkt, als Caine zu uns kam. Erinnerst du dich noch, Caine? Wir haben die Wende auch ohne einen Bankkredit geschafft, aber im ersten Jahr war das Geld verdammt knapp."

„J-Ja, ich erinnere mich", sagte Caine, legte die Papiere auf den Tisch und sah Jeremy an. „Was hast du vor? Du hast immer gesagt, dass dich k-keine zehn Pferde mehr nach Taylor Peak zurückbringen. Willst du die Station für dich s-selbst retten oder weil du dich dazu verpflichtet fühlst?"

Jeremy überlegte kurz, bevor er ihm antwortete. Ja, er hatte das gesagt. Er hatte aber auch versucht, sich mit Devlin zu versöhnen. Es hatte nicht geklappt, was aber nichts an der Tatsache änderte, dass Devlin sein Bruder war. „Lang Downs bedeutet mir viel", sagte er schließlich. „Es ist ein sicherer Hafen für Menschen, die eine Zuflucht brauchen. Das war auch für mich so, als ich ein neues Zuhause brauchte. Und ohne Lang Downs hätte ich Sam nie kennengelernt. Lang Downs ist mehr mein Zuhause, als Taylor Peak es war, nachdem ich erwachsen wurde. Aber davor war das anders und jetzt hoffe ich, dass es wieder so werden kann, wie es früher war. Vielleicht kann ich Taylor Peak auch zu einer ganz besonderen Station machen. Mit Lang Downs als Vorbild."

„Wenn das so ist … dann bereite einen Vertragsentwurf vor. Mit Investitionssumme, Prozente am Gewinn, Vertragsbedingungen und allem, was dazu gehört", sagte Caine. „Wir müssen nächste Woche sowieso nach Boorowa, um Vorräte zu besorgen. Wenn alles steht, können wir die Gelegenheit nutzen, um alles auf der Bank zu regeln und bei den Lieferanten und im Laden gemeinsame Konten einzurichten."

„Einfach so", sagte Jeremy kopfschüttelnd.

Caine sah ihn mit großen Augen unschuldig an. „Wie denn sonst? Ja, es ist ein Risiko. Ich bin schon lange genug hier, um das zu wissen. Aber als ich nach Lang Downs kam, wusste ich auch nicht, wie es enden würde. Ich wusste nur, dass es richtig war und ich es einfach versuchen musste. Im Vergleich dazu ist das Risiko bei deinem Vorschlag minimal."

„Und was hat Macklin dazu zu sagen", fragte Jeremy grinsend. „Schließlich ist er dein Partner."

„Caine ist der Geschäftsmann. Ich bin nur für die Tiere zuständig", sagte Macklin. „Aber ich habe von euch nichts gehört, was mich skeptisch macht. Ich hätte mich schon gemeldet, wenn das der Fall gewesen wäre."

„Und ich hätte auf dich gehört", sagte Caine. „Wir fahren am Montag nach Boorowa. Gibt dir das genug Zeit, um etwas zu Papier zu bringen, Sam?"

„Ich bin kein Jurist, aber ich werde mir die größte Mühe geben. Wir können den Vertrag dann in Boorowa sicherheitshalber noch von einem Anwalt durchlesen lassen, bevor wir ihn unterschreiben", sagte Sam.

„Gut", sagte Caine und lächelte verschmitzt. „Dann bleibt ihr also hier und braucht euer Haus bei uns nicht mehr, oder?"

„Warum?", fragte Jeremy. „Willst du etwa aus eurem Haus ausziehen?"

„Nein", sagte Caine. „Aber Seth und Jason brauchen ihr eigenes Haus und es wäre dumm, sie noch länger warten zu lassen, wenn ihr sowieso nicht zurückkommt."

„Seth und Jason?", sagte Sam erstaunt. „Ihr eigenes Haus? Etwa als Paar?"

„Es wurde auch langsam Zeit mit den beiden", brummte Macklin.

„Ja, als Paar", sagte Caine und stieß Macklin den Ellbogen in die Seite.

Jeremy musste über die beiden lachen. „Und wann ist das passiert?", fragte er. „Ich dachte, Jason wäre mit Cooper liiert."

„Vermutlich am Tag, als sie sich das erste Mal sahen", sagte Macklin grinsend.

Caine ignorierte ihn. „Cooper hatte keine Lust mehr, die zweite Geige zu spielen. Und das hat er Jason gesagt. In der Kantine, wo Seth sie hören konnte. Danach haben sie endlich miteinander gesprochen und sind seitdem unzertrennlich. Das war Anfang der Woche."

„Es kommt nicht sehr überraschend", meinte Sam. „Es hat mich gewundert, dass Jason sich überhaupt mit Cooper eingelassen hat, nachdem er Seth sonst immer auf Schritt und Tritt gefolgt ist, wenn sie zu Besuch kamen." Er warf Jeremy einen fragenden Blick zu. Jeremy nickte. „Das Haus gehört ihnen, wenn sie es wollen. Ich hoffe, die beiden sind dort genauso glücklich, wie wir es waren."


„Das lief besser, als ich erwartet hatte", sagte Sam, als sie sich zum Schlafen legten. „Ich hatte gehofft, dass Caine zusagt, dachte aber, er bräuchte länger, um sich zu entscheiden." Er hängte Hose und Hemd auf und kroch ins Bett, nur mit der Unterhose bekleidet. Im Sommer war es zu heiß für einen Pyjama. Sam gewöhnte sich langsam an das Haus und wusste, wo alles war. Einige ihrer Sachen waren noch auf Lang Downs. Molly hatte Devlins Schränke zwar ausgeräumt und Platz geschaffen, aber sie mussten noch eine Fahrt nach Lang Downs unternehmen und sich entscheiden, welche Möbel sie nach Taylor Peak bringen und welche sie für Seth und Jeremy zurücklassen wollten.

„Ich bin mir nicht sicher, ob Caine es wirklich für eine gute Investition hält oder ob er nur Mitleid mit uns hatte", sagte Jeremy, als er aus dem Badezimmer kam und sich zu Sam ins Bett legte.

„Er ist großherzig genug, um es nur aus Freundschaft getan zu haben", meinte Sam. „Aber ich kenne ihn. Ich habe acht Jahre lang seine Bücher geführt. Caine ist kein Narr und jeder, der das denkt, hat keine Ahnung davon, wie er Lang Downs führt. Er hat mich danach gefragt, warum Devlin mehr schlechte Jahre hatte als Lang Downs. Unsere Antworten haben ihn zufriedengestellt, aber er weiß genau, dass wir Devlins Probleme besser durchgehalten hätten, weil Lang Downs besser in Schuss ist als Taylor Peak. Devlin war ein Schafzüchter. Kein Geschäftsmann."

„Dann bin ich doppelt froh, dass ich dich und Caine an meiner Seite habe", sagte Jeremy. „Ich bin nämlich auch kein Geschäftsmann. Ich kann mich um die Tiere kümmern, um die Maschinen und die Gebäude. Mit Geld kann ich nicht umgehen."

„Das musst du auch nicht", versprach ihm Sam. „Du und Walker, ihr kümmert euch um die Tiere und alles andere, was damit zusammenhängt. Ich übernehme die geschäftliche Seite. Ich habe von Caine einige Tricks gelernt und wenn wir die beiden Stationen zusammenlegen, haben wir mehr Macht und können bessere Preise verlangen."

„Ich weiß wirklich nicht, was ich ohne dich tun würde", sagte Jeremy und zog ihn in die Arme.

„Nur gut, dass sich diese Frage nicht stellt, nicht wahr?", meinte Sam und hob den Kopf, um sich von Jeremy küssen zu lassen. Und damit fand ihr Gespräch für diese Nacht ein Ende.

# 14

„SAM UND Jeremy bleiben auf Taylor Peak", sagte Caine, als er am nächsten Tag zu Seth in den Schuppen kam.

„Das dachte ich mir schon", sagte Seth, ohne eine Miene zu verziehen. Vermutlich lief dieses Gespräch darauf hinaus, dass Jason und er jetzt das Haus übernehmen konnten. Und bestimmt erwartete Caine, dass Seth sich darüber freute.

„Sie sagten, dass ihr jetzt in ihr Haus ziehen könnt", fügte Caine hinzu. „Sie holen ihre restlichen Sachen im Laufe der Woche ab, aber ihr könnt jederzeit einziehen, wenn ihr wollt."

Bingo.

„Danke", sagte Seth. Er konnte Caine nicht wegschicken, wollte aber nicht mehr über dieses Thema reden und rieb sich mit den Händen über die Hose. „Dann beeile ich mich hier besser, damit wir uns das Haus ansehen können und herausfinden, was wir noch brauchen. Wahrscheinlich muss ich an meinem nächsten freien Tag nach Boorowa fahren, um noch einige Besorgungen zu machen."

„Ich glaube nicht, dass sie viel von der Einrichtung mitnehmen", sagte Caine. „Sie haben das Haus auf Taylor Peak und dort gibt es alles, was sie brauchen. Wenn es nichts Besonderes ist – Möbelstücke, die Ian für sie gemacht hat oder so –, werden sie es euch überlassen."

Seth drehte sich der Magen um. Wenn er nicht mehr in die Stadt fahren musste, gingen ihm die Entschuldigungen aus, um den Einzug noch aufzuschieben. Er liebte Jason, aber im Moment ging ihm alles viel zu schnell. Er wusste nicht, was er tun sollte. Er wusste nicht, wie er mit so viel Glück zurechtkommen sollte. Er hatte davon keine Ahnung. Es war zu viel. Zu viel und zu plötzlich. Natürlich hätte er um Rat fragen können, das war ihm klar. Caine und Macklin oder eines der anderen Paare würden ihm gerne mit Rat und Tat zur Seite stehen – ob es darum ging, wie man mit einem anderen Mann Sex hatte oder wie man mit ihm zusammenlebte. Na gut, Neil konnte er danach nicht fragen. Nicht nach dem Sex. Der würde nur bis über beide Ohren rot werden. Aber wenn er – wen auch immer – um Rat fragte, müsste er zugeben, dass er keine Ahnung hatte, worauf er sich einließ. Er müsste zugeben, dass seine Liebe zu Jason ihm Angst machte. Sie würden ihm natürlich helfen, aber sie hätten auch Mitleid mit ihm. Mitleid mit dem armen, elternlosen Jungen, der eine beschissene Kindheit hinter sich hatte. Scheiße. Er war ein erwachsener Mann. Er konnte das schaffen. Weil er es wollte. Er würde vielleicht Mist bauen, aber er konnte wenigstens sein Bestes geben wie jeder andere Mensch auch, wenn er einen anderen Menschen liebte. Seine Mum und Tony waren kein gutes Beispiel gewesen, aber das hieß noch lange nicht, dass er nichts gelernt hatte.

„Seth?", sagte Caine. „Ist alles in Ordnung?"

„Ich denke nur nach", erwiderte Seth. „Ich hatte in meinem Leben noch nie viel Glück und manchmal kann ich es immer noch nicht glauben."

„Das solltest du aber", sagte Caine. „Du hast einen Job, ein Zuhause, eine Familie, der du sehr viel bedeutest und einen wunderbaren Mann, der dich in- und auswendig kennt und so liebt, wie du bist. Es ist immer schön, sich zu verlieben, aber in seinen besten Freund verliebt zu sein, ist noch schöner."

Genau das war Seths Problem. Jason wusste nämlich *nicht* alles über ihn. Er kniff sich in den Schenkel. Die Wunde war schon verheilt und schmerzte nicht mehr, aber allein die Erinnerung daran wirkte beruhigend. Aber Jason durfte nichts davon erfahren. Er würde es niemals verstehen.

„Ich werde daran denken", sagte Seth, weil Caine auf seine Antwort wartete.

„Du bist nur allein, wenn du es willst", erinnerte ihn Caine. „Aber ich halte dich von der Arbeit ab. Macklin würde mit mir schimpfen, wenn er wüsste, dass ich mich in deine Arbeit einmische."

Seth konnte sich gut vorstellen, wie das ausgehen würde. Er und Chris hatten einige Zeit bei Caine und Macklin im Haus gewohnt, als sie nach Lang Downs kamen. Das war, bevor Neil in das Haus des Vormanns gezogen war und Chris und Seth sein Haus übernahmen. Damals war Seth sechzehn gewesen und die Geräusche, die auf den Flur drangen, hörten sich für ihn gleichzeitig lustig und eklig an. Jetzt war er sechsundzwanzig und hatte darüber eine andere Meinung.

„Wir wollen doch den Boss nicht verärgern. Wir sehen uns dann heute Abend in der Kantine."

„Einen schönen Nachmittag noch", sagte Caine. „Und melde dich, wenn du hier etwas brauchst. Ich will nicht, dass unsere Maschinen zusammenbrechen, weil dir die nötigen Ersatzteile oder Werkzeuge fehlen."

„Wird gemacht", versprach ihm Seth. „Ich hoffe, dass bis Ende der Woche auch die Pläne für die ersten Hütten fertig sind. Ich muss noch einige Punkte klären, wenn ich die Reparaturen hier erledigt habe, aber das sollte nicht länger als einen oder zwei Tage dauern. Dann können wir darüber nachdenken, wann und wo wir die ersten Sonnenkollektoren installieren."

„Wunderbar. Du kannst jederzeit vorbeikommen und den Computer im Büro benutzen. Er ist zuverlässiger als WLAN und läuft schneller." Caine winkte ihm zu und ging.

Seth winkte zurück und versuchte, seine Gedanken zu sortieren. Ein Haus. Caine hatte ihm gerade ein Haus gegeben. Verdammt. Aber Caine hatte es nicht nur ihm gegeben, er hatte es ihm und Jason gegeben. Und Jason würde gleich einziehen wollen. Sie brauchten ihre eigenen vier Wände, in denen sie sich nicht darum kümmern mussten, ob Chris und Jesse sie hörten. Oder – noch schlimmer – ob die Jackaroos sie hörten. Cooper hatte nichts zu Seth gesagt und zu Jason vermutlich auch nicht. Jedenfalls hatte Jason nichts erwähnt. Aber es wäre trotzdem peinlich, sich in der Unterkunft zu sehen. Ein eigenes Haus war also die perfekte Lösung für sie.

Jedenfalls *wäre* es die perfekte Lösung für sie, wenn Seth nicht ein so kaputter Kerl wäre. Er hatte in seinem Leben noch nie etwas Dauerhaftes aufgebaut und es würde ihm auch dieses Mal nicht gelingen. Er konnte sich nicht mehr erinnern, wie oft seine Mum mit Chris und ihm umgezogen war, bevor sie Tony kennenlernte. Und es war kein Geheimnis, wie das geendet hatte. Chris hatte sich nach Mums Tod alle Mühe gegeben, um für sie zu sorgen, aber es war nicht leicht gewesen. Danach hatte Seth drei gute Jahre auf Lang Downs gehabt, bevor er zum Studium in die Stadt zog. Diese drei Jahre waren vermutlich die längste Zeit, die er jemals an einem Ort mit denselben Menschen verbracht hatte. Und in der Stadt? Mitbewohner, Freundinnen, Lehrer – er war sie alle in Rekordgeschwindigkeit wieder losgeworden. Es wäre schon schlimm genug, Jason wieder zu verlieren, wenn er herausfand, wie kaputt Seth in Wirklichkeit war. Und wenn sie zusammen in dem Haus lebten, wäre es noch hundertmal schlimmer. Jason würde darauf bestehen, Seth nie verlassen zu wollen, aber das änderte nichts an der Tatsache, dass ihn früher oder später jeder verließ. Irgendwann kam immer der Zeitpunkt, an dem sie ihn nicht mehr aushalten konnten. Chris war der einzige Mensch, der ihn nie aufgegeben hatte, aber selbst Chris hatte jetzt andere Prioritäten. Er würde Seth nie rausschmeißen oder sich von ihm abwenden, aber er hatte jetzt Jesse, der für ihn an erster Stelle stand.

Und so sollte es auch sein. Trotzdem, es schmerzte.

„Hör auf damit", flüsterte er sich zu. „Das Leben ist gut. Du brauchst kein Messer. Du liebst Jason und du bist zuhause. Das ist alles, was du dir jemals gewünscht hast. Lass den Mist und mach dich wieder an die Arbeit."

Seth schnappte sich den Werkzeugkasten und ging zurück zu dem Traktor, an dem er arbeiten wollte. Caine brauchte ihn, um die Wege zu befestigen und Schlaglöcher zu füllen. Der Traktor war schon älter, lief aber meistens noch gut genug, um ihn nicht durch einen neuen ersetzen zu müssen. Nur gelegentlich hatte der Motor kleinere Probleme, die sich aber alle lösen ließen. Seth hatte ihn schon oft repariert. Er konnte es auch dieses Mal tun.

Er fing mit den Zündkerzen an, schraubte sie raus, reinigte sie und setzte sie wieder ein. Die Arbeit lenkte ihn anfangs von seinen Grübeleien ab, weil er sich konzentrieren musste, aber mit der Zeit bewegten sich seine Hände wie automatisch und seine Gedanken schweiften wieder ab. Er stellte sich vor, wie es wäre, mit Jason in dem Haus zu leben. Caine hatte seinen Zauberstab geschwungen und ihm alles gegeben – das Haus, den Hund, den weißen Gartenzaun und das perfekte Leben. Wie im Bilderbuch. Und Seth hatte eine Heidenangst davor. Sein Leben war noch nie perfekt gewesen. Er hatte nie mehr besessen als das, was er vor seinen Stiefgeschwistern verstecken konnte. Seine Beziehungen waren alle in die Brüche gegangen. Sicher, es mochte daran gelegen haben, dass er sich immer nur nach

Jason gesehnt und deshalb nie richtig auf einen anderen Menschen eingelassen hatte, aber das hieß noch lange nicht, dass er mit Jason mehr Glück haben würde.

Nachdem er die Zündkerzen gereinigt hatte, beschäftigte er sich mit dem Vergaser. Eine Schraube klemmte, er rutschte ab, schlug mit der Hand an die Halterung und verletzte sich am Handrücken. „Verdammter Mist!", fluchte er leise, während der Schmerz wieder Ordnung in seine Gedanken brachte. Er holte tief Luft und suchte nach einem sauberen Lappen, den er sich um die Hand wickeln konnte, konnte aber keinen finden. Also drückte er sich die blutende Hand an die Brust und lief zur Küche, um sich von Sarah und Kami helfen zu lassen.

„Seth! Was hast du denn mit deiner Hand angestellt?", rief Sarah, als er die Küche betrat.

„Mich bei der Arbeit am Motor verletzt", erklärte er ihr. „Ich habe keinen sauberen Lappen gefunden und wollte die Wunde nicht noch mehr verschmutzen."

„Dann komm her, damit ich mir das Schlamassel ansehen kann." Sie winkte ihn zum Waschbecken und reichte ihm ein Stück Seife. Seth wusch sich sorgfältig die Hände. Er hatte Erfahrung darin, Wunden zu reinigen. Natürlich hätte er auch in sein Zimmer gehen und sich selbst verarzten können, aber es tat gut, wie Sarah sich um ihn sorgte. Seine Mum war nie so fürsorglich gewesen und Sarah machte das mehr als wett. „Gut so. Jetzt zeig her", sagte sie.

Er hielt ihr gehorsam die Hand hin und zischte leise, als sie ihm Desinfektionsmittel über die Wunde kippte. „Der Schnitt ist nicht sehr tief", sagte sie. „Ich glaube, ein einfacher Verband reicht aus. Dann bleibt die Wunde sauber und heilt von selbst. Du musst nur einige Tage vorsichtig sein."

„Mache ich", versprach Seth.

„Und halt dich für den Rest des Tages von der Werkstatt fern, damit sie Zeit zum Heilen hat, bevor du sie wieder verschmutzt."

„Ich muss erst die Arbeit am Traktor beenden", protestierte Seth.

„Das muss bis morgen warten. Wenn es eilig ist, können Patrick oder Jesse für dich einspringen. Du bist hier nicht der einzige Mechaniker, Seth Simms. Ich lasse nicht zu, dass du im Krankenhaus landest, weil du zu stur bist, um um Hilfe zu bitten. Und wenn du glaubst, ich würde es Jason oder deinem Bruder verheimlichen, dann hast du dich getäuscht."

„Schon gut", gab Seth nach und hob beschwichtigend die Hände. „Ich halte mich bis morgen von dem Traktor fern. Aber wenn Caine mich deswegen fragt, sage ich ihm, dass du es mir befohlen hast."

„Das kann ich verkraften", meinte Sarah. „Jason ist übrigens gerade aus Taylor Peak zurückgekommen, wo er sich die Schafe angesehen hat. Verbringe den Rest des Nachmittags mit ihm. Ihr beiden habt es euch verdient. Ihr habt euch heute kaum gesehen."

Sie hatten gemeinsam in Seths Bett übernachtet, zusammengekuschelt, aber bekleidet, weil Seth nicht vergessen konnte, dass Chris und Jesse nicht weit entfernt schliefen. Jason hatte ihn nicht bedrängt und jetzt hatte Caine davon gesprochen, dass sie ihr eigenes Haus haben könnten und …

Seth holte tief Luft und ballte die Faust. Die Wunde an seinem Handrücken platzte auf und Schmerz schoss ihm durch den Arm, aber es war ein beruhigender Schmerz. Ein Schmerz, nach dem er sich sehnte. Er konnte lernen, mit Jason zu leben. Sarah war von Macklins Vater jahrelang misshandelt worden und hatte es überlebt. Sie hatte Kami kennengelernt und ihre Beziehung funktionierte. Wenn Sarah es geschafft hatte, konnte er es auch schaffen.

„An was denkst du, mein Lieber?", wollte Sarah wissen.

„Glücklich sein. Ich weiß nicht, wie man das macht", antwortete Seth wahrheitsgemäß.

„Oh, mein Lieber …", sagte sie und drückte ihn an sich. „Man feiert es. Einen Tag nach dem anderen. Das Morgen findet sich schon. Du musst dich nur auf diesen Tag konzentrieren und tun, was dich glücklich macht."

Diesen Luxus hatte Seth noch nie gehabt. Das Morgen hatte sich nie gefunden. *Morgen* hieß immer, dass sie vielleicht wieder umziehen mussten oder nichts zu essen hatten, dass Tony sie anbrüllte oder vielleicht sogar die Hand gegen sie erhob, dass Chris zusammengeschlagen wurde. Seth hatte das Morgen immer gefürchtet, sein ganzes Leben lang. Er konnte jetzt nicht einfach den Schalter umlegen und sich darauf verlassen, dass alles gut gehen würde.

Hier schlugen Hände nicht zu, hier halfen sie sich. Hier musste er sich nicht um die nächste Mahlzeit sorgen oder um ein Dach überm Kopf. Aber das machte die Lage nur umso fragiler. Wenn er sich nicht darum sorgen musste, würde er vielleicht Mist bauen und alles würde nur noch schlimmer.

„Geh jetzt und suche nach Jason. Wenn du ihn gefunden hast, wird alles gleich besser."

Seth nickte und verließ die Küche, machte sich aber nicht gleich auf die Suche nach Jason. Er brauchte noch etwas Abstand. Also ging er zum Haus von Sam und Jeremy – seinem und Jasons Haus, wenn er es endlich schaffte, seine Panik zu überwinden. Es war etwas kleiner als die anderen Häuser, hatte nur ein Schlafzimmer, ein Bad und eine kleine Küche mit einer Frühstückstheke. Die älteren Häuser hatten auch Esszimmer und eine Waschküche. Dafür gab es eine überdachte Veranda rund ums Haus, auf der genug Platz war, um Tische und Stühle aufzustellen, wenn sie Besuch bekamen oder mit Freunden feiern wollten. Hinterm Haus stand ein großer Tisch, aber soweit Seth sich erinnern konnte, hatten Sam und Jeremy nicht oft gefeiert. Er fuhr mit der Hand über das hölzerne Geländer, das die Veranda umgab. Vermutlich hatte Ian es gemacht, aber auch daran konnte Seth sich nicht erinnern.

Das Haus war ursprünglich für Sarah gebaut worden, aber Sarah hatte Kami geheiratet und war bei ihm eingezogen.

Von hinten legten sich zwei Arme um ihn und er hörte Jasons Stimme, die ihm leise ins Ohr flüsterte. „Was hältst du davon? Willst du mit mir hier einziehen?"

Seth nickte, weil er Jasons Gefühle nicht verletzen wollte. Niemals. „Ich fühle mich etwas überwältigt", gestand er.

„Wir müssen nicht gleich zusagen", sagte Jason. „Oder du kannst allein einziehen, damit Chris und Jesse ihr Haus wieder für sich haben. Ich bleibe in der Unterkunft, bis du bereit bist."

„Du hast in der letzten Woche fast jede Nacht bei mir geschlafen", sagte Seth. „Dieses Kind ist schon längst in den Brunnen gefallen."

„Das ist aber nicht dasselbe", meinte Jason. „Das Haus ist eine endgültige Entscheidung. Wenn wir beide hier einziehen, legen wir uns fest. Dann sind wir in den Augen der anderen so gut wie verheiratet. So ist das auf Lang Downs. Die Menschen machen es zu ihrem Zuhause, wenn sie hier ankommen. Es ist, als würden wir nach Boorowa fahren und uns als Lebenspartner registrieren lassen."

„Ich kann dir gar nicht sagen, wie sehr ich mir das wünsche", sagte Seth.

„Und ich kann dir gar nicht sagen, wie viel Angst mir das einjagt", erwiderte Jason. „Ich habe mir nie etwas anderes gewünscht. Jetzt ist mein Wunsch in Erfüllung gegangen und ich kann nicht glauben, dass es wahr ist."

„Was passiert, wenn ich Mist baue?", fragte Seth.

„Vergiss den Unsinn, den dein Stiefvater dir eingeredet hat", sagte Jason. „Du bist kein Versager. Du bist ein intelligenter, wunderbarer Mann. Du hast dir deinen Platz hier verdient, was immer du auch darüber denken magst. Sogar mein Dad sieht das so und du weißt, wie streng er manchmal urteilt. Und warum sollte nicht ich es sein, der Mist baut? Wir sind schließlich zu zweit."

„Wenn du Mist baust, bringst du es wieder in Ordnung", sagte Seth. „So bist du schon immer gewesen."

„Mehr kann niemand tun", sagte Jason. „Und du wirst es genauso machen. Mum hat mir gesagt, bei einer Beziehung zwischen zwei Menschen geht es nicht darum, perfekt zu sein. Es geht darum, gemeinsam mit dem Mist fertigzuwenden, den man verzapft hat."

„Ich kann mir nicht vorstellen, dass deine Mum das so formuliert hat", sagte Seth grinsend.

„Nein, hat sie nicht. Aber so hat sie es gemeint." Jason küsste ihn zärtlich. „Wir beide schaffen das. Wir müssen nur fest daran glauben, dass wir mit allem fertigwerden, was schiefgehen kann."

„Wenn das so ist, sollten wir jetzt zu packen anfangen", sagte Seth. Er konnte sich nicht vorstellen, dass die Sache so einfach war, aber er würde sich nie verzeihen, es nicht wenigstens versucht zu haben. „Caine meinte, wir sollten uns einen Überblick darüber verschaffen, was wir noch brauchen, damit wir an unserem nächsten freien Tag nach Boorowa fahren und alles Nötige besorgen können."

„Bettwäsche, Handtücher, vielleicht etwas Geschirr", meinte Jason. „Ian hat einige Möbel für Sam und Jeremy gemacht, die sie bestimmt mit nach Taylor Peak nehmen, aber den Rest lassen sie wahrscheinlich hier. Wir werden nicht viel einkaufen müssen."

„Ich habe noch einige Sachen in Sydney einlagern lassen", sagte Seth. „Falls wir sie brauchen können. Sie haben nicht mehr ins Auto gepasst und bei Chris war sowieso nicht genug Platz. Aber wenn wir ein eigenes Haus haben, kann ich irgendwann nach Sydney fahren und sie holen. Die meisten Möbel habe ich Ilene gelassen, aber die Kommode, die Ian für mich gemacht hat, ist noch in dem Lagerhaus. Chris hat damals darauf bestanden, dass ich sie mitnehme, weil sie mich an Zuhause erinnert. Deshalb konnte ich sie nicht bei Ilene lassen."

„Natürlich holen wir sie", versprach Jason. „Wir müssen nur zwei freie Tage einplanen, weil wir in Sydney übernachten müssen."

Die Selbstverständlichkeit, mit der Jason das sagte, wirkte beruhigend auf Seths Nerven. Es mochten nicht die Worte sein, die Seth hören wollte, aber Jason ließ keinen Zweifel daran, dass er es mit ihrer Beziehung ernst meinte. Sonst hätte er sich nicht bereiterklärt, mit Seth nach Sydney zu fahren und seine Kommode zu holen.

„Dann schauen wir uns jetzt das Haus an, ja?"

Jason griff grinsend nach Seths Hand. „Aber ich trage dich nicht über die Schwelle. Du bist mir zu schwer."

„Ich bin doch keine Frau", protestierte Seth, als sie zusammen das Haus betraten. „Ich brauche diesen romantischen Unsinn nicht."

Sobald sie im Haus waren, drückte Jason Seth an die Wand. Seth hätte ihm entkommen können – er war schließlich größer als Jason –, aber das wollte er gar nicht. „Romantik ist nicht nur für Frauen reserviert", sagte Jason und küsste ihn zärtlich. Seth öffnete den Mund und überließ Jason die Führung. Die Stille schlug über ihm zusammen und erinnerte ihn daran, dass sie endlich wirklich allein waren. Niemand würde kommen und an die Tür klopfen. Niemand war im Nachbarzimmer und konnte jedes Geräusch hören. Niemand wusste, dass sie hier waren und was sie taten. Sie konnten stundenlang so stehen bleiben – Seth mit dem Rücken an der Wand – oder einfach ins Schlafzimmer gehen und ficken wie die Karnickel. Sie konnten sich hier an Ort und Stelle nackt ausziehen und auf dem Fußboden ficken, wenn sie das wollten. Es war *ihr* Haus und sie waren hier allein. Endlich. Seth fühlte sich so überwältigt, dass ihm schwindelig wurde. Er beendete den Kuss und schnappte nach Luft.

„Komm, wir schauen uns hier um", sagte er. Er kannte das Haus natürlich, hatte schließlich mitgeholfen, es zu bauen. Aber er hatte es seit Jahren nicht mehr von innen gesehen, weil er bei seinen Besuchen immer in der Kantine oder bei Jason gegessen hatte. Es hatte also nie einen Grund gegeben, hierher zu kommen.

Jason trat zurück und sie gingen in die Küche. Sie war noch genau so, wie Seth sie in Erinnerung hatte. Es gab einen Kühlschrank und einen Elektrokessel, um Tee zu kochen. Die Anschlüsse für einen Herd waren auch vorhanden, aber es war nie einer installiert worden. „Bist du ein guter Koch?", fragte er Jason. „Ich nämlich nicht. Wenn du nicht kochen willst, können wir alles hier so lassen und in der Kantine essen."

„Ich kann eine Mahlzeit auf den Tisch bringen", sagte Jason. „Aber ich würde lieber in der Kantine essen. Kochen ist mir zu viel Arbeit und dort schmeckt es besser."

Seth öffnete die Schränke. Sie enthielten einige Tassen, eine Zuckerdose, Kekse und ein Glas Vegemite. Seth lachte. „Das ist selbst für zwei Jackaroos ziemlich ärmlich. Noch nicht einmal eine Tüte Chips zum Knabbern."

„Mach eine Liste", sagte Jason. „Wenn wir in Boorowa sind, besorgen wir alles, was du zum Überleben brauchst."

Das Wohnzimmer war einfach eingerichtet. Das Sofa und die Sessel waren zwar nichts besonderes, mussten aber auch nicht ersetzt werden. Sie passten zu ihrem einfachen Leben. In einer Ecke stand Sams Schreibtisch. „Den werden sie mitnehmen wollen", sagte Jason. „Ian hat ihn in dem Jahr gemacht, als Thorne zu uns gekommen ist. Ich kann mich noch so gut daran erinnern, weil ich ihnen beim Umzug geholfen habe, als Thorne für einige Monate zurück nach Wagga Wagga musste. Ich habe Ian noch nie so traurig erlebt."

„Ich hatte damals keine Ahnung, worum es eigentlich ging", meinte Seth. „Ich war jedes Jahr nur für einige Tage hier und musste damals gleich nach Weihnachten nach Sydney zurück, weil ich ein Projekt für die Uni abschließen musste."

„Thorne hat PTSD", sagte Jason. „Eine eklige Sache, die er sich während seiner Zeit beim Militär zugezogen hat. Manchmal ist er wegen Kleinigkeiten ausgeflippt und hat an die Wand geboxt oder so. Er ist dann nach Wagga Wagga gegangen, um sich dort helfen zu lassen. Wenn du mich fragst, war das verdammt mutig von ihm."

Seth betrachtete nachdenklich seine verbundene Hand. Dieses Mal war es unbeabsichtigt gewesen, aber Jasons Worte gaben ihm trotzdem zu denken. Thorne war Manns genug gewesen, sich in Behandlung zu begeben. Seth schaffte das nicht. Er war einfach ein Versager.

„Was ist denn mit deiner Hand passiert?", wollte Jason wissen.

„Ich bin mit dem Schraubenzieher abgerutscht und habe sie mir angeschlagen, als ich den Traktor reparieren wollte", sagte Seth. „Sarah hat mich zusammengeflickt. Es tut höllisch weh, aber es wird wieder heilen. Ich bin Schlimmeres gewöhnt." Er hatte sich schon Schlimmeres selbst angetan. Nicht oft, weil er die Narben nicht erklären wollte, aber ein- oder zweimal war das Rasiermesser tiefer eingedrungen, als er es ursprünglich beabsichtigt hatte.

„Wir reinigen die Wunde und verbinden sie neu, bevor wir uns schlafen legen", sagte Jason. „Ich bin zwar nur Tierarzt, aber Wunde ist Wunde. Wenn es sein muss, kann ich sie auch nähen."

Seth hielt sich die Hand vor die Brust. „Ich glaube, das ist nicht nötig. Es ist eine lange Wunde und sie hat ziemlich geblutet, aber sie ist nicht tief."

„Darf ich sie mir trotzdem ansehen?", fragte Jason. „Dann würde ich mich besser fühlen, auch wenn ich nichts für dich tun kann."

„Heute Abend", sagte Seth. „So. Was meinst du, was wir noch brauchen könnten?"

Sie schauten noch in einige Schränke, aber da Sam und Jeremy ihre Sachen noch nicht ausgeräumt hatten, hielten sie sich zurück. „Vielleicht warten wir mit dem Einzug lieber, bis sie alles gepackt und nach Taylor Peak gebracht haben", sagte Seth. „Caine meinte zwar, wir könnten jetzt schon einziehen, aber es fühlt sich an, als …"

„Als würden wir in ein fremdes Haus eindringen", gab Jason ihm recht. „So gerne ich dich auch für mich allein hätte, aber das wäre nicht richtig. Wir haben so lange gewartet, dass es auf die paar Tage auch nicht mehr ankommt."

Und Seth hatte dadurch ein paar Tage mehr, seine Probleme in den Griff zu bekommen. Er wollte ihr Glück nicht schon ruinieren, bevor er überhaupt gelernt hatte, daran zu glauben.


„ICH DACHTE, ihr hättet euch schon in eurem neuen Haus eingenistet", scherzte Chris, als Seth nach dem Abendessen mit ihm nach Hause ging.

„Wir warten, bis Sam und Jeremy ihre Sachen gepackt und abgeholt haben", sagte Seth. „Wir wollen nicht in ihre Privatsphäre eindringen und auf die paar Tage kommt es nicht an."

„Aha", sagte Chris. „Ich kann mich noch sehr gut daran erinnern, wie es war, jung und geil zu sein. Sollen Jesse und ich uns freiwillig für die Nachtschicht melden?"

„Du bist nur vier Jahre älter als ich", verteidigte sich Seth. Er scheute sich davor, mit Jason in einem leeren Haus zu sein. Er wollte heute nach schlafen können. „Du hörst dich an, als wärst du alt genug, um mein Vater zu sein."

„Ganz so alt nicht", meinte Chris. „Aber alt genug, um zu wissen, wie du fühlst und jung genug, um dich zu bedauern. Weißt du, wann Sam und Jeremy das Haus räumen wollen?"

„Caine hat von einigen Tagen gesprochen, wusste aber auch nichts Genaues", sagte Seth.

„Ich rede morgen mit ihm", sagte Chris. „Wenn sie in den nächsten beiden Tagen nicht kommen, machen Jesse und ich uns rar, damit ihr wenigstens eine Nacht allein sein könnt."

„Ich habe doch gesagt, das ist nicht nötig."

„Ich weiß", erwiderte Chris. „Du hast uns nicht darum gebeten, aber wir bieten es euch freiwillig an. Das ist ein Unterschied."

Nicht für Seth. Für ihn machte es keinen Unterschied.

„Jason hat vermutlich alles, was ihr braucht, weil er mit Cooper zusammen war, aber im Badezimmer ...“

„Ich höre kein Wort“, rief Seth und hielt sich die Ohren zu. „Mein Bruder hat mir nicht Kondome und Gleitgel angeboten, damit ich Sex haben kann. Das ist nicht mein Leben.“

Er lief in sein Zimmer. Sein Bruder lachte ihm nach. Sollte er doch. Seth wollte nicht nachgeben und er würde Chris auch nicht um Rat bitten. Jason war kein Anfänger. Jason konnte ihm zeigen, was er zu tun hatte. Es war Seth schon peinlich genug, sich auf Jason verlassen zu müssen. Aber mit Chris darüber reden? Niemals. Allein bei dem Gedanken wurde er feuerrot.

Seth setzte sich aufs Bett und löste den Verband an seiner Hand. Jason hatte ihm angeboten, nach der Wunde zu sehen, war aber nach dem Essen von Carley aufgehalten worden. Seth wusste nicht, ob Jason heute Abend noch kommen würde und da der Verband durchgeblutet war, war es besser, ihn jetzt noch zu wechseln.

Er ging ins Badezimmer, um die Wunde zu reinigen. Durch die Tür konnte er die Stimmen von Chris und Jesse hören. Vermutlich erzählte Chris seinem Partner haarklein, worüber sie gerade gesprochen hatten. Jedenfalls lachte Jesse dröhnend und bestätigte damit Seths Vermutung. Chris hatte es nicht böse gemeint, als er Seth aufzog. Chris war ein guter Mensch und mutete Seth nie mehr zu, als Seth zurückgeben konnte. Aber das war dieses Mal anders. Dieses Mal bedeutete es Seth sehr viel. Es bedeutete ihm sogar viel zu viel.

Die ganze Sache wuchs ihm über den Kopf. Er musste sich zusammenreißen. Jason hatte mehr verdient, als Seth ihm in seinem gegenwärtigen Zustand geben konnte. Er hatte einen Mann verdient, der seine Liebe erwiderte, ohne schon bei dem Gedanken daran den Verstand zu verlieren. Er hatte einen Mann verdient, der ihr Glück unbeschwert genießen konnte, anstatt ständig Probleme zu wälzen. Seth war nicht gut genug für ihn und der einzige Mensch, der das nicht sehen wollte, war Jason. Sicher, die anderen sagten auch, dass sie sich für ihn und Jason freuten, aber sie konnten Seth nichts vormachen. Seth war ein Versager, der einen Mann wie Jason nicht verdient hatte. Der es nicht verdient hatte, hier bei diesen starken, guten Menschen zu leben. Er war ein Gossenkind, ein Stück Müll. Selbst seine Mutter hatte es nicht über sich gebracht, ihn zu lieben. Und wenn Jason das bisher noch nicht bemerkt hatte, dann konnte es nicht mehr lange dauern. Dann würde er Seth als das sehen, was er war. Dann würde er ihn verlassen, wie alle anderen ihn auch verlassen hatten. Nein, Seth hatte kein glückliches Ende verdient – im Gegensatz zu Jason. Also musste er Jason wieder loslassen, damit Jason sein Glück mit einem besseren Mann finden konnte. Mit Cooper oder wem auch immer. Es spielte keine Rolle. Jason hatte sich die Chance verdient, die Liebe zu finden und glücklich zu werden.

Mit zitternden Händen öffnete er das kleine Schränkchen überm Waschbecken, um sich einen frischen Verband zu holen. Im untersten Fach lag sein Rasiermesser. Er sollte es nicht anfassen. Er hatte sich schon an der Hand verletzt. Wenn der

Schmerz nicht richtig wirkte, konnte er die Wunde mit Alkohol desinfizieren, um seine Nerven zu beruhigen. Dann konnte er den Geruch mit dem Unfall erklären, von dem alle wussten. Wenn er das Rasiermesser nahm, würde Jason die neue Wunde sehen und ihn danach fragen. Und die könnte ihm Seth dann nicht erklären, weil Jason niemals verstehen würde, dass sein Traum von der glücklichen Familie Seth dazu trieb, sich zu verletzen. Wie sollte Jason auch verstehen können, dass Seth die Schmerzen brauchte, um sein Leben unter Kontrolle zu behalten?

Aber … wenn er das Messer *nicht* anfasste, würde er hier nie heil rauskommen. Dann würde er zusammenbrechen.

Er holte tief Luft und versuchte, sich wieder zu beruhigen und sein Verlangen nach dem Messer zu ignorieren. Je länger er hier stand, umso lauter rief es nach ihm. Messer war Schmerz. Schmerz war Ruhe. Er griff nach dem Alkohol und kippte ihn über die Hand. Tränen liefen ihm übers Gesicht und er musste sich beherrschen, um nicht laut aufzuschreien. Trotzdem reichte es nicht, um die panischen Gedanken in seinem Kopf zum Stillstand zu bringen. So schlimm war es noch nie gewesen. So sehr hatte er noch nie die Kontrolle über sich verloren. Er musste etwas dagegen unternehmen. Nur ein kleiner Schnitt. Klitzeklein. Jason würde ihn gar nicht sehen. Sie würden sich küssen und kuscheln und einschlafen, weil Chris und Jesse im Nachbarzimmer waren. Jason würde den kleinen Schnitt gar nicht zu Gesicht bekommen.

Seth griff nach dem Messer, bevor er es sich wieder ausreden konnte. Er zog die Jeans nach unter und schaute auf seine Beine. Von dem alten Schnitt war nur noch eine schmale, rosa Linie auf der Haut zu sehen, die in wenigen Tagen auch verschwinden würde. Er wollte den Schnitt nicht wieder öffnen, weil sie bald in das andere Haus umziehen würden und wenn Jason dann mehr wollte, als küssen und kuscheln … wenn Jason küssen und berühren wollte, dann…

Seth schluckte schwer und hielt das Messer an sein anderes Bein. Nur ein kleiner Schnitt.

„Seth?" Die Tür öffnete sich. Seth erschrak und zuckte zusammen. Das Messer drang tief in sein Bein ein.

„Raus hier!", schrie Seth und drehte sich um, damit Jason das Blut an seinem Bein nicht sehen konnte.

„Seth … was ist denn los?", fragte Jason erschrocken.

„Ich habe gesagt, du sollst rausgehen", wiederholte Seth.

„Nein. Was ist das?" Jason packte ihn am Handgelenk und sah das blutige Messer an. „Was hast du gemacht?"

„Das geht dich einen Scheißdreck an", fauchte Seth und wollte sich aus Jasons Griff befreien, aber Jason ließ ihn nicht los.

„Du blutest. Hast du dich geschnitten?"

„Wer hätte das gedacht?", sagte Seth und zog wieder an seiner Hand. Dieses Mal ließ Jason ihn los. Seth warf das Rasiermesser ins Waschbecken und griff nach dem Desinfektionsmittel. Es schmerzte nicht so sehr wie der Alkohol, aber Jason stand direkt vor ihm und er wollte keine weiteren Fragen riskieren. Er glaubte zwar nicht daran, dass Jason sich so einfach ablenken ließ, aber er wollte es wenigstens versuchen.

Jason stand schweigend dabei, während Seth den Schnitt am Bein reinigte und bandagierte. Er hatte nicht so tief schneiden wollen. Es geschah ihm recht. Der Schnitt würde ihn daran erinnern, sich keine falschen Hoffnungen zu machen. Seth zog die Hose wieder hoch und schob sich an Jason vorbei in den Flur. Jason folgte ihm ins Schlafzimmer. Seth warf ihm einen bösen Blick zu, aber Jason ignorierte ihn.

„Was ist passiert?"

„Das hast du doch gesehen", sagte Seth. „Ich habe mich geschnitten. Es hat geblutet. Ich habe die Wunde verbunden und jetzt gehe ich ins Bett. Und du kannst heute Nacht nicht hier schlafen. Ich will allein sein. Ich will dich nicht bei mir haben."

„Lass das", erwiderte Jason. „Was ist mit dir los?"

Seth gab ihm keine Antwort. Er legte sich wortlos ins Bett und drehte Jason den Rücken zu. „Mach das Licht aus, wenn du gehst."

„Okay, ich gehe. Für heute", sagte Jason. „Aber du bist mich noch nicht los. Wir werden über diese Sache reden und eine Lösung finden, was immer auch dahinterstecken mag. Ich habe es ernst gemeint, als ich dir versprochen habe, dass ich nicht so einfach aufgebe."

„Auf Wiedersehen, Jason", sagte Seth. Tränen brannten ihm in den Augen. Er kämpfte dagegen an. Er wollte nicht, dass Jason ihn weinen sah.

„Wir reden morgen weiter", wiederholte Jason.

Seth gab ihm wieder keine Antwort. Als Jason endlich das Licht ausgeschaltet hatte und gegangen war, ließ er seinen Tränen freien Lauf. Er hätte es besser wissen müssen. Er gehörte nicht zu Jason. Er gehörte nicht hierher. Er gehörte nirgendwo hin. Seth nahm sich vor, morgen zu packen. Auf Taylor Peak wurden Leute gesucht. Sam und Jeremy würden ihn einige Tage aufnehmen, bis er herausgefunden hatte, wie es mit seinem Leben weiterging.

# 15

JASON WARF sich die ganze Nacht in seinem Bett hin und her. Er konnte nicht schlafen, weil er sich Sorgen um Seth machte. In aller Frühe stand er auf, machte sich auf den Weg zu Chris und Jesse und hoffte, Seth dort vor dem Frühstück abfangen zu können. Es mochte keine gute Idee sein, noch vor der ersten Tasse Kaffee mit ihm reden zu wollen, aber Jason befürchtete, dass Seth ihm wieder ausweichen würde, weil ihm das Thema unangenehm war.

Der Anblick des blutigen Rasiermessers hatte ihm Angst gemacht. Warum machte Seth das? Warum verletzte sich jemand absichtlich selbst? Er überlegte, ob es ein Muster für Seths seltsames Verhalten gab. Wie war es in ihrer Teenagerzeit gewesen, als sie gemeinsam hier lebten? Oder während ihres Studiums, wenn sie gelegentlich gemeinsam zu Besuch hier waren? Seth hatte immer kleinere Verletzungen an den Händen gehabt, aber das war bei Jasons Dad genauso. Mum schimpfte oft mit ihm darüber, aber Dad meinte nur, das ließe sich bei seiner Arbeit eben nicht vermeiden. Motoren zu reparieren und sich die Knöchel zu lädieren, würde naturgemäß zusammengehören und sei Teil des Jobrisikos. Jason hatte Seths Hände schon oft in einem ähnlichen Zustand gesehen, aber nichts hatte auf Absicht hingedeutet. Aber dieser Schnitt in seinem Bein war kein Unfall gewesen. Den hatte Seth sich absichtlich zufügen wollen.

Als er bei Chris' und Jesses Haus ankam, klopfte er an und trat sofort ein. Er brauchte schon seit Jahren keine Einladung mehr. Dazu kannten sie sich zu gut.

Chris und Jesse saßen an dem kleinen Tisch in der Küche.

„Tut mir leid, dass ich so früh hier auftauche", sagte Jason. „Aber ich muss dringend mit Seth sprechen."

„Dazu musst du ihn erst finden", sagte Chris. „Er ist fort. Aber er hat eine Nachricht zurückgelassen."

Chris schob ihm einen Zettel zu, der auf dem Tisch lag.

> *Chris,*
> *ich kann hier nicht bleiben. Es tut mir leid. Ich rufe dich*
> *später an, aber Jason darf nicht erfahren, wo ich bin.*
> *Seth*

„Du bist nicht sehr gehorsam", sagte Jason heiser und starrte auf den Zettel.

„Mein Bruder ist ein verdammter Idiot. Der trifft das Scheunentor nicht, wenn er direkt davor steht", meinte Chris. „Und er hat die Flucht ergriffen, ohne dir eine Chance zu geben. Wie ich ihn kenne, glaubt er auch noch, er würde dir damit einen Gefallen tun."

„Wie sollte er mir damit einen Gefallen tun?", erwiderte Jason ungläubig. „Wir wollten in das Haus von Sam und Jeremy ziehen. Zusammen glücklich werden."

„Seth hat nicht viel Erfahrung darin, glücklich zu sein", sagte Chris. „Er ist zu oft enttäuscht worden. Er vertraut dem Glück nicht, wenn es ihm über den Weg läuft."

Jason fühlte sich getroffen, auch wenn Seth dafür nicht verantwortlich war. „Verletzt er sich oft?"

„Sicher, aber das geht jedem Mechaniker so", sagte Jesse. „Es gehört dazu."

„Nein, das meine ich nicht", sagte Jason. „Ich bin gestern Abend ins Badezimmer gegangen, weil ich mir seine verletzte Hand ansehen wollte. Er stand vor dem Waschbecken, hat sich das Rasiermesser ans Bein gehalten und geschnitten. Sein Bein war blutig. Wusstest du davon?"

Chris schüttelte den Kopf. „Bist du sicher, dass es Absicht war? Vielleicht hat er sich nur geschnitten, weil du ihn erschreckt hast."

„Wenn es im Gesicht passiert wäre, hätte ich das auch vermutet", meinte Jason. „Aber warum sollte er sich das Rasiermesser ans Bein halten? Er wollte nicht mit mir reden und ich weiß nicht, was in seinem Kopf vor sich ging. Es war alles sehr merkwürdig. Erst erwische ich ihn, wie er sich schneiden will, dann lässt er mich nicht hier übernachten und jetzt ist er auch noch verschwunden."

„Er hat sich früher oft geprügelt", meinte Chris. „Bevor wir nach Lang Downs kamen, war unser Leben nicht einfach. Ich dachte immer, dass es daran liegen würde. Er hat die Prügeleien nie selbst angefangen und ich habe mein Bestes getan, um ihn davor zu bewahren, aber immer ist mir das nicht gelungen. Falls er sich damals schon geschnitten hat, weiß ich nichts davon. Es wäre mir allerdings auch nicht unbedingt aufgefallen. Ich hatte einen ziemlich beschissenen Job mit unregelmäßigen Arbeitszeiten, damit wir die Miete bezahlen konnten und Seth die Schule nicht abbrechen musste. Meistens bin ich erst nach Hause gekommen, wenn er schon schlief. Wenn ich dann wieder aufgewacht bin, war er schon in der Schule. Er hätte alles Mögliche tun können und es wäre mir nicht aufgefallen."

„Es ist nicht deine Schuld", sagte Jesse. „Was immer auch seine Probleme sind, du hast dein Bestes gegeben, um für ihn zu sorgen und ihn zu beschützen."

„Er betet dich an", stimmte Jason ihm zu. „Er nimmt nie ein Blatt vor den Mund, aber auf dich lässt er nichts kommen."

„Was sollen wir jetzt tun?", fragte Jesse.

„Ich kann nicht für euch sprechen, aber ich weiß schon, was ich tun werde", sagte Jason. „Ich finde diesen verdammten Ausreißer und hole ihn zurück, selbst wenn er sich mit Zähnen und Klauen wehrt. Und ich werde ihm unmissverständlich klar machen, dass er so nicht mit Menschen umgehen kann, die ihn lieben. Er kann nicht einfach weglaufen, nachdem er mir gesagt hat, dass er mich liebt und mit mir zusammenziehen will. So funktioniert das nicht. Ich muss nur herausfinden, wohin er verschwunden ist."

„Er schreibt, er würde sich melden", meinte Chris. „Er hat sein Handy mitgenommen. Ich könnte versuchen, ihn zu erreichen. Wenn wir wissen, wohin er will oder wo er ist, findest du ihn schneller."

„Ich bin euch für jede Hilfe dankbar", sagte Jason. „Ich werde um ihn kämpfen. Aber erst muss ich ihn finden."

Chris' Telefon, das auf dem Tisch lag, leuchtete auf. „Hallo?"

Am anderen Ende war eine Stimme zu hören.

„Hi, Sam. Ist Seth bei euch? Das ist gut. Kannst du ihn bei euch behalten? Jason will mit ihm reden. Am besten persönlich." Chris runzelte die Stirn, als Sam ihm antwortete. „Okay. Wenn du meinst. Ich richte es Jason aus. Aber halte uns auf dem Laufenden, ja? Danke, Kumpel. Bis demnächst."

„Was hat er gesagt?", wollte Jason wissen.

„Seth ist heute früh auf Taylor Peak aufgetaucht und hat gefragt, ob er dort einige Tage bleiben kann, bis er weiß, wie es weitergehen soll", antwortete ihm Chris. „Sam und Jeremy können seine Hilfe gut brauchen, also haben sie ihn eingeladen, so lange zu bleiben, wie er will. Sam meinte, Seth hätte sehr erleichtert gewirkt. Er hat uns gebeten, ihm einige Tage Zeit zu geben, bis er der Sache auf den Grund gegangen ist. Ich habe zugestimmt, weil auf Taylor Peak wenigstens jemand da ist, der sich um ihn kümmert. Wenn er wieder wegläuft, könnte er vielleicht sonst wo landen."

„Ich muss morgen bei Jeremys Pferd die Fäden ziehen", sagte Jason. „Das kann ich nicht aufschieben. Ich warte noch so lange, aber dann rede ich mit Seth."

„Darüber solltest du gut nachdenken", meinte Jesse. „Ich weiß nicht, was in Seths Kopf vorgeht, aber ich habe da so einige Vermutungen. Er hat nie länger irgendwo gelebt als die drei Jahre, die er vor seinem Studium auf Lang Downs war. Du bist der einzige Freund, den er nicht durch einen Umzug verloren hat. Ich habe ihn jedenfalls nie über einen anderen reden hören. Sicher, es gab da die jeweiligen Freundinnen, aber keine richtigen Freunde. Du bist alles Gute, was ihm jemals widerfahren ist. Wenn ich mit meiner Vermutung richtig liege, jagt ihm das eine Heidenangst ein. Du solltest also gut überlegen, was er dir bedeutet. Liebst du ihn genug, um mit seinen Unsicherheiten und Problemen zurechtzukommen? Wenn du dir nicht hundertprozentig sicher bist, solltest du ihn nämlich lieber gehen lassen. Dich zu lieben, ist für ihn wie alles oder nichts. Es kann ihn wachsen lassen oder zerstören. Und es wäre uns lieber, wenn es ihn nicht zerstört."

„Er ist schon genug verletzt worden vom Leben", sagte Jason leise. „Ich werde alles tun, um ihm zu helfen. Ich muss nur wissen, was er von mir braucht."

„Das weiß er vermutlich nicht", sagte Chris. „Sonst hätte er es dir gesagt. Es sieht im Moment zwar nicht so aus, aber er vertraut dir mehr als jedem anderen Menschen. Er vertraut dir sogar mehr als mir."

„Warum ist er dann weggelaufen? Warum hat er nicht mit mir gesprochen?", fragte Jason.

„Diese Frage kann er dir nur selbst beantworten. Vermutlich hat er sich geschämt für das, was er getan hat", meinte Jesse. „Ich kannte auf der Schule einen Jungen, der sich geschnitten hat. Als es bekannt wurde, hat er versucht, sich das Leben zu nehmen. Er konnte nicht damit umgehen, dass alle von seinem Problem wussten. Glücklicherweise ist es ihm nicht gelungen. Ein Onkel und eine Tante haben dafür gesorgt, dass er Hilfe bekam. Aber er stand für einige Zeit auf der Kippe. Sich zu schneiden, ist keine gute Möglichkeit, um Probleme zu bewältigen, aber manchmal ist es besser als andere Alternativen."

„Dann werde ich in nächster Zeit viel zu lesen haben", sagte Jason. „Vielleicht kann ich herausfinden, was er von mir braucht und wie ich ihm helfen kann." Er sah erst Chris, dann Jesse an. „Er mag mir momentan nicht glauben, wenn ich es ihm verspreche. Deshalb verspreche ich es stattdessen euch: Ja, ich liebe ihn genug, um bei ihm zu bleiben. Was immer auch geschieht."

„Dann hör nicht auf, es ihm zu sagen", meinte Chris. „Früher oder später hat er keine andere Wahl mehr, als es dir zu glauben."

„Das werde ich tun", versprach Jason. „Und jetzt mache ich mich besser an die Arbeit."

ALS JASON gegangen war, griff Jesse nach Chris' Hand. Sie hatten sich erst kennengelernt, als Seth schon fast erwachsen war, deshalb fühlte er sich nicht so verantwortlich für ihn wie Chris. Aber in den drei Jahren, in denen Seth bei ihnen gelebt hatte, war er ihm ans Herz gewachsen. Er konnte sich gut vorstellen, wie Chris sich fühlen musste.

Chris klammerte sich an Jesses Hand fest. „Ich wusste, dass es für ihn nicht leicht war, bevor wir hierherkamen. Aber ich dachte immer, danach wäre es besser geworden. Wieso habe ich nichts bemerkt?"

„Er wollte nicht, dass du es weißt", erwiderte Jesse. Es war kein großer Trost für Chris, aber es war die Wahrheit. „Er wollte, dass du dich hier wohlfühlst und dir ein eigenes Leben aufbauen kannst."

„Ich habe mich immer um ihn gekümmert. Es war ein Teil meines Lebens", sagte Chris. „Das hat sich auch nicht geändert, als ich dich kennenlernte und er älter wurde."

„Das sagen alle Eltern", stimmte Jesse ihm zu. „Aber wenn man erwachsen wird, gehört es auch dazu, für sich selbst Verantwortung zu übernehmen. Er war kein Kind mehr, als ihr nach Lang Downs gekommen seid. Und jetzt ist er erst recht keines mehr. Er muss dir nicht alles sagen. Er hat das Recht auf seine Geheimnisse."

„Ich dachte, du wärst auf meiner Seite", grummelte Chris.

„Das bin ich auch", versicherte ihm Jesse. „Ich werde immer auf deiner Seite sein. Aber in diesem Fall ist es keine Frage der Seiten. Du machst dir Vorwürfe über ein Problem, für das du nicht verantwortlich bist. An dem du auch nicht schuld bist. Und das werde ich nicht zulassen."

„Was soll ich jetzt tun?", fragte Chris. „Ich habe nicht die leiseste Ahnung, wie ich ihm helfen soll."

„Ich denke, das hängt von Seth selbst ab", sagte Jesse. „Er ist ein erwachsener Mann und so sehr du ihn auch behüten und ihm helfen willst, du kannst nichts tun, bevor er dich um deine Hilfe bittet. Und für mich gilt das Gleiche."

„Er verletzt sich, Jesse! Er nimmt ein Rasiermesser und schneidet sich in die Haut. Wie kann ich da tatenlos zusehen?", protestierte Chris. „Wenn er nicht vorsichtig ist, könnte er verbluten."

Jesse schüttelte sich bei dem Gedanken, eines Morgens in Seths Zimmer zu kommen und ihn dort leblos in einer Blutlache auf dem Bett liegen zu sehen, das Messer noch in der Hand. „Wenn ich mich nicht sehr täusche, macht er das nicht zum ersten Mal. Und wenn er es schon länger tut, weiß er, wie er damit umgehen muss, um ernsthafte Verletzungen zu vermeiden."

„Dadurch fühle ich mich auch nicht besser."

„Solltest du aber", sagte Jesse. „Ich habe dir von dem Jungen aus unserer Schule erzählt. Solange er sich schneiden konnte und niemand davon wusste, kam er mit seinem Leben einigermaßen zurecht. Erst, als alle davon erfahren haben und ihn unter Druck setzten, damit aufzuhören, fing das Problem an und er wollte sich umbringen. Nein, es ist nicht gut. Es ist nicht gesund. Aber wenn wir ihm helfen wollen, dürfen wir ihn nicht bedrängen, bis er wegläuft und sich nicht mehr traut, zu uns zu kommen. Damit machen wir es nur schlimmer, nicht besser." Er zog an Chris' Hand, bis Chris vom Stuhl aufstand und sich auf seinen Schoß setzte.

„Wir lassen ihn mit seinem Kummer nicht allein. Wir bieten ihm nur die Hilfe an, für die er bereit ist und die er akzeptieren kann. Was immer das auch sein mag. Und wenn wir es nicht herausfinden, können Thorne und Ian uns vielleicht helfen." Er drückte sich mit dem Gesicht in Chris' Schulter. „Und du musst damit auch nicht allein zurechtkommen. Ich bin nicht Seths Bruder, aber ich bin für euch da."

„Du bist auch Seths Bruder", widersprach ihm Chris. „Er kommt zu uns beiden, wenn er Hilfe braucht. Zu dir und zu mir."

„Und die wird er auch dieses Mal von mir bekommen", versprach Jesse. „So, wie ich für dich da bin. Aber du machst dir Vorwürfe. Das darfst du nicht tun. Du hast alles in deiner Macht Stehende getan, hast dich nach dem Tod eurer Mutter mehr um ihn gekümmert, als es ein anderer an deiner Stelle getan hätte. Ich weiß das sehr wohl. Und Seth weiß es auch. Ich habe es zwar vorhin schon gesagt, aber ich wiederhole mich gerne: Seth betet dich an."

„Ich hätte es trotzdem wissen müssen."

Jesse drückte ihn tröstend an sich. Er wusste nicht, wie es weitergehen würde, wusste auch noch nicht, was sie tun konnten, um Seth zu helfen. Aber das spielte keine Rolle. Er war für Chris – und damit auch Seth – da. Komme, was da wolle.

„JASON?", RIEF Macklin ihm nach, als er nach dem Frühstück die Kantine verlassen wollte. „Kannst du mir heute aushelfen? Einige Schafe haben sich gestern verdächtig verhalten. Falls sie krank sind, müssen sie isoliert werden, bevor sie den Rest der Herde anstecken können."

„Ich wollte heute mit Kyles Team arbeiten", sagte Jason. „Lässt du ihn wissen, dass er sich Ersatz besorgen muss?"

„Ich habe schon vor dem Frühstück mit ihm gesprochen. Er weiß, dass er heute Vormittag einen Mann weniger hat. Wenn es falscher Alarm war, kannst du anschließend wieder zu seinem Team stoßen. Wenn nicht, schafft er es auch ohne dich."

„Ich muss nur noch einige Sachen aus meinem Zimmer holen", sagte Jason. „Wir treffen uns dann vor der Sattelkammer."

Jason lief zurück in die Unterkunft, um Stethoskop und Thermometer zu holen. Viel mehr brauchte er nicht. Wenn die Schafe tatsächlich krank waren, mussten sie zurück in den Stall gebracht werden, damit er sie genauer untersuchen konnte. Er pfiff nach Polly, die sofort angerannt kam. Sie konnte ihm helfen, die Schafe von der Herde zu trennen und zurück auf die Station zu treiben, falls es nötig werden sollte. Polly wurde langsam alt. Sie war schon grau um die Schnauze, aber ihre Augen glänzten immer noch lebhaft und sie zeigte keine Anzeichen von Gebrechlichkeit. „Bist du bereit, mein Mädel? Dann lass uns nach den Schafen sehen."

Sie kläffte begeistert und lief neben ihm her zum Stall. Als sie dort ankamen, hatte Macklin Ned und Brownie schon gesattelt.

„Dani wird eifersüchtig sein", sagte Jason. „Sie glaubt immer noch, Brownie wäre ihr Pferd."

„Dass Dani Brownies Namen aussuchen durfte, heißt noch lange nicht, dass kein anderer sie reiten darf", erwiderte Macklin. Jason grinste. Macklin hatte das Image des perfekten, unerschütterlichen Vormanns schon kultiviert, bevor Jason nach Lang Downs kam, aber Kinder waren seine Achillesferse. Dani und Liam wickelten jeden um den Finger, Macklin inbegriffen.

„Du hast gesagt, die Schafe hätten sich verdächtig verhalten", sagte Jason, als sie aus dem Tal nach Norden ritten. „Was genau hast du damit gemeint?"

„Sie fressen nicht, sind apathisch und sondern sich ab." Macklin zählte die Liste an den Fingern ab. „Vielleicht ist es harmlos. Vielleicht haben sie nur etwas Falsches gefressen. Aber ich dachte mir, du könntest sie dir trotzdem kurz ansehen."

123

„Auf jeden Fall", sagte Jason und sie ritten schweigend weiter, bis sie zum ersten Gatter kamen.

„Seth erinnert mich sehr an mich selbst", sagte Macklin, als sie vor dem Tor stehen blieben.

Jason ging nicht auf seine Bemerkung ein. Sie öffneten das Tor, ritten durch und schlossen es wieder hinter sich. „Wie meinst du das?", fragte Jason schließlich, als sie weiterritten.

„Wenn man alles verloren hat, fällt es schwer, darauf zu vertrauen, dass Glück und bessere Zeiten von Dauer sind. Besonders dann, wenn man von Anfang an nie viel besessen hat", sagte Macklin. „Ich bin von zuhause weggelaufen und habe nicht darauf gewartet, bis ich vor die Tür gesetzt wurde. Aber ich habe auch alles verloren. Michael hat mich aufgenommen und dafür werde ich ihm immer dankbar sein. Trotzdem hat es Jahre gedauert, bis ich daran glauben konnte, dass er seine Meinung nicht wieder ändert und mich wegschickt."

„Was Chris und Seth passiert ist, liegt schon zehn Jahre zurück", sagte Jason. „Seth sollte mittlerweile wissen, dass Lang Downs immer sein Zuhause sein wird."

„Mag sein. Aber er hat den größten Teil dieser zehn Jahre nicht hier gelebt", erinnerte ihn Macklin. „Außerdem geht es nicht nur um Lang Downs. Es geht auch um die Menschen. Wenn man sich nicht auf seine Eltern verlassen kann, die doch immer für ihre Kinder da sein sollten, fällt es noch schwerer, auf andere Menschen zu vertrauen und daran zu glauben, dass ihre Liebe von Dauer ist."

„Hast du dich deshalb so lange gegen deine Liebe zu Caine gewehrt?", erkundigte sich Jason.

„Teilweise", sagte Macklin. „Man merkt ihm den Yankee nicht mehr an. Abgesehen von seinem Akzent passt er hierher, ist sogar ein dringend nötiger frischer Wind. Aber kannst du dich noch erinnern, wie verdammt ahnungslos er war, als er hier ankam?"

„Oh ja", sagte Jason grinsend. „Er musste sogar *mich* um Rat fragen."

„Und hat erwartet, dass ich ihm glaube, als er sagte, er wollte Land Downs übernehmen und auf Dauer bleiben", sagte Macklin. „Er hat es mir auf jede nur erdenkliche Weise zeigen wollen, aber ich konnte einfach nicht glauben, dass er uns nicht wieder verlassen wird. Das hat sich erst geändert, als ich ihn beinahe verloren hätte."

„Okay, das verstehe ich. Aber ich habe immer hier gelebt. Und als ich für einige Jahre an die Universität gegangen bin, habe ich auch immer gesagt, dass ich wieder zurückkehren würde", sagte Jason. „Ich bin für Seth nicht das Risiko, das Caine für dich war."

„Nein, das bist du nicht. Jedenfalls nicht, wenn man rational darüber nachdenkt. Aber das Problem ist, dass Seths Ängste nicht rational sind. Er weiß natürlich, dass du deine Versprechen hältst. Er braucht nur Zeit, um daran zu glauben, dass du bei ihm keine Ausnahme machst. Worte allein können das nicht bewirken. Dazu ist sein Vertrauen zu oft missbraucht worden. Er muss selbst erfahren, dass du an seiner Seite stehst, was immer auch geschehen mag. Dass du ihn ein Leben lang lieben wirst."

Jason konnte sich Schlimmeres vorstellen, als Seth ein Leben lang zu lieben. „Das kann ich. Er muss es nur zulassen."

„Und genau das ist das Problem", erwiderte Macklin. „Er weiß nicht, wie er es zulassen soll. Du musst es einfach tun, ob er dich lässt oder nicht. Seine Ängste sind wie ein riesiger, unüberwindlicher Felsblock, der ihm den Weg versperrt. Du kannst ihn nicht wegsprengen oder zur Seite rollen. Du musst darum herumfließen, dich unter ihm hindurchschieben und durch die Ritzen dringen. Du musst ihn lieben, was immer er auch tut oder sagt oder darüber denkt. Er hatte Angst davor, also ist er weggelaufen. Er ist davon überzeugt, du würdest ihn aufgeben und wieder vergessen."

„Niemals."

„Dann beweise es ihm. Wir können hier für einige Wochen auf dich verzichten, falls du in Taylor Peak zu tun hast."

„Chris denkt, Seth würde wieder weglaufen, wenn ich nach Taylor Peak komme", meinte Jason.

„Vielleicht. Aber wenn er das tut, dann nur, weil er glaubt, dass du ihm nicht wieder folgen würdest. Beweise ihm das Gegenteil", erwiderte Macklin.

„Ich habe Chris und Sam versprochen, dass ich bis übermorgen warte. Dann muss ich sowieso nach Taylor Peak, weil ich mich um Jeremys Pferd kümmern muss", sagte Jason. „Ich packe einige Sachen für den Fall, dass ich länger dort zu tun habe."

„Wenn du willst, kannst du auch früher aufbrechen."

„Ich weiß", sagte Jason. „Aber Chris hat vermutlich recht. Ich gebe Seth einige Tage Zeit, bevor ich versuche, mit ihm zu reden. Er braucht Abstand, um in Ruhe nachdenken zu können. Das muss ich respektieren. Aber ich gebe nicht auf."

„Wenn Caine und ich dir irgendwie helfen können, musst du dich nur bei uns melden."

Jason lächelte. „Danke. Daran habe ich nie gezweifelt."


MACKLIN KAM auf Socken ins Büro.

„Hi", begrüßte ihn Caine und schaute vom Computer auf. „Was hatte Jason über die Schafe zu sagen?"

„Er hält es nicht für eine ernste Sache. Ihre Temperatur war normal. Wir haben sie aber sicherheitshalber zurückgebracht, um sie hier einige Tage beobachten zu können."

„Sehr gut", sagte Caine. „Wenn er recht hat, kann es den Tieren nicht schaden, und wenn es doch ernster ist, kann es sich nicht ausbreiten. Es ist jedenfalls billiger, eine Handvoll Tiere behandeln oder schlachten zu müssen, als eine ganze Herde zu verlieren."

„Genau." Er kam um den Schreibtisch herum und legte Caine die Arme um die Schultern.

„Was ist los?", wollte Caine wissen.

„Muss den gleich etwas passiert sein, wenn ich dich umarme?", erkundigte sich Macklin und drückte sich mit der Wange an Caines dunkle Haare, um seinen Duft einzuatmen.

„Nein, aber normalerweise wartest du damit bis nach der Arbeit", sagte Caine. Dann stand er auf, drehte sich zu Macklin um und erwiderte seine Umarmung. „Nicht, dass ich mich beschweren will …"

„Es war kein einfacher Monat", sagte Macklin. „Erst ist Taylor gestorben, dann haben Sam und Jeremy uns verlassen. Und jetzt noch die Sache mit Seth und Jason. Es sind so viele Lücken entstanden. Normalerweise sollte Sam hier sitzen, damit du mit mir auf die Weiden kommen kannst. Jeremy sollte mit einem der Teams unterwegs sein und Neil heute Abend in der Kantine auf den Arm nehmen. Seth sollte sich in der Werkstatt um die Maschinen kümmern, damit Patrick nicht so viel arbeiten muss."

„Du magst es nicht, dass deine Küken alles ausgeflogen sind und du sie nicht mehr unter die Fittiche nehmen kannst", stellte Caine fest. „Und ich dachte immer, dass ich hier die Glucke wäre, nicht du."

„Soll das etwa ein Vorwurf sein?", fragte Macklin.

„Natürlich nicht." Caine küsste ihn zärtlich. „Dein weiches Herz ist einer der Gründe, warum ich dich so liebe."

„Ich habe kein weiches Herz", grummelte Macklin.

„Natürlich nicht", sagte Caine wieder. „Du bist nur mit Jason auf die Weide geritten, weil du ganz vergessen hast, die paar Schafe von der Herde zu trennen und selbst zurückzubringen. Und du hast auch keinesfalls die Gelegenheit genutzt, um mit ihm vertraulich über Seth zu reden."

Macklin ersparte sich einen Seufzer. Es hatte auch seine Nachteile, einen Geliebten zu haben, der ihn so genau kannte. Das wusste er mittlerweile nur zu gut.

„Jason weiß gar nicht, wie viel Glück er hatte", sagte Macklin. „Er ist hier von Kindesbeinen an erst mit Michael und dann mit dir aufgewachsen. Er hatte die Möglichkeit, sich entfalten zu können und seinen Platz in der Welt zu finden. Jason weiß, wer er ist und wohin er gehört. Er ist der Beweis dafür, dass wir alles richtig gemacht haben. Seth hatte dieses Glück nicht und Jason kann das nicht immer nachvollziehen. Deshalb habe ich ihn daran erinnert und versucht, ihm einen Vergleichsmaßstab zu geben."

„Ich liebe dich", sagte Caine. „Das weißt du doch, oder?"

Macklin nickte. „Ja, das weiß ich. Auch wenn es etwas länger gedauert hat, bis ich es glauben konnte. Ich musste erst lernen, dir zu vertrauen. Seth geht es so ähnlich. Er weiß noch nicht, ob er daran glauben soll. Das muss Jason verstehen."

Caine schnaubte.

„Ja, ich weiß", sagte Macklin. „Ich habe nicht geglaubt, dass du bleibst. Aber ich konnte mich wenigstens darauf verlassen, einen Job und ein Leben zu haben. Das konnte mir niemand nehmen. Und wenn es doch passiert wäre, hätte ich jederzeit einen neuen Job finden können. Auch das muss Seth noch lernen."

„Glaubst du, dass Jason ihm dabei helfen kann?", fragte Caine.

„Ich wüsste nicht, wer ihm dabei besser helfen könnte", meinte Macklin. „Er ist, von Chris abgesehen, die einzige Konstante in Seths Leben. Und sag jetzt nicht, er hätte doch uns. Wir zählen nicht. Wir sind für ihn nur ein Teil von Lang Downs."

„Würde es ihm nicht auch helfen, wenn er weiß, dass er hier immer ein Zuhause und einen Job hat? Dass er jederzeit zurückkommen kann, wenn er uns jetzt verlässt?", überlegte Caine. „Ich will mich nicht in sein Leben einmischen, aber ich möchte ihm so gern helfen."

„Du und nicht einmischen?" Macklin legte ihm die Hand an die Stirn. „Ich glaube, wir sollten den Arzt verständigen. Du hast Fieber."

Caine pikste ihm mit dem Finger in die Seite. Macklin krümmte sich lachend und sprang zurück. „Ich bin so froh, dass ich dich habe", sagte er grinsend.

Caine lächelte dieses liebenswerte Lächeln, in das Macklin sich schon am ersten Tag verliebt hatte, auch wenn er sich das damals nicht eingestehen wollte. „Wir können beide froh sein, dass wir uns haben." Er ging auf Macklin zu und lehnte sich an ihn. „Seth und Jason werden ihren Weg schon finden. Daran müssen wir glauben und ihnen helfen, wo wir können."

Macklin nahm ihn in die Arme und drückte ihn an sich. „Und wenn sie es nicht schaffen, helfen wir ihnen, die Scherben wieder zusammenzukehren."

# 16

SETH SAß allein in einer Ecke der Kantine. Er hätte sich zu Sam, Jeremy und Walker an den Tisch setzen können, aber die hätten mit ihm reden wollen und Seth wollte nicht reden. Er wollte mit niemandem reden. In seinem Kopf hatte sich ein riesiger Scherbenhaufen angesammelt, der nur darauf wartete, seine Gedanken zu zerfetzen, wenn sie sich wieder auf Wanderschaft begaben.

Er hörte Gesprächsfetzen von den Tischen der Jackaroos, die ihn noch nicht gut genug kannten, um ihn in ihre Gemeinschaft aufzunehmen. Seth versuchte nicht, das zu ändern. Es gab nicht viele, die er besser kennenlernen wollte. Er hätte sie an einer Hand abzählen können.

„Hast du gehört, was Taylor heute wollte?", fragte einer der Jackaroos.

„Nein. Aber ich bin jetzt schon sicher, dass es mir nicht gefällt", sagte ein anderer. „Wir müssen doppelt so hart arbeiten wie unter seinem Bruder, werden aber nicht besser bezahlt. Es ist verdammt unfair."

Wenn sie von Anfang an härter gearbeitet hätten, wäre Taylor Peak jetzt nicht in diesem miserablen Zustand. Seth sprach es nicht laut aus, weil ihnen seine Meinung sowieso egal wäre. Sie wollten die Wahrheit nicht hören und Jeremy würde es ihm auch nicht danken, wenn er in der Kantine einen Streit provozierte.

„Wir mussten heute alte Bretter an einem der Schuppen austauschen. Als ob es einen Unterschied macht, wie der Schuppen aussieht. Die Hauptsache ist doch, dass die Schafe nicht rauslaufen können, wenn sie geschoren werden."

„Wir mussten heute die Herde auf eine neue Weide treiben, obwohl sie auf der alten erst seit einer Woche waren und es noch genug Gras gab. Als Devlin noch das Sagen hatte, haben wir nur einmal im Monat die Weide gewechselt."

Was natürlich erklärte, warum einige der Flächen so hoffnungslos überweidet waren. Caine und Macklin rotierten die Herden regelmäßig, um genau das zu verhindern. Überweidung führte dazu, dass sich das Gras nicht erholen konnte und Giftpflanzen überhandnahmen. Seth hatte im Traktorschuppen Kanister mit Unkrautvernichtungsmitteln gesehen, mit denen Devlin dieses Problem offensichtlich gelöst hatte. Wenn Jeremy organisch wirtschaften wollte, würde sich das bald ändern, aber damit kannten sich die meisten Jackaroos nicht aus. Caine hatte auf Lang Downs erst allen erklären müssen, wie organische Weidewirtschaft funktionierte, obwohl die Jackaroos dort wesentlich motivierter waren als hier. Diese Bande schien sich nur dafür zu interessieren, so wenig wie möglich arbeiten zu müssen.

Seth hätte diesen dämlichen Idioten am liebsten in den Hintern getreten, aber ihr Gemurre war harmlos. Er kannte das aus den Autowerkstätten, in denen er in Sydney gearbeitet hatte und selbst auf Lang Downs kam es gelegentlich vor. Die Männer fanden immer einen Grund, sich über die Arbeit zu beschweren. Solange sie Seths Freunde nicht beleidigten, wollte er sich nicht einmischen.

SETHS ENTSCHLOSSENHEIT hielt zwei Tage an. Zwei Tage, an denen er bis zur Erschöpfung arbeitete, um nicht an das Rasiermesser zu denken, das er in Lang Downs zurückgelassen hatte. Zwei Nächte, in denen er sich schlaflos im Bett hin und her wälzte. Er wusste nicht, ob Jason schon mit jemandem über das Gesehene gesprochen hatte oder ob die Geschichte schon in Taylor Peak angekommen war. Diese erbärmliche Angewohnheit hatte ihn das Beste in seinem Leben gekostet. Er wollte nicht zulassen, dass sie ihm hierher folgte. Wenn er das Messer nicht hatte, konnte er sich nicht schneiden. Und wenn er sich nicht schneiden konnte, würde Jason ihm vielleicht eines Tages verzeihen und ...

Nein. Diese Gedanken brachten ihn nicht weiter. Er hatte alle Brücken hinter sich abgerissen und es gab nichts, was den Schaden wieder reparieren konnte. Er wollte auf Taylor Peak bleiben, weil Sam und Jeremy seine Hilfe brauchen konnten. Walker war ein guter Vormann, aber sie hatten nicht genug Männer für die anfallende Arbeit. Seth wollte diese Lücke schließen, bis die Saison vorbei war. Dann konnte er weitersehen. In der Stadt hatte er sich nie wohlgefühlt, aber nachdem sein Traum sich in einen Trümmerhaufen verwandelt hatte, blieben ihm nicht mehr viele Optionen. Vielleicht ließ es sich in der Stadt ja doch aushalten.

Walker hatte gestern darüber gesprochen, dass einige der Jeeps beim Fahren merkwürdige Geräusche von sich gaben. Seth würde den Vormittag also in der Werkstatt verbringen, um herauszufinden, was mit den alten Kisten los war. Er wäre lieber mit auf die Weiden geritten, weil er wusste, dass Jason heute erwartet wurde, um bei Misfit die Fäden zu ziehen. Aber es war wie immer. Das Glück war nicht auf seiner Seite.

Kurz bevor er in der Werkstatt ankam, hörte er hinter sich einige Jackaroos.

„... eine dieser Schwuchteln aus Lang Downs. Er nennt sich Tierarzt, aber ich wette, er hat dem Boss den Schwanz gelutscht, um den Job zu bekommen. Der Kissenbeißer ist noch viel zu jung, um Ahnung zu haben."

Seth sah rot. Er drehte sich auf dem Absatz um und ging auf die Jackaroos zu, die Fäuste so fest geballt, dass sich die Fingernägel in die Handflächen bohrten. „Halt's Maul, du verdammter Idiot", sagte er, als er bei der Gruppe ankam. „Ihr glaubt alle, ihr könntet hier Scheiße reden und keiner würde euch hören. Aber ich habe euch gehört."

„Na und?", sagte einer der Jackaroos verächtlich. „Was hast du jetzt vor?"

Seth holte aus und boxte dem Mann mit aller Kraft in die Magengrube. Der Schmerz schoss ihm durch den Arm und die Wunde an seiner Hand platzte wieder auf. Es spornte ihn noch mehr an. Wenn er schon sein Messer nicht mehr hatte, war das ein guter Ersatz. Dieser Hundesohn hatte ihm die perfekte Entschuldigung geliefert. Selbst Sam und Jeremy könnten dagegen nichts sagen. Er holte wieder aus und schlug wieder zu.

Der Jackaroo ging zu Boden. „Steh auf!", schrie Seth ihn an. „Wenn du hier den großen Macker spielen willst, dann beweis mir, dass es nicht nur Gerede ist."

Der Jackaroo rappelte sich wieder auf. Die Wut stand ihm ins Gesicht geschrieben. *Komm schon*, dachte Seth und wich dem ersten Hieb des Jackaroos aus, aber der zweite landete an seinem Kinn und warf ihn nach hinten. Der Jackaroo wurde von seinen Kumpels angefeuert. Seth machte jetzt ernst. Einige seiner Hiebe trafen, andere verfehlten ihr Ziel. Er blockierte die Schläge des Mannes so gut wie möglich und steckte ein, was er nicht aufhalten konnte. Der Kerl hatte eine Abreibung verdient, weil niemand – *niemand* – so abfällig über Jason reden durfte. Nie wieder.

Als der Jackaroo das zweite Mal zu Boden ging, ließ Seth ihn nicht wieder auf die Beine kommen. Er stürzte sich auf ihn und schlug ihm mit aller Kraft ins Gesicht.

Seth konnte die Rufe der anderen hören, ignorierte sie aber. Er war noch nicht fertig mit dem Kerl. Nicht, bevor er ihm nicht unmissverständlich eingebläut hatte, dass es ein großer Fehler gewesen war, so über Jason zu reden.

„Simms!"

Er hörte seinen Namen, aber sein Zorn auf den Mann war noch lange nicht besänftigt. Seth holte wieder aus, wollte noch einmal zuschlagen, als jemand von hinten seinen Arm packte und ihn festhielt. Seth sprang auf die Füße und drehte sich um, mehr als bereit, sich einem neuen Gegner zu widmen. Er erkannte Walker, aber das konnte ihn in seiner Wut nicht aufhalten. Da spielte es auch keine Rolle, dass er gegen Walker nie eine Chance haben würde. Seth hatte diese Schlägerei nicht angefangen, um sie zu gewinnen. Das hatte er noch nie getan. Walker würde ihn nicht umbringen, er würde ihm nur eine gehörige Abreibung verpassen. Und vielleicht würde das ja ausreichen, um diese Stimmen in seinem Kopf endlich zum Schweigen zu bringen. Seth holte mit dem linken Arm aus.

„Verdammt, Simms", knurrte Walker und wich seiner Faust aus. Der Griff um Seths rechtes Handgelenk wurde fester, aber Seth ließ sich dadurch nicht irre machen. Er konnte nicht aufhören. Nicht jetzt. Er sah den Schlag nicht kommen, der ihn gleich darauf am Kinn traf.

SETH BLINZELTE einige Male, als er wieder zu Bewusstsein kam. Er drehte den Kopf zur Seite, um sich zu orientieren. Es schmerzte höllisch, also ließ er es wieder bleiben.

Er musste gestöhnt haben, denn er spürte plötzlich einen Eisbeutel am Kinn und einen zweiten am Auge. „Nicht bewegen. Du hast Glück gehabt, dass nichts gebrochen ist."

Phil. Das war Phils Stimme. Er musste in der Kantine sein.

„Was ist passiert?", krächzte er. Reden schmerzte. Sein Kinn mochte nicht gebrochen sein, aber viel besser fühlte es sich trotzdem nicht an.

„Du hast einen der Jackaroos angegriffen und als Walker euch trennen wollte, bist du auf ihn losgegangen", sagte Phil. „Wenn du nicht schon schlimm genug zugerichtet wärst, würde ich dir persönlich in den Arsch treten. Weißt du eigentlich, wie viele Arten es gibt, einen Mann mit bloßen Händen umzubringen?"

„Fünfundvierzig?", versuchte es Seth.

„Mehr als das", sagte Walker. Seth zuckte zusammen, als er seine Stimme hörte. Er drehte den Kopf nach ihm um und keuchte, als ihm ein stechender Schmerz durch den Kopf schoss.

„Nicht bewegen", schimpfte Phil. „Nick, lass das. Er kann auf deine Witze verzichten."

„Er hat zuerst zugeschlagen", verteidigte sich Walker.

Seth hielt den Mund und überließ es Phil, sich mit Walker zu kabbeln. Wenn noch jemand im Raum gewesen wäre, hätte Seth nicht gewusst, wen Phil mit *Nick* meinte. Selbst Thorne sprach Walker nicht mit seinem Vornamen an. Phil war offensichtlich die einzige, die sich das traute. Seth überlegte, ob Phil es schaffen würde, Walker genauso an die Kandare zu nehmen, wie es Molly mit Neil gelungen war. Vielleicht sollte er ja doch auf Taylor Peak bleiben und sich ansehen, wie sich die Geschichte entwickeln würde. Es würde bestimmt Spaß machen.

„Das glaube ich dir gern", sagte Phil. „Aber du hättest ihn auch außer Gefecht setzen können, ohne ihn bewusstlos zu schlagen."

„Die Gefahr zu neutralisieren ist das erste Gebot", erwiderte Walker. „So habe ich es beim Militär gelernt. Dieses Training lässt sich nicht einfach wieder abschalten. Ich habe ihn nicht umgebracht. Viel besser hätte ich es nicht machen können."

Phil sah ihn mit einem Blick an, der – wäre er von Molly gekommen – Neil in die Flucht geschlagen hätte. Walker hielt ihm zwar stand, aber Seth konnte ihm ansehen, dass er sich nicht wohl fühlte. „Is' meine Schuld ...", murmelte er. „Ich hätte sonst nicht aufgehört."

„Und warum nicht?", fragte Phil und sah ihn mit dem gleichen vernichtenden Blick an. Mist. Warum hatte er nur den Mund nicht halten können? Oh, richtig. Wenn er selbst schon nicht in der Lage war, glücklich zu werden, wollte er wenigstens Walker die Chance nicht vermasseln.

„Ich bin ein sturer Idiot, der nicht weiß, wann er aufhören muss", sagte er. „Es war nicht Walkers Schuld."

„Das mag richtig sein", sagte Walker. „Aber du kommst mir nicht wie der Typ vor, der grundlos Streit sucht. Was ist passiert?"

„Der Bastard hat den Mund einmal zu viel aufgemacht." Seth stieg die Galle hoch, als er sich daran erinnerte. Er wollte vor Phil nicht wiederholen, was dieses Arschloch gesagt hatte. Sie hatte hier von den Männern bestimmt schon Schlimmeres gehört, aber damit wollte er nichts zu tun haben. „Es hat mir gereicht."

„Du wusstest, dass die Stimmung hier angespannt ist", erinnerte ihn Walker. „Da hilft es nicht viel, einen dieser Idioten in Grund und Boden zu schlagen. Wenn du ihr Geschwätz nicht ignorieren kannst, melde es mir und ich nehme die Sache in die Hand. Sam und Jeremy haben mich extra dafür eingestellt."

„Es ging nicht um Sam oder Jeremy", grummelte Seth. „Dann hätte ich es ignorieren können, auch wenn es mir nicht gefällt. Die beiden können sich wehren oder die Sache dir überlassen. Das weiß ich sehr wohl. Aber Jason hat hart arbeiten müssen, um Tierarzt zu werden. Ich lasse nicht zu, dass jemand behauptet, Sam und Jeremy hätten ihn nur geholt, weil …"

„Was?", hakte Phil nach.

„Willst du das wirklich hören?"

„Nein", sagte sie. „Aber Walker muss es wissen, wenn er sich darum kümmern soll."

„Weil er die beiden bestochen hätte. Mit einer sexuellen Dienstleistung", sagte Seth. „Aber so diplomatisch haben sie es nicht formuliert."

„Wenn man auf seinen Typ steht, sieht er nicht schlecht aus", meinte Walker.

Seth kochte das Blut in den Adern. Er wollte sich aufsetzen, aber Phil hielt ihn zurück.

„Nick, hör endlich auf, ihn zu provozieren. Seth, leg dich wieder hin. Du blutest immer noch."

„Ich weiß, dass mich die Sache nichts angeht", sagte Walker. „Aber wenn du ihn so sehr liebst, dass du dich seinetwegen prügelst, frage ich mich, was du hier zu suchen hast. Warum bist du nicht auf Lang Downs? Caine und Macklin haben dich nicht gefeuert."

„Du hast recht", sagte Seth. „Die Sache geht dich nichts an."

Walker kniff die Lippen zusammen. Seth bereitete sich schon auf einen Anschiss vor, aber Walker schüttelte nur den Kopf. „Na gut, Simms. Aber du hörst mir jetzt zu. Ich lasse es dir für heute durchgehen, weil es wirklich nicht akzeptabel war, was der Mann gesagt hat. Aber wenn es sich wiederholt, packst du deine Sachen und gehst. Du kannst deine Geheimnisse behalten, aber sie dürfen sich nicht auf deine Arbeit auswirken. Reiß dich zusammen oder verschwinde von hier." Damit drehte er sich um und ging.

Seth wollte ihm nachrufen, dass Sam und Jeremy ihn niemals feuern würden, aber das wäre zu anstrengend gewesen. Dazu fehlte ihm im Moment einfach die Kraft. Er schloss die Augen und konzentrierte sich auf den Schmerz an seiner Nase und am Kinn. Er hatte von der Prügelei nicht nur Prellungen davongetragen, sondern vermutlich auch Schürfwunden. Phil hatte gesagt, er würde bluten. Seth fasste sich an die Nase. Sie fühlte sich nicht gebrochen an, tat aber höllisch weh. Um sicherzugehen, wackelte er sie leicht hin und her.

„Willst du den Schmerz noch schlimmer machen?", schimpfte Phil und zog ihm die Hand aus dem Gesicht.

Seth seufzte nur. Sie würde ihn nicht verstehen. Es war zwar keine bewusste Entscheidung gewesen, sich mit Walker anzulegen, aber Walkers Kinnhaken würde ihm helfen, die nächsten Tage zu überstehen. Der Jackaroo hatte nicht annähernd so viel Kraft in seine Schläge gelegt. Dämlicher Idiot.

„Nein. Ich will nur wissen, wie schlimm es ist und ob ich wieder arbeiten kann", sagte er. „Ich muss noch den Jeep reparieren."

Phil schürzte die Lippen, hielt ihn aber nicht zurück, als er sich aufsetzte. Seth schwindelte und er konnte nur verschwommen sehen. Er blinzelte und blieb so lange sitzen, bis sich das flaue Gefühl in seinem Magen gelegt hatte und er wieder vernünftig sehen konnte. Als er aufstand, ging das Ganze von vorne los und es dauerte einen Moment, bis er sich traute, einen Fuß vor den anderen zu setzen. „Wir sehen uns dann zum Abendessen", sagte er zu Phil.

Er stakste unsicher zur Tür und verließ die Kantine. Phil sah ihm nur schweigend nach, sprach ihn aber glücklicherweise nicht mehr auf seinen Zustand an.


JASON ZOG gerade die Fäden an Misfits Hinterhand, als er die Jackaroos reden hörte.

„Er ist hochgegangen wie ein Verrückter. Ich dachte schon, er bringt Perkins um. Ich weiß nicht, was passiert wäre, wenn Walker ihn nicht zurückgehalten hätte."

*Geht mich nichts an*, dachte Jason und arbeitete weiter.

„Dieser Simms ist eine Gefahr für die Station. Ich weiß wirklich nicht, warum er bleiben darf", sagte ein anderer.

Jetzt ging es ihn doch was an. Aber er konnte die Jackaroos nicht nach den Details fragen. Sie würden ihm nichts sagen. Wenn er Misfit versorgt hatte, musste er sich sofort auf die Suche nach Seth machen und sich davon überzeugen, dass es ihm gut ging. Er mochte die Schlägerei gewonnen haben, aber das hieß noch lange nicht, dass er nicht auch verletzt worden war.

Er hatte Misfits Bein örtlich betäubt, bevor er die Fäden zog. Bis die Wirkung des Lidocains nachließ, durfte das Pferd sich noch nicht frei bewegen. Jason brachte es in seine Box zurück, bevor er sich auf die Suche nach Seth machte, um mit ihm zu reden. Hoffentlich würde Seth nicht wieder vor ihm die Flucht ergreifen. Jason kannte Taylor Peak nicht so gut wie Lang Downs, aber er kannte Seth. Vermutlich war er in der Werkstatt zu finden, um dort seine Wunden zu lecken, auch wenn es nichts zu reparieren gab.

Jason schaute in dem Schuppen neben dem Stall nach, aber der wurde als Vorratslager benutzt. Als er sich dem nächsten Schuppen näherte, hörte er Seth fluchen. Jason musste grinsen. Manche Dinge änderten sich nie.

Vor der Tür blieb er zögernd stehen. Er hatte noch lange nachgedacht, bevor er zu Seth ging – sei es, weil er ihm etwas bringen oder ihn einfach nur sehen und mit ihm reden wollte. Heute musste er vorsichtiger sein, auch wenn es ihm schwerfiel. Er wollte Seth helfen, aber er durfte ihn nicht unter Druck setzten.

„Seth?"

Seth schaute auf. Jason konnte die Schürfwunden in seinem Gesicht erkennen und das geschwollene Auge, das schon blau anlief. Wenn Seth die Prügelei wirklich gewonnen hatte, wollte Jason erst gar nicht wissen, wie der Verlierer aussah.

„Jason."

„Alles okay?"

„Es ging schon besser", sagte Seth und zuckte mit den Schultern. „Ohne Walkers Einmischung hätte ich gewonnen."

„Warum habt ihr euch eigentlich geprügelt?", fragte Jason, wider Willen amüsiert.

„Weil diese Idioten Scheiße geschwätzt haben", erwiderte Seth. „Ich halte viel aus, aber es gibt eine Grenze."

„Du hast dich so zurichten lassen, weil irgendein Idiot einen dummen Kommentar über dich gemacht hat?" Jason konnte es kaum glauben.

„Sie haben nicht über mich gesprochen", sagte Seth. „Es ging um dich."

Das nahm Jason den Wind aus den Segeln. „Darf ich es mir kurz ansehen? Um sicher zu sein, dass nichts Schlimmes passiert ist?"

„Phil und Walker haben sich schon darum gekümmert", sagte Seth. „Ich habe ein blaues Auge, mein Kinn und die Nase tun höllisch weh und die Haut ist aufgeplatzt. Nichts, was mich umbringt."

„Ich will es mir lieber selbst ansehen." Jason ging vorsichtig einen Schritt auf ihn zu und hoffte, Seth würde nicht weglaufen.

„Warum bist du gekommen, Jase?" Seth seufzte resigniert, lief aber nicht weg. Jason verbuchte das als Gewinn.

„Ich musste bei Misfit die Fäden ziehen", sagte Jason. „Ich wäre schon früher gekommen, aber Chris meinte, ich sollte noch warten und dir Zeit geben, dich wieder zu beruhigen."

„Ich habe ihm gesagt, dass er dir nicht verraten soll, wo ich bin", sagte Seth, hörte sich aber nicht verärgert an.

„Ich weiß. Er hat mir die Nachricht gezeigt, die du ihm zurückgelassen hast", erwiderte Jason und ging weiter auf ihn zu. „Ich weiß nicht, warum du gegangen bist, aber es ist nicht so schlimm, wie du denkst. Was immer es auch sein mag."

Seth sah ihn ungläubig an.

„Du musst mir natürlich nicht glauben, aber solange du kein Massenmörder bist oder so, gibt es nichts, was etwas an der Tatsache ändern kann, dass ich dich liebe. Daran musst du dich gewöhnen. Wenn du wegläufst, folge ich dir einfach so lange, bis du es leid bist."

„Du willst mich nicht", sagte Seth. „Ich bin ein Versager. Ich bin kaputt. Niemand will mich."

Jason brach das Herz, als er den Selbstvorwurf in Seths Stimme hörte. „Ich weiß nicht, wer dir die Idee in den Kopf gesetzt hat, dass dich niemand will. Chris will seinen Bruder. Caine und Macklin wollen ihren Mechaniker und Ingenieur. Und ich will alles an dir, was man sich nur vorstellen kann. Ich will dich als meinen besten Freund, als meinen Geliebten und als meinen Partner. Wenn du mich auch willst. Und ich will das Haus und den Hund und ein gemeinsames Leben. Aber das alles will ich nur mit dir."

Seth schüttelte den Kopf, aber Jason redete einfach weiter.

„Du musst mir nicht glauben, aber das ändert nichts an meinen Gefühlen. Ich weiß, was ich will. Und ich weiß, mit wem ich es will. Die Sache ist die … Wenn du mir sagst, dass es so nicht funktioniert, höre ich dir zu. Du musst mir nur sagen, was ich tun soll. Wenn ich nach Lang Downs zurückfahren und dich anrufen soll, um ein Date auszumachen, kann ich das tun. Wenn ich vorerst in meinem Zimmer in der Unterkunft bleiben soll, bis du dich an den Gedanken gewöhnt hast, mit mir zusammenzuleben, kann ich das auch tun. Ich will nicht lügen. Ich will alles. Aber ich bin jederzeit bereit, dir Zeit zu lassen, bis du auch so weit bist."

„Und was ist, wenn ich gar nicht erst damit anfangen will?", erkundigte sich Seth.

Seine Worte trafen Jason mitten ins Herz, aber Macklin hatte ihn vorgewarnt. „Dann warte ich eben so lange, bis du es willst", sagte er. „Aber ich gebe nicht einfach auf und lasse dich gehen. Diesen Fehler habe ich vor zwei Tagen gemacht und du bist weggelaufen. Ich werde ihn nicht wiederholen."

Seth gab ein hilfloses Geräusch von sich, das Jasons Selbstkontrolle auf eine harte Probe stelle. Er ging die letzten Meter auf Seth zu und nahm ihn in die Arme. „Bitte", flüsterte er. „Lauf nicht wieder vor mir davon."

Seth sagte kein Wort, aber er stieß ihn auch nicht weg, was Jason wieder als Gewinn verbuchte. Er atmete erleichtert aus, als Seth ihm die Hände auf die Hüften legte und ihn festhielt.

„Ich weiß nicht, wie ich es anfangen soll", sagte Seth so leise, dass Jason es kaum hören konnte. „Ich kann einfach nichts richtigmachen."

„Das stimmt nicht", sagte Jason. „Du hast schon mehr Autos wieder zum Fahren gebracht, als ich zählen kann."

„Das zählt nicht", sagte Seth. „Autos sind kein Problem. Man muss die Teile nur richtig zusammensetzen und sie funktionieren. Alles andere ist viel, viel schwieriger."

Jason drückte ihn an sich. „Wir sind die richtigen Teile. Wir müssen nur herausfinden, wie wir am besten zusammenpassen. Es ist ein Rätsel, aber gemeinsam können wir es lösen."

Seth nickte. „Gibst du mir einige Tage Zeit, mich an den Gedanken zu gewöhnen?"

„Solange du brauchst", versprach ihm Jason. „Nur …" Er ließ die Hand auf die Stelle fallen, wo das Messer sich in Seths Bein gebohrt hatte. „Tu dir das nicht mehr an, ja? Ich kann vieles ertragen, aber das Blut an deinem Bein herablaufen zu sehen … Ich weiß nicht, ob ich das noch einmal aushalte."

„Ich will es versuchen", sagte Seth.

Jason wollte ein Versprechen von ihm verlangen oder eine Erklärung. Wollte wissen, wie er ihm helfen konnte, damit es nicht mehr passierte. Aber er hatte bereits mehr erreicht, als er sich vorgenommen hatte. Er musste Geduld aufbringen. „Ich fahre dann nach Lang Downs zurück. Darf ich dich heute Abend anrufen und mit dir reden? Nur mit dir über deinen Tag reden und so."

„Das wäre schön", sagte Seth.

Jason küsste ihn vorsichtig, um seine aufgeschlagene Lippe zu schonen. Er schaffte es nicht, sich ohne Kuss von Seth zu verabschieden. „Ich liebe dich", wiederholte er. „Und ich rufe dich heute Abend an."

„Ich liebe dich auch."

# 17

SETH STARRTE auf das Telefon in seiner Hand. Jason hatte versprochen, ihn anzurufen, aber es wurde langsam spät und das Telefon hatte immer noch nicht geklingelt. Er hätte selbst anrufen können. Er kannte Jasons Nummer so gut wie seine eigene. Besser sogar, weil er sich selbst noch nie angerufen hatte. Er wollte aber nicht anrufen. Er wollte, dass Jason sein Versprechen hielt und ihn …

Das Klingeln des Telefons unterbrach seine Grübeleien. Er wartete ab, bis es ein zweites Mal klingelte. Dann nahm er den Anruf an.

„Hallo?"

„Hi, Seth. Tut mir leid, dass es so spät geworden ist. Als ich zurückkam, war eines der Schafe krank und ich musste mich erst darum kümmern. Dann hat Kami darauf bestanden, dass ich erst esse, Chris wollte wissen, wie es dir geht und Caine und Macklin haben gefragt, wie es auf Taylor Peak so läuft und …"

„… alles war so verrückt, wie es zuhause immer ist", beendete Seth den Satz für ihn. „Du schuldest mir keine Erklärung. Ich freue mich, dass du anrufst. Was ist mit dem Schaf?"

„Macklin war aufgefallen, dass einige der Schafe sich merkwürdig verhalten. Sie hatten kein Fieber oder so, also habe ich sie mit ins Tal gebracht, um sie eine Weile zu beobachten. Als ich heute zurückkam, hatte Ian noch ein Schaf mit denselben Symptomen zurückgebracht, also musste ich sie mir alle ansehen. Ich wollte sicher sein, dass ich beim ersten Mal nichts übersehen hatte", erklärte Jason.

„Und? Hast du etwas übersehen?", fragte Seth.

„Wenn ja, dann habe ich es immer noch nicht entdeckt", sagte Jason. „Vermutlich ist es nichts, aber ich will die Tiere trotzdem beobachten. Wie ist dein Tag noch verlaufen?"

„Gut", sagte Seth. „Der Jeep läuft wieder ohne Macken. Er musste nur überholt werden, aber der Motor ist lange vernachlässigt worden und hätte vermutlich bald den Dienst eingestellt. Und das wäre wesentlich teurer geworden als ein Ölwechsel und neue Zündkerzen."

„Ja, Dad hat auch immer gesagt, das wäre am falschen Ende gespart. Und wie geht es dir?", fragte Jason. Seth konnte sich Patrick lebhaft vorstellen, wie er darüber die Geduld verlor. „Tut es noch weh?"

„Ich habe einige Paracetamol geschluckt", sagte Seth. „Aber davon heilt es auch nicht schneller. Ich muss eben damit leben, einige Tage kein sehr schöner Anblick zu sein."

„Ich liebe dich trotzdem, auch wenn du kein schöner Anblick bist", sagte Jason so ernst, dass Seth lachen musste.

„Ich war nicht auf ein Kompliment aus."

„Ich weiß", erwiderte Jason. „Aber es stimmt trotzdem. Ich habe mich nicht in dich verliebt, weil du ein schöner Anblick bist. Und ich werden nicht aufhören, dich zu lieben, wenn du einige Tage mit einem blauen Auge rumläufst."

„Warum hast du dich eigentlich in mich verliebt?" Die Worte rutschten Seth über die Lippen, bevor er es verhindern konnte. Er hörte sich an wie ein schüchternes junges Mädchen, aber das änderte nichts daran, dass er sich diese Frage schon oft gestellt hatte. Er konnte sich einfach nicht vorstellen, was Jason in ihm sah.

„Weil du lustig bist und wunderbar und nicht auf den Jungen aus dem Outback herabgesehen hast, als du nach Lang Downs gekommen bist", sagte Jason. „Weil du immer für mich Zeit hattest, obwohl ich jünger war als du. Weil du so getan hast, als wärst du schlecht in Mathe, damit wir zusammen lernen konnten, ohne dass ich mich als Versager fühlte. Und du hast es mir besser erklärt, als die Lehrer und die Schulbücher es konnten. Weil du genauso einsam gewesen bist wie ich, obwohl du dir nie anmerken lassen wolltest, wenn du jemanden gebraucht hast. Weil dein Lächeln einen Raum erhellt und wenn ich dich angesehen habe, sind alle anderen Menschen um mich herum in Vergessenheit geraten. Reicht dir das oder soll ich noch weitermachen?"

Seth schluckte schwer. Er hatte nicht damit gerechnet, dass Jason ihm seine Frage beantworten würde, schon gar nicht in solchen Details. „Es reicht", sagte er krächzend. „Es … Verdammt, Jason. Das kannst du nicht sagen. So bin ich nicht."

„Doch, das bist du", sagte Jason. „Du siehst dich selbst vielleicht nicht so, aber es ist wahr. Kannst du dich noch erinnern, wie ich nach Misfits Verletzung aus Taylor Peak zurückkam? Ich bin sofort zu dir gegangen. Nicht zu meinen Eltern oder zu Cooper oder wem auch immer. Ich habe gleich nach dir gesucht, weil ich wusste, dass ich mich wieder besser fühle, wenn ich dich sehe. Du machst mich glücklich, wenn du einfach nur da bist."

„Du bist ein Spinner, mir so zu vertrauen", sagte Seth. „Ich werde alles vermasseln und dich verletzen. Wie ich schon immer alles vermasselt habe."

„Das sagst du jedes Mal", meinte Jason. „Aber es wird nicht passieren. Sicher, wir treten uns manchmal auf die Füße und du räumst nicht richtig auf. Aber das kann mich nicht davon abhalten, dich zu lieben."

„Und wenn ich in Panik gerate und etwas Dummes mache, um mich wieder zu beruhigen?", fragte Seth. „Dagegen kann ich weniger tun als gegen meine Schlamperei."

„Was macht dich denn panisch?", wollte Jason wissen. „Vielleicht können wir einen besseren Weg finden, um dir die Angst zu nehmen und damit zurechtzukommen."

„Alles", sagte Seth. „Ich kenne mich mit Beziehungen nicht aus. Ich weiß nicht, wie Sex mit einem Mann funktioniert. Ich weiß nicht, wie man einfach glücklich ist."

„Ich sage es dir nur ungern, aber wir sind seit zehn Jahren in einer Beziehung", sagte Jason. „Und bisher ist es bestens gelaufen. Du weißt darüber vielleicht mehr, als du denkst. Und der ganze Rest ist auch nicht so schwierig."

„Wir waren beste Freunde. Eine Freundschaft ist etwas anderes", meinte Seth.

„Meinst du?", sagte Jason. „So wie ich es sehe, gibt es kaum einen Unterschied. Wir werden im selben Bett schlafen – was wir früher auch schon getan haben. Und beim Sex ist der einzige Unterschied, mit wem du es machst. Außer, du begehrst mich nicht."

„Bist du etwa auf Komplimente aus?" Seth brach die Stimme. Jason nicht begehren? Wie konnte der Mann das nur denken?

„Warum nicht", sagte Jason. „Als du gesagt hast, du würdest mich auch lieben, ist für mich ein Traum wahrgeworden. Dich zu küssen war noch viel besser. Ich muss mir verdammt Mühe geben, geduldig zu sein und dir Zeit zu lassen. Als du weggelaufen bist, hat mich das schwer getroffen. Ich stehe an deiner Seite, was immer auch passiert. Aber das geht nicht, wenn du nicht da bist."

„Es tut mir leid", sagte Seth. „Ich wollte nicht, dass du es herausfindest. Ich wollte nicht, dass jemand erfährt, wie schwach ich wirklich bin."

„Kannst du mir erklären, warum du es machst?"

Seth überlegte. Er konnte oft selbst nicht verstehen, warum er sich geschnitten hatte. Es machte keinen Sinn. Wie sollte er es da Jason erklären? „Weil in meinem Kopf manchmal ein heilloses Durcheinander herrscht und ich nicht mehr klar denken kann", versuchte er es. „Und wenn das passiert, kann ich den Kreislauf nur durch Schmerz unterbrechen. Ich kann selbst entscheiden, wo und wie tief ich mich schneide. Manchmal kommt es mir vor, als wäre das die einzige Kontrolle, die ich noch über mich habe."

„Ich glaube, jetzt muss ich mich bei dir entschuldigen. Ich wollte nie, dass du dich so fühlst."

„Es liegt nicht an dir", widersprach ihm Seth. „Jedenfalls nicht nur. Außerdem hast du es nicht absichtlich getan. Ich habe dir doch gesagt, dass ich ein Versager bin. Und wie ich damit umgehe, ist auch nicht besser."

„Du bist kein Versager. Und wenn dir nicht gefällt, wie du damit umgehst, kannst du einen neuen Weg finden."

„So einfach ist das nicht", meinte Seth.

„Das glaube ich dir gerne. Aber das heißt noch lange nicht, dass du es nicht schaffen kannst. Du bist noch nie einem Kampf ausgewichen. Denk doch nur an Walker. Im Vergleich zu Walker ist das ein Zuckerlecken."

„Ich wüsste noch nicht einmal, wo ich anfangen soll", gestand Seth.

„Ich auch nicht", sagte Jason. „Ich kenne einige Leute, die vielleicht mehr darüber wissen."

„Wen meinst du?"

„Thorne oder Ian", sagte Jason. „Sie mussten sich mit ihren posttraumatischen Störungen helfen lassen. Vielleicht haben sie dabei etwas gelernt, was dir auch helfen kann. Und wenn nicht, können sie uns wenigstens sagen, wen wir um Hilfe bitten können."

„Ich liebe dich", sagte Seth, weil es das Beste war, was er sagen konnte. „Jeder andere hätte mittlerweile schreiend die Flucht ergriffen."

„Und wäre selbst dran schuld", erwiderte Jason. „Ich liebe dich auch. Und jetzt musst du schlafen, damit dein Körper sich erholen und heilen kann. Ich liebe dich zwar nicht wegen deines hübschen Gesichts, aber das heißt noch lange nicht, dass ich es so grün und blau geschlagen sehen will."

„Ich vermisse dich", sagte Seth leise. „Das Bett ist so kalt ohne dich."

„Es ist Sommer", sagte Jason. „Im Sommer ist das Bett nicht kalt. Aber ich vermisse dich auch und wenn du willst, komme ich schon morgen nach Taylor Peak. Oder du kannst wieder nach Hause kommen. Was immer dir lieber ist."

„In einigen Tagen", sagte Seth. Er wollte Jason nicht warten lassen, aber er war für diesen letzten Schritt noch nicht bereit. Er brauchte noch einige Tage, um wieder frei atmen zu können. „Und richte allen meine besten Grüße aus."

„Gute Nacht, Seth. Träum von mir."

„Gute Nacht, Jase."

Seth legte das Handy zur Seite und starrte an die Decke. Seine Gedanken drehten sich im Kreis und er ließ es ausnahmsweise zu. Er wollte sie nicht kontrollieren oder an etwas anderes denken.

Jason liebte ihn. Trotz allem – trotz des Messers und des Weglaufens und der Prügelei und allem anderen. Jason liebte ihn immer noch. Es hätte ihm Angst machen sollen, dass er Jason nicht losgeworden war, obwohl er so viel Mist gebaut hatte. Aber es machte ihm keine Angst. Es beruhigte ihn sogar. Vielleicht hatte Jason ja recht. Vielleicht konnten sie es wirklich schaffen.

Seth schloss die Augen und die Gedanken an ein Leben mit Jason folgten ihm in seine Träume.


AM NÄCHSTEN Abend wartete Seth nicht auf Jasons Anruf, sondern schnappte sich das Handy und rief ihn selbst an.

„Hallo?"

Jason hörte sich atemlos an. Interessant.

„Hi, ich bin's."

„Hi, Seth. Ich wollte dich in einigen Minuten anrufen. Ich bin gerade aus der Dusche gekommen."

Wenn das kein faszinierendes Bild war – Jason, tropfnass vom Duschen und in ein Handtuch gewickelt, das sich mit minimalem Aufwand einfach wegziehen ließ …

„Willst du mich später zurückrufen?"

„Nein. Ich brauche nur eine Minute, damit ich mich anziehen kann."

„Meinetwegen brauchst du dir keine Mühe zu geben", meinte Seth. „Mir gefällt die Vorstellung, dass du halb nackt bist."

„Oha. So ist das also?", neckte ihn Jason.

„Was dagegen?"

„Ganz und gar nicht. Solange es dir nicht unangenehm ist."

„Mir ist etwas ganz anderes unangenehm", sagte Seth und zog am Hosenbund, um seinem Schwanz mehr Platz zu geben. „Aber ich hoffe, du kannst etwas dagegen unternehmen."

„Wenn du wieder zuhause bist, tue ich alles, was du dir wünschst", versprach ihm Jason.

„Erzähl mir mehr davon", flüsterte Seth. „Was würdest du tun, wenn ich bei dir wäre?"

Jason stockte der Atem. „Wir kommen vom Essen in der Kantine zurück. Wir lachen über das, was Molly gerade zu Neil gesagt hat."

Das konnte Seth sich leicht vorstellen. Wie oft waren sie schon so aus der Kantine gekommen? Es war ein vertrautes Bild, sicher und alltäglich. Real.

„Sobald wir ins Haus kommen, drücke ich dich an die Wand, weil dein Lachen so schön ist, dass es mich unglaublich erregt. Fast so sehr wie deine Küsse."

„Vielleicht sollte ich dich an die Wand drücken", schlug Seth vor.

„Das ist mir auch recht", meinte Jason. „Ich bin in jeder Beziehung flexibel. Solange du mich nur berührst und ich dich berühren darf."

Seth lief ein Schauer über den Rücken, als er sich vorstellte, mit Jason im Bett zu liegen und die Positionen zu wechseln – je nachdem, wie sie sich gerade fühlten. Es fühlte sich so richtig an. „Und dann?"

„Kommt drauf an, was du willst", sagte Jason. „Ich denke, wir ziehen uns schnell aus. Falls du nicht in der Stimmung bist, es hinauszuzögern. Langsam kann auch gut sein."

Seth konnte sich beides vorstellen, aber sein Schwanz war schon hart und er hatte keine Geduld mehr, sich Zeit zu lassen. „Nackt ist gut. Langsam verschieben wir aufs nächste Mal."

„Machen wir." Das Versprechen in Jasons Stimme raubte Seth den Atem. Er musste sich zusammenreißen, um Jason nicht zu bitten, sich ins Auto zu setzen und nach Taylor Peak zu kommen. Seth knöpfte sich das Hemd auf und zog es aus.

„Ich habe das Hemd ausgezogen. Reicht das?"

„Für den Anfang", sagte Jason. „Ich bin zwar schon weiter als du, aber das macht nichts. Ich ziehe dich gern aus. Was ist dir lieber? Soll dich damit erst weitermachen oder dir lieber an den Nippel saugen?"

Seth wusste nicht, wie er darauf antworten sollte. Bei Ilene hatte sich das Vorspiel immer nur um sie selbst gedreht. Sie war davon ausgegangen, das wäre für Seth genug. Er konnte sich nicht daran erinnern, wann sich das letzte Mal jemand die Zeit genommen hatte, ihn auch mit einzubeziehen.

„Seth?", flüsterte Jason.

„Hier. Ich überlasse es dir. Überrasch mich."

Er konnte Jasons Grinsen fast übers Telefon hören. „Oh, Baby ... dann mach dich auf einiges gefasst. Ich bin nämlich ziemlich oral fixiert. Ich muss beim Sex immer irgendwas am Mund spüren – deine Lippen, deinen Hals, deine Brust, deinen Schwanz oder deinen Hintern. Was auch immer. Hauptsache, mein Mund ist irgendwie beschäftigt."

Seth stöhnte. Verdammt. Jason brachte ihn um den Verstand, bevor es richtig losging.

„Saug an deinen Fingern", sagte Jason. „Mach sie schön warm und nass." Seth befolgte seine Anweisungen. „Bist du so weit?"

„Ja."

„Gut. Und jetzt fahr dir damit über den Nippel. Stell dir vor, es wäre meine Zunge, die deinen Körper erkundet und genau die richtige Stelle finden und dich stöhnen lässt, wenn sie dich leckt."

Seth hätte wahrscheinlich nur deshalb gestöhnt, weil Jason es von ihm verlangte, aber sein Nippel richtete sich unter dem nassen Finger auf und fing zu Kribbeln an, angefeuert durch die Vorstellung, es wäre Jasons Zunge, die ihm über die Haut leckte. „Das fühlt sich so gut an."

„Ja, das tut es", sagte Jason leise. „Ich bin so erregt, dass meine Hände zittern. Wenn ich nicht aufpasse, lasse ich das Handy fallen."

„Bitte nicht", bettelte Seth. „Ich will wissen, wie es weitergeht."

„Was ich vorhabe, können wir nicht im Wohnzimmer machen", sagte Jason. „Na ja, es ginge vielleicht, aber das Bett ist bequemer. Also tanze ich mit dir durchs Haus, auch wenn das länger dauert. Ich will dich nämlich nicht loslassen. Wenn wir ins Schlafzimmer kommen, ziehe ich dir den Rest aus. Ziehst du dich für mich aus?"

„Wenn du es für mich auch machst."

„Ich bin schon nackt", sagte Jason.

Seth zog sich so schnell wie möglich aus. Er sehnte sich am ganzen Leib nach Berührung, wartete aber ab, bis Jason ihm sagte, was er tun sollte. „Ich jetzt auch", sagte er und hielt das Handy wieder ans Ohr.

„Kannst du mich noch richtig hören?", fragte Jason. „Ich habe den Lautsprecher aktiviert, um beide Hände frei zu haben. Wenn du mich ficken sollst, wie ich es mir erträumt habe, muss ich mich vorbereiten."

Seth stellte sich vor, wie Jason über ihm hockte. „Was soll ich tun?"

„Du musst mir helfen, den Schließmuskel zu lockern, sonst tut es weh."

„Ich will dir nicht wehtun", sagte Seth sofort.

„Das wirst du auch nicht", beruhigte ihn Jason. „Du kippst dir von dem Gleitgel über die Finger und dehnst mich und wenn wir es beide nicht mehr aushalten können, kannst du ganz leicht deinen Schwanz in mich reinschieben."

„Heute musst du das für mich übernehmen." Seths Herz pochte wild. Er wollte sich vorstellen, was Jason ihm gerade beschrieben hatte, aber seine Vorstellungskraft ließ ihn im Stich. „Sag mir, was du jetzt tust. Sag mir, wie es sich anfühlt."

„Du hast so starke Hände und sie fühlen sich so gut an." Jason hörte sich heiser an. Seth schloss die Augen, um sich besser vorstellen zu können, was Jason ihm beschrieb. „Lange, dicke Finger, die mich dehnen. Du fängst mit einem Finger an. Es wäre nicht nötig, weil wir das so oft tun, dass es ganz schnell geht. Aber du magst es, mich erst auf die Folter zu spannen und mich warten zu lassen. Es gefällt dir, wenn ich mehr will und bettele. Ich bin noch nicht so weit, aber es kann nicht mehr lange dauern."

„Jason ...", stöhnte Seth. Er wollte sehen, wie sich Jason den Finger in den Arsch schob. Wie würde sein Gesicht dabei aussehen?

„Du schiebst den Finger immer tiefer rein, aber du gemeiner Kerl willst meine Prostata nicht berühren, weil ich sonst zu schnell komme. Du hast das schon einige Male gemacht und mich so lange mit zwei Fingern gereizt, bis ich es nicht mehr ausgehalten habe."

„Aber heute Nacht nicht", spielte Seth jetzt mit. „Heute will ich nicht mur meine Finger in dir haben."

„Dann gib mir jetzt den zweiten Finger", sagte Jason. „Einer reicht nicht aus, wenn du wirklich ernst machst."

Seth legte sich die Hand um den Schwanz und streichelte ihn. Er stellte sich vor, es wäre Jasons Hand, die ihn hart hielt, während Seth ihn dehnte. „Ich habe jetzt zwei Finger in dir", sagte er. „Es fühlt sich so heiß und eng an."

„Heiß und eng und gierig", stimmte ihm Jason zu. „Das einzige Problem ist, dass du nicht hier bist. Ich habe dir doch von meiner oralen Fixierung erzählt, also dreh dich um, damit ich mit dem Mund an deinen Schwanz komme. Ich will ihn saugen, damit du schön hart bist für mich."

Seth griff fester zu, als er in seiner Fantasie Jasons Hand durch Jasons Mund ersetzte. „Verdammt, Jase, du bringst mich um den Verstand."

„Nein, Baby. Ich liebe dich nur", erwiderte Jason. „Deine Finger fühlen sich so gut an ..." Er keuchte auf. „Du findest jedes Mal gleich meine Prostata."

Seth stöhnte. Er wollte mehr davon hören. Wenn sich Jason bei jeder Berührung seiner Prostata so anhörte, dann wollte Seth das bis zur Neige auskosten. „Ich habe sie nicht nur gefunden", sagte er stöhnend. „Ich spiele damit, bis du mich anbettelst, dich endlich zu ficken."

„Dazu gehört nicht mehr viel", sagte Jason. „Ich halte es kaum noch aus. Du weißt einfach, was ich brauche."

„Wie fühlt es sich an?", wollte Seth wissen.

„Als ob ein Feuerwerk unter meiner Haut hochgeht", keuchte Jason. „Als ob ich nach Hause komme. Dich zu lieben, wird immer so sein, als ob ich nach Hause komme. Ich kann jetzt nicht mehr warten. Fickst du mich?"

„Ja", sagte Seth heiser. „Sag mir, wie du es willst."

„Leg dich auf den Rücken", sagte Jason. „Ich hocke mich auf dich und wir passen zusammen, als wären wir füreinander gemacht. Du fühlst dich so dick an in mir und ich bin so voll, dass ich fast platze. Fass dich an, Seth. Drück zu. Das ist mein Arsch, in dem du steckst. Fühlt er sich gut an?"

Oh ja, es fühlte sich gut an. So gut, dass Seth es nicht in Worte fassen konnte. Nicht so wie Jason, der mit ihm redete, als wäre es ganz normal, was sie machten. Als wäre es ein Teil ihres gemeinsamen Lebens. Ihrer Zukunft. Aber Jason wartete auf seine Antwort. Seth zwang sich, seine Gedanken zu sortieren. „So gut. So eng."

„Du stößt in mich hinein, während ich mich auf dich fallen lasse", machte Jason weiter. „Du könntest einfach nur auf dem Bett liegen und mir die Arbeit überlassen, aber das tust du nicht. Du bist immer für mich da. Und du erwischst mit deinem Schwanz jedes Mal die richtige Stelle. Wir können uns nicht zurückhalten und es geht sehr schnell. Ich halte es nicht mehr lange durch. Nicht heute Nacht."

„Ich auch nicht", keuchte Seth. „Komm für mich, Jase. Ich will dich hören."

Jason hörte auf zu reden, aber sein Keuchen und Stöhnen war durch das Handy deutlich zu hören. „Sag was", krächzte Jason schließlich.

Seths Unerfahrenheit machte sich bemerkbar und er war froh über Jasons Stichwort. Er wollte ihn nicht im Stich lassen. Er mochte sich nicht sehr gut auskennen, aber er konnte wenigstens das Richtige sagen. „Du bist so wunderschön. Du bist dafür geschaffen, mich zu lieben."

„Ich bin für alles geschaffen, was wir zusammen tun", keuchte Jason. „Seth!"

Das Keuchen wurde lauter. Seth griff fester zu und wurde von seinem Orgasmus übermannt. Er stöhnte laut und zuckte am ganzen Leib, versuchte noch, Jasons Namen zu sagen, konnte aber kein zusammenhängendes Wort über die Lippen bringen.

Es dauerte einige Minuten, bis er wieder zu Atem kam. Am anderen Ende der Leitung war Jason zu hören, dem es genauso ging.

„Ich liebe dich", sagte Jason schließlich leise.

„Ich liebe dich auch", erwiderte Seth. „Ich habe Jeremy versprochen, den Traktor und den Mähdrescher wieder zum Laufen zu bringen. Sobald ich das erledigt habe, komme ich nach Hause."

„Ich warte auf dich", versprach Jason. „Wann immer du bereit bist."

Seth wusste nicht, ob er schon bereit war, aber er wusste, dass er es wenigstens versuchen musste. Jason hatte ein so verführerisches Bild ihres gemeinsamen Lebens gezeichnet. Seth wurde davon angezogen wie die Motte vom Licht. Vielleicht würde er verbrennen, aber vielleicht konnte er auch endlich glücklich werden. Weil Jason an seiner Seite stand und ihm half.

# 18

Es DAUERTE noch drei Tage, bis der Fuhrpark von Taylor Peak wieder einigermaßen in Schuss war und Seth guten Gewissens die Station verließ. Er hatte nicht nur den Traktor und den Mähdrescher repariert, sondern auch alle Jeeps überholt, damit er nicht in einer Woche oder zwei wieder nach Taylor Peak zurückkehren musste, weil eines der Autos nicht ansprang. So konnte er sechs oder acht Wochen warten und dann für einige Tage zurückkommen, um die Routinearbeiten zu erledigen. Es hatte zwar länger gedauert – und er hatte Jason bei einem ihrer nächtlichen Anrufe darüber informiert –, aber er musste nicht mit einem Notfall rechnen, wenn er wieder zuhause war. Es war ihm wichtig, eine längere Phase der Stabilität zu haben.

Aber jetzt war alles erledigt und er konnte endlich aufbrechen. Es war Zeit, wieder nach Hause zu fahren.

Er packte seine Sachen und machte sich auf den Weg nach Osten. Nach Lang Downs und zu Jason.

Nach Hause.

Als er die Grenzlinie zwischen den beiden Stationen passierte, zitterten seine Hände und sein Atem ging keuchend. Er hatte schon unzählige Male mit Jason telefoniert, wenn er sich unsicher fühlte und Jasons Stimme hören wollte. Jetzt ging das nicht, weil Jason bei der Arbeit war und Seth ihn nicht stören wollte. Er konnte es auch allein schaffen. Er musste nur einfach der Straße folgen, die ihn nach Lang Downs brachte. Dort wartete Jason schon auf ihn und alles würde gut.

Sein Handy klingelte.

*Ich kann es kaum erwarten. Komm bald nach Hause.*

Und schon ließ der Druck auf seiner Brust nach und Seth konnte wieder frei atmen. Er wusste wirklich nicht, womit er Jason verdient hatte. Er wusste nur, dass er sein Möglichstes tun würde, um es nicht zu vermasseln. Nichts beruhigte ihn so wie Jason. Selbst der scharfe Biss seines Rasiermessers konnte nicht mit Jason mithalten.

Seth hielt kurz an, um ihm zu antworten. *Bin gerade über die Grenze gefahren. Noch eine Stunde oder so. Liebe dich.*

*Liebe dich noch mehr.*

Seth musste lachen – wie Jason es vermutlich beabsichtigt hatte. Jason konnte ihn unmöglich mehr lieben, als er Jason liebte. Aber darüber mussten sie sich nicht streiten, also konnte er sich eine Antwort ersparen. Er ließ den Motor wieder an und fuhr weiter. Den Rest des Weges legte er mit einem breiten Grinsen im Gesicht zurück.

Als er auf Lang Downs ankam, überlegte er, wo er das Auto abstellen sollte. Die Saisonalen stellten ihre Autos auf dem Parkplatz hinterm Traktorschuppen ab und benutzten für ihre Arbeit die Jeeps, aber alle anderen parkten normalerweise vor ihren Häusern.

*Fang so an, wie es weitergehen soll.* Wie oft hatte seine Lehrerin in der Grundschule das zu ihnen gesagt? Er hatte es nie vergessen. Also fuhr er direkt zu Sams und Jeremys altem Haus – er musste sich langsam daran gewöhnen, von seinem und Jasons Haus zu sprechen – und parkte dort. Kaum war er ausgestiegen, kam Polly bellend auf ihn zugesprungen und wedelte aufgeregt mit dem Schwanz.

„Hallo, mein Mädel", begrüßte er sie und kraulte sie hinter den Ohren. „Wo hast du denn Jason gelassen?"

„Der ist hier", sagte Jason hinter ihm. „Ich habe dich kommen sehen, aber Polly war schneller als ich."

„Ich kraule sie zwar gern hinter den Ohren, aber dich begrüße ich noch lieber", sagte Seth grinsend. Als Jason vor ihm stand, zog er ihn in die Arme und drückte ihn an sich. „Ich habe dich vermisst."

„Ich dich auch", sagte Jason. „Ich fühle mich hier nur richtig zuhause, wenn du auch da bist."

Seth holte tief Luft. „Hilfst du mir, das Gepäck ins Haus zu bringen?"

„Hier?", fragte Jason. „Oder bei Chris?"

*Fang so an, wie es weitergehen soll.* „Hier. Ich habe zwar immer noch Angst, alles zu vermasseln, aber ich will es wenigstens versuchen."

„Du wirst es nicht vermasseln", sagte Jason. „Das lasse ich nicht zu."

Seth lächelte. „Das liebe ich so an dir."

Sie holten Seths Gepäck aus dem Kofferraum und trugen alles ins Haus. „Ich packe später aus", sagte Seth, sobald die Tür hinter ihnen ins Schloss fiel. Dann ließ er die Tasche in seiner Hand fallen und zog Jason an sich. Jason kam ihm entgegen und ihre Lippen fanden sich zu einem leidenschaftlichen Kuss. Seth war so ungeduldig, dass er Jason an den Hüften packte und an sich drückte. Er konnte spüren, dass Jason genauso erregt war wie er selbst. „Oh Mann …", stöhnte er, als Jason die Hüften kreisen ließ.

„Ich halte das nicht lange durch", sagte Jason stöhnend und zog Seth an der Hand hinter sich her zum Sofa. Seth wollte den Kontakt nicht verlieren und als Jason sich rückwärts aufs Sofa fallen ließ, folgte er ihm sofort und legte sich auf ihn. Jason drückte ihm den Hintern und schob eine Hand zwischen sie, um Seths Jeans aufzuknöpfen.

Seth erhob sich auf die Knie, damit Jason ihm den Hosenschlitz öffnen konnte. Als Jason ihm die Hand um den harten Schwanz legte, lief ihm ein Schauer über den Rücken. Jasons Hand war groß, heiß und schwielig und fühlte sich so verdammt gut an. Seth wollte sich revanchieren und zerrte an Jasons Kleidung.

147

Sobald er nackte Haut fand, fing Jason zu stöhnen an. „Guter Gott, ich liebe deine Hände", sagte er. „Das ist so viel besser als Telefonsex."

Seth suchte mit zitternder Hand den richtigen Winkel, den Druck und den Rhythmus, der Jason gefiel. Jason schien kaum darauf zu achten, war schon froh, überhaupt von Seth berührt zu werden. Seth wiederrum wurde von Jasons Hand so abgelenkt, dass er schließlich seine Bemühungen aufgab und sich darauf beschränkte, ihn zu imitieren. Er sehnte sich am ganzen Leib nach Jason. Jeder Pulsschlag dröhnte in seinen Ohren und er konnte Jasons Stöhnen kaum noch hören.

„Küss mich", verlangte Jason, legte die Hand in Seths Nacken und zog seinen Kopf zu sich herab. Seth stützte sich so gut wie möglich mit einer Hand ab und erfüllte ihm seinen Wunsch. Jason saugte und knabberte an Seths Lippen. Seth stöhnte und ließ Jasons Schwanz los. Es war zu viel auf einmal und doch nicht genug. Die Welt drehte sich in seinem Kopf und jeder einzelne Nerv in seinem Körper fing zu kribbeln an, als würde er unter Strom stehen. Es war so verdammt gut.

Weil er Jason nicht hängen lassen wollte, fasste er wieder nach Jasons Schwanz und bewegte die Hand langsam auf und ab. Jason stöhnte, küsste ihn tiefer und dann, Sekunden später, fühlte Seth, wie seine Hand von einer warmen, klebrigen Flüssigkeit bedeckt wurde.

Jason war gekommen. Seinetwegen. So unerfahren er auch war, Jason war seinetwegen zum Höhepunkt gekommen. Seth bewegte sich langsamer und versuchte, das Erlebnis auszukosten. Er hielt Jasons Schwanz sanft in der Hand und …

… kam so plötzlich, dass er selbst davon überrascht wurde. Er zuckte noch einmal zusammen und hätte sich vor Schreck fast verschluckt, als er sich über Jasons Bauch ergoss und sich sein Sperma mit Jasons vermischte.

„Oh Gott …", keuchte er und hob den Kopf. Er konnte nicht atmen. Konnte nicht denken. Konnte nicht …

„Gott? Nein, das war nur ich", sagte Jason grinsend.

Seth musste lachen. „Besser als Telefonsex?"

„Absolut kein Vergleich. Das war aus einer anderen Welt", sagte Jason. „Aber wir sollten uns jetzt waschen. Es gibt bald Abendessen und so kann ich unmöglich in der Kantine erscheinen. Wollen wir zusammen duschen?"

Seths Magen krampfte sich zusammen. Bevor er sich eine Ausrede ausdenken konnte, rief der Gong zum Essen.

„Mist", sagte Jason. „Besser nicht, sonst dauert es zu lange. Gib mir zwei Minuten Zeit, dann kannst du das Badezimmer benutzen."

„Das nächste Mal", sagte Seth. „Wir müssen nicht alles an einem Tag erledigen,"

Jason lachte. „Richtig. Ich muss mich erst erholen." Er drückte Seth einen Kuss auf den Mund und setzte sich auf. „Hoffentlich gibt es Handtücher im Badezimmer."

Seth sah ihm nach. Seine schweißnassen Hände hatten nichts mit dem fantastischen Sex zu tun. Er hatte zwar keine Ahnung gehabt, was er eigentlich machte, aber Jason hatte es gefallen. Nein, der Sex war nicht sein Problem. Er half ihm sogar, den Kopf abzuschalten. Das Problem war nur, dass der Sex jetzt vorbei war und sein Kopf wieder arbeitete. Seth ging in die Küche, um sich die Hände zu waschen. Glücklicherweise war er durch ihre Position auf dem Sofa nicht so verschmiert worden wie Jason. Er musste sich nur etwas abwischen und die Hände schrubben, das würde reichen, um alle Beweise zu beseitigen und wieder präsentabel zu sein. Was sich nicht so leicht abwischen ließ, waren die wunderschönen Erinnerungen an die letzten Minuten. Und die wollte er bis an sein Lebensende hüten wie einen Schatz.

Er fand unterm Spülbecken ein Lappen und wusch sich ab. Dann warf er ihn in den Wäschekorb, damit er nicht mehr versehentlich fürs Geschirr benutzt wurde. Als er sauber war, richtete er seine Kleidung. Seine Lippen fühlten sich geschwollen an von den vielen Küssen, aber das machte nichts. Schließlich war seine Beziehung zu Jason kein Geheimnis. Aber es ging niemanden etwas an, dass es nicht bei Küssen geblieben war.

Vermutlich würden trotzdem alle denken, sie wären sofort im Schlafzimmer verschwunden und hätten gefickt wie die Karnickel. Seth konnte sich jetzt schon die scherzhaften Kommentare vorstellen, die sie in der Kantine über sich ergehen lassen mussten.

Er lehnte sich mit dem Kopf an den Kühlschrank. Warum nur war er wieder nach Hause gekommen?

Jason kam und legte von hinten die Arme um ihn. „Alles in Ordnung?"

*Oh ja. Das war der Grund.*

„Ich musste nur daran denken, was uns heute Abend in der Kantine erwartet", sagte Seth. „Wenn meine Lippen so geschwollen sind, wie sie sich anfühlen, wird jeder sofort wissen, was wir gemacht haben."

„Stört dich das wirklich?", fragte Jason. „Die meisten, die hier leben", sind in einer festen Beziehung und es ist nicht so, als hätten sie nicht auch Sex, wann immer sie dazu Lust haben. Und die Saisonalen werden höchstens eifersüchtig sein. Außerdem haben wir früher auch oft genug ausgeteilt, da ist es nur fair, wenn wir auch einstecken. Ich kann mich noch gut erinnern, wie du Chris und Jesse aufgezogen hast."

Seth grinste. „Ja. Und das hatten sie auch verdient."

„Dann ist es bei uns nicht anders", meinte Jason und küsste ihn auf die Schulter. „Ich bin so froh, dass du wieder zuhause bist. Lass uns jetzt essen gehen, dann packen wir deine Sachen aus und können noch miteinander reden, bevor wir ins Bett gehen."

SPÄTER AM Abend holten sie Seths Sachen aus dem Haus von Chris und Jesse. Sie waren in der Kantine von ihren Freunden auf den Arm genommen worden und

Chris hielt sich auch nicht zurück. Seth hatte immer noch einen knallroten Kopf. Er hatte versucht, die scherzhaften Unterstellungen ihrer Freunde zu kontern und Neil hatte ihm beigestanden, indem er sich demonstrativ die Ohren zuhielt, wenn die Anspielungen zu sehr ins Detail gingen. Darüber hatte sich dann wieder Ian lustig gemacht und Seth fragte sich, wie die beiden Freunde wohl privat miteinander umgingen. Da Thorne sich dadurch aber nicht stören ließ, schien die Kabbelei zwischen Neil und Ian allerdings nicht besonders ungewöhnlich zu sein. Seth hatte durch seine lange Abwesenheit vermutlich viel verpasst.

Als Jason und er in ihr Haus zurückkamen, ließ Jason sich sofort aufs Sofa fallen und klopfte einladend neben sich aufs Polster.

„Haben wir das nicht schon gemacht?", fragte Seth grinsend, als er sich zu ihm setzte.

„Dieses Mal müssen wir nur reden", sagte Jason.

Genau diese Antwort hatte Seth befürchtet. „Ja, da hast du vermutlich recht."

„Da dein Gepäck hier ist, nehme ich an, du ziehst hier ein. Ich will aber trotzdem nicht von falschen Annahmen ausgehen oder dich unter Druck setzen. Deshalb musst du mir genau sagen, was du willst. Soll ich bei den anderen Jackaroos in der Unterkunft bleiben?"

Bei dem Gedanken, dass Jason auch hier einziehen würde, zog sich Seths Magen zusammen, aber er wollte nicht wieder in Panik ausbrechen. „Nein. Ich kann dir nicht versprechen, dass es leicht wird, aber ich will dich bei mir haben. Ich bin deinetwegen nach Hause gekommen, nicht wegen eines leeren Hauses."

„Es geht nicht um ein Entweder-oder", erinnerte ihn Jason. „Ich kann das Zimmer sicherheitshalber behalten, ob ich hier schlafe oder dort. Du musst dich nicht zwischen Allem oder Nichts entscheiden."

„Ich weiß", sagte Seth. „Aber mein Problem war nie, mit dir in einem Bett zu schlafen. Es geht noch nicht einmal um den Sex. Ich weiß zwar immer noch nicht, was ich eigentlich tue, aber ich habe keine Angst davor. Wenn ich einen Fehler mache, kannst du mir sagen, wie es richtig gemacht wird."

„Was ist dann dein Problem?", wollte Jason wissen. Seth fühlte, wie er sich wieder verteidigen wollte, obwohl Jason ihn nicht angegriffen hatte. Jason wollte nur wissen, wie er ihm helfen konnte, aber Seth kam sich vor, als würde er sich verwundbar machen, wenn er Jasons Frage beantwortete.

„Alle verlassen mich wieder", sagte er schließlich. „Und es fällt mir schwer, daran zu glauben, dass es dieses Mal anders sein wird."

„Ich werde dich nicht wieder verlassen", erwiderte Jason. „Aber das kann ich dir nur beweisen, wenn wir es gemeinsam versuchen."

„Und deshalb habe ich gesagt, dass du gleich einziehen kannst", sagte Seth. „Ich kann dir vielleicht jetzt noch nicht glauben, aber wenn wir noch eine Woche oder einen Monat länger warten, wird mir das auch nicht helfen. Es ist besser, wenn du hier bei mir bist."

„Dann sollte ich jetzt packen", sagte Jason. „Weil ich nirgendwo lieber sein möchte als bei dir."

„Soll ich dir helfen?", fragte Seth und sein Herz klopfte nervös. Er hatte erwartet, dass dieses Gespräch härter sein würde, und es verunsicherte ihn, dass alles so unkompliziert verlaufen war.

„Es gibt nicht viel zu packen, aber zu zweit geht es schneller", sagte Jason. „Falls es dir nichts ausmacht, dir noch eine Runde Anspielungen anzuhören."

„Was sollen sie schon sagen, was nicht wahr wäre?", meinte Seth. „Außerdem kenne ich die meisten von ihnen sowieso nicht. Mir ist egal, was sie denken." Der Einzige der Jackaroos, über den Seth mehr wusste, war Cooper. Und Jason hatte ihn Cooper vorgezogen, also musste er Coopers Bemerkungen nicht ernst nehmen.

Sie hielten sich nicht an der Hand, aber sie gingen so nahe nebeneinander, dass sich ihre Hände gelegentlich berührten. Um in Jasons Zimmer zu kommen, mussten sie erst den großen Gemeinschaftsraum durchqueren, in dem sich die meisten der Jackaroos aufhielten.

„Schaut euch an, wer wieder da ist", rief einer der Jackaroos. „Ich hätte nicht gedacht, dich hier wiederzusehen."

„Ich war auf Taylor Peak, um Jeeps und andere Maschinen zu reparieren", sagte Seth. „Das hat mehrere Tage gedauert und ich wollte nicht ständig hin- und herfahren."

„Ja?", sagte der Jackaroo. „Und woher kommt dann das blaue Auge?"

„Es gibt manchmal Idioten, denen man das Maul stopfen muss", erwiderte Seth. „Soll ich dir zeigen, wie es geht?"

„Seth", sagte Jason leise und legte ihm die Hand an den Arm. Seth hätte sie am liebsten abgeschüttelt und sich den Kerl vorgenommen, aber er wollte sich keinen schlechten Ruf einhandeln.

„Lass uns deine Sachen holen und von hier verschwinden", sagte Seth und Jason führte ihn durch den Raum zu seinem Zimmer. Seth sah sich um und konnte nicht viel entdecken, was Jason persönlich gehörte.

„Wenn du die Bücher einpackst, hole ich die Kleider aus dem Schrank und wir können gehen", sagte Jason und warf ihm eine Tasche zu.

„Kein Problem", sagte Seth und packte einige Bücher und Fachzeitschriften über Tiermedizin ein. Sie waren recht schwer, aber er wollte sie alle mitnehmen, um nicht hierher zurückkehren zu müssen. Er hatte keine Lust, noch einmal einen Fuß über die Schwelle dieses Hauses zu setzen. Als er alles verstaut hatte, war Jason immer noch mit der Kleidung beschäftigt, also fing er an, die Schubladen der Kommode zu leeren.

„Hilfst du mir jetzt schon bei der Unterwäsche?", neckte Jason.

„Es kommt sowieso alles in denselben Wäschekorb", meinte Seth und zuckte mit den Schultern, obwohl sein Herz schneller schlug, wenn er daran dachte. „Besser, ich gewöhne mich gleich daran."

„Das ist eine gute Idee", sagte Jason. „Ich kann mich noch erinnern, wie Dad sich beschwert hat, weil Mums Sachen sich in seinen Shorts verfangen hatten. Wirst du mir böse sein, wenn ich versehentlich deine Unterhosen anziehe?"

„Ich kenne deine Unterhosen", scherzte Seth, weil er sich nicht anmerken lassen wollte, wie sehr ihm der Gedanke gefiel – Jason in Boxershorts anstatt den engen Slips, die er normalerweise trug. „Wenn du meine anziehst, kann das kein Versehen sein."

„Wenn du den ganzen Tag im Sattel sitzen müsstest, würdest du auch keine Shorts anziehen. Die Dinger reiben mir die Oberschenkel auf", erwiderte Jason unbekümmert.

Genau aus diesem Grund hatte Seth auch einige Slips in der Schublade. Er hatte zwar meistens in der Werkstatt zu tun und verbrachte daher nicht viel Zeit im Sattel, aber er konnte sich noch gut an seine ersten Reitstunden bei Jason erinnern. Seth behielt die Erinnerung für sich und faltete die Wäsche, damit Jason sie in seiner Tasche verstauen konnte.

Nachdem sie alles gepackt hatten, machte sie sich auf den Rückweg. Seth ignorierte die Jackaroos im Aufenthaltsraum, aber ihm fiel auf, dass Cooper nicht zu sehen war. Er hatte Mitleid mit dem Mann, bedauerte aber nicht, dass Jason sich für ihn und gegen Cooper entschieden hatte.

Als sie in ihr neues Haus kamen, stellte Seth die Tasche mit den Büchern ab. Seine Kehle war wie zugeschnürt und er atmete einige Male tief durch, um sich wieder zu fangen. Verdammt, er hatte es selbst so gewollt. Jetzt hatte Jason akzeptiert und er stand trotzdem schon wieder kurz vor einer Panikattacke. Jason ahnte, was in ihm vorging. Er kam sofort zu ihm, legte die Arme um ihn und zog ihn an sich. Sofort konnte Seth wieder frei atmen.

„Alles in Ordnung?", fragte Jason.

„Wahrscheinlich nicht", gestand Seth. „Aber du machst es schon wieder besser."

„Soll ich zurück in mein altes Zimmer gehen?", wollte Jason wissen.

„Nein!", rief Seth und holte tief Luft, um sich wieder zu beruhigen. „Nein, bitte nicht. Ich will nicht, dass du gehst. Wirklich nicht. Ich muss mich nur erst daran gewöhnen."

„Dann bleibe ich." Jason küsste ihn am Hals. „Wir müssen heute nicht mehr auspacken, aber wir sollten wenigstens die Taschen wegstellen. Sie blockieren die Tür und ich will morgen früh nicht darüber stolpern."

„Das würde uns warnen, falls jemand ins Haus kommt", meinte Seth.

„Wer sollte denn mitten in der Nacht ins Haus kommen?", fragte Jason. „Du hast viel zu lange in der Stadt gelebt. Ich wette, die Tür hat noch nicht einmal ein Schloss."

Daran hatte Seth sich schon gewöhnen müssen, als er das erste Mal nach Lang Downs kam. Caines Bürotür hatte ein Schloss, aber die stand meistens offen und Seth hatte sie noch nie abgeschlossen erlebt. Vermutlich war sie die einzige Tür auf Lang Downs, die überhaupt ein Schloss hatte.

„Polly würde uns vermutlich warnen, wenn jemand kommt", meinte Seth. „Ich habe sie nach dem Abendessen nicht mehr gesehen."

„Sie ist bestimmt irgendwo in der Nähe", sagte Jason. „Vermutlich jagt sie Eichhörnchen. Sie fängt zwar nie eins, aber sie versucht es immer wieder. Wenn sie keine Lust mehr hat, kommt sie nach Hause."

Seth hätte sich nie so unbesorgt über seinen Hund äußern können. Vielleicht war das der Grund, warum er nie einen der jungen Hunde adoptiert hatte. Die Hunde von Lang Downs waren Arbeitstiere, wurden nicht ständig beaufsichtigt und im Outback konnten ihnen alle möglichen Dinge zustoßen. Die Vorstellung, sich an ein Tier zu binden und es dann zu verlieren, machte ihm Angst.

Seth hob die Tasche auf, ging ins Schlafzimmer und stellte sie in eine Ecke. Er wusste zwar noch nicht, wo Jason die vielen Bücher und Zeitschriften unterbringen wollte, aber darüber konnten sie morgen noch nachdenken. Erst mussten sie entscheiden, wie sie den Platz im Schlafzimmer unter sich aufteilten.

Er wollte gerade damit anfangen, seine Sachen auszuräumen, da hielt Jason ihn zurück. „Wie wäre es, wenn wir damit bis morgen warten? Es war ein langer Tag. Ich will jetzt nur noch im Bett liegen, mich an dich kuscheln und schlafen. Es ist doch egal, ob wir unsere frischen Socken morgen aus der Schublade oder der Tasche ziehen."

Seth war erleichtert über diesen Ausweg. Ja, er konnte mit Jason kuscheln und schlafen. Alles andere war es, was ihn in Panik versetzte. Es gab so viele Dinge, die ihm noch neu waren und mit denen er keine Erfahrung hatte. Daran mochte sich bis morgen nichts ändern, aber wenigstens hatte er bis dahin eine Nacht in Jasons Armen geschlafen. Vielleicht half ihm das ja, besser damit zurechtzukommen.

„Aber beschwer dich nicht bei mir über die Unordnung", sagte er grinsend und schob Jason zum Bett.

Jason kitzelte ihn an der Seite. Seth verzog leicht das Gesicht, als Jason einen blauen Fleck erwischte, ließ sich davon aber nicht irritieren.

„Ich will mir erst die Zähne putzen", sagte Jason. „Ich bin gleich wieder zurück. Dann kannst du weitermachen."

Seth ließ ihn los. Jason schnappte sich seine Toilettenartikel Tasche und ging ins Bad. Seth holte sich derweil seine eigenen Waschsachen aus der Tasche. Dabei sah er ganz unten auch das Rasiermesser liegen. Er konnte es nicht in der Tasche lassen, weil sich morgen früh rasieren musste. Andererseits wollte er nicht, dass Jason aus dem Bad kam und ihn mit dem Rasiermesser in der Hand sah. Er wollte keine Wiederholung dieser Szene erleben, nachdem sie endlich auf dem richtigen Weg waren. Also steckte er das Messer zwischen seine anderen Sachen, damit Jason – sollte es ihm auffallen – gleich wusste, dass Seth es nur ins Badezimmer bringen, aber nicht benutzen wollte.

„Das Bad ist frei", sagte Jason, als er ins Schlafzimmer zurückkam. Seth zuckte erschrocken zusammen. „Seth?"

„Ich will es nur ins Badezimmer bringen", platzte er heraus. „Ich will mich nicht schneiden."

„Das weiß ich doch", sagte Jason. „Du hast es mir schließlich versprochen. Aber du musst dich auch rasieren, also gehört es dorthin und du musst es mitnehmen."

Seth nickte und ging durch den Flur ins Bad. Er kam sich vor, als würde er jeden Moment in tausend Stücke brechen wie ein Glas, das auf den Boden fiel. Er legte Zahnpasta und Zahnbürste auf den Rand des Waschbeckens und warf das Shampoo in die Wanne. Das Rasiermesser legte er vorsichtig neben die Zahnbürste. Es starrte ihn so anklagend an, dass er es wieder aufnahm und in eine Schublade legte. Das Messer stand für alles, was er hinter sich lassen musste, wenn seine Beziehung mit Jason funktionierten sollte. Seth nahm sich vor, sich Einmalrasierer mitbringen zu lassen, wenn jemand das nächste Mal nach Boorowa fuhr. Die konnte er nach dem Rasieren sofort wegwerfen, damit sie ihn nicht in Versuchung führten.

Aber so leicht ließ sich sein Problem nicht lösen.

Er putzte sich schnell die Zähne, damit Jason sich keine Sorgen darüber machte, warum er so lange brauchte. Dann lief er ins Schlafzimmer zurück. Wenn Jason ihn erst in die Arme nahm, würde alles wieder gut werden. Jason lag schon im Bett, lächelnd und nur mit seinen Boxershorts bekleidet. Seths Ängste lösten sich auf wie Schnee in der Sonne.

Er zog das Hemd aus und legte sich zu Jason ins Bett.

„Willst du wirklich in deiner Arbeitshose schlafen?", fragte Jason grinsend.

Seth schüttelte den Kopf. Es lief alles so gut. Deshalb wollte er nicht, dass Jason die Wunde an seinem Bein sah und daran erinnert wurde, was mit Seth nicht stimmte. Wenn er erst das Licht ausmachte, konnte er …

Seth streckte den Arm zum Nachttisch aus, aber Jason hielt ihn zurück. „Noch nicht. Wir können das Licht ausschalten, wenn wir schlafen wollen. Ich will dein Gesicht sehen, wenn ich dich küsse."

Seth rollte sich auf die Seite und sah ihn an. Sie waren allein im Haus. Kein Chris und kein Jesse, die ein Zimmer weiter im Bett lagen. Keine Jackaroos, mit denen sie Wand an Wand schliefen. Nur sie beide.

Bevor seine Gedanken weiter außer Kontrolle geraten konnten, beugte Jason sich zu ihm herab und küsste ihn zärtlich. Seth entspannte sich wieder. Er konnte das schaffen. Er konnte hier mit Jason im Bett liegen und ihn küssen. Sie machten das schließlich nicht zum ersten Mal, auch wenn sie bisher noch nie allein im Haus gewesen waren.

„Hör auf zu grübeln", flüsterte Jason. „Sonst frage ich mich noch, ob du dich wirklich genauso sehr danach sehnst wie ich."

Und das war Seths Problem. Seine Gedanken kreisten nur noch um ihre Beziehung und seine Angst, keine Fehler zu machen. Er versuchte, seine Nervosität zu verdrängen und sich auf Jason zu konzentrieren – die kratzigen Bartstoppeln, die warme, nackte Brust und dieses Gefühl, dass alles richtig und gut war.

Jason fuhr ihm mit den Fingern durch die Haare und rückte näher. Seth, der nicht recht wusste, was er mit seinen Händen anfangen sollte, schob die eine unter Jasons Schulter und legte ihm die andere auf die Hüfte. Jason summte zufrieden, zog sich Seths Hand auf den Rücken und küsste ihn.

Jasons ruhiger, inniger Kuss löste bei Seth ein Gefühl tiefster Geborgenheit aus. Es war nicht so, wie vor einigen Tagen am Telefon. Sie hatten es nicht eilig, sie genossen einfach nur ihren Kuss. Seth streichelte Jason über den Rücken, spürte die starken Muskeln, die sich unter seiner Hand zusammenzogen und wieder lockerten. Jason streichelte ihn ebenfalls zärtlich über den Rücken und an der Brust, ohne dabei seinen Kuss zu unterbrechen. Es war atemberaubend. Seth hätte das Bett am liebsten nie wieder verlassen, solange Jason nur nicht aufhörte, ihn zu küssen. Er musste daran denken, was Jason ihm versprochen hatte. Was Jason alles mit ihm tun wollte, wenn sie endlich allein waren. Die Erinnerungen daran schlugen über ihm zusammen und er bewegte sich vorsichtig zur Seite, damit Jason ihn besser erreichen konnte. Seth wollte ihn nicht bedrängen, aber wenn Jason mehr wollte, sollte es nicht an ihm scheitern.

Seth stöhnte aus Protest, als Jason den Kuss beendete und den Kopf hob. Jason küsste ihn an den Hals und Seth wollte sich mit den Hüften an ihm reiben, aber Jason hielt ihn fest.

„Das haben wir schon getan", sagte er. „Heute haben wir es nicht eilig. Heute wollen wir uns nur entdecken. Aber du könntest die Jeans ausziehen. Das wäre bequemer für uns."

Seth schlängelte sich aus der Hose, behielt aber die Boxershorts an, weil Jason seine Unterhose auch nicht ausgezogen hatte. Er kickte die Jeans in einem weiten Bogen aus dem Bett. Als er sich wieder zu Jason umdrehte und ihre nackten Beine sich berührten, stöhnte er leise. Warum nur hatte er sich nicht schon früher ausziehen wollen?

Jason kuschelte sich an ihn. Seth lief ein Schauer über den Rücken, als sich ihre nackte Haut berührte. Er legte die Arme um Jason und drückte ihn an sich – nicht, dass es nötig gewesen wäre. Jason kam mehr als freiwillig, rutschte sogar noch näher an ihn heran. Wenn es nach Seth gegangen wäre, hätte Jason ihm direkt unter die Haut kriechen und sich dort häuslich niederlassen können.

„Ich liebe dich", flüsterte ihm Jason ins Ohr.

Seth spreizte die Finger, um so viel wie möglich Haut zu spüren. Obwohl sie nackt waren, hatte dieser Moment mehr mit Intimität und Vertrauen zu tun als mit Sex. Es war wunderbar.

Seths Finger berührten den Saum von Jasons Slip.

„Warte …", sagte Jason, rollte sich auf die Seite und zog sich die Unterhose aus. Dann kam er wieder zurück in Seths Arme. „So ist es besser."

Seth legte ihm die Hände auf den Hintern, ohne lange darüber nachzudenken, was er wollte. Er drückte den harten Muskel und streichelte über die weiche Haut. Mehr brauchte er nicht. Er wollte Jason nur berühren, wollte ihn fühlen.

Jason legte den Kopf in den Nacken und küsste Seth wieder auf den Mund. Seth erwiderte den Kuss wie ein Verdurstender in der Wüste, der endlich die rettende Oase erreicht hatte. Er saugte an Jasons Unterlippe und Jason presste sich stöhnend mit den Hüften an ihn. Seth ermutigte ihn, sich zu bewegen, aber Jason reagierte nicht. Stattdessen leckte er Seth genießerisch über die Lippen. Seth erschauerte. Mist. Daran konnte er sich gewöhnen. Jasons Kuss war mehr als Sex, war nicht nur Mittel zum Zweck. Jason küsste ihn, als wollte er nie wieder damit aufhören. Seth wusste nicht, wie er diesen Kuss nennen sollte, aber mit Sex hatte er nichts zu tun. Er hatte zwar noch nie Sex mit einem Mann gehabt, konnte sich aber nicht vorstellen, dass es einen Unterschied machen würde. Nein, der Unterschied war ein anderer. Der Unterschied war Jason. Jason liebte ihn. Jason wollte hier bei ihm sein, fast nackt mit ihm im Bett liegen und ihn küssen, als hätten sie alle Zeit der Welt. Es war ein Wunder.

„Ich liebe dich auch", sagte Seth, als sie eine Pause machen mussten, um Luft zu holen.

„Wollen wir schlafen?", fragte Jason.

Seth hätte *Nein* sagen können, hätte darauf bestehen können, die Erregung zwischen ihnen zu ihrem logischen Abschluss zu bringen. Aber er sagte *Ja*, weil es einfach richtiger war. Es war so … natürlich.

„Dann mach das Licht aus", sagte Jason.

Seth rollte sich von ihm weg und wollte die Lampe auf dem Nachttisch ausschalten, hielt aber noch einmal inne, um Jasons Anblick in seiner ganzen – fast – nackten Pracht zu bewundern.

„Mach schon", sagte Jason augenzwinkernd. „Du kannst mich morgen früh noch anstarren."

Seth lachte und schaltete das Licht aus. Jason zog die Decke über sie und kuschelte sich mit dem Rücken an ihn. Dann griff er nach hinten, zog am Bund von Seths Boxershorts und ließ den Gummi wieder zurückschnappen. „Die kannst du auch ausziehen."

Seth hätte beinahe aus Gewohnheit *nein* gesagt, aber das wollte er nicht. Er zog die Unterhose aus und legte sich wieder hinter Jason. Sein Schwanz passte perfekt in die Ritze zwischen Jasons harten Arschbacken. Jason seufzte zufrieden und zog sich Seths Arm über die Brust.

„Schlaf gut."

Seth drückte Jasons Hand. „Du auch."

# 19

„NOCHMAL VIELEN Dank, Chris", rief Seth, als er mit den zwei Flaschen *Tooheys* in der Hand seinem Bruder endlich entkommen war. Er und Jason mussten dringend nach Boorowa fahren. Sie konnten nicht ständig Chris' Biervorräte plündern. Falls Caine seinen Ausflug nach Taylor Peak nicht anrechnete, hatte Seth demnächst einen freien Tag, den sie nutzen konnten. Er nahm sich vor, demnächst mit Caine darüber zu reden. Aber jetzt musste er das Bier in den Kühlschrank stellen, bevor es in der Februarsonne warm wurde. Wenn Jason nach Hause kam, würde er sich über ein kaltes Bier bestimmt freuen.

Als er ins Haus kam, lief im Badezimmer schon das Wasser. Seth stellte sich Jason vor, der nackt unter der Dusche stand. Er verstaute das Bier und ging direkt ins Schlafzimmer, weil er sich nicht mehr auf seine Fantasie beschränken wollte. Sie waren Geliebte, lebten hier als Paar zusammen. Wenn er wollte, durfte er jederzeit ins Badezimmer gehen und Jason unter der Dusche Gesellschaft leisten. Er musste sich nicht mehr damit quälen, dass Jason einen anderen Mann hatte. Jason gehörte jetzt ihm.

Seth grinste, als das Wasser abgestellt wurde. Jason war fertig und würde jeden Moment ins Schlafzimmer kommen. Vielleicht hatte Seth sogar Glück und Jason hatte vergessen, sich frische Kleidung aus dem Schrank zu holen und mit ins Badezimmer zu nehmen. Sekunden später öffnete sich die Badezimmertür und Jason kam auf den Flur. Er hatte nur ein Handtuch um die Hüfte gewickelt und aus seinen dunklen, nassen Haaren tropfte Wasser auf die nackten Schultern. Die nackten Schultern. Seth starrte ihn an und genoss den Anblick der harten Muskeln. Er hatte so oft davon geträumt, Jason so vor sich stehen zu sehen. Natürlich wusste er, wie Jason ohne Hemd aussah, aber so war es noch nie gewesen. Selbst nachts, wenn sie zusammen im Bett lagen, war es nicht so. Seth konnte es nicht beschreiben, aber das war auch nicht nötig. Jason war hier, warm und sauber und nass. Seth konnte seine Fantasien endlich Wirklichkeit werden lassen. Er musste sich nur für eines der Szenarien entscheiden, die er sich im Traum vorgestellt hatte oder vor einigen Tagen, als er noch auf Taylor Peak war und mit Jason telefonierte. Oder er dachte sich etwas vollkommen Neues aus …

„Gefällt dir, was du siehst?", neckte ihn Jason.

„Oh ja", sagte Seth mit heiserer Stimme.

„Worauf wartest du dann noch?" Seine Stimme war wie weicher Samt und jagte Seth einen wohligen Schauer über den Rücken. Er machte einen zögerlichen Schritt in Jasons Richtung, ohne sich dessen so recht bewusst zu werden, aber nachdem sich seine Beine erst in Bewegung gesetzt hatten, ließen sie sich nicht mehr aufhalten. Er ging auf Jason zu, packte ihn an den Hüften und zog ihn an sich. Er musste Jason dieses Grinsen aus dem Gesicht küssen, bis Jason keine Luft mehr bekam und nur noch an ihn dachte.

Jason erwiderte seinen Kuss voller Leidenschaft. Seth zog an dem Handtuch, bis es zu Boden fiel und Jason nackt vor ihm stand. Jason machte einen Schritt auf die Schlafzimmertür zu, der Seth so überraschte, dass er aus dem Gleichgewicht kam. Sie fielen an die Wand. Seth drückte Jason mit dem Rücken dagegen und streichelte ihm über die Hüften. „Hast du mir nicht eine Geschichte erzählt, die so ähnlich anfing?"

„Kannst du dich auch noch erinnern, wie sie geendet hat?", fragte Jason.

Und ob er sich daran erinnern konnte. Er war noch nie so hart gekommen, wenn er sich nur auf seine eigene Hand und seine Fantasie verlassen musste. „Aber du musst mir zeigen, wie es geht."

Jason schob sich zwischen ihm und der Wand hervor und nahm ihn an der Hand. „Mit Vergnügen." Seth ließ sich von ihm zum Schlafzimmer ziehen und nutzte die Gelegenheit, ihn ausgiebig von oben bis unten zu bestaunen. Er konnte sein Glück immer noch nicht fassen, aber … verdammt, er würde den Teufel tun und sich deswegen beschweren.

Als sie im Schlafzimmer ankamen, drehte sich Jason zu Seth um und zog ihm das Hemd über den Kopf. Seth hob die Arme, damit es schneller ging. Dann knöpfte er sich die Jeans auf und zog sie aus. Er war sich der Wunde an seinem Bein schmerzhaft bewusst, aber er konnte Jason nicht lieben, wenn er die Hose anbehielt. Außerdem hatte ihn die Wunde gestern Nacht nicht gestört und es gab keinen Grund, warum sie ihn jetzt stören sollte. Seth wollte es nicht zulassen.

Jason hatte heute früh schon Kondome und Gleitgel auf den Nachttisch gelegt, als er seine Tasche auspackte, um nach frischen Socken zu suchen. Seth ignorierte sie, weil er sich immer noch nicht an Jason sattgesehen hatte. Endlich musste er sich nicht mehr zurückhalten und konnte ihn bewundern, wann und wie er wollte. Er wollte diese Gelegenheit nicht in den Wind schlagen, indem er sich gleich aufs Hauptgericht stürzte.

Jason grinste ihn an, als wüsste er genau, was in Seths Kopf vor sich ging. Dann ging er zum Bett, legte sich hin und klopfte einladend auf die Matratze. „Kommst du?"

Seth warf sich neben ihm aufs Bett und wurde mit einem stürmischen Kuss begrüßt. Seth fuhr ihm mit beiden Händen über die nackte Haut. Er musste ihn überall berühren, musste sich beweisen, dass es kein Traum war, aus dem er wieder aufwachen würde. Nein. Nein, es konnte kein Traum sein. Er konnte Jason unter den Händen spüren und Jason sehnte sich genauso nach Berührung wie Seth. Seth bog sich ihm entgegen. Es fühlte sich so verdammt gut an …

Jasons Mund stand seinen Händen nicht nach. Er küsste und leckte Seth am Hals und an den Schultern. Seth schlängelte sich hin und her, weil er nicht mehr still liegen konnte. Er vibrierte am ganzen Leib vor Verlangen und seine Fantasien

158

schossen ihm durch den Kopf, eine nach der anderen. Welchen Traum würde Jason ihm heute erfüllen? Und wie lange würde es dauern, bis auch die anderen wahr wurden?

Es wäre ein Leichtes gewesen, sich einfach hinzulegen und den Rest Jason zu überlassen. Jason hatte die Erfahrung, Seth um den Verstand zu bringen. Aber Seth war kein selbstsüchtiger Liebhaber. Er wusste, wie es war, wenn man die ganze Arbeit übernehmen musste und nichts dafür zurückbekam. Das wollte er Jason nicht antun.

Seth konnte sich vor Erregung nur mit Mühe darauf konzentrieren, wie Jason auf seine Zärtlichkeiten reagierte, aber es gelang ihm irgendwie. Wenn er Seth leicht über den Nippel fuhr, entlockte er ihm damit ein leises Zischen, wenn er fester drückte, stöhnte Jason und rieb sich an ihm. Das war schon besser.

Er zwickte Jason in den Nippel und rieb ihn, bis Jason laut keuchte und aufhören musste, Seth am Hals zu küssen. Seth stützte sich auf dem Ellbogen ab und sah Jason ins Gesicht. Jasons Reaktion war eindeutig gewesen, aber Seth wollte sie nicht nur hören, er wollte sie auch sehen. Das war er – Seth –, der diese Gefühle in Jason auslöste. Jason begehrte ihn.

„Siehst du?", sagte Jason stöhnend. „Ich habe dir doch gleich gesagt, dass du es herausfinden wirst. Es ist nicht viel anders als mit einer Frau."

Seth lachte schnaubend, fuhr ihm mit der Hand über den Körper nach unten und legte sie um Jasons Schwanz. „Das hier ist schon anders."

Jason verdrehte die Augen, als Seth ihm über den Schwanz rieb. „Das ist …" Jason schluckte, weil ihm die Stimme versagte. „Das ist nicht anders, als wenn du dich um dich selbst kümmerst", krächzte er dann.

Aber da täuschte er sich. Jason zu berühren war nicht damit zu vergleichen, sich selbst zu berühren. Wenn Seth masturbierte, hatte er nur ein Ziel im Kopf – so schnell wie möglich zum Orgasmus zu kommen. Wenn er Jason berührte, hatte er es nicht eilig. Dann wollte er mehr als das, viel mehr sogar. Dann wollte er Jasons Gesicht sehen, wenn sich die Spannung langsam aufbaute. Sicher, es würde auch mit einem Orgasmus enden, aber es war mehr als Sex. Das hatte Seth letzte Nacht gelernt. Es ging um die kleinen Dinge, um die Zärtlichkeiten und das Vertrauen, die sie zu ihrem Ziel führten.

Seth schloss stöhnend die Augen, als Jason den Kopf senkte, ihm über den Nippel leckte und zu saugen anfing. Es fühlte sich so verdammt gut an, berührt zu werden. Vor allem, weil es Jason war, der ihn berührte.

„Du musst nicht aufhören", flüsterte Jason. „Oder hol das Gleitgel vom Nachttisch und fang an, mich für deinen Schwanz vorzubereiten."

Seth griff mit zitternden Händen nach der kleinen Flasche. Er wusste, was er zu tun hatte. Theoretisch jedenfalls. Jason hatte es ihm am Telefon erklärt. Trotzdem – er war höllisch nervös. Er wollte das, hatte aber Angst, dass er es wieder vermasseln und Mist bauen würde. Wie immer.

„Hey", sagte Jason und sah ihn an. „Wir können auch noch damit warten, wenn dir das lieber ist. Und wir können es ganz sein lassen, wenn du es nicht willst. Nicht alle schwulen Männer mögen Analsex."

„Aber du magst es", erwiderte Seth.

„Na ja … Sicher, ich mag es. Aber darum geht es nicht. Es gibt viele Wege zum Ziel und sie sind alle gut. Ich bin ziemlich gut mit Blowjobs."

Seth verliebte sich sofort noch etwas mehr in Jason, als er erkannte, dass Jason ihn nicht drängen wollte. „Die Blowjobs verschieben wir auf eine andere Nacht. Ich will es jetzt versuchen und wenn es mir nicht gefällt, können wir immer noch die anderen Sachen ausprobieren."

„Soll ich dir sagen, was du tun musst?"

Es war ein verführerisches Angebot, aber Seth hatte auch seinen Stolz. „Ich frage dich, wenn ich Hilfe brauche." Er befeuchtete sich die Finger und fuhr damit zwischen Jasons gespreizte Beine. Jason saugte wieder an Seths Brust. Seth war ihm dafür dankbar – nicht nur, weil es sich gut anfühlte, sondern auch, weil er sich dadurch nicht mehr so beobachtet vorkam. Er fuhr mit dem Finger durch Jasons Arschritze und näherte sich langsam seinem Ziel. Er wollte nicht zu viel Druck ausüben, aber Jasons Schließmuskel gab sofort nach und umgab seinen Finger mit weicher Hitze. Seth zog ihn einige Male zurück und stieß ihn vorsichtig wieder hinein, um herauszufinden, was sich für Jason gut anfühlte. Jason brummte zufrieden und bog sich ihm entgegen. „Etwas tiefer."

Seth erfüllte Jasons Bitte und fühlte eine kleine Erhebung unterm Finger. Er wollte Jason gerade fragen, ob das die richtige Stelle wäre, als Jasons Stöhnen ihm seine Frage beantwortete, bevor er sie stellen konnte. Seth rieb einige Male über die Stelle und freute sich über die Reaktion, die er damit bei Jason hervorrief. Jason stöhnte und zuckte mit den Hüften. Sein Schwanz war steinhart und glänzte an der Spitze. Seth fragte sich, wie er wohl schmecken würde, aber das wollte er beim nächsten Mal herausfinden. Eines nach dem anderen.

Er erinnerte sich an Jasons Beschreibung und schob einen zweiten Finger in ihn hinein.

„Oh Mann … das ist gut", keuchte Jason. „Bist du sicher, dass du das zum ersten Mal machst?"

„Na ja, du hattest recht. Der Unterschied ist nicht allzu groß. Ohne das Vorspiel passt mein Schwanz nicht rein."

„Klugscheißer", sagte Jason grinsend und zog ihn zu sich herab, um ihn zu küssen. Der Winkel war jetzt etwas unbequem, aber Seth ließ sich dadurch nicht aus der Ruhe bringen und machte weiter, während er Jasons Kuss erwiderte. Schließlich erwartete Jason nicht von ihm, dass er der perfekte Liebhaber war. Jason liebte ihn trotzdem und die fehlende Erfahrung ließ sich nachholen. Es war nur eine Frage der Zeit.

„Wenn du dich umdrehst, kann ich dir den Schwanz lutschen, während du mich dehnst", sagte Jason und hörte sich so hoffnungsvoll an, dass Seth ihm seinen Wunsch nicht abschlagen konnte, obwohl er Bedenken hatte.

„Ich weiß nicht, ob ich das durchhalte. Ich komme wahrscheinlich, sobald du mich auch nur eine Sekunde im Mund hast. Was natürlich auch schön wäre, aber dann kann ich dich nicht mehr ficken. Und das will ich mehr als alles andere."

Jason griff nach einem Kondom. „Dann zieh dir das über und fang an. Ich warte schon seit zehn Jahren auf diesen Augenblick."

„Seit zehn Jahren? Das glaube ich dir nicht", sagte Seth, während er sich das Kondom über den Schwanz rollte.

„Du warst noch keine Woche hier, da habe ich schon von dir geträumt", sagte Jason. „Ich habe nur nie darüber gesprochen, weil ich dachte, du wärst nicht schwul oder bi. Du hast so oft zu Chris und Jesse gesagt, dass nicht jeder in eurem Haus schwul wäre. Ich wusste natürlich, dass es dir nichts ausmacht, dass ich schwul bin, aber ich dachte mir, du willst deswegen noch lange nicht wissen, wie oft ich von dir träume."

Sie hatten so viel Zeit vergeudet. Seth wollte nicht mehr länger warten. Er legte sich zwischen Jasons Beine und brachte seinen Schwanz in Position. „Gut so?"

Jason lachte nur, hob die Hüften und rieb sich mit dem Arsch an Seths Schwanz. „Sobald du weitermachst. Ich will dich in mir spüren. Jetzt."

Seth spürte nur einen kleinen Restwiderstand, dann war er in Jason. Es war atemberaubend und viel, viel besser, als er sich vorgestellt hatte. Die Intimität des Augenblicks erschütterte ihn bis auf die Knochen. Zehn Jahre. Zehn Jahre hatte sie auf diesen Moment gewartet und jetzt war er endlich gekommen. Jetzt hatte Seth plötzlich alles, womit er niemals gerechnet hätte – Haus und Hund und die Liebe seines Lebens. Er war endlich angekommen. Zuhause.

„Ich halte das nicht lange durch", warnte er Jason.

Jason stöhnte leise, dann zog sich der Muskel um Seths Schwanz zusammen. „Dann mach das Beste draus."

Seth wollte ihm einen grimmigen Blick zuwerfen, hatte aber den leisen Verdacht, dass er eher aussah wie ein bis über beide Ohren verknallter Schuljunge. Egal. Jason wusste, wie sehr Seth ihn liebte. Seth bewegte sich vorsichtig und versuchte, einen Rhythmus zu finden, der Jason genauso gefiel wie ihm selbst. Jason packte ihn an den Schultern und hob den Kopf, um ihn zu küssen. Seth bezweifelte, beides gleichzeitig zu können – küssen *und* ficken –, wollte Jason den Kuss aber nicht verweigern. Er verlor sich in Jasons Mund und vergaß alles andere, bis Jason ihm mit der Hand auf den Hintern klatschte.

„Beweg dich."

Seth drückte sich mit dem Gesicht an Jasons Hals und stieß wieder zu. Jason klammerte keuchend sich an ihn. Seine Brust hob und senkte sich unter Seth und es dauerte nicht lange, da war es mit Seths Selbstbeherrschung vorbei. Er erstarrte am ganzen Leib und kam.

Jasons Schwanz drückte sich hart an seinen Bauch. Seth rollte sich zur Seite und nahm ihn in die Hand. „Das nächste Mal mache ich es besser", versprach er schuldbewusst und fing an, ihn zu drücken und zu reiben.

„Nicht nötig", krächzte Jason. „Mach nur so weiter und hör niemals auf, mich zu lieben." Seth erfüllte ihm seinen Wunsch. Es dauerte nicht lange, bis Jason ebenfalls zum Höhepunkt kam und Seths Hand mit seinem warmen Samen bedeckte. Seth kümmerte sich um das Kondom, hob seine Boxershorts auf und wischte Jason und sich provisorisch ab. Sobald er die Unterhose wieder aus dem Bett geworfen hatte, zog Jason ihn wieder nach unten und kuschelte sich an ihn. „Besser als jede Fantasie", murmelte er verschlafen.

Seth starrte an die Decke, während Jason in seinen Armen einschlief. Er hoffte von ganzem Herzen, dass Jason seine Meinung niemals ändern würde.

# 20

„SIEHT ALLES gut aus", sagte Caine und griff nach dem Stift, um den Vertrag über ihre zukünftige Partnerschaft zu unterzeichnen, den Sam aufgesetzt hatte. „Willst du ihn dir auch noch durchlesen?", fragte er Macklin, bevor er seine Unterschrift unter das Dokument setzte.

Macklin schüttelte – sehr zu Jeremys Amüsement – nur den Kopf. „Du bist der Geschäftsmann, nicht ich", sagte er. „Wenn du unterschreibst, kann ich das auch."

Caine schmunzelte, unterschrieb und reichte Macklin den Stift.

„Walker hat seine Kopie schon unterschrieben", sagte Sam. „Seine Bedingungen sind etwas anders, weil er einen geringeren Betrag investiert."

Caine sah Walker an. „Der Betrag spielt keine Rolle. Du hast dieselben Rechte wie wir alle, wenn eine Entscheidung getroffen werden muss."

„Das haben Sam und Jeremy mir auch schon versichert", erwiderte Walker. „Ich glaube nicht, dass wir damit ein Problem haben werden. Sam und Jeremy haben auf Taylor Peak bisher keine Entscheidung getroffen, die ich infrage gestellt hätte. Wir haben offensichtlich die gleichen Vorstellungen darüber, wie man eine Station führt und mit den Jackaroos umgeht."

„Gut. Damit wären die Formalitäten erledigt. Wollen wir jetzt feiern?", fragte Caine.

„Ich habe Neil gebeten, alle zusammenzurufen, die das ganze Jahr bei uns sind", sagte Macklin. „Sie sollten schon auf dem Weg sein. Die Saisonalen informieren wir dann nach dem Abendessen. Sie sind von der Sache weniger betroffen."

Jeremy war es auch lieber, die beiden Gruppen getrennt zu informieren. So konnten sie erst mit ihren Freunden reden und die gute Nachricht teilen. Bei den Jackaroos ging es nur um den geschäftlichen Teil der Angelegenheit.

Macklin führte sie ins Wohnzimmer. Jeremy sah sich nach Caine um, aber der war irgendwo im Haus verschwunden. Jeremy war zwar schon oft im Büro und im Wohnzimmer gewesen, sah den Rest des Hauses aber als Privatsphäre an, in die er nicht eindringen wollte. Caine und Macklin waren auch noch nie uneingeladen in sein Haus gekommen.

Kurz nachdem sie sich im Wohnzimmer niedergelassen hatten, öffnete sich die Tür und Thorne und Ian betraten das Zimmer.

„Hi, Nick", sagte Ian. „Neil hat uns nicht gesagt, dass du auch hier bist."

„Hi, Ian. Hi, Lachlan. Ich überlasse es Caine und Sam, euch alles zu erklären", sagte Walker. Jeremy war überrascht, dass Ian auch zu dem kleinen, auserwählten Kreis gehörte, der Walker mit seinem Vornamen ansprach. Es erinnerte ihn daran, dass Walker bereits Teil ihrer kleinen Familie gewesen war, bevor er sich entschloss, in Taylor Peak zu investieren.

„Hast du dich in Taylor Peak gut eingelebt?", erkundigte sich Thorne.

„Ja", sagte Walker. „Ich kenne mich mittlerweile recht gut mit der Station und den Leuten aus, die dort arbeiten."

„Vor allem mit Phil", scherzte Sam.

Zu Jeremys Überraschung wurde Walker rot.

„Phil?", fragte Thorne.

„Philippa, unsere Köchin", antwortete Walker. „Aber wage nicht, sie mit ihrem vollen Namen anzusprechen, wenn dir dein Leben lieb ist."

„Walker ist Stammgast in ihrer Küche", fügte Jeremy hinzu.

„Wer hätte das gedacht?", sagte Thorne. „Nach all den Jahren lässt er sich von einer Köchin einfangen."

„Sie hat mich nicht eingefangen", grummelte Walker. „Ich mag sie und sie kann gut kochen. Bei den Saisonalen muss ich als Vormann vorsichtig sein und Abstand halten und die anderen Männer kennen mich noch nicht gut genug, um mich in ihren Kreis aufzunehmen. Phil stört sich nicht daran, wenn ich in der Küche sitze. Ich muss nur aufpassen, dass ich ihr nicht im Weg bin."

Thorne und Ian warfen sich amüsierte Blicke zu. „Also doch eingefangen", wiederholte Thorne.

„Wer ist eingefangen?", fragte Neil, als er mit dem Rest ihrer Freunde das Wohnzimmer betrat.

„Niemand", sagte Walker hastig, während Thorne schon mit dem Finger auf ihn zeigte.

„Und wer hat ihn eingefangen?", wollte Neil wissen, ohne auf Walkers Dementi zu achten.

„Niemand hat mich eingefangen", versuchte Walker es wieder.

„Die Köchin von Taylor Peak", antwortete Sam hilfsbereit. „Er behauptet zwar, es läge nur daran, dass sie sich nicht an seiner Anwesenheit stört, aber er kann uns nichts vormachen."

„Noch ein Grund zum Feiern", sagte Caine. „Ich habe nicht genug Sektgläser für alle, aber ich glaube nicht, dass ihr euch beschwert, wenn ihr aus einem normalen Glas trinken müsst, oder?"

„Was feiern wir denn?", erkundigte sich Seth.

Jeremy musste lächeln, als er sah, wie entspannt Seth an Jasons Seite stand. Was immer auch zwischen den beiden gestanden und Seth nach Taylor Peak getrieben hatte, schien aus dem Weg geräumt zu sein.

„Lass mich erst den Sekt ausschenken, bevor ich es euch sage", erwiderte Caine. Er füllte die Gläser und Macklin verteilte sie unter den Anwesenden. Sobald alle ihr Glas in der Hand hatten, ging er zu dem großen Kamin und drehte sich zu ihnen um. „Die Neuigkeit betrifft eigentlich mehr Sam und Jeremy, aber ich teile sie euch trotzdem mit. Wir haben gerade einen Kooperationsvertrag mit Taylor Peak unterschrieben, um die beiden Stationen gemeinsam zu bewirtschaften. Sam und Jeremy, Walker, Macklin und ich sind daran beteiligt. Wir werden künftig alle Entscheidungen gemeinsam treffen. Unser Ziel ist, Taylor Peak in naher Zukunft organisch zu bewirtschaften. Für Lang Downs ändert sich bis dahin wenig, aber sobald Taylor Peak als organische Station anerkannt ist, können wir die Herden zusammenlegen. Das spart Personal und erhöht unsere Effektivität. Ihr alle seid das Rückgrat für unsere Pläne und da wir wissen, dass wir uns auf euch verlassen können, ist uns die Entscheidung nicht schwergefallen. Lasst uns auf Sam und Jeremy und eine neue Ära der gutnachbarschaftlichen Zusammenarbeit trinken."

Alle applaudierten und nachdem sie angestoßen und getrunken hatten, klopfte Jeremy an sein Glas, damit es wieder ruhig wurde.

„Caine tut so, als hätten wir ihm damit einen Gefallen getan", sagte er. „Aber in Wahrheit ist es so, dass Caine, Macklin und Walker es waren, die Sam und mir aus der Patsche geholfen haben. Auf Taylor Peak sieht es nicht gut aus. Devlin hat links und rechts eingespart und musste Kredite aufnehmen, um einige schlechte Jahre zu überbrücken. Durch die finanzielle Beteiligung von Walker und Lang Downs können wir die Lage wieder ins Lot bringen und Taylor Peak rentabel machen. Caine mag sagen, ihm wäre die Entscheidung nicht schwergefallen, aber aus meiner Sicht kann ich ihm nur dankbar sein für das Vertrauen, das er in uns setzt. Ich weiß, er hat sich schon oft auf uns verlassen, wenn er eine schwierige Entscheidung fällen musste. Und sein Vertrauen ist belohnt worden. Aber das macht mich nicht weniger dankbar dafür, dass er auch jetzt wieder für uns da ist und an uns glaubt." Er hob sein Glas. „Auf Caine!"

Dieses Mal war der Jubel nahezu ohrenbetäubend. Jeremy freute sich darüber, denn Caine hatte ihn verdient. Caine mochte behaupten, dass jeder vernünftige Mensch so entschieden hätte, aber Jeremy hatte mehr als genug Erfahrungen mit sogenannten vernünftigen Menschen gesammelt, um zu wissen, dass Caine eine eigene Kategorie war.

„Dir ist vermutlich klar, dass es eine zweite Kündigungswelle gibt, wenn ihr die Jackaroos auf Taylor Peak darüber informiert", sagte Neil. „Einige von ihnen haben jetzt schon ein Problem damit, dass die Station von zwei Schwuchteln geführt wird. Schlag mich nicht, Molly. Das war nur ein Zitat." Jeremy kicherte, als Neil instinktiv Mollys Hand auswich. „Sie werden sich noch weniger darüber freuen, wenn Lang Downs jetzt mitredet. Das ist auch der Grund, warum ich nicht länger bei euch geblieben bin. Meine Anwesenheit hat diesen Eindruck nur zusätzlich verstärkt."

„Du hast recht", sagte Sam. „Aber wir hatten die Wahl, entweder die Jackaroos zu verlieren oder die Station. „Wenn so viele kündigen, dass uns Leute fehlen, müssen wir überlegen, wie wir jetzt schon unsere Teams zusammenlegen können."

„Wo erwartest du die größten Probleme?", fragte Thorne. „Bei den Crewchefs und festen Helfern oder bei den Saisonalen?"

„Die meisten Saisonalen sind zum ersten Mal bei uns", sagte Jeremy. „Ihnen ist die alte Rivalität zwischen Taylor Peak und Lang Downs egal. Sie sind noch nicht lange genug dabei, um überhaupt davon zu wissen. Einige von ihnen hatten Probleme mit der Beziehung zwischen Sam und mir, aber die sind entweder schon gegangen oder haben sich damit abgefunden, bis ihr Vertrag am Ende der Saison abläuft. Für sie zählt nur, dass sie pünktlich bezahlt werden. Bei den Ganzjährigen sieht das leider anders aus. Sie haben Devlins Animositäten teilweise verinnerlicht."

Thorne warf einen Blick in die Runde. „Wir haben genügend Leute, um euch an den freien Tagen jemanden zu schicken, der ein Team übernimmt", sagte er.

„Nicht nur an den freien Tagen", sagte Macklin. „Ihr nehmt sowieso nur unregelmäßig frei, aber das ist ein anderes Thema. Wenn ihr diesen Tag auch noch auf Taylor Peak verbringen wollt, ist das eure Entscheidung."

Macklin gehörte auch zu den Menschen, die in eine besondere Kategorie fielen. Jeremy war ihm mehr als dankbar und fragte sich zum wiederholten Male, womit er sich so gute Freunde verdient hatte.

„Ihr braucht also vor allem Crewchefs?", fragte Caine. „Wir können euch auch einige Jackaroos schicken, wenn es nötig sein sollte."

„Im Moment kommen wir zurecht", sagte Walker. „Es mag sein, dass wir einige der erfahrenen Männer verlieren, aber ich denke, die meisten werden abwarten und uns eine Chance geben. Sie empfinden sich zwar nicht als Familie, aber sie haben sich auf Taylor Peak ein Leben aufgebaut. Sie haben dort ihr eigenes Haus und alles, was dazugehört. Die Saisonalen gehen an ihren festen Wohnort zurück, wenn der Winter kommt, aber die anderen müssten erst eine Wohnung finden, wenn sie uns verlassen wollen. Das geht nicht von heute auf morgen und wenn sie bleiben müssen, bis sie einen Ersatz gefunden haben, erkennen sie in der Zwischenzeit vielleicht, dass ihre Befürchtungen unbegründet waren. Ich bin euch dankbar, dass ihr uns eure Hilfe anbietet, aber ich möchte so wenig wie möglich ändern. Ich will keine zusätzliche Unruhe verursachen, wenn es nicht wirklich dringend nötig ist. Auf Dauer hilft es uns mehr, wenn unsere derzeitigen Crewchefs sich mit den Änderungen abfinden und mit uns an einem Strang ziehen. Die Chancen dazu stehen allerdings besser, wenn wir nicht den Eindruck erwecken, wir könnten sie jederzeit ersetzen."

„Das stimmt", sagte Caine. „Ich will immer gleich helfen, auch wenn es manchmal gar nicht nötig ist. Aber ihr meldet euch, wenn ihr uns braucht, ja?"

„Selbstverständlich", sagte Jeremy. „Und glaube nicht, wir wären dir nicht dankbar für dein Angebot. Aber Walker hat recht. Es ist besser, wenn wir sie davon überzeugen können, mit uns zusammenzuarbeiten. Was Seth und Jason angeht, sieht die Sache natürlich anders aus. Sie nehmen niemandem die Arbeit weg, wenn

166

sie kommen und uns aushelfen. Devlin hat den Tierarzt aus Boorowa geholt, wenn er ihn brauchte. Um die Instandhaltung der Maschinen hat er sich kaum gekümmert und nur dann einen Mechaniker geholt, wenn gar nichts mehr lief. Außerdem sind Seth und Jason noch jung und auf Lang Downs weniger etabliert. Ich weiß natürlich, dass sie genauso dazugehören wie wir alle, aber in den Augen der Männer von Taylor Peak sind sie Neulinge."

„Ich helfe euch gerne", sagte Seth. „Aber es wäre mir lieber, wenn ich das nächste Mal nicht so lange bleiben müsste. Ich habe jetzt endlich ein Haus und möchte in meinem eigenen Bett übernachten."

„Wir sind dir für jede Stunde dankbar, die du für uns übrighast", sagte Sam. „Wir kommen auch noch bei euch im Haus vorbei und holen unsere restlichen Sachen ab, bevor wir nach Taylor Peak zurückfahren. Ich hoffe, ihr werdet dort genauso glücklich, wie wir es waren."

„Prost", sagte Jason und legte Seth den Arm um die Taille. „Wir werden es auf jeden Fall versuchen."

„Wir haben eine ganze Horde hungriger Männer, die auf ihr Essen warten", unterbrach sie Kami. „Ich muss los. Wir sehen uns dann in der Kantine."

Die anderen tranken ihren Sekt aus und machten sich ebenfalls auf den Weg. „Ihr solltet noch zum Essen bleiben", sagte Caine zu Sam und Jeremy. „Dann seid ihr dabei, wenn ich die Männer über unsere Kooperation informiere. Schließlich kennt ihr viele von ihnen. Außerdem müsst ihr dann nicht hungrig nach Hause fahren. Eure Sachen könnt ihr auch noch nach dem Abendessen holen."

„Ganz abgesehen davon, dass Kami besser kocht als Phil. Versteht mich nicht falsch – ihr Essen schmeckt gut, aber es ist einfach nicht dasselbe", sagte Jeremy.

Caine grinste. „Umso mehr Grund habt ihr, noch zu bleiben."

Sie gingen zur Kantine und stellten sich an. Sie waren zwar die letzten in der Reihe, aber Kami kochte immer mehr als genug. Phil hatte das erst lernen müssen, weil Devlin immer sehr knauserig mit den Vorräten gewesen war. Jeremy hatte nicht vor, diese Tradition weiterzuführen. Die Männer mussten genug essen, um so gut arbeiten zu können, wie er es von ihnen erwartete. Es war eine der wenigen Veränderungen auf Taylor Peak, die sofort auf ungeteilte Zustimmung gestoßen war.

Nachdem sich alle ihr Essen geholt und Platz genommen hatten, stand Caine auf und ging nach vorne, um seine Ankündigung zu machen.

„Kann ich euch um einen Moment Aufmerksamkeit bitten?", rief er. Die Gespräche verstummten und die Männer drehten sich zu ihm um. „Es ist mir eine große Freude, euch heute mitteilen zu können, dass Taylor Peak und Lang Downs einen Kooperationsvertrag unterschrieben haben. Unser langfristiges Ziel ist, die beiden Stationen zusammenzulegen. Bis dahin ist es möglich, dass ich im Laufe des Sommers einige von euch bitten muss, in Taylor Peak auszuhelfen. Aber diese Arbeit fällt nicht zusätzlich an, sondern wird euch ganz normal angerechnet. Wenn ihr dazu noch Fragen habt, könnt ihr euch gerne nach dem Essen an mich wenden. Ich beantworte sie euch dann persönlich."

Caine ging wieder an seinen Tisch zurück und setzte sich zu Sam, Jeremy, Macklin und Walker.

„Das ging aber einfach", meinte Sam.

„Warum auch nicht", erwiderte Caine. „Es betrifft sie ja nicht direkt."

„Entschuldigung …"

Sie schauten auf. Es war Cooper, der zu ihnen an den Tisch gekommen war.

„Hast du noch Fragen zu der neuen Partnerschaft?"

„Eigentlich nicht", sagte Cooper und trat verlegen von einem Fuß auf den anderen. „Nur … wenn ihr auf Taylor Peak Leute braucht, würde ich mich gerne freiwillig melden. Es ist …" Er warf einen kurzen Blick auf den Nachbartisch, an dem Seth und Jason saßen. „Es ist momentan etwas schwierig für mich. Ich freue mich, dass die beiden glücklich sind, aber ich will es nicht jeden Tag unter die Nase gerieben bekommen."

„Wenn Caine und Macklin auf dich verzichten können, bist du jederzeit bei uns willkommen", sagte Jeremy.

„Selbstverständlich bin ich einverstanden", sagte Caine. „Wir wünschen dir alle nur das Beste."

„Wenn du nach dem Essen packst, können wir dich heute noch mitnehmen", bot Walker Cooper an. „Oder du kannst dir Zeit lassen und morgen nachkommen."

„Das Packen ist schnell erledigt. Bis nachher", erwiderte Cooper erleichtert.


„JASON! KANN ich kurz mit dir reden?"

Jason sah auf, als er Coopers Stimme hörte. Neben ihm spannte Seth sich an und Jason legte ihm beruhigend die Hand aufs Bein. „Was kann ich für dich tun, Cooper?" Nach ihrer ziemlich öffentlichen Trennung hatte Cooper kein Wort mehr mit ihm gewechselt. Jason wusste zwar nicht, was Cooper jetzt von ihm wollte, aber anhören wollte er ihn wenigstens.

„Ich habe mit Sam und Jeremy gesprochen und gehe für den Rest der Saison nach Taylor Peak", sagte Cooper. „Ich wollte mich nur verabschieden."

„Unseretwegen musst du nicht gehen", sagte Jason. „Es tut mir leid, wenn du dich hier nicht mehr wohlfühlst."

„Ich weiß. Aber so ist es für alle besser. Ich wünsche euch alles Gute."

„Danke", sagte Seth, stand auf und reichte Cooper die Hand. „Viel Glück auf Taylor Peak."

Jason hielt die Luft an, bis die beiden Männer sich die Hand schüttelten. Es hätte ihn nicht gewundert, wenn Cooper Seths Hand abgelehnt hätte. Er und Seth hatten Cooper öffentlich ziemlich blamiert, auch wenn es nicht absichtlich geschehen war. Jason hatte schon befürchtet, dass sich dadurch vielleicht früher oder später Probleme ergeben könnten.

Nach dem Handschlag drehte Cooper sich um und ging. Seth setzte sich wieder an den Tisch. „Ich bin verdammt stolz auf dich, weil du ihn so fair behandelt hast", murmelte Jason.

Seth grinste ihn mit funkelnden Augen an. Jason fuhr ein Schauer über den Rücken. „Du kannst mir später zeigen, wie stolz du auf mich bist", flüsterte Seth ihm ins Ohr. „Du hast mir schon lange versprochen, mich zu reiten."

„Du übernimmst doch immer wieder die Zügel!", protestierte Jason. Seth mochte zwar behaupten, keine Erfahrung zu haben, aber dafür lernte er erstaunlich schnell. Jason konnte den Beweis jeden Tag spüren, wenn er sich aufs Pferd schwang. Seit Seths Rückkehr von Taylor Peak hatte er nicht mehr bequem im Sattel gesessen. Was allerdings beileibe kein Grund zur Beschwerde war, im Gegenteil.

Seths Grinsen verwandelte sich in ein selbstgefälliges Schmunzeln, das Jason ihm am liebsten aus dem Gesicht geküsst hätte. Er hoffte nur, Sam und Jeremy würden sich mit dem Packen beeilen, weil er für heute Nacht noch Pläne hatte. Und dafür brauchte er – außer Seth natürlich, der war unverzichtbar – definitiv auch ein leeres Haus.

# 21

BLITZE ZUCKTEN am Himmel, als Seth seine Arbeit beendete und den Traktorschuppen hinter sich schloss. Er hatte den Tag damit verbracht, einige Jeeps zu überholen, die zur Zeit nicht im Einsatz waren – Ölwechsel, Zündkerzen austauschen und so weiter. Es war keine sehr anspruchsvolle Arbeit, aber wenigstens hatte sie ihn abgelenkt. Jason war nach dem Frühstück nach Davidson Springs, der Station nördlich von Taylor Peak, aufgebrochen, weil dort ein Tierarzt benötigt wurde. Er hatte nicht damit gerechnet, dass es länger als die vier Monate, die er schon zuhause war, dauern würde, bis er auch von einer Station angefordert wurde, die nicht zur Familie gehörte. Er hatte Seth vorgewarnt, dass er möglicherweise den ganzen Tag dort zu tun hätte, aber seine Freude über den unerwarteten Anruf hatte es Seth leichter gemacht, sich heute früh von ihm zu verabschieden.

„Er ist nur zur Arbeit gefahren. Er hat mich nicht verlassen", hatte er sich immer wieder gesagt, wenn niemand in der Nähe war, der ihn hören konnte. Donnergrollen rollte über die Hügel auf Lang Downs zu.

„Seth!"

Seth drehte sich um, als nach ihm gerufen wurde. „Ja, Macklin?"

„Ein Sturm zieht auf. Der Wetterdienst hat eine Warnung ausgesprochen. Es wird schlimm werden. Ich habe schon die Männer auf den Weiden verständigt, damit sie sich in Sicherheit bringen können. Wir müssen hier alles sichern. Kannst du den Männern sagen, sie sollen alle Fenster und Türen an den Gebäuden und Jeeps schließen? Und räumt alles in die Häuser oder den Schuppen, was noch im Freien liegt und vom Wind weggeblasen werden könnte. Ich bringe die Pferde in den Stall."

Seths Adrenalinspiegel schoss in die Höhe. Seine Finger kribbelten und ein Schauer lief ihm über den Rücken. Macklin brachte die Pferde fast nie in den Stall. Sie waren Arbeitstiere und konnten etwas Regen – sogar Schnee – leicht aushalten. Seth schaute zum Horizont, wo sich die Wolken auftürmten. Es würde nicht mehr lange dauern und der Sturm würde mit aller Macht über sie hereinbrechen. *Fahr vorsichtig, Jason.*

„Hat jemand Jason angerufen und ihn gewarnt? Er sollte nicht mehr versuchen, nach Hause zu kommen", fragte er Macklin. „Wenn es wirklich so schlimm wird, ist es besser, er übernachtet auf Davidson Springs."

„Ruf ihn an", sagte Macklin. „Danach kannst du uns helfen."

Seth lief ins Haus. Er hatte sein Handy heute früh nicht mitgenommen, um nicht ständig nachzusehen, ob Jason ihm eine Nachricht geschickt hatte. Jetzt wünschte er, das nicht getan zu haben. Dann hätte er Zeit gespart und ihn gleich anrufen können. So musste er erst zum Haus laufen, wo das Handy auf der Kommode im Schlafzimmer lag. Er fand eine Textnachricht von Jason. Sie war schon von heute früh und teilte ihm mit, dass Jason gut auf Davidson Springs angekommen wäre. Hoffentlich war er noch dort. Seth wählte seine Nummer, erreichte aber nur die Mailbox.

„Mist", murmelte er und schickte Jason einen Text, in dem er ihn aufforderte, auf der Station zu bleiben. Dann lief er zum Haupthaus.

„Caine!"

„Ich bin auf der Veranda!", rief Caine. „Ich schließe die Fenster. Was ist los?"

„Hast du die Telefonnummer von Davidson Springs? Jason ist dort und ich will ihm ausrichten lassen, dass er erst morgen zurückkommen soll, wenn sich der Sturm gelegt hat."

„Meinst du nicht, er könnte das selbst entscheiden?", fragte Caine.

„Vermutlich. Aber ich würde mich besser fühlen, wenn er meine Nachricht bekommt."

„Die Nummer ist im Büro in der alten Adresskartei von Onkel Michael. Ich habe es aufgehoben für den Fall, dass mein Handy ausfällt. Das kann hier draußen immer passieren."

„Danke", sagte Seth und lief ins Büro. Er blätterte durch die Kartei, bis er die richtige Nummer fand. Seine Finger zitterten, als er die Zahlen eingab und auf eine Antwort wartete.

„Hallo?"

„Hallo. Hier ist Seth Simms von Lang Downs. Ist Dr. Thompson noch bei Ihnen?"

„Nein, der ist schon vor einer Stunde aufgebrochen. Er wollte dem Sturm zuvorkommen."

„Danke", sagte Seth. Seine Brust schnürte sich zusammen. Jason würde für die Fahrt nach Hause mindestens zwei Stunden brauchen – auch ohne Sturm. Und das hieß, dass er so gut wie sicher vom Sturm erwischt wurde. Seth schickte ihm noch eine Textnachricht.

*Suche einen Unterschlupf. Melde dich, wenn du in Sicherheit bist.*

Er steckte das Handy in die Hosentasche, wo er das Vibrieren spüren konnte, falls Jason sich meldete. Es nutzte nichts, sich jetzt Sorgen um ihn zu machen. Sie mussten die Station auf den Sturm vorbereiten.

Als er das Haus verließ, hatte der Wind schon beträchtlich zugenommen. Er schaute sich um. Überall waren Männer damit beschäftigt, die Gebäude zu sichern. Seth ging ins Haus zurück, um die Fenster zu schließen. Dann holte er die Gartenstühle von der Veranda. Der Tisch war zu groß, um ihn ins Haus zu bringen, aber er war sehr schwer und wenn er ihn umdrehte, würde der Sturm ihn hoffentlich nicht wegblasen. Seth beeilte sich. Die Blitze kamen immer näher. Der Wind blies aus allen Richtungen, riss ihn zwar noch nicht von den Füßen, war aber stark genug, um sich zumindest so anzufühlen.

Als er ihr Haus gesichert hatte, lief er zum Haus von Chris und Jesse. Er hatte heute nicht darauf geachtet, wer auf die Weiden ritt und wer in der Nähe der Station eingesetzt war. Wenn die beiden nicht hier waren, musste er sich um ihr Haus kümmern. Er fand seinen Bruder auf der Veranda, wo Chris sich vergeblich bemühte, einen der Fensterläden zu schließen, der etwas schief in den Angeln hing. Seth lief zu ihm und half ihm, den Fensterladen zuzudrücken. „Sag Jesse, er soll das Ding demnächst reparieren", rief er, als sie es endlich geschafft hatten. Der Wind toste mittlerweile so laut, dass er brüllen musste, damit Chris ihn hören konnte.

„Mache ich", rief Chris. „Hast du schon bei Thorne und Ian nachgesehen?"

„Nein. Caine sichert das Haupthaus und ich habe mich um unseres gekümmert. Mehr haben wir noch nicht geschafft."

„Dann geh erst zu ihrem Haus und kümmere dich danach um die anderen. Ich sehe nach Molly und den Kindern", brüllte Chris.

Seth nickte und lief los. Erste Regentropfen fielen ihm auf die Schultern. Er hätte sich seinen Regenmantel überziehen sollen, hatte aber nicht damit gerechnet, dass es jetzt schon regnen würde. Das Haus von Thorne und Ian war schon gesichert – entweder von ihnen selbst oder jemand anderem – und er lief weiter. Auf dem Weg zum Schuppen fing Macklin ihn ab.

„Wir haben alles erledigt. Geh ins Haus."

Seth winkte ihm zu und machte sich auf den Rückweg. Bevor er die schützende Veranda erreichte, öffneten sich die Schleusen und er war innerhalb von Sekunden bis auf die Haut nass. Der Wind war eiskalt und er zog den Kopf ein, bis er endlich ins Haus kam, wo er sich sofort die schlammverschmierten Stiefel auszog und die klatschnassen Klamotten vom Leib riss. Der Regen prasselte aufs Dach. Seth lief zitternd ins Schlafzimmer, um sich abzutrocknen.

Seth rieb sich mit dem Handtuch ab und ihm wurde wieder etwas wärmer. Er überlegte, ob er eine heiße Dusche nehmen sollte, entschied sich aber dagegen, weil er das Handy nicht unbeaufsichtigt lassen wollte. Es konnte ja sein, dass Jason sich melden würde. Er ging in den Flur zurück, wo er seine durchnässte Kleidung liegengelassen hatte. Das Handy steckte noch in der Hosentasche und war ebenfalls nass geworden, funktionierte aber einwandfrei, weil es in einer wasserdichten Hülle steckte. Jason hatte sich noch nicht gemeldet, was – wie Seth feststellte – auch kein Wunder war. Es gab nämlich keinen Empfang. Da nutzte auch ein wasserdichtes Handy nichts. „Verdammter Mist", fluchte er. „Wehe, wenn du dich nicht in Sicherheit gebracht hast."

Er ging zu der Tür auf der dem Wind abgewandten Seite des Hauses, öffnete sie einen Spalt und warf einen vorsichtigen Blick nach draußen. Normalerweise konnte man von hier alle anderen Häuser sehen, aber durch den strömenden Regen und die dunklen Wolken, die sich vor die Sonne geschoben hatten, war das unmöglich. Mehr als die Veranda war nicht zu erkennen. Mist. Hoffentlich hatte Jason auf dem Weg eine Hütte gefunden und darin Schutz suchen können. Bei dem Wetter war Fahren unmöglich. Wind und Regen machten es nahezu unmöglich, das Auto auf der Straße zu halten und es bestand die Gefahr, einen Abhang hinabzustürzen und tödlich zu verunglücken.

Aber daran durfte er jetzt nicht denken. Jason war ein vernünftiger, verantwortungsbewusster Mensch. Er würde kein unnötiges Risiko eingehen, um einige Stunden früher nach Hause zu kommen. Er würde sich rechtzeitig einen Unterschlupf gesucht haben, wo er das Ende des Sturms abwartete. Im schlimmsten Fall hatte er einfach angehalten und wartete im Auto ab, bis es wieder besser wurde. Das war zwar keine sehr optimale Lösung, aber da bei diesem Wetter vermutlich keine anderen Fahrzeuge unterwegs waren, war die Unfallgefahr zu vernachlässigen. Jason ging es gut. Die Hütten der Jackaroos waren mit Feuerholz und Proviant ausgestattet. Er konnte sich ein Feuer machen, sich in eine Decke wickeln und eine Dosensuppe aufwärmen, wenn er Hunger bekam.

Seth zuckte erschrocken zusammen, als ein mächtiger Donnerschlag ertönte. Das Licht flackerte kurz, ging aber wieder an. Seth überlegte. Ein Stromausfall war hier im Outback nichts Ungewöhnliches, also mussten irgendwo im Haus Kerzen sein. Er wusste nur nicht, wo. Seth schloss die Tür und ging in die Küche, um dort nach Kerzen oder einer Taschenlampe zu suchen. Er hätte sich gleich beim Einzug darum kümmern sollen, aber es war ein so schöner Tag gewesen, dass er einfach nicht daran gedacht hatte. Jetzt musste er dafür bezahlen, falls der Strom wirklich ausfallen sollte und er im Dunkeln saß.

In einer Schublade fand er eine Tischkerze, einige halb abgebrannte Kerzenstummel und ein Feuerzeug. Das Licht flackerte wieder. Dieses Mal dauerte es länger, bis es wieder brannte. Seth zündete einige Kerzen an. Es würde nicht mehr lange dauern, dann brauchte er sie. In diesem Moment wurde es wieder dunkel und das Licht ging nicht mehr an.

Die Kerzen warfen flackernde Schatten an die Wände. Seth wünschte, er wäre nicht allein im Haus. Es wäre ihm lieber gewesen, Gesellschaft zu haben, als allein mit den Schatten im Haus zu sitzen und sich um Jason zu sorgen. Aber er wollte nicht durch den Regen laufen und wieder klatschnass werden. Das war es nicht wert. Wenn der Sturm vorüber war, konnte er immer noch zu Chris und Jesse gehen. Er war schließlich kein Kind mehr. Er konnte die paar Stunden ohne Strom auch allein aushalten.

Es war mitten im Sommer, aber er schüttelte sich vor Kälte. Warum war ihm nur so kalt? Er ging ins Wohnzimmer, legte Holz in den Kamin und zündete mit seiner Kerze ein Feuer an. Dann wärmte er sich die Hände über der Flamme. Sie zitterten, aber er wollte sich nicht eingestehen, wie nervös er war.

Ein lauter Donnerschlag erschreckte ihn so sehr, dass er die Kerze fallen ließ. Fluchend hob er sie wieder auf und trampelte auf dem Holzboden die Funken aus. Glücklicherweise war nichts passiert. Noch nicht einmal ein Rußfleck. Aber den hätte er in der Dunkelheit wahrscheinlich sowieso nicht erkennen können. Jason war irgendwo dort draußen, entweder in einer der Hütten – kein Haus, aber doch ein guter Schutz – oder in seinem Auto.

Ihm wurde so eiskalt bei dem Gedanken, dass auch das Feuer im Kamin nichts mehr half. Seth stellte die Kerze ab und lief unruhig auf und ab. Jason war ein erwachsener Mann. Er war hier aufgewachsen. Niemand musste ihm sagen, wie man sich bei einem Sturm verhielt. Er würde rechtzeitig erkannt haben, wie gefährlich es werden konnte und wäre sofort zu einer der nächsten Hütten gefahren. Er hätte sogar gewusst, wo sie zu finden war. Jason kannte sich hier aus. Es ging ihm gut.

Seth schaute wieder auf sein Handy. Er erwartete zwar keine Veränderung, wollte sich aber sicherheitshalber noch einmal davon überzeugen, dass er doch keine Nachricht und keinen Anruf verpasst hatte.

*Kein Empfang.*

Er hätte das Handy am liebsten an die Wand geworfen. Dummerweise würde ihm das auch nicht helfen, im Gegenteil – dann könnte Jason ihn nicht mehr erreichen. *Jason geht es gut*, sagte er sich. *Er hat sich nicht gemeldet, weil er auch keinen Empfang hat. Oder er hat angerufen und nur die Mailbox erreicht. Sobald ich wieder Empfang habe, wird die sich melden.*

Ja, so musste es sein. Jason hatte eine Hütte gefunden und eine Nachricht geschickt. Jetzt wartete er nur darauf, dass der Sturm endlich nachließ. Seth blieb nichts anderes übrig, als die Nerven zu behalten, bis das Handy seinen Dienst wieder aufnahm. Dann war alles wieder gut. Jason mochte erst morgen zurückkommen, weil die Straßen nach dem Regen unpassierbar waren, aber er würde sich melden und Seth konnte sich endlich wieder entspannen.

Irgendwo in der Nähe schlug ein Blitz ein. Er war so hell, dass sein Licht durch die Ritzen der Fensterläden drang und das Zimmer erleuchtete. Ein mächtiger Donnerschlag erschütterte das Haus. Jason schüttelte sich. Guter Gott, er hasste solche Stürme. Wenn Jason hier wäre, könnte er ihn beruhigen. Dann wäre alles nur halb so schlimm. Es wäre sogar auszuhalten, wenn er nur wüsste, dass es Jason gut ging. Dass er irgendwo in Sicherheit wäre – auf Davidson Springs oder in einer der Hütten zwischen den beiden Stationen. Es war diese entsetzliche Ungewissheit, die ihn um den Verstand brachte.

Irgendwo im Haus gab es einen lauten Schlag. Seth wäre fast an die Decke gesprungen. Er griff mit zitternden Fingern nach der Kerze, weil er nachsehen wollte, was passiert war. Wenn einer der Fensterläden zu Bruch gegangen war, musste er etwas unternehmen, bevor der Regen das ganze Haus unter Wasser setzte.

Er ging zuerst ins Schlafzimmer, konnte aber nichts finden. Also ging er ins Badezimmer, um dort das Fenster zu kontrollieren. Es war zwar nur sehr klein und er bezweifelte, dass es einen solchen Lärm gemacht hätte, aber sicher war sicher. Die Läden waren immer noch fest verschlossen. Auf dem Waschbecken lag sein Rasiermesser und glänzte im Schein des Kerzenlichts. Er hatte es heute früh nach dem Rasieren nicht weggeräumt. Seth kribbelte es in den Fingern vor Aufregung.

Er musste sich nicht schneiden. Es war nur ein Sturm. Der Sturm würde vorüberziehen, Jason würde sich melden und alles wäre wieder in Ordnung. Er konnte das Messer ignorieren, ins Wohnzimmer zurückgehen und dort warten, bis alles vorbei war. Oder er konnte ins Schlafzimmer gehen und sich ins Bett legen, umgeben von dem Geruch nach Jason und Sex. Er konnte die Augen schließen und sich vorstellen, wie es war, wenn Jason zurückkam. Er konnte alles vergessen, bis es endlich so weit war.

Seth nahm das Rasiermesser vom Waschbecken, um es in die kleine Kommode zu legen. Er schaffte es nicht, die Schublade aufzuziehen. Jetzt, da er das verdammte Messer in der Hand hatte, war die Versuchung nahezu unwiderstehlich. Er konnte mit einem kleinen Schnitt seine Ängste unter Kontrolle bekommen und in seinem Kopf Ruhe herstellen.

Aber das konnte er nicht in der Dunkelheit tun. Es war schon schwierig genug, wenn er Licht hatte und nicht ständig erschreckt wurde. Wenn er beim Schneiden von einem Blitz oder vom Donnern überrascht wurde, konnte es passieren, dass er eine Arterie durchtrennte.

„Nein", sagte er, zog die Schublade auf und warf das Messer hinein. „Ich habe Jason versprochen, dass ich mich nicht mehr schneide. Ich werde mein Versprechen nicht brechen. Nicht jetzt."

Er ging aus dem Badezimmer zurück ins Wohnzimmer und legte frisches Holz aufs Feuer. Ihm war zwar nicht mehr kalt – er war so nervös, dass ihm sogar heiß wurde –, aber er musste sich irgendwie beschäftigen. Er hatte versprochen, sich nicht mehr zu schneiden, also kontrollierte er stattdessen das Feuer im Kamin.

Bald brannte es so hell, dass die Hitze ihn auf die andere Seite des Zimmers trieb. Seth fluchte leise vor sich hin. Das war nicht seine Absicht gewesen. Er fasste sich an den Schenkel, drückte mit aller Kraft zu. Er durfte nicht panisch werden. Das Feuer würde wieder abbrennen, der Sturm würde vorübergehen und Jason würde sich melden. Spätestens morgen früh war er wieder zuhause. Alles war unter Kontrolle, auch wenn es sich nicht so anfühlte.

Der Sirenengesang des Rasiermessers war ihm ins Wohnzimmer gefolgt, aber Seth ignorierte ihn. Er hatte es Jason versprochen. Früher hätte er die verräterischen Zeichen verbergen können, aber jetzt kannten sie ihre Körper zu gut. Wenn er sich schnitt, würde Jason es sehen und ihn danach fragen. Kleine Wunden an den Händen wurden bemerkt, aber akzeptiert, weil er jeden Tag in der Werkstatt arbeitete. Jason war mit einem Mechaniker aufgewachsen und wusste, wie es war. Auch wenn er sich beim Rasieren in die Wange oder ins Kinn schnitt, weil er abgerutscht war, würde das nicht sonderlich auffallen. Es konnte schließlich jedem passieren. Aber wenn er die Kontrolle verlor und sich absichtlich an einer anderen Stelle seines Körpers schnitt, würde Jasons enttäuschter Blick ihm das Herz brechen. Jason würde ihm natürlich vergeben. Das war seine Art. Aber …

was, wenn es zu oft passierte? Wie oft würde Jason darüber hinwegsehen können, bevor er feststellte, dass Seth es nicht wert war?

Nein, Seth durfte sich nicht schneiden. Er könnte es nicht aushalten, Jason wieder zu verlieren. Und er musste alles tun, um dieses Ende abzuwenden oder es wenigstens nicht zu beschleunigen.

Er schaute auf und stellte überrascht fest, dass er wieder in der Tür zum Badezimmer stand. Der Spiegel reflektierte das Licht der Kerze und hüllte sein Gesicht in Schatten. Er starrte in den Spiegel, weil es sicherer war, als auf das Waschbecken und die Kommode zu sehen, in der das Rasiermesser lag. Seine Haare standen in alle Richtungen ab, weil er sie mit dem Handtuch trockengerubbelt und danach nicht gekämmt hatte. Seine Haut wirkte im Kerzenlicht unnatürlich blass und seine Augen waren von dunklen Schatten umrandet. Sein Blick wirkte wild, panisch. Seth atmete einige Male langsam durch – ein und aus, ein und aus.

Langsam ein- und ausatmen. Das hatte ihm Jason geraten, nachdem sie zum ersten Mal Sex gehabt hatten.

Die Erinnerung daran brachte ihn zum Lachen, aber die Angst in seiner Brust wurde nur größer. Jason war nicht hier. Er hatte keine Nachricht geschickt. Hatte nicht angerufen. Jason konnte überall sein. Vielleicht hatte er sogar die Kontrolle über das Auto verloren und lag jetzt irgendwo im Straßengraben, hilflos oder tot.

Seth schluckte schwer und streckte die Hand nach der Schublade aus. Nein. Er konnte das nicht tun. Er konnte nicht hierbleiben, allein mit seinen Ängsten und der Versuchung. Er steckte das Messer vorsichtig in die Tasche und ging zur Tür, wo seine Stiefel standen. Sie waren noch nass, aber er zog sie trotzdem an. Dann zog er sich den Regenmantel über und klappte den Kragen hoch, um seinen Nacken zu schützen. Er setzte den Hut auf, öffnete die Tür und zog die Schultern hoch, um gegen Regen und Wind gewappnet zu sein. Das Haus von Chris und Jesse war nur zwei Minuten entfernt.

Der kalte Regen schlug ihm ins Gesicht und brannte wie tausend Nadelstiche. Seine Hosen wurden nass, wo sie nicht von dem langen Mantel geschützt waren. Er zog den Kopf noch tiefer ein und ging weiter. Er hatte es Jason versprochen. Er durfte sein Versprechen nicht brechen. Und er brauchte Hilfe, weil er es allein nicht schaffte.

Als er bei dem Haus ankam, stolperte er die Treppe zur Veranda hoch und ließ sich gegen die Tür fallen. Seine Hände waren so durchgefroren, dass er nur mit Mühe schaffte, den Griff zu drehen und die Tür zu öffnen. In dem kleinen Vorraum zog er sich Mantel und Stiefel aus und nahm den Hut ab.

Chris hatte ihn mittlerweile gehört. „Seth? Was ist los?", fragte er, als er zu ihm kam.

Seth zog das Messer aus der Tasche und drückte es Chris in die Hand. „Nimm das. Ich habe Jason versprochen, dass ich mich nicht mehr schneiden würde. Aber ich schaffe das nicht allein. Nimm es, damit ich mein Versprechen halten kann."

176

„Okay", sagte Chris, steckte das Messer ein und zog Seth in die Arme. „Du musst das nicht allein durchstehen. Ich bin da. Es wird alles wieder gut."

„Wie?", flüsterte Seth mit gebrochener Stimme. „Jason hat sich nicht gemeldet. Er ist irgendwo dort draußen im Sturm. Er könnte schon tot sein. Ich habe ihn doch gerade erst gefunden. Wie kann es gut werden, wenn ich ihn jetzt wieder verliere?"

„Du wirst ihn nicht verlieren", sagte Chris. Chris hatte es immer geschafft, Seth zu beruhigen. Auch als Seth ein Kind war und ihre Mutter noch lebte, war er mit seinen aufgeschürften Knien immer zu Chris gegangen. Dann war Tony in ihr Leben getreten und hatte die Liebe und das Vertrauen zwischen den beiden Brüdern noch verstärkt. Vermutlich sollte Seth seinem Stiefvater dankbar sein, dieses untrennbare Band zwischen ihnen geschaffen zu haben. „Er sitzt bestimmt sicher in einer der Hütten auf den Weiden und kommt nach Hause, sobald der Sturm sich gelegt hat. Du musst nur durchhalten, bis es so weit ist."

„Ich weiß aber nicht, wie ich das schaffen soll", sagte Seth weinend. Seine Tränen mischten sich mit den Regentropfen, die ihm übers Gesicht liefen. Er zeigte auf Chris' Tasche. „Das war alles, was ich bisher hatte."

Chris drückte ihn noch fester an sich. „Komm jetzt mit in die Küche. Ich kann zwar im Moment keinen Tee kochen, aber wir leisten dir Gesellschaft. Dann bist du nicht allein."

Seth folgte ihm gehorsam in die Küche und setzte sich an den Tisch. Kurz darauf kam Jesse zu ihnen. „Hi, Seth. Ich habe nicht mit dir gerechnet, bevor der Sturm nachlässt."

„Er ist klatschnass. Kannst du uns eine Decke holen?", bat ihn Chris.

Jesse verschwand wieder und kam nach wenigen Minuten mit einer warmen Decke zurück, die Chris seinem Bruder über die Schultern legte.

„Geht es ihm gut?", fragte Jesse. Seth wollte ihn anbrüllen, dass – *Nein!* – es ihm nicht gut ginge. Sein Körper wollte nicht kooperieren. Er konnte nur noch zittern und weinen.

„Ich glaube nicht. Ich bitte dich nur ungern, weil es immer noch heftig stürmt, aber ...", erwiderte Chris.

„Ich hole Thorne und Ian", sagte Jesse. „Lass ihn hier nicht weg, bevor ich zurück bin."

„Er bleibt hier", sagte Chris. „Er bleibt hier, wo er hingehört, bis Jason wieder zurück ist."

177

# 22

THORNE SCHÜTTELTE den Mantel aus und zog sich die Stiefel von den Füßen, als sie ins Trockene kamen. Jesse hatte nicht viel gesagt – nur, dass Chris und Seth sie brauchten –, aber Thorne hatte die Hölle überlebt und würde sich von einem harmlosen Sommersturm nicht davon abhalten lassen, seinen Freunden zu helfen. Er hatte Ian angeboten, zuhause zu bleiben, aber Ian hatte nur gelacht und sich seine Regenklamotten angezogen. Und jetzt waren sie beide hier. Guter Gott, Thorne liebte diesen Mann.

Jesse führte sie in die Küche, wo Chris und Seth am Tisch saßen. Seth war in eine Decke gewickelt und hatte den Kopf auf die Arme gelegt. Er bebte am ganzen Leib. Chris, der ihm den Arm um die Schultern gelegt hatte, warf Thorne einen verzweifelten Blick zu. Es brach ihm das Herz, seinen Freund so zu sehen. „Was ist passiert?"

„Ich weiß es auch nicht so genau", sagte Chris. „Er kam hier an, klatschnass und mit einem wilden Blick. Dann hat er mir zitternd das Rasiermesser in die Hand gedrückt. Seitdem ist er so."

„Er schneidet sich?", fragte Ian.

Chris nickte. „Ich habe erst vor einigen Wochen davon erfahren. Ich schwöre euch, wenn ich es früher gewusst hätte, ich hätte ihm Hilfe besorgt. Er hat Jason versprochen, damit aufzuhören, aber Jason ist vor dem Sturm nach Davidson Springs gefahren und hat sich seitdem nicht gemeldet, also …"

Den Rest konnte Thorne sich denken. Er hatte diese Art von Panik selbst durchgemacht, als er nicht wusste, wie es einem geliebten Menschen ging. Er hatte seine Familie verloren und kannte die Schuldgefühle, die Überlebende einer solchen Tragödie quälten. Thorne winkte Ian zu, sich neben Seth an den Tisch zu setzen, während er selbst gegenüber Platz nahm. „Seth?"

Seth schaute nicht auf, aber sein Zittern ließ etwas nach.

„Ich kann mir denken, was in deinem Kopf vor sich geht", fuhr Thorne fort. „Du sitzt hier und stellst dir das Schlimmste vor, weil Jason sich nicht gemeldet hat. Du denkst, er ist verletzt oder gar tot, allein dort draußen im Sturm, wo niemand auf ihn aufpasst. Du denkst, er hat Angst und es verletzt ihn, dass niemand nach ihm sucht. Und du denkst, dass du dir nie verzeihen kannst, wenn ihm etwas passiert, weil du nicht für ihn da warst oder ihn davon abgehalten hast, nach Davidson Springs zu fahren."

Seths Schultern spannten sich an und er versuchte, sein Schluchzen zu unterdrücken. Thorne hasste es, ihn noch weiter zu verunsichern, aber er musste es aussprechen.

„Du denkst, du hast ihn im Stich gelassen, weil du nicht allwissend und allmächtig bist, weil du wertlos bist und ihn nur unglücklich machst. Du denkst, deshalb hast du seine Liebe nicht verdient." Ian griff nach Thornes Hand und drückte sie. Chris und Jesse machten ein entsetztes Gesicht, aber Thorne konnte nicht aufhören. Er musste Seth dazu bringen, dass er sich seine vergifteten Gedanken eingestand. Sonst würde er sie niemals loswerden können.

„Oder du denkst, dass er seine Meinung geändert hat und sich nicht auf den Heimweg gemacht hat, als er von Davidson Springs aufbrach. Dass er vielleicht auf dem Weg nach Cowra ist oder wohin auch immer, weil er dich nicht mehr sehen will."

„Nein!" Seths Kopf schoss in die Höhe und er sah Thorne mit wütend funkelnden Augen an. „Das würde Jason niemals tun! Selbst wenn er mich nicht mehr sehen wollte, würde er das nicht tun. Er würde nach Hause kommen und mit mir darüber reden. Er wäre nie so grausam, einfach zu verschwinden."

„Gut", sagte Thorne. „Dann hast du die Realität noch nicht ganz abgeschrieben und es geht dir besser als mir damals. Jetzt musst du nur noch den restlichen Mist loswerden, der dir durch den Kopf geistert."

„Ich habe es versucht", sagte Seth. „Aber das Einzige, was wirkt, ist das, von dem ich Jason versprochen habe, es nicht mehr zu tun."

„Es ist mehr als beschissen, wenn einem das Leben die einzige Krücke nimmt, die einem Halt gibt", sagte Ian. „Ich wünschte, ich könnte dir versprechen, dass du sie einfach durch eine andere ersetzen kannst. Aber ich kann dir nur sagen, dass du es nicht alleine schaffen musst."

„Ian hat recht", sagte Thorne, als er Seths skeptischen Blick sah. „Es ist letztendlich nur deine eigene Entscheidung, ob du dich weiter schneiden willst oder es auf eine andere Art versuchst. Niemand kann sie dir abnehmen. Aber du hast Menschen, die dich lieben und dir helfen wollen. Und das weißt du auch. Sonst wärst du nicht zu Chris gekommen, als du an dem Punkt warst, an dem du nicht mehr weiterwusstest. Wenn du wirklich glauben würdest, du wärst allein, hättest du gleich das Messer genommen und dich geschnitten. Dann hättest du es nicht zu Chris gebracht, um die Versuchung loszuwerden – Versprechen hin oder her."

„Am schlimmsten ist es, sich so allein zu fühlen", sagte Ian. „Ich habe seit fünfzehn Jahren hier gelebt – hier auf Lang Downs mit seinen wunderbaren Menschen, die sich immer beistehen – und doch musste ich erst Thorne kennenlernen, um zu erkennen, dass ich hier nie allein war."

„Die Menschen, die hier leben, sind alle gekommen und geblieben, weil sie sonst keinen Ort mehr hatten auf der Welt", fügte Thorne hinzu. „Einige von ihnen hat Caines Onkel schon aufgenommen, andere Caine selbst. Alle, die hier gelandet und geblieben sind, hatten es auf die eine oder andere Weise nicht leicht im Leben. Es waren zwar Michael oder Caine, die ihnen einen Job und ein Zuhause angeboten haben, aber jeder von ihnen hat sich selbst dazu entschieden, dieses

Angebot anzunehmen und denjenigen zu helfen, die nach ihnen kommen würden. Und dazu gehörst auch du."

„Und was soll ich jetzt tun?", fragte Seth. „Ich weiß ja noch nicht einmal, womit ich anfangen soll."

„Es gibt kein Wundermittel gegen deine Probleme", warnte Thorne. „Sie werden sich nicht einfach in Luft auflösen und für immer verschwinden. Ich bin seit vier Jahren hier und habe immer noch gelegentlich meine schlechten Zeiten. Es passiert nicht mehr oft, aber du musst lernen, damit zu leben, weil du es nie ganz loswirst. Jeder kommt auf seine eigene Art damit zurecht. Ian und ich können dir einige Tipps geben und du kannst dich im Internet darüber informieren, welche Möglichkeiten es gibt, mit Panikattacken umzugehen. Wenn du willst, kannst du dich einer Gruppe anschließen, die mit denselben Problemen kämpft. Dann kannst du dich mit Menschen unterhalten, die aus eigener Erfahrung wissen, wie es ist, wenn man ein so beschissenes Leben hinter sich hat wie du. Oder wir können dir den Namen einer Therapeutin geben, wenn du das willst."

„Der Punkt ist aber, dass es von dir selbst kommen muss", sagte Ian. „Jason wird dich unterstützen und wir sind auch für dich da. Aber du darfst dich nicht nur um Jasons willen ändern wollen, weil das für ihn eine zu große Belastung wäre. Du musst es für dich selbst tun."

Seth nickte. „Ich glaube nicht, dass ich das heute noch entscheiden kann."

„Nein, heute nicht mehr", stimmte Ian ihm zu. „Du brauchst jetzt Ruhe und wenn du kannst, solltest du schlafen. Morgen bist du ausgeruht und Jason ist wieder zuhause. Dann können wir uns über die Details unterhalten. Heute musst du nur daran denken, dass du nicht allein bist."

„Ich kann nicht in das leere Haus zurückgehen", sagte Seth.

„Das musst du auch nicht", erwiderte Chris. „Du hast hier immer noch dein Zimmer und dein Bett. Es ist frisch bezogen. Du kannst hier übernachten. Oder wir legen Matratzen auf den Boden und schlafen alle gemeinsam im Wohnzimmer. Was immer dir lieber ist."

„Ein ziemlich beschissener Anlass für eine Pyjamaparty", meinte Seth.

„Wenn es das ist, was dir hilft und was du brauchst, ist das ganz und gar nicht beschissen", sagte Thorne. „Und es ist die zweite Lektion, die du lernen musst, nachdem du erkannt hast, dass du nicht allein bist. Sich um sich selbst zu kümmern ist weder eigennützig noch beschissen. Es ist die Voraussetzung dafür, alles andere zu bewältigen. Ich habe Männer erlebt, die sich bis zur Bewusstlosigkeit betrunken haben. Andere haben eine Überdosis Drogen genommen oder sich den Lauf ihrer Pistole in den Mund gesteckt, wenn es zu viel wurde. Da ist eine Pyjamaparty immer noch besser und wenn es dir hilft, solltest du das Angebot annehmen. Wenn nicht, finde heraus, was du stattdessen brauchst und bitte um Hilfe."

Seth wirkte nicht sehr überzeugt, aber Thorne wusste aus eigener Erfahrung, dass die letzte Entscheidung bei ihm lag. Sie konnten ihm nur ihre Hilfe anbieten und ihn ermutigen, diese Entscheidung zu fällen.

„Es hört sich an, als würde der Regen langsam nachlassen", sagte er. „Ian und ich gehen jetzt nach Hause, bevor es wieder schlimmer wird. Wir reden morgen weiter und wenn du uns brauchst, sind wir ganz in der Nähe."

„Danke", sagte Chris.

„Danke", sagte auch Seth. „Ich will nur, dass es endlich aufhört."

„Dann hast du den schwersten Teil schon hinter dir", sagte Thorne. „Nachdem du dich entschieden hast, etwas dagegen zu unternehmen, wird der Rest einfacher. Wir reden morgen weiter."


SETH LAG in seinem alten Bett und starrte an die Decke. Es war nicht viel zu sehen. Sie hatten immer noch keinen Strom und die Fensterläden waren geschlossen. Der Regen plätscherte nur noch leise aufs Dach, aber Jason hatte sich immer noch nicht gemeldet. Selbst ein leichtes Gewitter reichte hier aus, um den Empfang der Handys zu stören. Deshalb nahmen sie immer Funkgeräte mit, wenn sie auf den Weiden zu tun hatten. Das alles war Seth nur zu gut bekannt, änderte aber nichts an seiner Angst um Jason. Er musste erst Jasons Stimme hören oder wenigstens seinen Namen unter einer Textnachricht lesen, bevor er sich keine Sorgen mehr machte. Seth klammerte sich an das Versprechen, dass Thorne und Ian ihm gegeben hatten – was immer auch passieren mochte, sie würden ihn nicht allein lassen. Wie oft hatte er schon erlebt, dass die Bewohner von Lang Downs einem der ihren beistanden, der ihre Hilfe brauchte? Chris und er waren als Fremde auf die Station gekommen und trotzdem mit offenen Armen empfangen worden. Wenn Seth sie jetzt brauchte, würden sie ihn nicht im Stich lassen. Das durfte er nicht vergessen. Er war nicht allein, wenn er es nicht sein wollte. Seth war ohne richtige Familie aufgewachsen und hatte sich daran gewöhnt, dass sein Bruder der einzige Mensch war, der immer an seiner Seite stand. Aber das war jetzt nicht mehr so. Er hatte jetzt eine Familie. Es war ihm bisher nur nicht aufgefallen. Es mochte nicht die Art von Familie sein, wie sie von der Gesellschaft anerkannt wurde, aber sie war real. Sie war realer als jede andere Art von Familie, die Seth in seinem bisherigen Leben gekannt hatte. Er hatte jetzt nicht mehr nur Chris, er hatte eine ganze Station voller Brüder und Schwestern, Onkeln und Tanten und Freunden, die ihm zur Seite standen. Warum hatte es so lange gedauert, bis ihm das auffiel? Seth musste an Carleys liebevollen Blick denken, wenn er sie *Mum* nannte. Allein dieser Blick hätte ihm alles sagen sollen. Natürlich war er noch nicht so weit, zu Patrick *Dad* zu sagen. Aber vielleicht konnte er ihn als Onkel akzeptieren. Oder – demnächst – als Schwiegervater.

Verdammt. Er war ein Glückspilz. Wie hatte ihm das jahrelang entgehen können? Er hatte es vielleicht nicht verdient, aber er hatte schon vor langer Zeit gelernt, dass Lang Downs nichts war, was man sich verdienen konnte. Man konnte es nur annehmen und nie wieder loslassen. Seth hatte das für Chris akzeptiert, aber nie auf sich selbst übertragen. Als Chris gerettet und von Lang Downs adoptiert

181

worden war, hatte Seth sich nur als Anhängsel gesehen, als den nervenden kleinen Bruder, den sie akzeptieren mussten, wenn sie Chris behalten wollten.

Er war so verdammt blind gewesen. Zwar nicht mit Absicht, sondern eher aus Ignoranz, aber das Ergebnis war dasselbe. Caine hatte ihn nach seiner Rückkehr sofort willkommen geheißen und ihm mehr Verantwortung anvertraut als einem normalen Neuling. Er hatte Seth nie wie einen der saisonalen Jackaroos behandelt, sondern immer wie ein Mitglied der Familie. Seth hatte diese Verantwortung ohne Zögern geschultert, aber nie darüber nachgedacht, warum Caine ihm so viel Vertrauen schenkte. Er hatte wie selbstverständlich Sam und Jeremy ausgeholfen, aber nicht daran geglaubt, dass seine Freunde auch für ihn da sein würden, wenn er sie brauchte.

Wenn das alles vorbei war, wenn Jason wieder zuhause war und er wieder durchatmen konnte, schuldete er ihnen eine Entschuldigung. Er konnte zwar immer noch nicht verstehen, warum sie ihn adoptiert und in ihre Familie aufgenommen hatten, aber so war es. Er konnte es nicht mehr leugnen. Ja, er hatte eine Familie. Eine richtige Familie, die an ihn glaubte, die ihn – mit all seinen Fehlern und Macken – akzeptierte und die Himmel und Hölle in Bewegung setzen würde, um ihm zu helfen, wenn er sie brauchte. Wenn Jason sich bis morgen früh nicht gemeldet hatte, würden sie mit mehreren Autos nach Davison Springs aufbrechen. Einige würden direkt auf der Straße nach Jason suchen, andere sämtliche Hütten am Weg kontrollieren. Und sie würden es nicht nur für Jason tun, der mit ihnen aufgewachsen war. Sie würden es auch für Seth tun, weil Seth Jason brauchte und auch zu ihrer Familie gehörte.

Er hatte eine Familie. Und er wusste nicht, wie er damit umgehen sollte. Sein Vater hatte ihn schon vor der Geburt verlassen. Auf seine Mutter hatte er sich nie verlassen können. Tony und seine Stiefgeschwister waren ein Albtraum gewesen. Er hatte immer nur Chris gehabt. Und jetzt hatte er Jason – es war ein Wunder, für das er sein Leben lang dankbar sein würde – und eine ganze Station voller Menschen, die ihn wieder aufrichten wollten, anstatt ihn niederzumachen. Er war nicht mehr Ilene ausgeliefert, die ihn beherrschen wollte. Er war nicht mehr seinen boshaften Stiefgeschwistern ausgeliefert, die ihn schikanierten. Seth mochte nie verstehen, warum seine neue Familie so viel Vertrauen in ihn setzte, aber so war es. Sie akzeptierte ihn – so, wie er war. Und sie würde immer an seiner Seite stehen – komme, was da wolle.

Ihm entschlüpfte ein hysterisches Lachen. Er hatte eine *Familie*.

„Ist alles in Ordnung, Seth?", rief Chris durch die Wand.

Seth hätte beinahe wieder lachen müssen. Wie gut, dass Jason und er hier nie Sex gehabt hatten. Jason war nicht gerade leise, wenn er zum Orgasmus kam. Und Seth liebte es. Er hätte diese wunderbaren Geräusche vermisst, wenn Jason sich wegen Chris und Jesse zurückgehalten hätte.

„Ja", rief er zurück. „Vielleicht zum ersten Mal seit langer Zeit."

182

Die Tür öffnete sich und Chris steckte den Kopf ins Zimmer. Er hielt eine Kerze in der Hand und machte ein besorgtes Gesicht. „Das hört sich schon besser an als vorhin. Darf ich reinkommen?"

Chris fragte immer, ob er das Zimmer betreten durfte. Er und Jesse waren die einzigen, die immer gefragt hatten. Seth klopfte neben sich auf die Matratze. „Sicher. Ich kann Gesellschaft gebrauchen."

Chris stellte die Kerze auf den Nachttisch und legte sich neben ihm aufs Bett. „Kannst du dich noch an unseren Vater erinnern?", fragte Seth.

„Nein, eigentlich nicht", sagte Chris. „Ich war erst vier, als du geboren wurdest. Er hat sich schon damals kaum blicken lassen."

„Es hat gereicht, um Mum zu schwängern und sich danach aus dem Staub zu machen", sagte Seth und nickte. „Wie hast du das alles geschafft? Wir haben die Hölle hinter uns. Woher weißt du, wie man einen Menschen liebt? Wie man bei ihm bleibt?"

„Wir sind nicht unsere Eltern", sagte Chris. „Sie haben uns in die Welt gebracht und uns dann gezeigt, wie man es nicht macht. Das schränkt uns aber nicht ein. Wir sind nicht dazu verurteilt, ihre Fehler zu wiederholen. Wir haben jetzt andere, neue Vorbilder. Gute Vorbilder. Du willst wissen, wie man bei seinem Mann bleibt? Dann schau dir Caine an. Oder Macklin. Er hat Sarah wiedergefunden, aber sein Vater war nicht nur abwesend, er war gewalttätig. Macklin ist ihm entkommen und hier gelandet. Und jetzt hat er Caine. Thorne hat bei einem Brand seine ganze Familie verloren, als er erst achtzehn war. Er ist zum Militär gegangen und von Ort zu Ort gezogen."

„Und jetzt hat er Ian."

„Richtig. Wir sind von Menschen umgeben, die genau das tun, was du dir nicht zutraust. Mum hat uns vielleicht keinen festen Boden unter den Füßen geben können, aber wir haben ihn trotzdem gefunden. Wir haben jetzt eine Familie, die uns nicht im Stich lässt."

„Ja. Ich fange auch langsam an, das zu verstehen", sagte Seth.

„Du fängst erst an?", fragte Chris.

„Ich bin eben etwas langsam von Begriff."

„Etwas?"

Seth zuckte mit den Schultern. Was sollte er dazu auch sagen. Chris hatte recht.

„Zehn Jahre", sagte Chris kopfschüttelnd. „Es ist zehn Jahre her, seit Caine einem Fremden das Leben gerettet und ihn hier aufgenommen hat – zusammen mit seinem kleinen Bruder. Er hat ihn Gemüse schnippeln lassen, bis er alt genug war, sich seinen Lebensunterhalt auf eine andere Art zu verdienen." Chris stieß ihn an die Schulter. „Zehn Jahre!"

„Ja, du hast recht. Aber die meisten dieser zehn Jahre war ich nicht hier", sagte Seth. „Es gab da jemanden, der darauf bestanden hat, dass ich an die Universität gehen und einen Abschluss machen soll."

183

„Einen Abschluss, der dich für uns unersetzbar gemacht hat, wenn ich das hinzufügen darf", sagte Chris.

„Das ist nicht der Punkt", meinte Seth. „Der Punkt ist, dass ich nicht hier war. Du hattest zehn Jahre Zeit, alles über das Leben hier zu lernen. Ich nicht."

„Aber jetzt bist du hier", erwiderte Chris. „Du lebst jetzt hier mit allem, was dazugehört."

„Wie gesagt, ich fange an, es zu verstehen. Es dauert nur eine Weile, bis es sich in meinem Kopf festgesetzt hat."

„Man muss sich daran gewöhnen", gab Chris zu. „Aber du schaffst das schon. Es ist eine Selbstverständlichkeit, dass deine Familie für dich da ist. Du denkst gar nicht mehr darüber nach. Du richtest dich in deinem Leben ein. Du musst dir nicht mehr ständig Sorgen machen. Manchmal vergisst du fast, wie eng dieses Verhältnis ist. Dann passiert etwas, sie sind für dich da und du erinnerst dich wieder daran. Ich weiß nicht, ob ich es dir jemals gesagt habe, aber an dem Tag, an dem ich zusammengeschlagen wurde und zu dir gesagt habe, dass du weglaufen sollst … Ich habe nie daran gezweifelt, dass du es tust. Nicht für eine einzige Sekunde. Ich wusste einfach, dass du jemanden suchen und zurückbringen wirst, der mir hilft. Ich habe mich zwar gefragt, ob du schnell genug Hilfe findest, aber ich habe nie daran gezweifelt, dass du zu mir zurückkommst. Ich habe nur gehofft, dass ich dann noch am Leben bin. Womit ich nicht gerechnet hätte, ist, dass du den einzigen Mann in Yass findest, der Feuer und Schwefel regnen lässt und über diese verdammten Kerle herfällt wie ein Racheengel."

„Wie konntest du so viel Vertrauen in mich haben?", fragte Seth. „Ich habe mir ja selbst nicht vertraut."

„Weil du mein Bruder bist. Deshalb."

Die schlichte, selbstverständliche Art, in der Chris ihm seine Frage beantwortete, rührte Seth zutiefst. Er und Chris hatten sich in den letzten Jahren etwas auseinandergelebt. Seth hatte studiert und Chris sein neues Leben mit Jesse erst begonnen. Seth hatte diese Entwicklung als unvermeidbar akzeptiert – traurig, aber unvermeidbar. Jetzt wurde ihm klar, dass sie ganz und gar nicht unvermeidbar war. Sie war noch nicht einmal real. Er hatte Chris nicht gebraucht, also hatte Chris ihn allein flügge werden lassen. Aber er war immer da gewesen, bereit, Seth aufzufangen, wenn er ins Straucheln geraten sollte.

„Danke, Chris."

„Wofür?"

„Dass du mein Bruder bist."

Chris klopfte ihm an die Stirn. „Damit hatte ich nichts zu tun. Ich bin nicht gefragt worden."

„Mag sein. Aber niemand hat dich gezwungen, für mich da zu sein. Das war deine eigene Entscheidung. Du hattest Vertrauen in mich und hast zu mir gehalten, als ich allen anderen egal war. Und deshalb bin ich jetzt hier und kann mir meine

Träume erfüllen. Es waren nicht Tony oder Mums vorherige Freunde, die mir beigebracht haben, ein Mann zu werden. Das habe ich alles von dir gelernt."

„Schlaf jetzt", sagte Chris. „Der Sturm hat ein ziemliches Chaos angerichtet und wir werden morgen alle Hände voll zu tun haben, es wieder zu beseitigen. Wenn du nicht ausgeschlafen bist, wirst du dich beschissen fühlen."

„Ja, Dad", sagte Seth grinsend, aber ihm wurden schon die Lider schwer. Er zog sich die Decke bis über die Schultern und schloss die Augen. Die Matratze schwankte, als Chris aufstand, die Kerze vom Nachttisch nahm und das Zimmer verließ. Seth brauchte das Licht nicht mehr. Er war schon eingeschlafen.

# 23

NACH DEM Frühstück am nächsten Morgen begannen die Aufräumarbeiten. Es gab kein Gebäude im Tal, das nicht einige Dachschindeln verloren hatte. Zäune waren umgeweht worden und Äste abgebrochen. Seth meldete sich freiwillig für die Dacharbeiten, weil er so die Straße im Auge behalten konnte. Jason hatte sich immer noch nicht gemeldet und die nagenden Sorgen waren zurückgekehrt. Das Frühstück lag ihm schwer im Magen, aber er hatte etwas essen müssen. Die Zeit bis zum Brunch war lang. Seine Versuche, Jason telefonisch zu erreichen, waren auf der Mailbox gelandet. Entweder hatte Jason sein Handy abgeschaltet oder die Batterie war leer und er konnte sie nicht mehr aufladen. Seth nahm sich vor, nach Jasons Rückkehr ein ernstes Wort mit ihm zu reden. Aber das konnte warten. Erst musste er sich davon überzeugen, dass Jason nichts passiert war.

Sie fingen mit der Kantine an, weil sie am stärksten beschädigt worden war.

„Meinst du, es rentiert sich noch, das Dach zu reparieren? Vielleicht wäre es besser, es gleich ganz neu zu decken", sagte er zu Ian, als sie auf dem Dach standen und sich die Schäden ansahen. „Ich bin mir nicht sicher, ob wie die neuen Schindeln anbringen können, ohne die alten dabei in Mitleidenschaft zu ziehen."

„Wir müssten sehr vorsichtig sein", gab Ian ihm recht. „Aber ich denke, es wäre möglich. Wenn du Bedenken hast, können wir vorher mit Macklin reden und ihn fragen, was er davon hält."

Seth konnte kaum glauben, dass ein erfahrener Mann wie Ian auf einen jungen Kerl hörte, der gerade erst frisch von der Uni kam. Er kniete sich aufs Dach und zog an der Ecke einer der alten Schindeln, die noch intakt war. „Wir müssen erst die Nägel ziehen, um die neue Schindel unter die alte zu schieben und beide wieder festzunageln. Dabei müssen wir sehr vorsichtig sein, damit die alte Schindel nicht bricht. Wenn es sich nur um einzelne Schindeln handeln würde, die ersetzt werden müssen, wäre das kein Problem. Aber der Sturm hat mehr als ein Viertel des Daches abgedeckt. Wir müssten sehr viel Zeit in die Reparatur eines Daches investieren, das vermutlich schon so alt ist wie Lang Downs selbst. Natürlich würde es einige Tage dauern, alles komplett zu erneuern, aber wenn wir genug Männer haben, ist es zu schaffen."

„Lass uns mit Macklin reden", meinte Ian. „Wenn er es genauso sieht, besorge ich uns einige Männer und wir können das Dach heute noch abdecken."

Während Ian die Leiter hinunterstieg, schaute Seth auf die Straße, die ins Tal führte. Er rechnete nicht damit, ein Auto zu sehen. Dazu war es noch viel zu früh. Trotzdem – er schaute immer wieder nach. Die leere Straße schien sich über ihn lustig zu machen. Seth schluckte und folgte Ian nach unten.

186

„Wie schlimm sind die Schäden?", erkundigte sich Macklin, als sie ihn am Pferdestall fanden, wo er einen Zaun reparierte.

„Seth meint, wir sollten das ganze Dach abreißen und neu machen."

„Die Schäden sind recht groß. Ich fürchte, wenn wir die Schindeln nur ersetzen, ist das Dach anschließend wahrscheinlich nicht mehr wasserdicht", erklärte Seth. „Aber wir richten uns natürlich ganz nach dir. Ich denke nur, es ginge vielleicht schneller, wenn wir das Dach gleich komplett erneuern, anstatt es nur zu reparieren."

„Was meinst du, Ian?", fragte Macklin. „Du warst mit ihm dort oben und hast es auch gesehen."

„Er hat ein gutes Auge", sagte Ian. „Und er hat recht, die Schäden sind beträchtlich. Wir könnten es natürlich reparieren, aber ich bin mir nicht sicher, ob es nicht schneller ginge, wenn wir das Dach neu decken."

„Das reicht mir", sagte Macklin. „Besorgt euch eine Crew und deckt es komplett ab. Und seht nach, wie es mit den anderen Dächern aussieht. Es wäre mir lieber, wenn sie nicht alle erneuert werden müssen, aber es nutzt nichts, wenn sie nur notdürftig repariert werden können."

„Wird gemacht, Boss", sagte Ian. „Komm, Seth. Wir sehen uns zuerst das Dach der Unterkunft an, dann die anderen Häuser und Schuppen und die Ställe."

„Seth", rief Macklin, als sie gehen wollten. Seth drehte sich zu ihm um. „Hast du schon von Jason gehört?"

„Nein. Meine Anrufe werden immer noch zur Mailbox umgeleitet. Vermutlich ist seine Batterie leer. Er hat vergessen, das Ladegerät mitzunehmen. Ich habe es heute früh in der Küche gefunden."

„Das solltest du ihm schleunigst abgewöhnen", meinte Macklin. „Es ist gefährlich, wenn man allein unterwegs ist und nicht erreicht werden kann."

„Ich arbeite daran", versprach ihm Seth. „Sobald er wieder zuhause ist."

„Wenn er in einer Stunde noch nicht zurück ist, machen wir uns auf die Suche", sagte Macklin. „Aber erst geben wir ihm noch etwas Zeit, es allein zu schaffen."

Seth nickte. Er hatte nicht überreagieren und deshalb bis nach dem Mittagessen warten wollen, aber eine Stunde war besser. „Danke. Ich bin irgendwo auf einem der Dächer. Ich würde euch gerne begleiten, falls es dazu kommt."

„Sicher", sagte Macklin. „Aber ich hoffe, es wird nicht nötig sein."

Als sie auf dem Dach der Unterkunft standen, stellten sie fest, dass es viel besser aussah als die Kantine. „Das schaffen wir in einer oder zwei Stunden", sagte Seth.

„Das denke ich auch", sagte Ian. „Hol uns zwei Hämmer und Nägel. Ich besorge derweil neue Schindeln und dann legen wir los. Das geht ruckzuck."

Seth ging in die Werkstatt, um Hämmer und Nägel zu holen. Dann stieg er wieder aufs Dach und fing an, die beschädigten Schindeln zu entfernen und an den Nachbarschindeln die Nägel zu ziehen. Kurz darauf kam Ian ebenfalls zurück. Sie wussten beide, was sie zu tun hatten und es gab nichts zu sagen. Seth wusste, dass er irgendwann mit Ian über dessen Angebot von gestern Abend sprechen musst, aber dazu war jetzt nicht der geeignete Zeitpunkt. Sie hatten viel zu tun und Jason war immer noch nicht zurück. Seth brauchte seine ganze Willenskraft, um nicht die Nerven zu verlieren. Wenn sie jetzt darüber sprechen würden, wäre es mit seiner Selbstbeherrschung aus. Glücklicherweise akzeptierte Ian sein Schweigen und bat ihn nur gelegentlich um die Schachtel mit den Nägeln. Als Seth ungefähr zum hundertsten Mal auf die Straße schaute, sah er ganz am Ende einen weißen Punkt, der sich dem Tal näherte. Jasons Auto war weiß.

„Geh schon", sagte Ian. „Ich finde jemanden, der für dich einspringt. Du bist mir keine große Hilfe, solange du dich nicht davon überzeugt hast, dass ihm nichts passiert ist."

„Danke", sagte Seth und stieg die Leiter hinunter. Dann rannte er los bis zum letzten Schuppen, um von dort aus zu verfolgen, wie sich das weiße Auto der Station näherte. Er wippte ungeduldig auf und ab. Es wäre lächerlich, Jason noch weiter entgegenzulaufen, weil sie sowieso hierher zurückkommen mussten. Trotzdem fiel es ihm verdammt schwer, nicht einfach loszurennen.

Nach einer gefühlten Ewigkeit hielt das Auto bei ihm an. Jason kurbelte das Fenster auf. „Mein Handy ist nass geworden", sagte er zur Begrüßung.

„Du brauchst eine bessere Hülle", krächzte Seth. „Du hast mir Angst gemacht. Ich … ich hatte keine gute Nacht."

„Ist alles in Ordnung?", fragte Jason.

„Diese Frage sollte ich eigentlich dir stellen", sagte Seth. „Schließlich bist du es, der die Nacht in diesem Sturm verbracht hat."

„Ich habe eine Hütte gefunden, bevor es allzu schlimm wurde", sagte Jason. „Aber ich habe das Handy fallenlassen und als ich endlich im Trockenen war, hat es nicht mehr funktioniert. Geht es dir wirklich gut?"

„Ich habe bei Chris und Jesse übernachtet. Ich habe mein Versprechen gehalten und mich nicht geschnitten."

„Ich bin verdammt stolz auf dich", sagte Jason.

Seth wurde warm ums Herz, aber Jason kannte nicht die ganze Geschichte. „Es war keine gute Nacht. Ich wäre fast zusammengebrochen, aber weil ich es dir versprochen hatte, bis ich zu Chris gegangen. Sie haben mein Rasiermesser. Ich glaube, ich sollte Einmalrasierer benutzen, bis ich mir wieder vertrauen kann. Thorne und Ian sind vorbeigekommen. Sie wollen mir dabei helfen, einen besseren Weg zu finden, mit meinen Ängsten umzugehen."

„Das ist gut. Steig ein. Ich muss mich umziehen und es gibt bestimmt viel zu tun."

Seth setzte sich auf den Beifahrersitz. Ja, es gab viel zu tun auf Lang Downs. Aber das konnte warten, bis er sich davon überzeugt hatte, dass es Jason wirklich gut ging. Niemand würde ihm dafür einen Vorwurf machen. Er hatte gehört, wie es mit Caine und Macklin war, bevor die beiden offiziell ein Paar wurden.

188

Jason hielt vor ihrem Haus an. „Ich sollte noch meinen Eltern Bescheid sagen, dass ich wieder zurück bin."

Seth packte ihn an der Hand und zog ihn auf die Veranda, bevor er gehen konnte. „Ian wird es ihnen sagen. Und sie haben dein Auto gesehen. Du brauchst jetzt eine Dusche und trockene Kleidung."

„Ist es das, was ich brauche?", neckte ihn Jason.

Seth wurde heiß. Sie waren allein und Jason in Sicherheit. „Na ja, die trockene Kleidung kann vielleicht noch warten."

Jason zog sich grinsend das Hemd über den Kopf. „Die Dusche vielleicht auch. Ich brauche danach sowieso wieder eine. Da kann ich auch gleich damit warten."

Seth grinste zurück. „Worauf warten wir dann noch?" Er schob Jason ins Schlafzimmer und zog sie beide aus. Jasons Jeans waren noch nass und seine Haut war kühl, als Seth sie berührte. Er zögerte. „Vielleicht solltest du dich doch erst aufwärmen."

Jason zog ihn auf sich aufs Bett. „Was meinst du denn, was wir gerade tun? Wenn ich mit dir im Bett liege, wird mir immer gleich warm."

Seth rollte sich auf die Seite und setzte sich auf. Er rieb Jason die klammen Füße warm und küsste sich an seinen Beinen langsam nach oben. Jason bekam schnell wieder Farbe, was Seth beruhigte. Er war nur durchnässt worden und fror, aber er war nicht krank. Als Seth mit seinen Küssen an der Hüfte ankam, war Jasons Schwanz schon hart.

„Ist das für mich?"

„Ich sehe sonst niemanden", meinte Jason und warf ihm einen Kuss zu, als Seth grimmig die Stirn in Falten legte.

Sollte er nur frech werden. Seth kannte mittlerweile seine schwachen Stellen und es würde nicht lange dauern, bis Jason zu betteln anfing. Seth sah ihm in die Augen und leckte ihm gemächlich über den Schwanz.

„Fick mich ...", krächzte Jason.

„Bald", versprach Seth. „Aber jetzt noch nicht. Ich muss erst meine Ängste loswerden."

Jason zog ihn an sich und küsste ihn. Seth überließ sich Jasons Kuss und genoss den Körperkontakt. Es war ein beruhigendes Gefühl. Jason war bei ihm, sicher und gesund. Seth hätte ihn am liebsten nie wieder aus den Augen gelassen. Er war unbeschreiblich froh, dass die Ängste, die ihn gestern Nacht in den Regen hinausgetrieben hatten, für den Moment gebannt waren. Unter anderen Umständen hätte er vielleicht die Kontrolle übernehmen wollen, aber jetzt fühlte es sich einfach nur gut an, Jason von Kopf bis Fuß zu spüren und in seinen Armen zu liegen. Er zog an Jason am Arm auf sich und spreizte die Beine, damit Jason bequemer liegen konnte. Ihre harten Schwänze berührten sich. Seth zischte und legte die Hände auf Jasons Arsch. Jason bewegte die Hüften und rieb sich an ihm.

Seth zischte wieder und zog ein Bein an, damit Jason noch mehr Platz fand und sich besser bewegen konnte.

„Sei vorsichtig", murmelte Jason. „Wenn du so weitermachst, glaube ich noch, dass du mehr willst."

Seth stöhnte auf vor Erregung. Jason hatte ihm bereits gesagt, dass er sich in jeder Position wohlfühlte. Er hatte kein Problem damit, sich von Seth ficken zu lassen, war die Geduld in Person gewesen und hatte Seth nie dazu gedrängt, es anders zu versuchen. Einige Männer, so hatte er Seth versichert, würden sich nie ficken lassen und das wäre auch in Ordnung. Seth hatte es dabei belassen, aber er wusste sehr wohl, dass Jason kein typischer Bottom war. Der Gedanke, sich von Jason ficken zu lassen, war plötzlich nicht mehr so beängstigend wie zuvor. Er gefiel ihm sogar. Wenn Jason ihn um den Verstand ficken konnte, hätte Seth den unwiderlegbaren Beweis, dass er endlich zuhause war. Dass er sicher war und geborgen. Dass er genauso Jason gehörte, wie Jason ihm. „Und wenn ich es jetzt will?"

Jason erstarrte über ihm und sah ihn an. „Bist du dir sicher?"

Seth war nicht sicher, ob er schon dazu bereit war. Er wusste nur, dass er es wollte. Also nickte er. Jason ließ sich auf ihn fallen und küsste ihn so leidenschaftlich, dass sich alles in seinem Kopf zu drehen begann. Er erwiderte Jasons Kuss mit derselben Leidenschaft, weil er nicht wollte, dass Jason an seiner Botschaft zweifelte. Dann zog er auch das andere Bein an und spreizte die Beine so weit wie möglich. „Aber vergiss nicht, dass ich es noch nie gemacht habe."

„Niemals, Baby. Das kannst du mir glauben", erwiderte Jason. „Ich hatte immer gehofft, dass du es irgendwann ausprobieren willst."

„Ich dachte mir, es wäre den Versuch wert", meinte Seth. „Weil es dir doch so gut gefällt."

„Verlass dich ganz auf mich", sagte Jason und setzte sich auf die Fersen. „Ich sorge dafür, dass es dir genauso gefällt."

Es war so einfach, Jason zu vertrauen. Letzte Nacht wäre er – trotz seiner Panik – nie auf die Idee gekommen, dass Jason absichtlich nicht nach Hause gekommen war. Er hatte sich nur um Jasons Leben und Gesundheit gesorgt, aber nie befürchtet, dass Jason mit ihm Schluss machen und ihn verlassen wollte. Ihm jetzt mit seinem Körper zu vertrauen war ein dagegen fast ein Selbstläufer. Seth zuckte erschrocken zusammen, als Jason ihm mit den Fingern über die Eier nach hinten fuhr.

„Entspann dich", sagte Jason. „Gib deinem Körper Zeit, sich an meine Berührungen zu gewöhnen." Er ließ die Hand zwischen Seths Beinen liegen, rutschte nach unten und nahm ihn in den Mund. Seth stöhnte. Es war so gut, dass er das ungewohnte Gefühl von Jasons Fingern zwischen seinen Arschbacken ganz vergaß. Als Jason schluckte, schrie er leise auf. Oh Gott, was Jason mit ihm machte … Seth war noch nie so hart gekommen wie mit Jason – von seinen

Händen, seinem Mund und … in Jasons Arsch. Und weil es Jason war, würde es jetzt genauso gut werden. Davon war Seth fest überzeugt.

Er keuchte und musste gegen einen viel zu frühen Orgasmus kämpften, als Jason den Kopf hob und ansah. Seine Augen glänzten im Licht der Nachttischlampe. „Wenn du jetzt kommst, bist du entspannter."

Seth schüttelte den Kopf. „Dann musst du warten, bis ich wieder hart bin. Ich erhole mich zwar schnell, aber dieses Mal wäre es nicht schnell genug." Er griff nach dem Gleitgel und reichte es Jason. „Mach schon und fick mich, bis ich nicht mehr vernünftig laufen kann."

Jasons Blick verdunkelte sich, als er Seths Worte hörte. Er drückte fester an Seths Loch – nicht genug, um in ihn einzudringen, aber fest genug, um Seths Gedanken wieder auf seinen Finger zu lenken. Ein Schauer der Vorfreude durchfuhr Seth und beruhigte seine Nerven.

„Mach schon", forderte er Jason auf.

„Nicht trocken", sagte Jason und drückte sich von dem Gel auf die Finger. Es war kalt, aber Seth zog trotzdem die Knie an, um Jason zu ermutigen. Das Gel würde sich bald erwärmen und er wollte nicht riskieren, dass Jason unsicher wurde und glaubte, Seth hätte immer noch Angst.

„Verdammt …", fluchte Jason. „Schau dir nur an, wie du vor mir liegst. Du willst es wirklich, nicht wahr?"

„Das habe ich doch gesagt. Hast du mir etwa nicht geglaubt?"

„Doch", sagte Jason. „Ich muss mich nur erst selbst davon überzeugen, dass ich nicht träume." Er verrieb das Gel dort, wo eben noch sein Finger gewesen war. Seth sehnte sich nach der Berührung. Sie fühlte sich nicht mehr fremd an und als Jason etwas Druck ausübte, glitt sein Finger mit wenig Widerstand in Seth hinein. „Verdammt, bist du eng. Du drückst mit den Saft aus dem Schwanz, bevor ich dazu komme, dich richtig zu ficken."

„Dann musst du mich eben mehr dehnen", forderte ihn Seth auf. „Ich lasse dich jedenfalls nicht mehr aus dem Bett, bevor du mich richtig gefickt hast."

„Das ist für ein erstes Mal wirklich kein Ansporn", meinte Jason. „Ich habe nämlich kein Problem damit, den ganzen Tag mit dir im Bett zu liegen und dich zu lieben."

„Darüber wären unsere beiden Chefs vermutlich nicht sehr erfreut." Seth nahm sich allerdings vor, Jason daran zu erinnern, wenn sie wieder einen freien Tag hatten. Nachdem Jason ihm diese Idee in den Kopf gesetzt hatte, wollte er es auf jeden Fall ausprobieren.

Jason wackelte mit dem Finger und entrang ihm ein tiefes Stöhnen. „Ich habe meinen Finger in deinem Arsch und du redest über unsere Chefs? Dann mache ich irgendwas falsch."

„Dann mach's halt richtig", krächzte Seth. Jason schob den Finger tiefer in ihn hinein und drehte ihn. Hinter Seths geschlossenen Augenlidern explodierte ein wahres Feuerwerk. „Oh Mann, Jason …"

191

„Wie war das noch mit dem *richtig machen*?", fragte Jason grinsend. Bevor Seth auch nur ein Wort über die Lippen brachte, fuhr Jason ihm wieder über diese Stelle. Er konnte nicht denken, wenn Jason das machte. Er konnte nur die Knie anziehen und die Hüften heben. Jason schob den Finger so tief wie möglich und zog ihn dann langsam zurück. Dabei drückte er an Seths Prostata, bis er sie nicht mehr erreichen konnte. Seth verdrehte stöhnend die Augen. Er wollte Jason um mehr anflehen, aber er konnte nicht die richtigen Worte finden. Sein Verstand hatte ausgesetzt. Das Blut schoss ihm in den Schwanz und an diese kleine Stelle, mit der Jason immer noch spielte.

Dann zog Jason die Hand zurück. Seth öffnete die Augen und krächzte protestierend.

„Ich brauche mehr Gleitgel", sagte Jason. „Ich will dir nicht wehtun."

Seth war das egal. Wenn diese unglaublichen Gefühle zurückkamen, konnte er es aushalten. Jason widmete sich wieder seinem Arsch, dieses Mal mit zwei Fingern. Es brannte etwas, aber Seth nahm es kaum noch wahr. Dann fanden Jasons Finger seine Prostata und streichelten und drückten sie und Seth konnte nur noch hilflos betteln.

„Noch ein Finger", sagte Jason und zog seine Hand wieder zurück. „Danach bekommst du, was du willst."

Den dritten Finger fühlte Seth schon mehr und er hielt ihn davon ab, vorzeitig zum Höhepunkt zu kommen, obwohl Jason nicht aufhörte, ihm die Prostata zu stimulieren. Seth atmete tief durch, wie er es gelernt hatte, als er mit dem Schneiden anfing. Trotzdem ließ seine Erektion nach. Er wollte Jason mit aller Leidenschaft, wollte von ihm gefickt werden; aber er war nicht mehr sicher, ob er nur dadurch zum Höhepunkt kommen konnte.

„Entspann dich", flüsterte Jason, während er Seth mit den Fingern fickte. Er zog sie nie ganz raus, aber jedes Mal, wenn er sie zurückzog, ließ der Druck etwas nach und gab Seth eine Atempause. Er passte sich Jasons Rhythmus an und kam ihm entgegen, wenn Jason die Finger wieder in ihn hineinschob.

„So ist es gut", sagte Jason. „Fick dich auf meinen Fingern. Entspann dich und lass sie rein, damit sich dein Körper öffnen kann."

Kurz darauf ließ das Brennen nach. Seth griff nach einem Kondom, aber Jason nahm es ihm aus der Hand. „Ich halte nicht durch, wenn du es mit überrollst", gestand er Seth. „Ich brauche dich viel zu sehr."

„Ich gehöre ganz dir", krächzte Seth. „Immer nur dir."

Jason rollte sich das Kondom über den Schwanz und legte sich zwischen Seths Beine. Dann hielt er inne.

„Kein Rückzieher jetzt, Thompson", sagte Seth. „Fick mich endlich."

Jason schüttelte den Kopf. „Ich liebe dich, so oft du willst. Aber die Tage, in denen ich nur *gefickt* habe, sind vorbei."

Seth wollte die Augen verdrehen über so viel Sentimentalität. Er wollte Jason dafür aufziehen, mit Worten zu spielen. Die Intensität und Ehrlichkeit in

Jasons Stimme brachte ihn zum Schweigen, bevor er den Mund aufmachen konnte. Stattdessen zog er Jason zu sich herab und küsste ihn. Jason lag dadurch auf ihm und Seth konnte spüren, wie Jasons Schwanz ihm an den Schließmuskel drückte. Er holte tief Luft und hob die Hüften. Jason kam ihm entgegen und drang mit der Spitze seines Schwanzes in ihn ein.

Seth stockte der Atem. Trotz Jasons sorgfältiger Vorbereitung brannte es etwas, war aber lange nicht so schlimm wie die drei Finger sich anfangs angefühlt hatten. Und vor allem … Jason war jetzt in ihm. Endlich. Seth schlang die Beine um Jasons Hüften und drängte ihn, sich ganz in ihn zu schieben.

„Du bist so eng", flüsterte Jason.

„Weil du der Erste bist", flüsterte Seth zurück.

„Süßholzraspler", neckte Jason und küsste ihn zärtlich. „Ich liebe dich."

„Ich liebe dich auch", sagte Seth. „Aber wenn du dich nicht sofort bewegst, übernehme ich keine Verantwortung mehr für mein Handeln."

„Willst du mich auf den Rücken werfen und reiten?", fragte Jason und zog die Augenbrauen hoch.

„Ein durchaus überlegenswerter Gedanke."

„Morgen", sagte Jason. „Falls du dann nicht zu wund bist. Aber für heute überlass mir noch die Zügel."

Seth nickte. Jason bewegte sich zuerst nur langsam und brachte Seth damit fast um den Verstand vor Verlangen. Nach einer Weile wurden seine Stöße tiefer und intensiver und mit jedem Stoß berührte sein Schwanz Seths Prostata. Es war ein unglaubliches Gefühl, aber es war nicht genug. Seth krümmte sich unter ihm, krallte sich an seinem harten Arsch fest und drückte ihn mit jedem Stoß an sich. Jason stöhnte, stieß härter zu. Seth schrie auf und feuerte ihn an.

Jeder Kontakt zwischen Jasons Schwanz und seiner Prostata brachte Seth dem Orgasmus näher. Jason griff nach unten, wollte Seths Schwanz reiben, aber Seth stieß seine Hand weg. Er wusste, wie es sich anfühlte und wollte sich ganz auf die neuen Gefühle konzentrieren, die Jasons Schwanz in seinem Arsch auslöste.

„Kannst du nur vom Ficken kommen?", fragte Jason.

„Mach einfach weiter", sagte Seth.

Jason stieß mit aller Macht in ihn hinein. Er schien die Kontrolle zu verlieren und wurde immer wilder. Seth stöhnte. Es war so gut. Bestimmt würde er es später spüren – er konnte sich jetzt schon die Anspielungen seiner Freunde vorstellen –, aber genau das wollte er. Er wollte, dass Jason seinen Körper so in Besitz nahm, wie er schon seine Seele und sein Herz in Besitz genommen hatte. Seth klammerte sich an Jasons Schultern fest und überließ sich ganz dem Ansturm, der über ihn hereinbrach. Jeder Kontakt mit seiner Prostata fühlte sich wie ein kleiner Orgasmus an. Er flog so hoch, dass er dachte, er würde nie wieder landen können. Dann passierte es so plötzlich, dass er nicht wusste, wie ihm geschah. Ein warmes Kribbeln breitete sich in ihm aus und er schrie laut auf. Sein Körper verkrampfte sich, er erstarrte und spritzte sich auf den Bauch und Jason an die Brust.

Jason kam aus dem Takt. Er stieß noch einmal tief zu, verharrte dort und kam ebenfalls zum Höhepunkt. In diesem Moment hasste Seth das trennende Kondom zwischen ihnen. Er wollte von Jasons Samen gefüllt werden, bis es ihm die Beine hinablief. Nein. Nein, sie würden ihren nächsten freien Tag nicht im Bett verbringen. Sie würden nach Boorowa fahren und sich testen lassen, damit sie diesen dämlichen Gummi loswerden konnten.

Jason ließ sich erschöpft auf ihn fallen. Seth konnte seinen warmen, feuchten Atem an der Schulter spüren. Er legte die Arme um ihn und drückte ihn an sich. Es dauerte lange und doch nicht lange genug, bis Jason sich wieder rühren konnte. Nachdem Jason das Kondom entsorgt hatte, zog Seth ihn sofort wieder an sich, damit er nicht unter der Dusche verschwinden konnte.

„Du gehst mit mir und meinen vielen Problemen ein großes Risiko ein", sagte Seth. Jason wollte widersprechen, aber Seth legte ihm den Finger auf den Mund. „Lass mich erst ausreden, ja? Ich bin ein Problemfall, aber ich liebe dich. Daran wird sich nie etwas ändern. Es grenzt an ein Wunder, dass wir uns ausgerechnet auf Lang Downs gefunden haben. Wir sind hier von Menschen umgeben, die schon mehr als einmal bewiesen haben, dass selbst Problemfälle glücklich werden können. Ich will mir ein Leben ohne dich niemals vorstellen müssen. Ich weiß, es ist noch nicht legal, aber … Jason, willst du das zusätzliche Risiko eingehen und mich heiraten?"

Seth nahm den Finger von Jasons Lippen und wartete ab.

„Erstens bist du kein großes Risiko. Du hast einige Probleme, aber die können wir gemeinsam bewältigen. Also stell dein Licht nicht immer unter den Scheffel. Und was deine Frage angeht? Ja! Natürlich will ich dich heiraten. Wenn du willst, können wir heute noch nach Boorowa fahren und uns als Lebenspartner registrieren lassen."

„Dein Mum bringt uns um, wenn wir ihr nicht die Zeit lassen, eine Party zu planen", sagte Seth.

„Schieb nicht alles auf mich. Sie ist jetzt auch deine Mum."

Seth grinste. „Stimmt, das ist sie jetzt. Eigentlich war sie es schon vor Jahren, aber seit heute ist es offiziell."

Jason küsste ihn hart und schnell.

„Da ist noch eine Sache", sagte Seth.

„Ja?"

„Du brauchst eine wasserdichte Hülle für dein Handy. Sofort."

„Auf Befehl unserer Chefs?", fragte Jason.

„Auf Befehl deines Mannes."

Jason lächelte ihn strahlend an. „Das sind die besten Befehle."

# Epilog

MACKLIN KAM zu Caine auf die Veranda und legte den Arm um ihn. „Hättest du dir das alles vor elf Jahren vorstellen können, als du nach Lang Downs gekommen bist?"

Caine lächelte ihn an und schaute dann wieder zur Einfahrt. Sie warteten darauf, dass Seth und Jason aus Boorowa zurückkamen. Schließlich konnte ihre Party nicht ohne die Ehrengäste beginnen. „Was meinst du mit *das alles*?"

„Den Erfolg von Lang Downs und die große Familie, die wir hier gegründet haben. Zu erleben, wie unsere Kinder heiraten und ihre eigene Familie gründen", sagte Macklin.

„Das hört sich an, als würden wir schon mit einem Fuß im Grab stehen", neckte ihn Caine. „Ich bin immer noch ein Mann in den besten Jahren."

„Oh ja? Dann bin ich also der alte Knacker?", schoss Macklin zurück.

„Wenn du dich angesprochen fühlst …", erwiderte Caine grinsend und lehnte sich an ihn. „Um auf deine Frage zurückzukommen … nein. Nein, ich hätte mir in meinen kühnsten Träumen nicht vorstellen können, dass es so gut endet. Ich wäre schon froh gewesen, wenn ich keine Fehler gemacht und Lang Downs verloren hätte. Ich hoffe, Onkel Michael sieht uns jetzt von dort oben zu und ist stolz auf uns."

Macklin drückte ihn an sich. „Da bin ich mir ganz sicher. Du hast sein Erbe übernommen und fortgeführt. Michael ist bestimmt stolz auf dich. Lang Downs ist immer noch ein Ort für Menschen, die eine Zuflucht brauchen."

Caine lächelte. „Und so wird es auch immer bleiben. Seth und Jason kommen gleich. Ich kann schon ihr Auto sehen. Wir sollten jetzt die anderen rufen, damit wir die beiden gemeinsam empfangen und ihnen gratulieren können. Sie mussten in Boorowa zwar nur einige Papiere unterschreiben, aber Carley hat einen Hochzeitsempfang geplant, den sie nie vergessen werden."

„Sind unsere Freunde aus Taylor Peak eingetroffen?"

„Ja. Sam und Jeremy sind vor einer halben Stunde angekommen. Sie haben Nick und Phil mitgebracht. Ian und Thorne sind schon seit gestern Abend hier und ich habe Kyle gesagt, dass er erst heute Abend nach Taylor Peak aufbrechen soll, obwohl er schon für diesen Tag als Aushilfe eingeteilt war. Jeremys Crewchefs schaffen das auch allein. Es sind schließlich nur ein paar Stunden."

„Gut. Dann lass uns jetzt feiern."

ARIEL TACHNA liebt die Sprache in jeder Form und spricht mehrere Fremdsprachen. Sie hat eine Leidenschaft fürs Reisen, für Garne, Orchideen und Liebesgeschichten. Bisher hat sie 45 Bundesstaaten und 13 Länder bereist. Besonders die Geschichte und Kultur Frankreichs, die exotischen Düfte und die Küche Indiens und der Sonnenaufgang über Machu Picchu haben unauslöschliche Eindrücke bei ihr hinterlassen, die immer wieder in ihren Geschichten auftauchen. Ihre Leidenschaft für Garne haben zu einem riesigen Vorrat und mehr Projekten geführt, als sie wahrscheinlich jemals beenden kann. Bisher hat sie sich dadurch nicht davon abhalten lassen, immer noch mehr zu kaufen. Ihre Orchideensammlung hat erst das Büro, dann auch den Rest des Hauses mit Beschlag belegt (sehr zum Missfallen ihrer Kinder), hat sie aber ebenfalls nicht davon abhalten können, jedes bedauernswerte Pflänzlein nach Hause zu bringen, das ihr in die Hände fällt.

Wenn sie nicht gerade schreibt, strickt sie, kümmert sich um ihre Orchideen und freut sich über ihre beiden Teenager, die sie immer wieder überraschen – mit ihrer Fähigkeit zu Liebe und Akzeptanz, mit ihrer Begeisterung für Sport (die sie ganz sicher nicht von Ariel haben!) und ihrer Weigerung, Ungerechtigkeiten hinzunehmen (die sie hoffentlich von Ariel haben).

Website: http://www.arieltachna.com
Facebook: https://www.facebook.com/ArielTachna
E-Mail: arieltachna@gmail.com

Von ARIEL TACHNA

Ihre Beiden Väter
*Mit Nicki Bennett:* Unter die Haut

BLUTSPARTNERSCHAFT
Allianz des Blutes
Pakt des Blutes
Konflikt des Blutes
Versöhnung des Blutes

LANG DOWNS
Dein Stern am Himmel
Hol Dir einen Stern
Die Nacht überdauern
Die Flammen besiegen
Die Wunden heilen

Veröffentlicht von DREAMSPINNER PRESS
www.dreamspinner-de.com

ARIEL TACHNA

# DEIN STERN
## AM HIMMEL

Buch 1 in der Serie – Lang Downs

Caine Neiheisel steckt nicht nur in seinem Job in einer Sackgasse fest, sondern auch in seiner Beziehung, als die Chance seines Lebens in seinen Schoß fällt: Seine Mutter hat die Schafstation ihres Onkels in New South Wales, Australien, geerbt, und Caine sieht es als die Chance auf einen Neuanfang, draußen auf einer Ranch, wo sein Stottern ihn nicht zurückhalten und sein Wille zu arbeiten seine Unerfahrenheit wettmachen würde.

Unglücklicherweise wechselt Macklin Armstrong, der Vorarbeiter von Lang Downs, der eigentlich Caines größter Verbündeter sein sollte, zwischen kühlem und völlig abweisendem Verhalten, und die anderen Arbeiter sind eher über Caines Stottern amüsiert, als durch seine Entschlossenheit beeindruckt … Zumindest, bis sie herausfinden, dass er schwul ist und ihre Belustigung sich in Zorn verwandelt. Es wird Caines ganze Entschlossenheit – und einen Sabotageakt eines feindlich gesinnten Nachbarn – brauchen, um die Männer von Lang Downs zu vereinen und Caine und Macklin eine Chance auf Liebe zu geben.

# www.dreamspinner-de.com

ARIEL TACHNA

# HOL DIR
## EINEN
# STERN

Buch 2 in der Serie – Lang Downs

Der zwanzigjährige Chris Simms kann kaum den Kopf über Wasser halten. Nachdem er seine Mutter und sein Zuhause verloren hat, kämpft er darum, sich und seinen Bruder zu versorgen. Als er einem homophoben Angriff zum Opfer fällt, denkt er, dass sein Leben zu Ende ist. Aber er wird von den Jackaroos einer nahegelegenen Schafsstation gerettet. Er ist über das darauffolgende Jobangebot genauso erstaunt wie über die Tatsache, dass der Stationsbesitzer und der Vorarbeiter schwul sind.

Für Chris ist Lang Downs ein Traum – einer, der noch besser wird, als er begreift, dass sein heimlicher Schwarm, der Jackaroo Jesse Harris, ebenfalls schwul und für einen Flirt zu haben ist. Alles geht gut, bis Chris klar wird, dass er mehr für Jesse empfindet, als ihr Deal erlaubt.

Jesse ist ein Herumtreiber, der von Station zu Station zieht. Er sucht nicht nach etwas Dauerhaftem und da er überzeugt ist, dass Chris zu jung und zerbrechlich für eine richtige Beziehung ist, legt er Regeln fest, um die Dinge unverbindlich zu halten. Den Stationsbesitzer und seinen Vorarbeiter zusammen zu sehen, lässt Jesse darüber nachdenken, ob es nicht doch Vorteile hat, sich niederzulassen. Aber als er begreift, was Chris für ihn fühlt, gerät er in Panik. Er und Chris werden sich entscheiden müssen, ob die Möglichkeit zusammen glücklich zu werden, es wert ist, ein Risiko einzugehen, ehe das Ende der Saison sie trennt.

# www.dreamspinner-de.com

# ARIEL TACHNA

# DIE NACHT ÜBERDAUERN

Buch 3 in der Serie – Lang Downs

Büroleiter Sam Emery ist arbeitslos und vom Glück verlassen. Als seine ständig an ihm rumnörgelnde Frau die Scheidung will, wendet er sich an die einzige Person, die ihm noch geblieben ist, seinen Bruder Neil. Er rechnete nicht damit, dass Neil ihn ablehnen würde, aber dass die Neuigkeiten über seine Scheidung – und über seine sexuelle Orientierung – mit solch großer Akzeptanz aufgenommen werden würden, überraschte ihn sehr.

Neil nimmt Sam mit nach Lang Downs, die Schaffarm, die Neil sein Zuhause nennt. Dort lernt Sam, dass das Leben als schwuler Mann nicht unmöglich ist. Caine und Macklin, die Farmbesitzer, scheinen dies möglich zu machen. Als Caine Sam einen Job anbietet, wird für ihn ein Traum wahr.

Jeremy Taylor verlässt das einzige Zuhause, das er kennt, als die Schwulenfeindlichkeit seines Bruders unerträglich wird. Er sucht Zuflucht an dem einzigen Ort, von dem er weiß, dass er dort willkommen ist: Lang Downs. Er versteht sich auf Anhieb mit Sam — aber die Feindseligkeit zwischen Lang Downs und Jeremys Heimatfarm sitzt tief und die Jackaroos sind nicht gewillt, Jeremy so einfach zu akzeptieren. Aufgrund von Sams Unsicherheit und Jeremys prekärer Lage haben beide einen schweren Weg vor sich — auch ohne dass sie darauf warten müssen, dass Sams Scheidung endlich durch ist, bevor sie gemeinsam ein neues Leben beginnen können.

# www.dreamspinner-de.com

# ARIEL TACHNA

# DIE FLAMMEN BESIEGEN

Buch 4 in der Serie – Lang Downs

Thorne Lachlan weiß, wie man unbeschadet dem Feuer entkommt. Er war vier Jahre lang für die australische Armee in den Krisenherden der Welt im Einsatz. Jetzt, nach seinem Ausscheiden aus der Armee, arbeitet er als Feuerwehrmann für den Rural Fire Service. Ein Buschbrand führt ihn nach Lang Downs, wo er Ian Duncan kennenlernt. Zwischen ihnen fliegen sofort die Funken und entfachen ein Feuer, das sich nicht so leicht löschen lässt wie der Buschbrand, der Lang Downs bedroht. Doch die beiden Männer müssen erst die Geister ihrer Vergangenheit bekämpfen, bevor aus ihrer gegenseitigen Anziehung mehr werden kann als eine kurze Affäre.

Während Thorne sich einerseits danach sehnt, sich mit Ian in Lang Downs niederzulassen, fürchtet er gleichzeitig, für die Bewohner der Schafstation zur Gefahr zur werden. Und Ian hat immer geglaubt, dem Albtraum seiner Kindheit bei Pflegeeltern niemals entkommen und eine Beziehung eingehen zu können. Den beiden Männern fällt es nicht leicht, anderen Menschen zu vertrauen. Doch dann zwingen die Folgen des Buschbrands sie dazu, hinter die Narben zu blicken, die ihrer Heilung im Wege stehen.

# www.dreamspinner-de.com

UNTER
DIE
HAUT

NICKI BENNETT
UND ARIEL TACHNA

Detective Patrick Flaherty macht sich keine Illusionen über den russischen Gangster Alexej Boczar, aber das ändert nichts an seiner Faszination für den Leibwächter einer der rücksichtslosesten Familien in Chicagos wachsender osteuropäischer Kriminalität. Von dem Moment an, als sich Patricks und Alexejs Blicke über der Leiche eines ermordeten russischen Gangsters begegnen, ist Alexej ein Dorn in seinem Fleisch, der sich weigert, mit der Polizei zu kooperieren und der jede Frage Patricks mit einer Gegenfrage beantwortet. Alexejs harte Fassade verstärkt nur Patricks beruflichen Ehrgeiz, die Informationen zu bekommen, von denen er sicher ist, dass der Gangster sie verbirgt. Privat will Patrick nichts anderes, als Alexejs harten Körper in die Finger zu bekommen.

Die Tätowierungen auf Alexejs Haut erzählen die Geschichte seiner kriminellen Vergangenheit, aber je mehr Patrick über Alexej erfährt, desto mehr will er wissen – bis er sich in einer Beziehung wiederfindet, der er kaum gewachsen ist und die ihn seinen Job und Alexej sogar das Leben kosten könnte. Alexej seinerseits ist fasziniert von Patricks Bereitschaft, über seine Vergangenheit und selbst seine gegenwärtigen Verbindungen hinwegzusehen. Aber er hat Geheimnisse, die für immer einen Keil zwischen sie treiben könnten.

# www.dreamspinner-de.com